수상한 빵집과 52장의 카드

수상한 빵집과 52장의 카드

요슈타인 가아더 지음

백설자 옮김

현암사

차례

〇

  6년 전 나는 수니온 곶에 있는 옛 포세이돈 신전 유적 앞에 서서 에게 해를 바라보았다. 거의 1세기 반 전에 제빵사 한스는 대서양에 있는 이상한 섬으로 가게 되었다. 그리고 정확히 200년 전 프로데가 탄 배는 멕시코에서 스페인으로 가던 도중 파선했다.

  엄마가 왜 아테네로 떠나버렸는지 이해하려면 그렇게 멀리 돌아가는 수밖에…….

  난 정말 어떤 다른 것에 대해 생각하고 싶다. 그러나 내 안에 아직 어린아이 같은 어떤 부분이 남아 있는 한 모두 적어보는 수밖에 없다.

  나는 히쇠위(Hisøy)에서 거실 창 앞에 앉아 나뭇잎이 떨어지는 모습을 바라보고 있다. 나뭇잎들은 대기 중에서 흩날리다가 부드러운 깃털처럼 사뿐히 길 위에 내려앉는다. 어린 소녀 하나가 울타리 여기저기에 서 있는 밤나무 사이를 걸어 다닌다.

  그것은 더 이상 아무 관련이 없는 듯하다.

  프로데의 트럼프 카드를 생각하면, 마치 자연이 온통 혼란에 빠지기라도 한 것 같다.

스페이드

스페이드 에이스

······ 그때 한 독일 병사가 자전거를 타고 국도를 달려오고 있었다 ······

철학자들의 고향을 향한 우리의 긴 여행은 남노르웨이의 오래된 항구도시 아렌달에서 시작되었다. 우리는 볼레로호를 타고 크리스티안산에서 히르트스할스로 건너갔으며, 덴마크와 독일을 거쳐 가는 자동차 여행에서는 레고 나라와 거대한 함부르크 항구를 제외한다면 고속도로와 농가를 보기만 했을 뿐, 아무 일도 일어나지 않았다. 알프스에 이르러서야 비로소 무슨 일인가가 일어났다.

여행을 시작할 때, 아버지와 난 한 가지 약속을 했다. 우리는 숙박할 곳을 찾아 자동차를 타고 오랫동안 달려야 했는데, 나는 그 긴 시간 동안 짜증을 부려선 안 되고 아버지는 차 안에서 담배를 피우면 안 된다는 약속이었다. 그 대신 우리는 아버지가 담배를 피울 휴식 시간을 많이 갖기로 했다. 나는 스위스로 가는 여행 중 이 담배 휴식 시간이 가장 인상 깊었다.

이 휴식은 언제나, 내가 뒷자리에서 도널드 만화책을 읽거나 카드로 패를 맞추고 있는 사이, 아버지가 운전하는 동안 곰곰이 생각한 것에 대한 이야기로 시작되었다. 대개 엄마와 관련된 이야기들이었다. 아니면 아버지가 좋아하는 주제 중 하나에 대해 늘어놓았다.

바다에서 오랜 세월을 보냈던 아버지는 육지로 돌아온 다음부터 로봇에 관심을 가졌다. 그건 특별히 놀라운 일은 아니었지만 아버지에겐 그게 끝이 아니었다. 아버지는 과학이 언젠가 인조인간을 만들어내는 데 성공하리라고 확신하고 있었기 때문이다. 아버지가 말하는 인조인간은 빨강과 초록 불빛을 반짝이며 공허한 목소리로 말하는 바보 같은 금속 로봇을 뜻하는 게 아니었다. 아버지는, 과학이 어느 날 우리와 똑같은, 제대로 생각할 줄 아는 인간을 만들어내리라고 믿고 있었다. 더더구나 아버지는 이미 인간을 모두 인조물이라고 믿었다.

"우리는 펄펄 살아 있는 인형들이야."라고 아버지는 자주, 특히 한두 잔 마셨을 때는 즐겨 말하곤 했다.

레고 나라에서는 많은 레고 인형 옆에 서서 생각에 잠겨 있는 아버지에게 나는 엄마를 생각하느냐고 물었다. 아버지는 그저 고개를 흔들 뿐이었다.

"이것들이 전부 살아서 움직인다고 상상해보렴, 한스 토마스야." 아버지가 말했다. "이 인형들이 갑자기 플라스틱 집들 사이를 뛰어 돌아다닌다고 상상해보렴. 그러면 우린 어떡하지?"

나는 "아버진 정신이 나갔어요."라고 말하고 말았다. 자기 아이와 레고 나라를 방문하는 다른 아버지들은 이런 헛소리를 하지 않는다고 믿었기 때문이다.

나는 아버지에게 아이스크림을 사달라고 해야겠다고 생각했다. 왜냐면 아버지가 이상한 말을 하기 시작할 때에는 뭐든 조르기 좋다는 걸 알고 있었기 때문이다. 아버지는 내게 계속 그런 식의 주제를 던지며 조금 미안해했으며, 그렇게 미안함을 느낄 때 대부분의 사람은 관대해지기 마련이다. 내가 막 입을 열려고 하자 아버지가 말했다. "아닌 게 아니라 우리가 바로 저런 살아 있는 레고 인형들이지."

내 아이스크림은 확실해졌다. 아버지는 결국 철학적인 이야기를 시작했던 것이다.

우리는 아테네로 가려고 했지만 여느 때와 같이 여름휴가를 보내기 위해서는 아니었다. 아테네에서, 아니면 어쨌든 그리스의 어디에선가 우린 엄마를 찾아볼 생각이었다. 엄마를 찾을 수 있을지는 확실하지 않았고, 또 찾는다 해도 엄마가 우리와 함께 노르웨이로 돌아갈는지도 확실하지 않았다. 하지만 아버지는 노력해봐야 한다고 말했다. 아버지도 나도 우리 인생의 나머지를 엄마

없이 보내야 한다는 사실을 견뎌낼 수 없었기 때문이다.

내가 네 살 때 엄마는 아버지와 나를 떠났다. 그래서인지 나는 엄마를 여전히 '엄마'라고 부른다. 아버지와 나는 점차 서로를 잘 알아갔으며, 그래서 어느 날부터인가 아버지를 '아빠'라고 부르는 게 더 이상 옳게 여겨지지 않았다.

엄마는 자기 자신을 찾기 위해 세상 속으로 뛰어들었다. 네 살 난 사내아이의 엄마가 이제 자신을 찾을 때가 되었다고 생각하는 것을 아버지와 나는 인정했으며, 그래서 그런 계획을 세운 엄마를 격려했었다. 다만 내가 결코 이해할 수 없었던 것은 그렇게 하기 위해 엄마가 과연 떠나야 했는가 하는 점이다. 왜 엄마는 그 문제를 아렌달에 있는 집에서 해결할 수 없었을까? 크리스티안산으로 여행하는 것으로는 만족할 수 없었을까? 나는 자기 자신을 찾으려는 모든 이에게 자신이 있던 그 자리에 머무르라고 충고하고 싶다. 그러지 않으면 결국 길을 잃을 위험이 클 테니까.

엄마는, 내가 엄마의 모습이 어땠는지 기억도 안 날 만큼 그렇게 오래전에 떠났다. 나는 엄마가 다른 어떤 여자보다도 훨씬 더 아름다웠다는 사실만 알고 있을 뿐이었다. 아버지는 늘 그렇게 말해왔다. 아버지는 또 여자가 아름다우면 아름다울수록 자기 자신을 찾는 일이 그만큼 더 어려워진다고도 했다.

나는 엄마가 떠난 후 곳곳으로 엄마를 찾아다녔다. 아렌달 광장을 지나갈 때면 언제나 불현듯 엄마를 보았다고 생각했고, 오슬로의 할머니에게 가거나 칼 요한 거리를 따라 걸으면서도 나는 줄곧 엄마를 찾아보았다. 그러나 결코 엄마를 볼 수 없었다. 아버지가 생각지도 않게 그리스 패션 잡지를 가져왔을 때야 비로소 엄마를 볼 수 있었다. 그 잡지에 엄마가 있었다. 표지와 잡지 속에 사진들은 엄마가 아직도 여전히 자기 자신을 찾지 못했음을 꽤 분명하게 보여주고 있었다. 왜냐면 거기 찍혀 있는 사람은 내가 알고 있는 우리 엄마가 아니었기 때문이다. 엄마는 분명히 다른 어떤 여자와 비슷해지려 하고 있었던 것이다. 아버지와 나는 엄마를 매우 애처롭게 생각했다.

작은할머니가 크레타에서 가져온, 엄마 사진이 실린 이 패션 잡지는 신문 판매점마다 걸려 있었다. 몇 드라크마를 계산대 위로 밀어 넣기만 하면 이 패션 잡지를 살 수 있었다. 얼마나 우스운 일인가. 우리가 몇 년 동안이나 찾던 엄마가 이 잡지 표지 속에서 내내 지나가는 사람들을 향해 웃고 있었던 것이다.

"세상에, 어떻게 엄마가 저기에 들어가게 됐을까?" 하고 아버지는 머리를 긁적거리며 말했다. 그런데도 아버지는 사진을 오려 내 침실에 걸어놓았다. 전혀 없는 것보다 엄마와 비슷해 보이는 여자의 사진이라도 있는 게 차라리 낫다고 생각한 것이다.

그런 다음 아버지는 우리가 엄마를 찾으러 그리스로 가야 한다는 결정을 내렸다.

"우리는 엄마를 다시 집으로 데려와야 해, 한스 토마스야." 아버지가 말했다. "그러지 않으면 엄마가 이 패션업계의 환상에서 헤어 나오지 못할지도 몰라."

나는 그 말이 무슨 뜻인지 완전하게 이해하지는 못했다. 나는 품이 넓은 옷에 빠질 수 있다는 말은 들어봤어도 패션업계의 환상에서 헤어 나오지 못한다는 말은 들어보지 못했다. 이제 난 모든 사람이 그것을 조심해야 함을 안다.

우리가 함부르크 근처의 한 고속도로 휴게소에 들렀을 때, 아버지는 자신의 아버지에 대해 이야기하기 시작했다. 난 그 이야기를 전부 알고 있었지만, 이곳 독일 자동차들이 우리 옆을 지나치며 쌩쌩 달리는 곳에서는 좀 달랐다. 아버지는 독일 병사의 사생아였기 때문이다. 나는 더 이상 이 이야기가 아무렇지도 않다. 그렇게 태어난 아이도 다른 아이처럼 좋은 아이임을 알기 때문이다. 하지만 나는 이렇게 쉽게 말할 수 있다. 노르웨이 남쪽의 작은 도시에서 아버지 없이 성장한다는 게 어떤 건지 나로서는 느낄 수 없는 일이니까.

물론 아버지는 우리가 지금 독일에 와 있기 때문에 나의 조부모에 대해 이야기하고 있는 것이다.

모두가 알고 있듯이 전쟁 중에는 먹을 것을 마련하기가 쉽지 않다. 우리 할머니도 월귤 열매를 따기 위해 자전거를 타고 프롤란으로 갔다. 할머니는 그 당시 겨우 열일곱 살이었는데, 문제는 할머니의 자전거 타이어가 펑크 난 것이었다.

월귤 열매를 따러 간 그 여행은 내 인생에서 가장 중요한 사건에 속한다. 내 인생에서 가장 중요한 사건이 내가 태어나기 30년도 더 전에 일어났다는 말이 이상하게 들릴지도 모르지만, 그 일요일에 우리 할머니 자전거 타이어가 펑크 나는 일이 일어나지 않았다면 아버지는 결코 태어나지 못했을 것이다. 그리고 아버지가 태어나지 못했다면 당연히 나 또한 태어날 가망이 없었을 테다.

사연은 이렇다. 우리 할머니가 월귤 열매를 가득 담은 바구니를 가지고 프롤란 근처까지 갔을 때 타이어에 펑크가 났다. 할머니에게는 물론 연장이 없었는데, 세상에서 가장 좋은 연장이 있었다 해도 할머니 혼자서는 타이어를 때울 수 없었을 것이다.

그런데 그때 한 독일 병사가 국도를 달려오고 있었다. 그는 독일인이었음에도 불구하고 특별히 호전적이지 않았으며, 월귤 열매를 집으로 가져갈 수 없는 젊은 여자에게 오히려 공손하기까지 했다. 게다가 그는 연장을 가지고 있었다.

그 당시에 사람들은 노르웨이에 주둔하던 독일 병사들을 모두 야비하고 우악스럽다고 생각했는데, 만약 할아버지가 그런 사람이었다면 그는 할머니 옆을 그냥 지나쳐 갔을지도 모른다. 게다가 할머니는 고개를 저으며 독일 점령군의 도움을 거부해야 했을 것이다.

문제는 이 독일 병사가 곤란에 처한 그 젊은 여자를 마침내 좋아하게 되었다는 것이다. 할머니의 가장 큰 불행은 바로 그 문제 때문이었다. 하지만 그 불행은 몇 년이 지난 다음에야 비로소 일어났다.

이 대목에 이르러 아버지는 언제나 담배에 불을 붙였다. 말하자면 할머니도 이 독일인이 마음에 들었던 것이다. 그것은 큰 실수였다. 할머니는 자전거를 수리해준 그에게 감사했을 뿐만 아니라 함께 아렌달로 갈 준비까지 되어 있었다. 할머니는 정숙하지 않았고 또 어리석었다. 그러나 무엇보다도 큰 불행은 할머니가 루트비히 메스너 하사와 계속해서 만나기로 약속했다는 점이다.

이렇게 해서 할머니는 한 독일 병사를 사랑하게 되었다. 딱하게도 우리는 언제나 사랑할 사람을 고를 수 있는 건 아니다. 하지만 할머니는 아직 그를 사랑하지 않았을 때 그와 다시 만나지 않기로 마음먹었어야 했다. 하지만 할머니는 그렇게 하지 않았고, 그래서 그에 대한 벌을 받지 않으면 안 되었다.

나의 조부모는 서로 비밀리에 만났다. 아렌달 사람들이 할머니가 어떤 독일인과 만나고 다니는 걸 알았다면 할머니는 그 지역에서 추방되었을 것이다. 보통 사람들이 그 당시 독일인에 대항해서 싸울 수 있는 방법은 단 하나, 그들과 아무 관계도 맺지 않는 것뿐이었다.

1944년 여름, 루트비히 메스너는 전방에서 제3제국을 방어하기 위해 독일로 돌아갔다. 그는 할머니에게 인사조차도 제대로 못했으며, 아렌달에서 기차에 몸을 싣는 순간 할머니의 인생에서 사라졌다. 할머니는 그의 소식을 다시는 듣지 못했다. 전쟁이 끝나고 많은 세월이 지난 후 그를 찾아보려고 애썼을 때조차도 결국 할머니는 그가 러시아와의 전투에서 전사했다고 거의 확신했다.

프롤란으로 갔던 자전거 여행과 그다음에 일어난 일은 할머니가 아이를 갖지 않았더라면 아마도 모두 잊혔을 것이다. 할아버지가 동부전선으로 출발하기 직전에 일어난 일이 틀림없지만, 할머니는 몇 주일이 지난 후에야 비로소 그 사실을 알게 되었다.

그다음에 일어난 일을 두고 아버지는 인간들의 악연이라고 했다. 그리고 여기서 아버지는 다시 담배에 불을 붙였다. 아버지는 1945년 5월, 점령군으로부터 해방되기 직전에 태어났다. 독일인이 항복하자마자 할머니는 독일 병사와 만났던 모든 노르웨이 여자와 마찬가지로 노르웨이 사람들에게 체포되었다. 유감스럽게도 그런 여자가 적지 않았는데, 그중 가장 큰 괴로움을 당한 이들은 독일 병사의 아이를 가진 여자였다. 진실을 말하자면, 할머니가 할아버지와 함께 지냈던 것은 할아버지를 사랑해서였지 그가 나치스트였기 때문이 아니었다. 또한 그는 결코 나치스트가 아니었다. 그들이 할아버지를 독일로 보내기 전, 할아버지와 할머니는 스웨덴으로 도망칠 계획을 세웠었다. 그들이 그 계획을 포기하게 된 것은 스웨덴 국경 보초들이 국경을 넘으려는 독일 탈주병들을 사살한다는 소문 때문이었다.

아렌달 사람들은 할머니에게 달려들어 머리를 박박 깎아버렸다. 그들은 막 아이를 낳은 할머니를 두들겨 패고 밟았다. 그들에 비하면 메스너의 처신이 더 나았다고 양심에 거리낌 없이 말할 수 있다.

머리카락 한 올 없는 채로 할머니는 오슬로의 트뤼그베 삼촌과 잉리 숙모에게 가야 했다. 아렌달에 있는 것은 할머니에게 더 이상 안전하지 못했다. 할머니는 늙은 남자처럼 머리카락이 하나도 없었기 때문에 따뜻한 봄날에도 빵모자를 써야 했다. 할머니의 어머니는 계속 아렌달에 살았으며, 전쟁이 끝나고 5년이 지나서야 할머니는 내 아버지와 함께 그곳으로 돌아올 수 있었다.

할머니도 아버지도 프롤란에서 일어난 일을 변명하려고 하지 않았다. 우리가 유일하게 비판할 수 있는 것은 형량이었다. 예를 들어 한 범죄로 얼마나 많은 세대 동안 벌을 받아야 하는지에 대한 흥미로운 물음 말이다. 할머니는 물론 아이를 가졌다는 자기 몫의 죄를 지었고, 이 사실을 결코 부인하지 않았다. 그러나 그 아이까지 벌한다는 것 역시 옳은 일인지 판단하기는 더 어려운 일이라고 나는 생각한다.

나는 그것에 대해 곰곰이 생각해본 적이 꽤 많았다. 나의 아버지는 인간이 유혹을 물리치지 못한 결과로 인해 세상에 나왔다. 그렇지만 모든 인간의 뿌리는 아담과 하와로까지 거슬러 올라가지 않는가? 나는 물론 이 비유가 적절하지 않음을 알고 있다. 한 경우는 사과가 문제였고, 다른 경우는 월귤 열매가 문제였다. 하지만 자전거 타이어는 마치 아담과 하와를 유혹에 빠뜨렸던 뱀 같아 보이지 않는가?

어쨌든 어머니들은 누구나 이미 태어난 한 아이 때문에 그 인생 내내 자책할 수는 없다. 더구나 그 아이야말로 결코 비난받아서는 안 된다고 나는 생각한다. 독일 병사의 아이도 자신의 생명을 기뻐할 권리가 있는 것이다. 그런데 이 점에서 아버지와 나는 몇 가지 의견 차이를 보였다.

아버지는 사생아로, 그것도 적국의 사생아로 성장했던 것이다. 아렌달의 어른들은 '독일 창녀들'을 더 이상 두들겨 패지는 않았지만, 아이들은 독일 병사의 아이들을 계속해서 괴롭혔다. 아이들은 어른들의 야비함을 너무도 잘 흉내 냈던 것이다. 아버지는 그만큼 힘든 유년기를 보냈다. 그런데 열일곱 살이 되자 아버지는 더 이상 견뎌내지 못했다. 아버지는 다른 모든 사람과 똑같이 아렌달을 사랑했음에도 불구하고 수습 선원이 되어 바다로 떠났다. 7년이 지난 후에야 아버지는 아렌달로 돌아왔는데, 그때 아버지는 크리스티안산에서 엄마를 만났다. 그들은 히쇠위의 한 낡은 집으로 이사했다. 거기서 나는 1972년 2월 29일에 태어났다. 이렇게 보면 나도 당연히 프롤란 사건에 대한 내 몫의 죄를 져야 한다. 그리고 우리는 그것을 원죄라고 한다.

독일 병사의 아이로 유년기를 보냈고 오랫동안 바다에서 지냈던 아버지는 언제나 한두 잔의 독한 술을 즐겼다. 나는 아버지가 술을 즐기는 정도가 좀 심하다고 생각한다. 아버지는 잊어버리기 위해 술을 마신다지만 그것은 잘못된 생각이다. 왜냐면 술을 마실 때 아버지는 나의 조부모와 독일 병사의 자식으로서의 자신의 삶에 대해 늘어놓기 시작하기 때문이다. 그럴 때 아버지는 가끔 울기도 한다. 난 아버지가 술을 마셔서 훨씬 더 잘 기억해낼 따름이라고 생각한다.

함부르크 근처의 고속도로에서 내게 다시 한 번 자신의 인생 이야기를 하고 난 뒤 아버지가 말했다. "그러고 나서 엄마가 사라졌어. 네가 유치원에 갈 무렵 엄마는 처음으로 무용 교사 자리를 얻었고, 그 후에는 모델로 일하기 시작했지. 엄마는 자주 오슬로에 갔고 스톡홀름에도 두세 번 다녀왔는데 하루는 집에 돌아오지 않았단다. 겨우 한 번 편지가 왔는데, 거기에는 엄마가 외국에서 새 일자리를 얻었으며 언제 돌아올지 모른다고 적혀 있었지. 그건 한두 주 정도 떠나 있으려 하는 사람들이나 하는 말이야. 그런데 엄마는 벌써 8년이 넘도록 돌아오지 않는구나."

이것도 나는 이미 자주 들었지만 아버지가 이번에는 말을 덧붙였다. "우리 가족 중에는 늘 누군가가 빠져 있었지, 한스 토마스야. 늘 누군가가 길을 잃었지. 난 이게 가문의 저주라는 생각이 드는구나."

아버지에게서 저주라는 말이 나오자 나는 약간의 두려움을 느껐다. 그리고 다시 차에 탄 후 곰곰이 생각해본 끝에 아버지가 옳다는 결론에 도달했다.

아버지에겐 아버지와 아내가, 나에겐 할아버지와 엄마가 없었다. 그리고 아버지는 거기에다 또 다른 생각을 더 했을 것이다. 할머니가 아직 어렸을 때, 할머니의 아버지는 벌채를 하다가 쓰러지는 나무에 깔려 돌아가셨다. 할머니 역시 아버지 없이 성장했던 것이다. 어쩌면 할머니는 그 때문에 전쟁에 나가 죽을 운명을 가진 한 독일 병사의 아이를 낳았는지 모른다. 그리고 어쩌면 그 아이는 그 때문에 자기 자신을 찾기 위해 아테네로 떠난 한 여자와 결혼했는지도 모른다.

스페이드 2

...... 하느님이 하늘에 있어서 인간이 하느님을 믿지 않는다고 웃고 있다고 ......

스위스 국경에서 우리는 주유기가 하나밖에 없는 초라한 주유
소에 멈췄다. 녹색의 어떤 집에서 한 남자가 나왔는데, 그는 난쟁
이만큼이나 작았다. 아버지는 커다란 교통 지도를 펼치고는 알프
스를 거쳐 베네치아로 가는 제일 좋은 길을 물었다.

난쟁이는 지도를 가리키며 가늘고 높은 목소리로 대답했다. 그
는 독일어로 말했는데 아버지가 내게 통역해주었다. 이 작은 남자
는 우리에게 '도르프'라는 작은 마을에서 숙박할 것을 권했다.

그는 말하는 동안 내내, 마치 그의 일생 동안 아이라고는 전혀
본 적이 없기라도 한듯, 나를 뚫어지게 바라보았다. 그는 내 키가
자기 키와 같기 때문에 나를 좋아하는 것 같았다. 우리가 다시 출
발하려고 하자, 그는 내게 녹색 통에 들어 있는 작은 돋보기 하나
를 주었다.

"이걸 가지렴." 그는 가늘고 높은 목소리로 말했다(물론 아버지가 통역을 해주었다). "난 오래전 사냥꾼에게 치명상을 입은 노루의 뱃속에서 오래된 유리 조각을 발견했는데, 그걸 갈아서 이 작은 돋보기를 만들었단다. 도르프에서 이게 필요할 거야. 그렇지, 얘야, 이 작은 돋보기는 반드시 쓸 데가 있을 거야."

나는 혹시 도르프가 돋보기로만 찾을 수 있을 정도로 작다는 말인가 하는 생각이 들었다. 하지만 나는 차를 타기 전에 난쟁이에게 손을 내밀어 감사를 표시했다. 그의 손은 내 손보다도 작았을 뿐 아니라 훨씬 더 차가웠다.

아버지는 크랭크를 돌려 창을 내린 후 난쟁이에게 손짓을 했고, 난쟁이도 조그만 두 팔을 흔들어 작별 인사를 했다.

아버지가 시동을 걸자, "당신들은 아렌달에서 왔지요, 그렇죠?" 하고 그가 소리쳤다.

아버지는 "맞습니다."라고 대답했고, 우리는 다시 출발했다.

"우리가 아렌달에서 왔는지 어떻게 알았을까요?"

아버지는 백미러 속으로 나를 찬찬히 보았다. "네가 말하지 않았니?"

"아뇨."

"네가 말했잖아." 아버지는 우겼다. "어쨌든 내가 말하지는 않았어."

그렇지만 나는 정말로 말하지 않았고, 말했다고 해도 그 난쟁이는 이해하지 못했을 것이다. 어차피 나는 독일어를 한마디도 못하니까.

"왜 그 사람은 그렇게 작을까요?" 고속도로에 다다랐을 때 나는 아버지에게 물었다.

"그것도 모른단 말이냐? 그 녀석은 인조인간이라서 그렇게 작은 거야. 어떤 유태인 마법사가 수백 년 전에 그를 만들었지."

물론 이 말이 농담이라는 것은 알았지만 그래도 나는 이렇게 물어보았다. "그렇다면 그 사람은 나이가 몇백 살이나 되겠네요?"

"정말 모른단 말이냐? 인조인간은 우리처럼 늙지 않아. 그것이 그들이 내세울 수 있는 유일한 장점이고 아주 중요한 점이지. 그건 결국 그들이 결코 죽지 않는다는 것을 의미하거든."

차가 달리는 동안 나는 돋보기를 꺼내 아버지한테 이가 있는지 살펴보았다. 이는 없었지만 아버지의 목덜미에는 보기 흉한 털이 몇 가닥 자라나 있었다.

스위스 국경을 지난 지 얼마 안 되어 우리는 도르프로 가는 이정표를 보았다. 우리는 서서히 산을 휘감아 올라가는 작은 도로로 접어들었다. 황량한 곳이었다. 구릉 꼭대기엔 나무로 된 몇몇 낡은 별장만이 나무들 사이에 띄엄띄엄 서 있었다.

곧 어두워지기까지 해서 거의 잠이 들 뻔하다가 아버지가 갑자기 차를 멈추는 바람에 놀라 일어났다.

"담배 휴식!" 하고 아버지가 소리쳤다.

우리는 차에서 내려 신선한 알프스 공기를 마셨다. 밤이었다. 머리 위로는 수천 개의 아주 작은 등이 매달린 천장처럼 하늘 가득히 별들이 반짝반짝 빛나고 있었다.

도로 가장자리에서 소변을 보고 온 아버지는 담배에 불을 붙이고 하늘을 가리키며 말했다. "우린 아주 미미한 존재에 불과해. 우린 낡은 피아트를 타고 아렌달에서 아테네로 달려가고 있는 미미한 레고 인형이야. 하! 이 완두콩만 한 지구 위에서! 저 밖에, 그러니까 우리가 살고 있는 이 콩알 밖에는 수백억 개의 은하가 있지. 한스 토마스야, 이 은하들은 각각 천억 개의 별로 이루어져 있단다. 그리고 하느님은 얼마나 많은 행성이 있는지 알고 있지."

아버지는 담뱃재를 떨고 말을 이었다. "나는 우리뿐이라고 생각하지 않아. 얘야, 절대로 그렇지 않아. 우주에는 생명력이 넘치고 있어. 다만 우리는 우리뿐인지 그렇지 않은지 결코 알 수가 없는 거야. 은하는 마치 외로이 떨어진 섬들과 같거든."

아버지에 대해서는 할 얘기가 많지만, 나는 아버지와 이야기하는 걸 한 번도 지루해하지 않았다. 아버지는 항해사로서의 인생에 만족해서는 안 되었다. 내 생각에 아버지는 철학자로서 나라에서 봉급을 받았어야 했다. 아버지도 언젠가 비슷한 얘기를 했다. "우리 나라에는 별의별 장관이 다 있지. 그렇지만 철학 장관은 없어. 큰 나라들마저도 그런 건 없어도 된다고 생각하지."

이렇듯 유전적 요인이 있었기 때문에 나는 아버지가 엄마 이야기를 하지 않을 때면 거의 언제나 시작하곤 하던 철학 대화에 참여해보려고 했다.

이번에는 내가 말했다. "우주가 거대하다는 게 반드시 우리 지구가 완두콩만 하다는 뜻은 아니에요."

아버지는 어깨를 으쓱해 보이고는 담배꽁초를 바닥에 던지고 새 담배에 불을 붙였다. 아버지는 인생과 별들에 대해 이야기할 때, 사실 다른 사람의 생각에는 별 관심이 없었다. 그러기에는 자신의 견해를 너무도 확실히 믿고 있었다. 대답 대신 아버지는 이렇게 물었다. "우리는 어디서 왔을까, 한스 토마스야? 너 생각해본 적 있니?"

나도 이미 그것에 대해 생각해왔지만, 아버지가 내 대답에는 관심이 없다는 걸 알기 때문에 아버지가 이야기를 계속하도록 놔두었다. 우리는 이미 서로를 잘 알고 있었으므로 그렇게 하는 것이 가장 좋은 방법이었다.

"언젠가 할머니가 하신 말씀을 기억하고 있니? 할머니가 그러셨는데, 하느님이 하늘에 앉아서 인간이 하느님을 믿지 않는다고 웃고 있다는 구절을 성경에서 읽으셨다는구나."

"대체 왜요?" 나는 물었다. 묻는 건 언제나 대답하는 것보다 간단했다.

"좋아." 아버지는 이야기를 시작했다. "우리를 창조한 하느님이 있다면, 우린 그의 눈으로 보자면 인조물이지. 우리는 수다를 떨고 서로 싸우고 두들겨 패지. 서로 헤어지고 그리고 죽어. 알겠니? 우리는 너무도 똑똑해서 원자폭탄과 로켓을 만들지. 그런데 우리 가운데 누구도 우리가 어디서 왔는지 묻지 않아. 우리는 그저 여기에 있을 뿐이지."

"그래서 하느님이 우리를 보고 웃는 거예요?"

"그래. 만약 우리가 인조인간을 하나 만들 수 있다면, 그리고 만약 이 인조인간이 모든 문제 중에 가장 중요한 것, 자신이 어떻게 생겨났는지에 대한 가장 중요한 질문은 제기하지도 않고 그저 주식 시세나 경마에 대해서만 지껄여댄다면, 그래, 그렇다면 우리라도 정말 웃을 수밖에 없을 거야."

아버지는 말을 계속하면서 그렇게 웃었다. "우리는 성경을 더 많이 읽어야 해, 얘야. 하느님은 아담과 하와를 창조하고 나서 동산을 산책하다가 그들 뒤를 쫓아가 보았지. 나는 지금 쓰인 대로 말하는 거란다. 하느님은 숲에 숨어 있다가 그들이 뭘 하는지 자세히 관찰했지. 하느님은 자신의 창조물에 매혹되어 그들한테서 눈을 뗄 수가 없었단다. 하느님을 비난하는 게 아니란다. 아니지, 아니야. 나는 하느님을 잘 이해하고 있지."

아버지는 담배를 눌러 껐으며 그것으로 휴식은 끝났다. 나는 이 모든 것에도 불구하고 운이 좋다고 생각했다. 결국 나는 그리스로 가는 동안에, 짐작건대 30~40번의 이러한 담배 휴식에 참여하게 될 것이니 말이다.

차 안에서 나는 다시 그 이상한 난쟁이가 준 돋보기를 꺼내보았다. 나는 돋보기로 자연을 더 자세히 연구하기로 마음먹었다. 만약 내가 땅바닥에 엎드려 개미 한 마리나 꽃 한 송이를 충분히 오래 관찰한다면, 어쩌면 거기서 몇 가지 비밀을 찾아낼 수 있을 것이다. 그러면 나는 성탄절에 아버지에게 마음의 휴식을 조금쯤 선사할 수 있을지도 모른다.

우리는 산으로 점점 더 높이 올라갔다. 도르프에 도착하기까지는 무척 오래 걸렸다.

"자고 있니, 한스 토마스야?" 아버지가 얼마 후에 물었다. 그런 질문은 사실 하나 마나 한 질문이다. 나는 정말인 것처럼 아니라고 말했고, 그러고 나니 정신이 좀 들었다.

아버지가 말했다. "그런데 나는 그 난쟁이가 우리한테 거짓말을 한 건 아닌지 의심스러워지기 시작하는구나."

"그 돋보기가 노루 뱃속에 있었다는 건 사실이 아닐까요?" 나는 우물거렸다.

"너 피곤하구나, 한스 토마스야. 난 길 얘기를 하고 있는 거야. 왜 그 사람이 우리를 이 황량한 곳으로 보냈을까? 고속도로도 알프스를 통과하는 데 말이다. 40킬로미터 전에 마지막으로 집 한 채를 보았고, 마지막 호텔은 훨씬 더 전에 있었거든."

나는 너무 피곤해서 대답하고 싶지 않았다. 다만 아버지를 사랑하는 데서는 어쩌면 내가 세계기록을 가지고 있을 것이라고 생각했다. 아버지는 단순히 항해사로 태어나지는 않았다. 그렇다, 아버지는 오히려 하늘에 있는 천사들과 인생의 비밀에 대해서 이야기를 나누는 편이 더 좋았을 것이다. 천사는 인간보다 훨씬 더 현명하다. 아버지도 이 사실을 내게 가르쳐주었다. 천사는 하느님만큼 현명하지는 않지만, 우리 인간이 파악할 수 있는 모든 것에 대해 깊이 생각해볼 필요도 없이 다 이해한다.

"맙소사, 왜 그 난쟁이는 우리를 도르프로 보냈지? 두고 봐, 결국 그 사람이 우리를 어떤 난쟁이 마을로 유인하고 말 테니."

이것이 내가 잠들기 전에 아버지가 한 마지막 말이었다. 나는 난쟁이들로 가득 찬 어떤 마을의 꿈을 꾸었다. 모두들 매우 상냥했다. 그들은 많은 이야기를 마구 지껄여댔지만, 자신들이 이 세상 어디에 있는지 또 어디서 왔는지 말할 수 있는 사람은 아무도 없었다.

나는 아버지가 나를 안고 자동차에서 침대로 데려갔다고 기억한다. 어디선가 벌꿀 냄새가 나는 듯했다. 그리고 어떤 여자 목소리가 들렸다. "그럼요, 그럼요. 물론이지요, 손님."

스페이드 3

…… 마을에서 이렇게 멀리 떨어진 곳의 숲 바닥을 장식하는 건 좀 이상하지 ……

다음 날 아침 깨어났을 때 나는 우리가 정말로 도르프에 도착했음을 알았다. 아버지는 내 옆에서 깊은 잠에 빠져 있었다. 이미 8시가 넘었지만 아버지는 좀 더 자야 할 것이다. 얼마나 늦어지든 상관하지 않고 아버지는 잠자리에 들기 전에 항상 작은 잔으로 술을 마셨다. 그런데 오직 아버지만 '작은 잔'이라고 말했다. 나는 이 작은 잔이 아주 클 수도 있고 또 여러 잔일 수도 있음을 알고 있었다.

창 너머로 커다란 호수가 보였다. 나는 재빨리 옷을 입고 1층으로 내려갔다. 거기서 뚱뚱한 아주머니와 마주쳤는데, 그녀는 노르웨이어를 한마디도 못했지만 내게 말을 건네려고 애쓸 정도로 친절했다.

"한스 토마스야."라고 몇 번씩이나 부르는 것으로 보아 아버지가 잠든 나를 방으로 안고 가는 동안에 아주머니에게 나를 소개한 모양이었다.

나는 호수 앞에 있는 풀밭으로 가서 근사해 보이는 알프스 그네를 타보았다. 그네는 무척 높아서 지붕보다 더 높이 올라갈 수 있었다. 그네를 타면서 나는 그 작은 알프스 마을을 관찰했다. 높이 올라가면 갈수록 더 많은 풍경을 볼 수 있었다.

대낮에 도르프를 둘러보는 아버지의 얼굴을 생각하자 나는 즐거워졌다. 도르프는 마치 그림책에 나오는 인형 마을처럼 아름다웠으므로, 아버지는 이곳에서 쉬고 싶어 할 것이다. 눈으로 덮인 높은 산들 사이의 좁은 골목을 따라 상점이 몇 채 있었고, 그네를 타고 아주 높이 올라가면 레고 나라의 마을을 바라보는 듯한 느낌이 들었다. 우리가 머물고 있는 여관은 분홍빛 차양과 알록달록한 유리로 된 자그마한 창이 많은 하얀 3층 건물이었다.

슬슬 그네 타는 데 싫증이 나기 시작했을 때, 아버지가 여관에서 나와 아침식사를 하자고 나를 불렀다.

우리는 세상에서 가장 작을 것 같은 식당으로 들어갔다. 그 안에는 겨우 탁자가 네 개 있었는데, 아버지와 내가 유일한 손님이었다. 식당 옆에 큰 레스토랑이 하나 있었지만 문이 닫혀 있었다.

아버지가 나보다 더 늦게까지 잤기 때문에 미안해하고 있음을 눈치 챈 나는 알프스 우유 대신 레모네이드를 마시겠다고 졸랐다. 아버지는 흔쾌히 허락했고 아버지는 '작은 병'을 주문했다. 난 그게 뭔지 궁금했는데 아버지의 잔을 보니 적포도주 같아 보였다. 그 순간 나는 우리가 내일 아침에야 이곳을 떠나게 되리라고 생각했다.

아버지는 우리가 머무는 곳이 고급 여관이라고 했지만, 창문을 제외하면 평범한 여느 여관과 다른 구석이 없었다. 이 여관의 이름은 '아름다운 발데마르'였고, 그 앞 호수는 '발데마르 호수'라 불렸다. 둘 다 '발데마르'에서 따온 이름인 듯했다.

"그자가 우리를 속였어." 포도주를 한 모금 마신 후 아버지가 말했다.

나는 아버지가 그 난쟁이 얘기를 하고 있다는 걸 금방 알아챘고, 그도 아마 발데마르 난쟁이라고 불릴 거라고 생각했다.

"우리가 돌아서 왔나요?"

"돌아 왔느냐고? 여기서 베네치아까지나 주유소에서 베네치아까지나 거리는 똑같아, 킬로미터까지 정확하게. 그러니까 주유소에서부터 여기까지 올 필요가 전혀 없었다는 말이다. 알겠니?"

"그래요? 제기랄!"

나는 소리쳤다. 아버지와 함께 많은 시간을 보낸 나는 아버지의 뱃사람 말투를 닮아가고 있었다.

"이제 휴가가 두 주밖에 남지 않았단 말이야. 게다가 우리가 아테네에 도착하자마자 엄마를 찾을 수 있을지 장담할 수도 없어."

"그런데 왜 우린 오늘 출발할 수가 없죠?"

나는 이 기회에 궁금했던 것을 물어보았다. 내게도 엄마를 찾는 일이 아버지에게만큼 중요했기 때문이다.

"오늘은 더 이상 여행하지 않으리라는 걸 어떻게 알았니?"

나는 대답 대신 아버지의 '작은 병'을 가리켰다.

그러자 아버지는 소리 내어 크게 웃기 시작했다. 아버지가 너무도 크고 쇳소리 나게 웃어대자, 우리가 무슨 이야기를 하는지 전혀 알지 못하는 그 뚱뚱한 아주머니도 웃어대기 시작했다.

"우린 어젯밤 1시경에야 여기에 도착했어. 그러니까 하루 정도는 쉴 만하지 않니?"

나는 어깨를 으쓱해 보였다. 나야말로 쉬지도 않고 줄곧 차만 타고 싶지는 않았기 때문에 반대할 이유가 없었다. 다만 아버지가 정말로 쉬려고 하는 건지, 아니면 남은 시간 내내 술이나 마시려고 하는 건지 의심스러울 따름이었다.

아버지는 자동차에서 짐을 뒤적이고 있었다. 한밤중에 도착했을 때, 아버지는 분명 칫솔 하나조차 꺼내고 싶지 않았을 것이다.

아버지가 차에서 짐 정리를 하고 돌아왔을 때, 우리는 근사하게 산책을 하기로 했다. 주인아주머니는 전망이 아주 좋은 산 하나를 가리키면서 산에 올라갔다 내려오기에는 좀 늦었다고 말했다. 그러자 아버지가 좋은 생각을 해냈다. 산꼭대기까지 걸어 올라갈 필요 없이 산에서 걸어 내려오려면 어떻게 해야 할까? 일단

산으로 오르는 자동차 길이 있는지 물어봐야겠지? 주인아주머니는 있기는 있지만 자동차로 올라갔다가 걸어서 내려온다면 자동차를 가지러 다시 올라가야 되지 않느냐고 말했다.

"그럼 택시를 타겠습니다." 아버지는 그렇게 결정했다.

주인아주머니는 우리에게 택시를 불러주었고, 달려온 택시 기사는 아마도 우리가 미쳤다고 생각했겠지만 아버지가 스위스 프랑을 흔들어 보이자 요구하는 대로 해주었다.

주인아주머니는 주유소의 난쟁이보다 그 부근을 더 잘 알았다. 우리는 노르웨이에서도 이렇게 아름다운 산과 경치를 결코 본 적이 없었다.

우리는 까마득한 저 멀리 아래에 점을 촘촘히 찍은 듯 모여 있는 집들과 그 앞에 있는 작은 못을 보았다. 거기가 바로 도르프 마을과 발데마르 호수였다.

한여름인데도 산 위에서는 바람이 옷깃을 파고들었다. 아버지는 우리가 고향의 어떤 산꼭대기보다도 훨씬 높은 곳에 있다고 했다. 나는 아주 인상 깊었는데 아버지는 실망한 것 같았다. 아버지는 여기서 지중해를 볼 수 있을 거라고 생각했기 때문에 꼭 이 산으로 올라오려 했다고 고백했다. 나는 아버지가 저 아래 그리스에서 엄마가 뭘 하고 있는지를 보고 싶었던 모양이라고 생각했다.

"내가 바다에 있을 때는 이러지 않았단다. 육지를 보지 않고도 몇 날 몇 시간이고 갑판에 서 있을 수 있었거든."

나는 그게 어떤 것일지 상상해보았다.

"그게 훨씬 더 나았단다." 아버지는 내 생각을 읽기라도 한 듯 말을 이었다. "바다를 보지 못하면 언제나 갇혀 있는 것처럼 느껴지거든."

우리는 키 큰 활엽수들 사이로 난 좁은 길을 따라 산을 내려왔는데 여기서도 벌꿀 냄새가 났다. 우리는 중간중간 땅바닥에 누워 쉬었다. 아버지가 담배를 피우는 동안 나는 돋보기를 꺼내 들고 작은 나무줄기를 기어 올라가고 있는 개미 한 마리를 관찰했다. 하지만 개미가 가만히 있지 않아서 자세히 관찰하는 것은 불가능했다. 나는 개미를 떼어내고 대신 나무줄기를 관찰하기 시작했다. 돋보기로 본 나무줄기는 아름다웠지만 거기서 그 이상의 것을 알아낼 수는 없었다.

갑자기 나뭇잎에서 바스락하는 소리가 들렸다. 아버지는 마치 험악한 산적이 나타나 행패라도 부릴 거라고 생각한 듯 갑자기 일어섰다. 하지만 그것은 순한 노루 한 마리였다. 노루는 몇 초 동안 우리를 쳐다보더니 숲 속으로 뛰어 들어갔다. 나는 아버지를 보고는 아버지와 노루 둘 다 몹시 두려워했음을 알았다. 그때부터 나는 아버지를 늘 노루로 상상하기 시작했지만 그것을 말할 수는 없었다.

아침식사 때 술을 마셨는데도 아버지는 이날 오전 내내 기분이 아주 좋았다. 우리는 산 아래로 뛰어 내려가다가 나무 사이에 마치 줄지은 듯 놓여 있는 흰 돌 무더기를 발견하고서야 비로소 멈춰 섰다. 돌이 수백 개는 되어 보였는데 모두 반질반질하고 둥글었으며 하나같이 각설탕 한 조각보다도 작았다.

아버지는 멈춰 서서 머리를 긁적였다.

"이 돌들이 여기서 생겨났을까요?"

아버지는 고개를 젓고는 말했다.

"사람 냄새가 나는 것 같지 않니, 한스 토마스야?"

"하지만 마을에서 이렇게 멀리 떨어진 곳의 숲 바닥을 장식하는 건 좀 이상하지 않아요?"

아버지는 금방 대답하지는 않았지만 동의하는 게 분명했다.

아버지를 견딜 수 없게 하는 것이 있다면 그건 아버지가 경험한 어떤 것에 대해 아무 설명도 하지 못하는 것이었다. 이럴 때 아버지는 셜록 홈스를 연상시킨다. 이윽고 아버지는 말했다.

"이건 묘지 같은 것을 생각나게 하는군. 이 작은 돌은 모두 저마다 몇 제곱센티미터의 작은 땅을 차지하고 있어."

나는 아버지가 마을 사람들이 여기에 아주 작은 레고 인간들을 매장했다고 할 줄 알았지만, 그것은 아버지에게조차 너무 황당한 추측이었을 것이다.

"아마 아이들이 무당벌레를 묻었을 거야." 아버지는 이렇게 말했지만 분명히 더 나은 대답을 찾고 있었다.

"그럴지도 모르지요." 나는 그 돌 가운데 하나를 돋보기로 관찰하면서 말했다. "무당벌레가 이곳에다 이 흰 돌들을 늘어놓을 수는 없을 테니까요."

아버지는 과장되게 웃었다. 아버지는 내 어깨에 팔을 둘렀고, 우리는 아까보다 좀 더 천천히 내려갔다.

우리는 작은 통나무집 옆을 지나가게 되었다.

"이 집에 누군가가 살고 있을까요?"

"물론이지!"

"어떻게 그렇게 확신하세요?"

아버지는 대답 대신 굴뚝을 가리켰는데, 굴뚝에서는 가느다란 연기가 피어오르고 있었다.

그 통나무집 바로 밑에서 우리는 작은 개울둑에 빼꼼히 튀어나온 파이프에서 나오는 물을 마셨다. 아버지는 그것을 '샘물'이라고 불렀다.

스페이드 4

······ 손에 잡힌 건 작은 책이었다 ······

우리가 다시 도르프에 도착했을 때는 이미 늦은 오후였다. 이제 뭘 좀 먹는 게 좋겠다고 아버지가 말했다.

여관의 큰 레스토랑이 문을 열어서 우리는 그 작은 식당에서 밥을 먹지 않아도 되었다. 레스토랑에는 마을 사람 몇 명이 탁자에 둘러앉아 생맥주를 마시고 있었다. 우리는 소시지와 스위스식 양배추 절임을 먹었고, 후식으로 알프스 크림을 곁들인 애플파이 종류의 빵을 먹었다.

식사 후에 아버지는 아버지의 표현대로 '알프스 브랜디를 음미'하고 싶어 했다. 나는 너무 따분해서 레모네이드 한 병을 들고 방으로 올라갔다. 그리고 이미 적어도 열 번, 스무 번은 읽은 도널드 만화책을 마지막으로 읽었다. 그러고 나서 카드로 패를 떼어보았다. 하트가 두 번 나왔지만 두 번 다 카드를 뒤집고는 더 이상 진전시키지 못했다. 그런 다음 다시 레스토랑으로 내려갔다.

아버지가 취해버리면 세계의 일곱 대양 이야기를 해줄 수 없기 때문에, 나는 아버지가 취하기 전에 같이 방으로 올라오려고 했다. 그러나 아버지는 알프스 브랜디를 아직도 충분히 마시지 못했고, 지금은 아예 독일어로 마을 사람들과 담소를 나누고 있었다.

"산보나 하면서 마을을 둘러보렴." 하고 아버지는 말했다.

나는 같이 가려 하지 않는 아버지가 비겁하다고 생각했다. 하지만 오늘 나는 아버지 말대로 하길 잘했다고 생각한다. 나는 아버지보다 더 행복한 조건에서 태어났으니까.

이 마을은 '둘러보는 데' 정확히 5분밖에 안 걸릴 정도로 작았다. 도르프에는 오직 발데마르길 하나밖에 없었으며, 이 마을 사람들은 특별히 상상력이 풍부하지는 않았다.

나는 아버지가 여전히 마을 사람들과 함께 알프스 브랜디를 마시고 있었기 때문에 화가 났다. '알프스 브랜디!' 이 말은 어쩐지 '술'보다는 좀 더 근사하게 들렸다. 아버지는 언젠가 건강상의 이유로 술을 끊을 수 없다고 말했다. 나는 이 말을 이해할 수 있을 때까지 자주 되풀이해봐야 했다. 사람들은 보통 그 반대로 말하는데, 나의 아버지는 예외일 수도 있다. 독일 병사의 사생아이기 때문에.

발데마르길에 있는 상점은 모두 문을 닫았는데도 빨간 용달차가 물건을 내리기 위해 한 식료품 가게 앞에 멈춰 서 있었다. 어린 소녀가 벽에 공을 던지며 놀고 있고, 한 노인이 커다란 나무 아래 벤치에 앉아 파이프 담배를 피우고 있었다. 그런데 이게 전부였다! 동화 속의 그림 같은 집들이 있기는 했지만, 나는 이 작은 알프스 마을이 숨 막힐 정도로 따분하게 느껴졌다. 게다가 돋보기로 뭘 해야 좋을지 전혀 알 수가 없었다.

내게 위안이 되는 것은 오로지 내일 아침 이곳을 떠난다는 사실뿐이었다. 오후나 저녁때쯤 우리는 이탈리아에 도착할 것이다. 거기서 우리는 유고슬라비아를 거쳐 그리스로 갈 것이고, 어쩌면 거기서 엄마를 찾을 수도 있을 것이다. 이런 생각을 하자 갑자기 흥분이 되었다.

나는 조그만 빵 가게 쪽으로 길을 건넜다. 그 진열장은 내가 구경하지 않은 유일한 것이었다. 오래된 케이크가 담긴 접시 옆에 금붕어 한 마리가 외롭게 노닐고 있는 유리 어항이 있었다. 어항은 위쪽 가장자리 한 귀퉁이가 떨어져 나가고 없었다. 떨어져 나간 부분은 주유소의 이상한 난쟁이가 내게 준 돋보기 크기였다. 나는 주머니에서 돋보기를 꺼내 대어보았다. 돋보기는 어항에서 떨어져 나간 조각보다 약간 작을 뿐이었다.

오렌지 빛깔의 아주 작은 금붕어 한 마리가 어항 속에서 이리저리 헤엄치고 있었다. 아마도 금붕어는 케이크 부스러기를 먹고 살 것이다. 나는 어쩌면 그 노루가 이 금붕어를 잡아먹으려다 어항을 깨물었을지도 모른다고 생각했다.

문득 저녁 햇살이 작은 창에 비쳐 들어 어항이 반짝거렸다. 그때 나는 금붕어가 오렌지색만 띠는 것이 아니라는 걸 알았다. 금붕어는 빨갛기도 하고 노랗기도 하고 초록색이기도 했다. 물과 유리 어항은 금붕어 색깔 때문에 갑자기 그림 물감통에 있는 모든 색을 띠는 것이었다. 그리고 나는 금붕어와 어항과 불을 오래 주시하면 할수록 내가 어디에 있는지를 잊어버렸다. 심지어 몇 초 동안 나는 내가 어항 속의 금붕어고 금붕어가 밖에 서서 나를 쳐다보고 있다는 착각마저 들었다.

나는 어항 속의 금붕어를 보다가 갑자기 빵 가게 계산대 뒤에 서 있는 백발의 노인을 발견했다. 그는 나를 내려다보더니 들어오라고 손짓했다.

나는 저녁인데도 문을 열고 있는 게 좀 이상해서 우선 아버지가 알프스 브랜디를 충분히 마셨나 보려고 '아름다운 발데마르'로 시선을 돌렸다. 그러나 아버지가 보이지 않아서 그냥 빵 가게로 들어갔다.

"안녕하세요!"

나는 정중하게 인사를 했다. 이것이 내가 아는 독일 말의 전부였다.

나는 금방 그가 다정한 사람임을 알았다.

나는 "노르웨이!"라고 말하고 그의 말을 알아듣지 못한다는 것을 분명히 보여주기 위해 내 가슴을 쳤다.

노인은 넓은 대리석 계산대 위로 몸을 굽히더니 내 눈을 바라보았다.

"정말이냐?" 그가 노르웨이 말로 물었다. "나도 노르웨이에서 살았단다, 아주 오래전에. 이젠 노르웨이 말을 거의 다 잊어버렸다만."

그는 몸을 돌려 낡은 냉장고에서 레모네이드 한 병을 꺼내 가지고 와서 병을 따더니 탁자 위에 놓았다.

"넌 레모네이드를 좋아하지." 그는 말했다. "그렇지? 자, 꼬마 친구야, 아주 맛있는 레모네이드란다!"

나는 레모네이드 병을 입에 갖다 대고 몇 모금 마셨다. '아름다운 발데마르'에서 마셨던 레모네이드보다 더 맛있었다. 배로 만든 레모네이드 같았다.

백발의 노인은 다시 대리석 계산대 위로 몸을 굽히더니 속삭였다. "맛이 좋니?"

"훌륭해요." 내가 말했다.

"그럼." 그는 계속 속삭이듯 말했다. "이건 정말로 맛있는 레모네이드란다. 그리고 도르프에는 이것보다 더 맛있는 레모네이드가 있는데 그건 가게에서 팔지 않는단다, 알겠니?"

나는 고개를 끄덕였다. 그의 속삭임은 너무 이상해서 겁이 날 정도였다. 하지만 그의 푸른 눈은 그저 다정할 뿐이었다.

"저는 아렌달에서 왔어요. 아버지와 저는 엄마를 찾으러 그리스로 가고 있어요. 엄마는 불행하게도 패션업계에서 길을 잃었거든요."

그는 나를 날카롭게 훑어보았다.

"아렌달이라고 했니? 길을 잃었다고? 아마 네 엄마만 그런 건아닐 거야. 나도 몇 년을 그림 슈타트(grimm Stadt)에서 산 적이 있지. 하지만 그들은 나를 잊어버렸을 거야."

나는 그를 쳐다보았다. 그가 정말로 그림스타드(Grimstad)에서살았을까? 그곳은 우리 이웃 도시였다. 아버지와 나는 여름이면종종 보트를 타고 거기에 가보곤 했었다.

"그 도시는…… 아렌달에서 그리 멀지 않아요." 나는 더듬거리며 말했다.

"그래, 그래. 그리고 나는 어린 소년 하나가 어느 날 도르프에오리라는 걸 알고 있었단다. 그 보물을 가지러 말이야. 얘야, 이제 그 보물은 내 것만이 아니구나."

갑자기 아버지가 나를 부르는 소리가 들렸다. 목소리로 보아아버지는 알프스 브랜디를 충분히 마신 것 같았다.

"레모네이드를 주셔서 정말 감사합니다. 아버지가 저를 부르거든요."

"아버지, 그래. 그럼 당연하지. 얘야, 잠깐만 기다려라. 네가 금붕어를 보고 있는 동안 오븐에 롤빵을 넣었단다. 네가 돋보기를 가지고 있는 걸 봤거든. 그래서 네가 바로 그 소년이라는 걸 알게 되었지. 넌 알게 될 거야, 애야, 넌 알게 될 거야……"

노인은 뒷방으로 사라졌다. 그러고는 곧 롤빵 네 개를 가지고 돌아와서 종이 봉지에 넣어주며 진지하게 말했다. "다만 나와 중요한 약속을 하나 해야 한다. 제일 큰 빵은 간직했다가 네가 혼자가 되었을 때 먹어야 한다. 그리고 아무한테도 얘기해서는 안 된다, 알겠니?"

"물론이지요. 정말 감사드려요." 하고 나는 말했다.

말을 마치자마자 나는 어느새 길에 서 있었다. 모든 것이 너무도 빨리 진행되어 빵 가게와 '아름다운 발데마르' 사이에서 아버지를 만나기 전까지 아무것도 기억할 수 없었다. 어쨌든 나는 아버지에게 그림스타드에서 온 어떤 제빵사 노인이 레모네이드 한 병과 롤빵 네 개를 주었다고 말했다. 아버지는 아마 내가 꾸며낸 얘기라고 생각했겠지만, 여관으로 가는 길에 빵 한 개를 먹었다. 나는 두 개를 더 먹었고, 제일 큰 빵은 봉지에 남겨두었다.

아버지는 침대에 눕자마자 잠이 들었다. 나는 자지 않고 제빵사 노인과 금붕어를 생각하고 있었다. 그러다가 너무 배가 고파 마지막 빵이 들어 있는 봉지를 가져오려고 일어났다. 나는 침대 옆 의자에 앉아 어둠 속에서 그 빵을 한 입 베어 물었다.

갑자기 내 이가 딱딱한 것에 부딪혔다. 빵을 찢자 성냥갑 크기만 한 어떤 물건이 손에 잡혔다. 아버지는 코를 골고 있었다. 나는 침대의 등을 켰다.

손에 잡힌 건 작은 책이었다. 표지에는 "무지갯빛 레모네이드와 마법의 섬"이라고 적혀 있었다.

책은 아주 작았고 책장을 넘겨보자 무척 작은 글씨가 쓰여 있었고 페이지는 100쪽도 넘었다. 나는 첫 페이지를 펴 그 작은 글자들을 읽으려 했지만 불가능했다. 그때 다시 돋보기가 생각났다. 나는 바지를 가져와 주머니에서 녹색 통에 들어 있는 돋보기를 찾아 첫 페이지의 글자 위에 대보았다. 글자는 여전히 작았지만 이제는 좀 확대되어 돋보기 위로 머리를 바짝 수그리면 충분히 읽을 수 있었다.

스페이드 5

♠

사랑하는 아가야, 널 이렇게 불러도 되겠지. 나는 여기 앉아서 내 인생 이야기를 적고 있고, 네가 언젠가 도르프에 올 것이라는 것을 안다. 어쩌면 너는 발데마르길의 빵 가게를 느릿느릿 지나가다가 금붕어가 든 유리 어항 앞에 멈춰 서겠지. 너는 네가 왜 왔는지 모르겠지만, 나는 네가 무지갯빛 레모네이드와 마법의 섬 이야기를 계속 이끌어가기 위해 도르프에 올 것임을 알고 있다.

지금은 1946년 2월이고 나는 아직 젊다. 네가 30년이나 40년, 혹은 그 이상의 세월이 지난 후에 나를 만난다면 나는 백발의 노인이 되어 있을 것이다. 그래서 나는 다가올 날에 대해서도 써나갈 것이다.

내가 쓰고 있는 종이는 마치 구명보트 같구나, 미지의 내 아이야! 구명보트는 먼 대양을 향해 항해하다가 폭풍우에 표류할 수도 있다. 하지만 어떤 뗏목들은 전혀 다른 방향으로 항해해 간다. 이 뗏목들은 미래의 세계를 향해 나아간다. 그 길은 돌아올 수 없는 길이다.

그 누구도 아닌 바로 네가 이 이야기를 계속 이끌어나가리라는 걸 내가 어떻게 아느냐고? 얘야, 네가 내게 올 때 난 대답해줄 수 있을 것이다. 너는 그 표시를 지니고 있을 것이므로.

나는 네가 이해할 수 있도록, 그리고 도르프 사람들이 난쟁이들 이야기를 읽으면 안 되기 때문에 노르웨이 말로 쓰고 있다. 도르프 사람들이 읽게 된다면 마법의 섬의 비밀은 큰 화젯거리가 되겠지만, 화제란 언제나 뉴스 꼭지들 같을 뿐이고, 뉴스는 결코 생명이 길지 못하다. 뉴스는 주목을 끌고는 곧 잊힌다. 하지만 난쟁이들의 이야기는 결코 뉴스처럼 한바탕 떠들썩했다가 곧 사그라지는 것이 되어서는 안 된다. 모든 사람이 잊어버리는 것보다는 한 사람이라도 난쟁이들의 비밀을 아는 것이 더 낫다.

나는 제2차 세계대전 후 새로운 삶의 터를 찾던 많은 사람 중에 하나였다. 유럽의 절반이 피난민 수용소로 변했다. 한 대륙 전체가 새 출발의 기운 속에서 꿈틀거리고 있었다. 하지만 우리는 단순히 정치적 피난민일 뿐 아니라 나 자신을 찾고 있는 고향 잃은 영혼들이기도 했다.

나는 새로운 터전을 찾기 위해 독일을 떠나야 했지만, 제3제국

군대의 하사에게는 도피처가 많지 않았다. 나는 단지 파멸한 나라의 병사였을 뿐만 아니라 북쪽에 있는 나라에서 사랑을 잃었다. 나를 둘러싼 온 세상은 부서질 대로 부서져 있었다.

나는 독일에서 살 수 없다는 것을 알았지만 그렇다고 노르웨이로 되돌아갈 수도 없었다. 결국 나는 겨우겨우 스위스의 어느 산까지 가게 되었다. 몇 주일을 혼란에 빠져 방황하다가 도르프에 오게 되었으며, 늙은 제빵사 알베르트 클라게스를 만났다.

나는 산에서 내려왔으며 그 작은 마을을 발견했을 때는 허기와 여러 날의 방랑으로 인해 쇠약해져 있었다. 허기 때문에 나는 빽빽한 숲을 굶주린 짐승처럼 돌아다녔고, 곧 어느 낡은 나무집 앞에 쓰러졌다. 나는 꿀벌들의 윙윙거리는 소리를 들었고, 우유와 벌꿀 냄새를 맡을 수 있었다.

늙은 제빵사 알베르트가 나를 집 안으로 들어 옮겼을 것이다. 침대에서 깨어난 나는, 흔들의자에 앉아 파이프 담배를 피우고 있는 백발의 노인을 보았다. 내가 눈을 뜨자 그가 얼른 내 옆으로 다가왔다.

"네가 집에 돌아왔구나, 사랑하는 아들아." 그는 위로하듯 말했다. "나는 네가 어느 날 내 집 앞에 오리라는 걸 알고 있었다. 그 보물을 가지러 말이다, 얘야."

그런 다음 나는 다시 잠들었나 보다. 깨어나 보니 아무도 없었다. 자리에서 일어나 앞 계단으로 나가자 노인이 돌로 된 탁자 위에 몸을 굽히고 있었다. 묵직한 탁자 위에 아름다운 유리 어항이 놓여 있었는데, 그 속에는 다채로운 색깔의 금붕어 한 마리가 헤엄치고 있었다. 나는 먼 곳에서 온 작은 금붕어 한 마리가 여기 유럽 한가운데, 높은 산 속에서 저렇게 활기차게 헤엄칠 수 있다는 게 매우 이상했다. 생동감 있는 바다 한 부분이 스위스의 알프스로 옮겨졌던 것이다.

"안녕하세요." 나는 노인에게 인사했다.

그는 몸을 돌리고는 나를 온화한 표정으로 바라보았다.

"저는 루트비히라고 합니다."

"난 알베르트 클라게스요." 그가 대답했다.

그는 오두막으로 들어가더니 이내 우유와 빵, 치즈, 꿀을 가지고 다시 나타났다.

그는 작은 마을을 가리키며 저기가 '도르프'이고, 자신은 저 아래 있는 작은 빵 가게 주인이라고 말했다.

나는 몇 주일 동안 노인의 집에 묵었고, 얼마 지나지 않아 빵 가게에서 그를 도왔다. 알베르트는 나에게 빵, 롤빵, 프레첼, 그리고 갖가지 종류의 케이크 굽는 법을 가르쳐주었다. 나는 늘 스위스에 훌륭한 제빵사들이 있다는 말을 들었었다.

알베르트는 특히 무거운 밀가루 자루를 나를 때 내가 도와주면 기뻐했다. 나는 또 마을의 다른 사람들과도 잘 지내고 싶었다. 때때로 나는 오래된 음식점 '아름다운 발데마르'에 가곤 했다. 도르프 사람들은 나를 좋아하는 것 같았다. 그들은 내가 독일 병사였다는 걸 알고 있었지만 아무도 나의 과거를 묻지 않았다.

어느 날 저녁 나를 그렇게 친절하게 받아준 알베르트 이야기가 나왔다.

"그자는 약간 이상해." 농부 프리츠 안드레가 말했다.

"이상하기는 그전 제빵사도 다르지 않았어." 나이 많은 가게 주인 하인리히 알브레히츠가 덧붙였다.

내가 대화에 끼어들어 그게 대체 무슨 말이냐고 물어보았으나 그들은 대답을 피했다. 나는 포도주 몇 병을 마신 후여서 얼굴이 달아오르는 것을 느꼈다.

"자네들이 나한테 아무 대답도 하지 않으려거든, 적어도 자네들이 먹는 빵을 굽는 이에 대한 심술궂은 험담은 취소하게!"라고 내가 말했다.

그날 저녁에는 더 이상 알베르트 이야기를 하지 않았지만 몇 주가 지나자 프리츠가 또 그 이야기를 꺼냈다.

"자네, 그가 그 많은 금붕어를 어디서 가져오는지 아는가?" 그가 물었다.

내가 제빵사 알베르트의 집에서 지내는 것에 대해 그들이 특별한 관심이 있음을 나는 알아챘다.

"나는 금붕어 한 마리밖에 보지 못했네." 나는 사실대로 대답했다. "그건 아마 애완동물 가게에서 샀겠지, 취리히에서 말이야."

그러자 농부와 가게 주인이 웃어대기 시작했다.

"그는 훨씬 많이 가지고 있네." 농부가 말했다. "한번은 우리 아버지가 사냥에서 돌아오는데 알베르트가 막 자기 금붕어들에게 바람을 쐬어주고 있었다네. 그것들을 모두 햇빛에 내놓았는데, 수가 적지 않았다네. 자네 이 말을 명심하게, 빵 가게 아들!"

"게다가 그는 아직 도르프에서 한 발자국도 나간 적이 없네." 가게 주인이 끼어들었다. "그와 나는 동갑이라네. 내가 알기로, 그는 도르프를 결코 떠난 적이 없어."

"어떤 사람들은 그를 마법사라고 생각한다네." 농부가 속삭이듯 말했다. "그들은 그가 케이크와 과자만 굽는 게 아니라 그 물고기도 전부 만든다고 주장한다네. 아무튼 한 가지 분명한 것은 그가 발데마르 호수에서 물고기들을 잡은 적은 없다는 것이네."

나 역시 곧 알베르트가 혹시 정말로 큰 비밀을 숨기고 있는 건 아닌지 의심스러워졌다. 그가 한 말이 자꾸만 귀에 울렸다. '네가 집에 돌아왔구나, 사랑하는 아들아. 나는 네가 어느 날 내 집 앞에 오리라는 걸 알고 있었다. 그 보물을 가지러 말이다, 얘야.'

나는 제빵사 알베르트에게 마을의 소문에 대해 이야기해서 그의 마음을 아프게 하고 싶지 않았다. 만약 그가 정말로 비밀을 간직하고 있다면, 때가 되면 얘기해줄 거라고 확신했다.

오랫동안 나는 제빵사 알베르트에 대한 소문이 무성한 것은 그가 마을 높은 곳에서 혼자 살기 때문이라고 생각했다. 그렇지만 그의 낡은 집은 내게 생각할 거리를 주기도 했다. 그 집에 들어서면 이내 간이 부엌과 벽난로가 있는 큼지막한 거실이 있다. 거실에는 두 개의 문이 나 있었다. 하나는 알베르트의 침실 문이고, 다른 하나는 내가 도르프에 도착해서 머물고 있는 작은 방으로 가는 문이었다. 방들은 천장이 꽤 낮았으며 밖에서 집을 바라보면 커다란 다락이 있다는 것을 알 수 있었다. 게다가 집 뒤의 비탈에서는 석판 지붕에 나 있는 유리로 된 작은 통풍창이 보였다.

이상한 건 알베르트가 그 다락에 대해 한 번도 언급한 적이 없다는 점이다. 그는 또 다락에 올라가는 법도 결코 없었다. 이것이, 음식점에 오는 내 친구들이 알베르트 이야기를 할 때면 그 다락이 생각나는 이유였다.

그러던 중 하루는 다른 때보다 늦게 집으로 돌아갔는데, 노인이 다락에서 왔다 갔다 하는 소리를 들었다. 그것이 나한테는 몹시 놀라웠으며 조금 겁이 나기도 했다. 그래서 소리 내지 않고 다시 밖으로 나가 매일 저녁 하던 대로 물을 뜨러 우물로 갔다. 시간을 좀 보내다가 다시 집으로 와보니, 알베르트가 흔들의자에 앉아 파이프 담배를 피우고 있었다.

"자네 오늘 늦게 오는군." 하고 그가 말했지만, 그는 다른 생각을 하고 있음이 분명했다.

"다락에 계셨어요?" 나는 물었다. 어디서 그런 용기가 생겼는지 모르지만, 나도 모르게 튀어나왔다.

그는 깜짝 놀랐다. 하지만 이내 그는 낡은 집 앞에 지칠 대로 지쳐 쓰러진 나를 보살펴주던 몇 달 전과 똑같이 온화한 표정으로 나를 바라보았다.

"피곤한가, 루트비히?" 그가 물었다.

나는 고개를 흔들었다. 토요일 저녁이었다. 내일 아침 우리는, 해가 우리를 깨울 때까지 잘 수 있을 것이다.

그는 벽난로로 가서 장작을 더 넣었다.

"그럼 우리 오늘 밤엔 함께 앉아 얘기나 하세." 그가 말했다.

스페이드 6

······ 천 배나 더 맛있는 레모네이드 ······

하마터면 나는 돋보기와 빵에서 나온 꼬마책 위에서 잠들 뻔했다. 놀라운 동화의 첫 부분을 읽었다는 걸 깨달았지만 이 동화가 나와 관련이 있을 거라는 생각은 하지 않았다. 나는 빵 봉지의 한쪽을 찢어 책갈피로 사용했다.

언젠가 나는 아렌달 광장에 있는 다니엘센 서점에서 비슷한 책을 본 적이 있었다. 조그만 상자에 들어 있는 아주 작은 동화책이었다. 차이가 있다면 그 책의 글자는 각 페이지에 겨우 열 개에서 스무 개의 낱말밖에 안 들어갈 정도로 컸다는 것뿐이었다. 물론 그래서 놀라운 동화책은 아니었다.

이미 1시가 지난 후였다. 나는 한쪽 주머니에는 돋보기를 넣고, 다른 쪽에는 꼬마책을 넣은 다음 침대로 들어갔다.

다음 날 아침 아버지는 서둘러야 한다며 일찍 깨웠다. 그렇지 않으면 우리는 결코 아테네에 도착할 수 없을 거라고 했다. 아버지는 바닥에 빵 부스러기가 많이 떨어져 있다며 좀 투덜거렸다.

'빵 부스러기로군!' 하고 나는 생각했다. 빵에서 나온 책은 꿈이 아니었다. 바지 양쪽 주머니에서 딱딱한 것이 느껴졌다. 나는 밤에 너무 배가 고파서 마지막 롤빵을 먹었는데, 불을 켜지 않고 먹으려다 바닥이 저렇게 빵 부스러기로 뒤덮이게 됐다고 말했다.

우리는 아침을 먹기 위해 식당으로 가기 전에 재빨리 짐을 꾸려 자동차에 실었다. 나는 텅 빈 레스토랑을 한번 바라보았다. 거기서 언젠가 루트비히가 친구들과 포도주를 마셨겠지.

아침식사 후 우리는 '아름다운 발데마르'와 작별하고 자동차에 탔다. 발데마르길에 있는 상점들을 지나가는 동안, 아버지는 빵 가게를 가리키며 저기서 빵을 얻었느냐고 물었다. 마침 백발의 빵 가게 주인이 계단으로 나와 내게 손을 흔들었기 때문에 나는 대답할 필요가 없었다. 그는 아버지에게도 손을 흔들었으며, 아버지도 그에게 답례했다.

우리는 곧 고속도로에 올랐다. 나는 바지 주머니에서 돋보기와 꼬마책을 꺼내 읽기 시작했다. 아버지는 내가 뭘 하는지 두 번이나 물었다. 처음에는 뒷좌석에 이나 벼룩이 있는지 살피는 중이라고 말했다. 두 번째는 엄마를 생각하고 있다고 대답했다.

♠

알베르트는 흔들의자에 앉았다. 그는 낡은 상자에서 잎담배를 꺼내 파이프에 다져 넣고 불을 붙였다.

"나는 1881년에 여기 도르프에서 태어났네." 하고 그는 운을 뗐다. "나는 5남매 중 막내였네. 아마도 그래서 나는 우리 어머니에게 가장 애착이 많았지. 여기 도르프의 사내아이들은 일고여덟 살이 될 때까지 늘 집에서 어머니 곁에 있는다네. 그러다가 여덟 살이 되면 아버지와 함께 들이나 숲으로 일하러 가지.

나는 부엌에서 어머니의 치맛자락을 붙잡고 쫓아다니던 길고 행복했던 날들을 기억하고 있네. 가족이 전부 모이는 때는 일요일 뿐이었지. 그러면 우리는 오래도록 산책을 하고, 여유롭게 식사했으며, 저녁때면 주사위 놀이를 했지.

그러다가 우리 가족한테 불행이 찾아왔네. 내가 겨우 네 살 때 어머니가 결핵에 걸리고 말았다네. 우린 몇 년 동안 병과 더불어 살았지.

물론 난 어렸기 때문에 모든 걸 이해할 수는 없었지만, 어머니가 늘 자리에 앉아서 쉬어야 했고 마침내는 오랫동안 침대에 누워 있어야만 했다는 걸 아직도 기억하고 있네. 때때로 나는 어머니의 침대맡에 앉아서 내가 꾸며낸 동화를 들려주기도 했지.

한번은 고통스러운 발작 같은 기침을 하면서 개수대 위로 몸을 굽히고 있는 어머니를 보았네. 피를 토하고 있는 어머니를 본 나는 너무 화가 나서 부엌에 있는 물건들을 닥치는 대로 부수고 말았지. 찻잔과 컵과 잔 등 손에 잡히는 건 모두 말일세. 아마도 그때 처음으로 어머니가 죽게 되리라는 걸 깨달았던 거지.

또한 아버지는 어느 일요일 아침, 집 안의 다른 사람들이 깨기 전에 내게 와서 '알베르트야, 우리 얘기 좀 할까? 어머니는 오래 살지 못할 거야.' 하고 말했다네.

'어머니는 죽지 않아요!' 나는 격하게 소리쳤지. '아버지는 거짓말을 하고 있어요!'

하지만 그것은 거짓말이 아니었네. 우리에게는 몇 달이 남아 있을 뿐이었지. 그렇듯 어렸음에도 나는, 죽음이 오기도 훨씬 전부터 죽음에 대한 생각에 점점 익숙해져 갔네. 나는 어머니가 점점 더 창백해지고 야위어가는 모습을 보았지. 어머니는 늘 열이 있었네.

무엇보다도 나는 장례식을 가장 잘 기억하고 있네. 나의 형제 둘과 난 마을에 있는 친구들한테서 상복을 빌려야 했지. 울지 않은 사람은 나뿐이었네. 나는 우리를 떠난 어머니에게 너무도 화가 나서 눈물 한 방울도 흘리지 않았네. 그때부터 나는 언제나 분노가 슬픔에 대한 최고의 약이라고 생각해왔지."

그 노인은 마치 나 또한 큰 슬픔을 겪었다는 걸 알고 있기라도 하듯 나를 쳐다보았다.

"그래서 아버지는 다섯 아이를 먹여 살려야 했지." 그는 이야기를 계속했다. "처음에 우리는 아주 잘해나갔네. 아버지는 작은 농장을 운영했을 뿐 아니라 마을에서 우체국장까지 맡았지. 그 당시이 마을에는 겨우 200~300명의 사람이 살 뿐이었네. 나의 제일 큰 누이는 그때 열세 살이었고, 집안일을 돌보았지. 다른 사람들은 농장 일을 거들었는데, 나는 쓸모 있는 일을 하기에는 너무 어려서 대개 혼자 내버려져 있었지. 종종 나는 어머니의 무덤 앞에 앉아 울곤 했지. 나는 세상을 떠난 어머니를 용서하지 못했네.

아버지는 곧 술을 마시기 시작했는데, 처음에는 주말에만 마시더니 나중에는 하루도 안 마시는 날이 없게 되었지. 결국 아버지는 우체국장 자리를 잃었고, 그다음엔 농장도 쇠락해갔지. 내 형제들은 아직 성인이 되기도 전에 취리히로 도망가고 나만 혼자 남게 되었다네.

나이가 들면서 나는 종종 놀림을 받았는데, 우리 아버지가 '포도에 매달려 있기' 때문이라고들 했다네. 그들은 고주망태가 된 아버지를 발견하면 집으로 데려와 침대에 눕혀주었다네. 그 벌은 내가 받았지. 나는 언제나 어머니의 죽음에 대한 대가를 지불해야만 한다고 생각했네.

그런데 끝에 가서 나는 좋은 친구 제빵사 한스를 만났네. 그는 백발의 노인이었는데 60년 전부터 마을에서 빵 가게를 해왔지. 그런데 도르프에서 성장한 사람이 아니어서 늘 외지인처럼 생각됐네. 게다가 말수도 적어서 도르프에서 그에 대해 아는 사람이 아무도 없었지.

제빵사 한스는 이전에 뱃사람으로 바다에서 오랜 세월을 보낸 후 육지로 오고 나서야 비로소 제빵사로 정착했다네. 드문 일이긴 했지만 그가 러닝셔츠 바람으로 빵 가게를 오갈 때면 그의 팔에 어마어마한 문신 네 개를 볼 수 있었네. 우리는 이것만으로도 제 빵사 한스가 약간 신비스럽다고 생각했지. 마을의 다른 남자들 중 에 문신이 있는 사람은 아무도 없었거든.

나는 무엇보다도 한 여인이 커다란 닻 위에 앉아 있는 문신을 기억하고 있네. 그 그림 밑에는 '마리아'라고 쓰여 있었지. 이 마 리아에 대해서는 많은 이야기가 돌고 있었네. 그녀는 한스의 애인 이었는데 스무 살도 채 되기 전에 결핵으로 죽었다고 했지. 또 다 른 사람들은 제빵사 한스가 옛날에 마리아라는 이름의 독일 여자 를 죽였고, 그래서 스위스에 정착했다고 이야기했다네."

나는 알베르트가 나도 한 여자를 떠나왔다는 걸 알고 있다는 듯 나를 쳐다보는 것 같은 느낌이 들었다. 그래도 내가 그 여자를 죽였다고 생각하지는 않을 것이었다. 그러더니 그는 마리아라는 이름의 배를 타고 항해했는데, 그 배는 넓은 대서양 어딘가에서 침몰했다고 주장하는 사람들도 있었지." 하고 덧붙였다.

알베르트는 일어나서 큰 치즈 덩어리 하나와 빵을 가져온 후 잔 두 개와 포도주 한 병을 탁자 위에 놓았다.

"지루한가, 루트비히?" 그가 물었다.

내가 힘주어 고개를 흔들자 그는 이야기를 계속했다.

"나는 고아가 되어, 아닌 게 아니라 나는 고아였지, 종종 발데마르길에 있는 빵 가게 앞에 서 있곤 했네. 나는 자주 배가 고팠고 그저 빵과 케이크를 많이 보기만 해도 허기가 좀 가시는 듯했지. 그런데 하루는 제빵사 한스가 나더러 집으로 들어오라고 하더니 커다란 롤빵 한 조각을 주었네. 그날부터 우린 친구가 되었다네. 그리고 그날로 나의 인생이 새롭게 시작됐다네, 루트비히.

그때부터 나는 줄곧 제빵사 한스한테 가 있었네. 그는 내가 얼마나 외로운지, 얼마나 혼자 내버려져 있었는지 일찍부터 알고 있었던 것 같네. 배가 고플 때면 그는 갓 구워낸 빵 한 조각을 주었어. 하지만 맛있는 케이크들이 있기도 했고, 가끔 레모네이드 한 병을 따기도 했지. 대신 나는 그의 허드렛일을 좀 거들었고, 열세 살이 채 되기도 전에 그의 뒤를 이어 제빵사가 되었네. 하지만 그건 몇 년 뒤의 일이었네. 그 전에 이미 다른 일들이 모두 일어났고, 나는 그의 아들이 되었지. 내가 제빵사가 되던 그해 우리 아버지도 돌아가셨는데, 아버지는 죽기 직전까지 술을 마셨지. 마지막까지 아버지는 하늘에서 어머니를 다시 만나게 될 거라고 말했네. 나의 여자 형제 둘은 도르프에서 멀리 떨어진 곳으로 시집갔고, 남자 형제 둘에게선 그 이후 아무 소식도 들려오지 않았네."

그제야 알베르트는 포도주를 잔에 따랐다. 그는 벽난로로 가서 짤막한 파이프에서 재를 툭툭 떨어내고는 다시 잎담배로 파이프를 채우고 불을 붙였다. 그는 방에다 구름처럼 커다랗게 담배 연기를 내뿜었다.

"이렇게 해서 제빵사 한스와 나는 서로 의지하게 되었지. 그리고 그는 나의 보호자이기도 했네. 한번은 빵 가게 바로 앞에서 네댓 명의 사내아이들이 나에게 덤벼들어 나를 땅바닥에 내동댕이치고 주먹으로 두들겨 팼지. 나는 어쨌든 이렇게 기억하고 있네. 나는 그때 이미 오래전부터 이런 일이 일어나리라고 생각했네. 그건 우리 어머니가 죽었으며 우리 아버지가 술주정뱅이였다는 데 대한 벌이었지. 그런데 그날 제빵사 한스가 가게에서 달려 나왔네. 그 광경을 나는 결코 잊지 못할 걸세, 루트비히. 그는 그 애들에게서 나를 떼어내고 그 애들을 모두 두들겨 패주었으며, 그들 중 누구도 감히 도망갈 수 없었지. 어쩌면 그는 필요 이상으로 심하게 했는지도 몰라. 하지만 그날부터 마을에서 어떤 사람도 감히 내게 손대지 못했네.

그런데 말일세, 그 사건은 내 인생의 전환점이 되었네. 제빵사 한스는 나를 가게로 몰고 가서는 그의 흰 작업복을 털어낸 다음, 내 앞의 대리석 계산대 위에 있는 레모네이드 한 병을 땄다네.

'마셔라!' 그가 말했네.

나는 시키는 대로 했고 벌써 그 분함에 대해 보상받은 느낌이었지.

'맛있니?' 그는 내가 그 달콤한 음료 한 모금을 삼키기가 급하게 물었네.

'정말 고맙습니다.' 하고 나는 말했을 뿐이었네.

'이 레모네이드가 맛이 좋았다면,' 그는 분노로 거의 떨면서 말을 이었네. '언젠가 천 배나 더 맛있는 레모네이드를 너에게 대접하기로 약속하마.'

나는 물론 이 말을 농담이라고 생각했지만 결코 그 약속을 잊은 적이 없었네. 그건 그의 말투와 분위기 때문이었어. 그의 두 뺨은 길에서 벌어진 일에 대한 노여움으로 여전히 달아올라 있었지. 게다가 제빵사 한스는 농담이나 하는 사람이 아니었네."

알베르트 클라게스는 기침을 하기 시작했다. 나는 그가 담배 연기를 잘못 삼킨 모양이라고 생각했지만 약간 흥분한 것뿐이었다. 그는 짙은 갈색 눈으로 탁자 너머 나를 바라보았다. "자네, 피곤하지? 우리 다른 날 저녁에 계속할까?"

나는 포도주를 한 모금 마시고 고개를 저었다.

"난 그때 겨우 열두 살이었지." 그는 생각에 잠긴 듯 계속 말했다. "모든 게 이전과 같았지만 이미 말했듯이 그 누구도 더 이상 내게 손대지 못했다네. 나는 계속해서 제빵사 노인에게 갔지. 간혹 우리는 서로 이야기를 나눴지만, 그저 케이크 한 조각을 주고는 나를 다시 밖으로 내보내는 일도 있었네. 다른 사람들과 마찬가지로 그도 침묵할 수 있다는 걸 그때 알았지. 그리고 그다음에 그는 바다에서의 흥미진진한 자신의 인생 이야기들을 들려주었지. 이렇게 해서 나는 낯선 나라들에 대해 많이 배우게 되었네.

나는 계속 그의 빵 가게를 찾아갔네. 그러지 않으면 나는 결코 그와 마주치는 일이 없었지. 그런데 어느 추운 겨울날, 내가 발데마르 호수의 빙판 위로 돌을 던지고 있었는데, 그가 갑자기 내 옆에 서 있었네. '많이 컸구나, 알베르트.' 하고 그가 말했네.

'전 2월이면 열세 살이 되는걸요.'

'그래, 그래. 말해보렴. 너는 이제 비밀을 혼자 간직할 수 있을 만큼 컸다고 생각하니?'

'전 할아버지가 저한테 이야기해주는 비밀을 죽을 때까지 간직할 거예요.'

'나도 그렇게 생각했단다. 그건 중요한 사실이야. 얘야, 왜냐하면 난 살 날이 얼마 안 남았거든.'

'아니에요. 그렇지 않아요.' 나는 재빨리 말했지. '시간은 충분해요.'

갑자기 나는 얼음이나 눈이 내 주위를 둘러싸고 있기라도 하듯 오싹한 느낌이 들었네. 어린 나이에 나는 두 번째로 죽음의 소식을 맞아들여야 했네.

제빵사 한스는 마치 내 말을 전혀 듣지 않은 듯 말을 계속했네.

'내가 어디 살고 있는지 알고 있지, 알베르트? 오늘 저녁에 내게 와줬으면 좋겠구나.'"

스페이드 7

······ 신비한 행성 ······

빵에서 나온 꼬마책의 긴 단락을 읽고 나자 눈이 따끔거렸다. 글씨가 너무 작아 책을 읽는 상상을 하고 있는 건 아닌지 의심스러워 이따금 멈춰야 했다.

나는, 어머니를 잃고 게다가 아버지는 술주정뱅이였던 알베르트를 생각하면서, 지나가는 높은 산들을 응시했다.

얼마 후 아버지가 말했다. "우리는 유명한 고타르 터널에 가까이 가고 있다. 이 터널이 저 앞의 거대한 산맥을 관통하고 있다는 생각이 드는구나."

아버지는 고타르 터널이 세상에서 가장 긴 터널이라고 말했다. 16킬로미터가 넘는 이 터널은 몇 년 전에야 개통되었다고 한다. 그 전에는 100년 이상 동안 철도 터널이 있었고, 그보다 더 전에는 승려들과 여행객들이 생고타르 고갯길을 거쳐 이탈리아와 독일 사이를 왕래했다고 한다.

"그러니까 여기엔 우리 이전에도 이미 사람들이 있었군." 아버지는 결론짓듯 말했다. 다음 순간 우리는 터널 안에 있었다.

터널을 지나는 데는 거의 15분이 걸렸다. 터널 밖으로 나오면서 우리는 아이롤로(Airolo)라는 작은 도시를 지나게 되었다.

"올로리아(Oloria)!"라고 나는 말했다. 그건 우리가 덴마크를 거쳐 달릴 때부터 자동차에서 즐겨 하던 일종의 놀이였다. 나는 도로 표지판이나 아버지의 교통 지도에서 도시 이름들을 거꾸로 읽곤 했는데, 감춰진 어떤 낱말이 그 속에 숨어 있는지 찾아내기 위해서였다. 가끔 운이 좋게도 '로마(Roma)'는 '아모르(Amor)'가 되었다. 그리고 그게 오히려 잘 맞는다고 생각했고, '올로리아'도 나쁘지 않았다. 그건 동화 속의 이름처럼 들렸다. 눈을 조금 가늘게 뜨면 막 동화 속 나라를 달리고 있는 듯했다.

우리는 작은 농가들과 돌담들이 있는 골짜기를 지났다. 곧 티치노 강을 건너게 되었는데, 강을 바라보는 아버지의 눈에 눈물이 어리는 것 같았다. 그리고 우리가 함부르크 항을 따라 산책한 이후로는 아버지가 눈물을 보이는 일은 더 이상 없었다.

아버지는 바로 브레이크를 밟아 도로 가장자리에 차를 세우고는 차에서 내려 높은 산비탈 사이로 흘러가는 반짝이는 강을 가리켰다.

내가 차에서 내렸을 때 아버지는 벌써 담배에 불을 붙인 후였다. "마침내 우리가 바다에 왔구나, 얘야. 타르와 해초 냄새가 느껴지는군."

아버지는 늘 이렇듯 놀라운 말을 잘하곤 했지만 이번에야말로 나는 솔직히 아버지가 이성을 잃지나 않았는지 겁이 났다. 무엇보다도 걱정되었던 건 아버지가 말을 계속하지 않았다는 것이다. 아버지는 우리가 마침내 바다에 왔다는 사실 외에는 아무것도 마음에 두고 있지 않은 듯했다.

하지만 지리를 잘 모르는 나조차도 우리가 여전히 스위스에 있으며, 이 나라에 해변이 없다는 것쯤은 분명히 안다. 사방의 높은 산들이 우리가 바다에서 멀리 떨어져 있다는 명백한 증거였다.

"아버지, 피곤하세요?" 내가 물었다.

"아니," 아버지는 대답하고 다시 강을 가리켰다. "그런데 네게 중유럽의 선박 교통에 대해 별로 이야기하지 않은 것 같구나. 당장 시작해볼까?"

게다가 아버지가 "겁낼 것 없어, 한스 토마스야. 여긴 해적이 없거든." 하고 말했기 때문에 나는 더욱 어리둥절해졌다.

그런 다음 아버지는 산들을 가리키며 계속 말했다. "우리는 이제 막 생고타르 산맥을 지났어. 유럽에서 제일 큰 강들이 주로 여기에서 시작되지. 라인 강은 여기에서 그 첫 줄기가 시작되고, 론 강과 티치노 강도 여기에서 비롯되는데, 티치노 강은 저 아래 포 강으로 흘러 가서 포 강과 함께 아드리아 해로 흘러들어 간단다."

나는 이제 아버지가 왜 불쑥 바다 이야기를 하는지 분명히 알았지만, 아버지는 나를 한층 더 혼란스럽게 만들었다. "내가 론 강이 여기에서 비롯된다고 말했지." 아버지는 다시 산들을 가리켰다. "그 강은 제네바를 거쳐 프랑스를 관통한 뒤 마침내는 마르세유에서 서쪽으로 수십 킬로미터 되는 곳에서 지중해로 흘러들어 간단다. 라인 강은 그 반대지. 이 강은 독일과 네덜란드를 거친 다음 마지막으로 북해로 흘러들어 간단다. 너도 알겠지만 다른 강들도 많지. 그리고 그 강들은 모두 여기 알프스에서 그 첫 줄기가 시작된단다."

"그리고 이 강들 위로는 배가 다니고요?" 나는 아버지의 말을 가로채기 위해 말했다.

"그렇다고 자신 있게 말해도 된다, 애야. 그런데 배들은 강 위로만 다니는 게 아니야. 배들은 강들 사이로도 다닌단다."

아버지는 또 담배에 불을 붙였고, 나는 또다시 아버지가 완전히 이성을 잃어버린 건 아닌지 의심스러웠다. 때때로 나는 술이 아버지의 두뇌를 서서히 좀먹지나 않을까 겁이 났던 것이다.

"예를 들어 네가 라인 강에서 배를 탄다면," 하고 아버지는 말을 이었다. "그러면 넌 사실은 론 강이나 센 강, 루아르 강 위를 달리는 거야. 그리고 다른 많은 강 위로도 말이야. 이렇게 넌 북해, 대서양, 지중해에 있는 모든 큰 항구에 들어갈 수 있게 되지."

"하지만 이 강들은 서로 높은 산으로 분리되어 있지 않나요?"

"그렇지. 그리고 산들은 그 자체로 완벽해. 그 사이로 배들이 다닐 수만 있다면."

"아버지, 대체 무슨 말이에요?" 나는 아버지의 말을 잘랐다. 때때로 나는 수수께끼 같은 말을 하는 아버지에게 짜증이 났기 때문이다.

"운하들 말이야. 대서양이나 지중해를 지나지 않고도 북해에서 흑해까지 항해할 수 있다는 걸 알고 있니?"

나는 단념하듯 고개만 저었다.

"넌 심지어 카스피 해까지도 갈 수 있어. 그러니까 아시아 깊숙이까지 말이야." 아버지는 흥분해서 속삭이듯 말했다.

"정말이에요?"

"정말이고말고! 그건 고타르 터널과 마찬가지로 사실이지. 놀라운 일이야."

나는 서서 강을 내려다보았다. 이제는 나도 어렴풋이 타르와 해초 냄새가 난다고 생각했다.

"너희는 학교에서 뭘 배우니, 한스 토마스야?" 하고 아버지가 물었다.

"조용히 앉아 있는 거요. 그건 정말 어려운 일이어서 그걸 배우느라 우리는 몇 년을 보내는걸요."

"그렇구나. 그런데 넌 만약 선생님이 유럽의 수로에 대해 이야기했더라도 조용히 앉아 있었을 거란 말이냐?"

"아마도요. 그래요, 확실히 그랬을 거예요."

이것으로 담배 휴식은 끝났다. 우리는 계속해서 티치노 강변을 달리다가 중세부터 세 개의 거대한 성곽이 있었던 큰 도시 벨린초나를 지나갔다. 아버지는 십자군 원정에 대해 설명하고 나서 이렇게 말했다.

"내가 우주에 흥미를 가지고 있다는 건 너도 알고 있지, 한스 토마스야? 난 행성에 관심이 많단다. 특히 살아 있는 행성에."

나는 대답하지 않았다. 아버지가 그런 얘기에 관심이 많다는 건 잘 아는 사실이었다. 아버지는 계속 말했다. "신비한 행성 하나가 있는데, 거기엔 두 발로 걸어 다니고 자신의 행성 바깥을 밝은 망원경으로 관찰하는 수백만의 총명한 존재들이 살고 있단다. 알고 있었니?"

나는 그것이 내게 새로운 사실임을 시인할 수밖에 없었다.

"그 작은 행성은 복잡한 길들로 연결되어 있는데, 그 길 위로 이 총명한 녀석들이 쉴 새 없이 여러 가지 색깔의 자동차를 타고 돌아다니고 있지."

"그 말 정말이에요?"

"물론이지! 이 행성에 사는 신비한 창조물들은 100층이 넘는 어마어마한 건물들을 세웠단다. 그리고 그 건물들 밑으로 긴 터널을 팠는데, 그 안에서 그들은 철로 위에서 움직이는 전기 장치에 앉아 여기저기 쌩쌩 달릴 수 있지."

"아버지, 정말로 확신할 수 있어요?"

"그럼, 확신할 수 있어."

"하지만…… 왜 나는 지금까지 한 번도 그 행성 이야기를 들어 보지 못한 거죠?"

"아, 그건," 아버지가 대답했다. "첫째로 그 행성은 최근에 발견되었거든. 그리고 그다음은, 아직 나 외에는 아무도 그 행성을 알지 못하는 것 같구나."

"그 행성이 어디 있는데요?"

그러자 아버지는 브레이크를 밟으며 도로 가장자리에 차를 세우고는, "여기!"라고 말하며 넓적한 손으로 계기판을 쳤다. "이곳이 그 이상한 행성이야, 한스 토마스. 그리고 우린 빨간 피아트를 타고 달리고 있는 총명한 녀석들이지."

아버지에게 속은 나는 잠깐 뾰로통해졌다. 그러나 곧 아버지가 단지 우리 지구가 얼마나 불가사의한지 말하려고 했을 뿐임을 알았기 때문에 금방 아버지를 용서했다.

"만약 우주 비행사들이 살아 있는 다른 행성을 발견한다면, 사람들은 정말 놀라서 날뛸 거야." 아버지는 결론짓듯 말했다. "그들은 그들 자신의 행성을 본 것만으로 놀라지는 않기 때문이지."

아버지는 오랫동안 아무 말도 없이 앉아 있었다. 그래서 나는 빵에서 나온 꼬마책을 몰래 계속 읽어 내려갔다.

도르프의 여러 제빵사들을 구별하기는 쉬운 일이 아니었다. 그

러나 루트비히는 빵에서 나온 꼬마책을 쓴 사람이며, 알베르트는
자신이 소년 시절 제빵사 한스를 방문했던 때의 이야기를 루트비
히에게 들려준 사람임을 나는 곧 파악했다.

스페이드 8

…… 마치 나는 어떤 낯선 나라에서 불어온 회오리바람 속으로
휘말려 들어가기라도 한 듯 ……

♠

알베르트 클라게스는 잔을 들어 포도주를 한 모금 마셨다. 그
의 늙은 얼굴을 쳐다볼 때면, 이 사람이 어머니를 잃고 보살펴주
는 이 없는 어린 소년이었다는 사실이 이상하게 여겨졌다. 나는
애써 그와 제빵사 한스가 키워나간 특별한 우정을 상상해보았다.
나도 도르프에 왔을 때 외롭고 고독했지만, 여기서 나를 맞아준
이 또한 똑같이 비참한 어린 시절을 보냈던 것이다.

알베르트는 잔을 다시 탁자에 놓은 다음 이야기를 시작하기에
앞서 벽난로 속을 부지깽이로 뒤적거렸다.

"도르프 사람들은 모두 제빵사 한스가 마을의 위쪽 낡은 나무
집에서 살고 있다는 걸 알고 있었지. 그 집에 대해 많이들 떠벌려
댔지만, 나는 마을 사람들 중 한 번이라도 그의 집에 가본 사람이

있었다고는 생각지 않네. 어쩌면 그 겨울 저녁 높이 쌓인 눈을 밟으며 그에게 가는 동안 내 마음이 내내 두근두근했던 것은 그리 놀라운 일은 아니었을 것이네. 내가 수수께끼 같은 제빵사의 집에 들어선 첫 번째 사람이었을 게야.

동쪽 산 위로는 하얀 보름달이 떠올랐고, 별들이 밤하늘에 그 모습을 드러내기 시작했지. 맨 마지막의 작은 언덕에 올라서자, 언젠가 몰매를 맞은 후 마신 것보다 천 배나 더 맛있는 레모네이드를 주겠다고 약속한 제빵사 한스의 말이 다시 떠올랐네. 혹시 그 레모네이드에 어떤 큰 비밀이 숨어 있는 건 아닐까? 나는 곧 산 위쪽에 있는 그 집을 바라보았네. 자네도 알고 있겠지만, 루트비히, 그 집은 우리가 지금 앉아 있는 바로 이 집일세."

나는 재빨리 고개를 끄덕였고, 제빵사 알베르트는 말을 이었다.

"나는 우물을 지나고 눈 쌓인 좁은 길을 서둘러 건너가 문을 두드렸지.

'들어오너라, 내 아들아!' 제빵사 한스의 목소리였지. 자네는 내가 그때 열두 살이었음을 잊어서는 안 되네. 나는 여전히 우리 아버지와 함께 농장이 있는 우리 집에서 살았지. 그래서 어떤 남자한테서 '내 아들아'라고 불리자 약간 이상한 기분이 들었네.

나는 집 안으로 들어가는 순간 어떤 다른 세상으로 미끄러져 들어가는 듯한 느낌이 들었다네. 제빵사 한스는 깊숙한 흔들의자에 앉아 있었고, 방 안에는 금붕어가 담긴 어항들이 여기저기 놓여 있었네. 어항 모서리마다 무지개 빛깔의 금붕어들이 춤추고 있었지. 그런데 그곳에는 금붕어만 있는 게 아니었네. 오랫동안 나는 그때까지 결코 본 적이 없는 물건들을 뚫어지게 바라보았지. 세월이 많이 지난 후에야 나는 그것들이 무엇인지 알 수 있었네. 거기엔 배 모형을 담은 병과 커다란 조개, 석가모니상과 보석, 부메랑과 흑인 인형, 크고 작은 낡은 칼들과 권총, 페르시아 방석과 라마 털로 만든 인디언 담요 같은 것들이 있었네. 하지만 그중에서도 머리가 뾰족하고 작으며 다리가 여섯이고 유리로 된 어떤 동물의 상이 눈에 띄었네. 마치 나는 어떤 낯선 나라에서 불어온 회오리바람 속으로 휘말려 들어가기라도 한 듯했네. 내가 본 것 가운데 어떤 것들은 이미 들어본 적이 있기는 했지만, 이 모든 건 사진이 발명되기도 훨씬 전의 것들이었네.

이 작은 집의 전체 분위기는 내가 상상했던 것과는 전혀 달랐네. 나는 제빵사 한스네 집에 와 있는 게 아니라 늙은 뱃사람네 집에 와 있는 것이었어. 방 여기저기에 석유램프가 타고 있었는데, 그것들도 내가 알고 있는 석유램프와는 다른 것으로 보아 선원 생활 때 쓰던 것이 틀림없었지.

노인은 내게 벽난로 앞에 있는 흔들의자에 앉으라고 했는데, 그건 자네가 지금 앉아 있는 바로 그 의자네, 루트비히. 알겠나?"

나는 다시 고개를 끄덕였다.

"나는 흔들의자에 앉기 전에 안락한 방 안을 한 바퀴 돌면서 그 많은 금붕어를 바라보았네. 몇 마리는 빨간색, 노란색, 오렌지색 이었고, 다른 것들은 초록색, 파란색, 보라색이었지. 나는 그때까지 그런 금붕어는 단 한 마리밖에 보지 못했네. 그 금붕어는 제빵사 한스네 빵 가게의 뒷방에 있는 작은 탁자 위에 놓여 있었지. 나는 종종 제빵사 한스가 빵 반죽을 하는 동안 어항 속에서 이리저리 헤엄치고 있는 작은 금붕어를 뚫어지게 바라보곤 했다네.

'금붕어가 정말 많네요!' 그에게로 가며 내가 말했지. '이것들을 어디서 잡았는지 말해주실 수 있어요?'

그는 껄껄 웃고는 말했네. '모든 것은 때가 있단다, 얘야. 모든 것은 때가 있어. 말해보렴, 내가 언젠가 떠나게 되면 넌 여기 도르프에서 제빵사가 되고 싶은 생각은 없니?'

나는 비록 어린아이였지만 벌써 생각해본 적이 있었어. 나한테는 오로지 제빵사 한스와 그의 빵 가게가 전부였네. 어머니는 세상을 떠났고, 아버지는 내가 언제 왔다 가는지 더 이상 관심이 없었으며, 내 형제 자매들은 도르프를 떠나고 없었네.

'전 벌써 제빵사가 되기로 결심했는걸요.' 나는 진지하게 대답했지.

'나도 그렇게 생각했단다.' 노인은 생각에 잠긴 듯한 얼굴로 말했네. '음……. 그렇다면 너는 내 금붕어들을 잘 돌봐야 한다. 그리고 또 너는 무지갯빛 레모네이드의 비밀도 지켜야 할 거야.'

'무지갯빛 레모네이드의 비밀이라고요?'

'그래. 그 밖에 다른 것들도 모두.'

그러자 그는 흰 눈썹을 추켜올렸다가 속삭이듯 말했네.

'맛을 봐야 한단다, 얘야.'

'어떤 맛인지 말해주실 수 없어요?'

그는 머리를 흔들었지.

'보통 레모네이드는 귤이나 배나 나무딸기 맛이 나지. 보통 그렇지. 하지만 무지갯빛 레모네이드는 다르단다, 알베르트. 이 레모네이드는 귤, 배, 나무딸기 맛이 모두 나고, 게다가 네가 결코 맛본 적이 없는 과일과 딸기 맛이 난단다.'

'정말 맛있겠네요.' 나는 말했지.

'어허, 그건 맛있는 것 이상이란다. 보통 레모네이드는 입안에서만 맛이 나지. 처음에는 혀와 입천장에서 그리고 목 안에서 약간. 그런데 무지갯빛 레모네이드는 코와 머릿속에서도, 다리에서도 그리고 마침내 팔에서까지도 맛이 난단다.'

'농담을 하시는군요.'

'그렇게 생각하니?'

노인이 좀 놀라는 것 같아 나는 좀 더 쉽게 질문하기로 마음먹었네.

'무지갯빛 레모네이드는 무슨 색깔인데요?'

제빵사 한스는 웃기 시작했지.

'넌 의문투성이로구나. 그렇지 않니, 얘야? 그리고 질문은 좋지

만, 대답은 언제나 그렇게 쉽지 않단다. 네게 그 레모네이드를 보여주는 수밖에 없겠구나.'

제빵사 한스는 일어나서 작은 침실 문을 열었네. 거기에도 금붕어 한 마리가 들어 있는 어항이 보였네. 노인은 침대 밑에서 사다리를 꺼내 벽에 세웠지. 나는 천장에 나 있는, 무거운 맹꽁이자물쇠로 잠근 들문을 발견했다네.

제빵사 한스는 사다리를 타고 올라가 윗도리 주머니에서 열쇠를 꺼내 열었네.

'이리 오거라, 애야.' 그가 말했지. '여기는 50년 동안 나 말고는 아무도 들어온 적이 없단다.'

나는 그를 따라 다락으로 올라갔지.

달빛이 창문을 통해 흘러들어 왔네. 달빛이 먼지와 거미줄로 뒤덮인 궤짝들과 배에 달린 종들 위를 비췄네. 하지만 어두운 다락을 비추고 있는 건 달빛만이 아니었어. 달빛은 푸른빛이었지만, 그곳은 온갖 무지개 빛깔들로 은은하게 빛나고 있었지.

다락을 가로질러 걸어간 제빵사 한스는 멈춰 서서 한쪽 구석을 가리켰네. 거기 비스듬한 지붕 아래에 오래된 병 하나가 있었지. 병은 눈을 가려야 할 정도로 눈부시게 아름다운 빛을 발하고 있었네. 그 유리병은 투명했지만, 그 안의 내용물은 빨강, 노랑, 초록, 보라 등의 색깔들을 모두 띠고 있었네.

제빵사 한스가 병을 높이 들자 그 안의 것은 마치 액체로 된 다이아몬드처럼 반짝였네.

'이게 뭔데요?' 나는 수줍어하며 속삭이듯 말했네.

제빵사 한스의 표정은 진지했다네. '애야, 이게 무지갯빛 레모네이드란다. 이건 이 세상에 남은 마지막 레모네이드야.'

나는 나무로 된 상자를 가리키며 '그럼 이건 뭐지요?' 하고 물었네. 그 속에는 낡고 더럽혀진 카드 한 벌이 놓여 있었어. 카드들은 거의 다 해어져 있었지. 맨 위에는 스페이드 8이 놓여 있었네. 나는 8이란 숫자를 카드의 왼쪽 모서리 위쪽에서 간신히 읽을 수 있었다네.

제빵사 한스는 손가락을 입술에 대며 속삭였네. '이건 프로데의 트럼프 카드란다, 알베르트.'

'프로데라고요?'

'그래, 프로데의 것이지. 하지만 그 얘기는 다른 날 저녁에 하기로 하자. 이제 이 유리병을 가지고 거실로 가자꾸나.'

손에 병을 들고 노인은 들문으로 갔네. 그는 램프를 든 난쟁이처럼 보였지. 다만 이 램프는 빨간색, 녹색, 노란색 혹은 파란색 중 어느 색깔이라고도 말할 수 없었다네. 램프는 다락에 작은 그림자들을 남기고 있었네. 마치 수백 개의 춤추는 아주 작은 초롱들처럼.

다시 아래 거실로 돌아와서 그는 병을 벽난로 앞 탁자 위에 놓았네. 그러자 방 안의 이국적인 물건들은 병 속에 들어 있는 액체의 색을 띠기 시작했네. 석가모니상은 녹색, 오래된 권총은 파란색, 부메랑은 핏빛이 되었다네.

'이게 무지갯빛 레모네이드인가요?' 나는 한 번 더 물었네.

'그래, 마지막 몇 방울이란다. 그래서 다행이지. 알베르트, 이 레모네이드는 위험할 정도로 맛있어서, 만약 사람들이 누구나 살 수 있다면 무슨 일이 일어날지 모른단다.'

그는 작은 잔을 가져와 레모네이드 몇 방울을 따랐지. 레모네이드는 잔 바닥에 깔려 눈의 결정체처럼 반짝였네.

'이거면 충분해.' 그가 말했지.

'더는 안 주세요?' 나는 어리둥절해서 물었네.

노인은 고개를 흔들었네.

'조금 맛을 보는 것으로도 충분하단다. 단 한 방울의 무지갯빛 레모네이드라도 그 맛은 오랫동안 지속되거든.'

'그럼 지금 한 방울을 마시고 내일 아침 일찍 또 한 방울 마시면 되겠군요.' 하고 내가 제안했지. 제빵사 한스는 고개를 흔들었네.

'아니, 안 된다. 지금 한 방울 마시고는 더 이상 마셔서는 안 돼. 이 한 방울은 너무도 맛있어서 넌 나머지를 훔치고 싶어질 거야. 그래서 난 네가 가고 나면 금방 이 레모네이드를 다시 다락에 치워둬야 한다. 그리고 내가 프로데의 트럼프 카드 이야기를 하고 나면 넌 비로소 내가 레모네이드를 병째로 주지 않은 걸 다행으로 생각할 거야.'

'이 레모네이드를 직접 맛보셨나요?'

'그래, 한 번. 50년도 더 되었지.' 제빵사 한스는 흔들의자에서 일어나 다이아몬드 같은 액체가 든 병을 들고 그의 침실로 갔네.

돌아와서 그는 내 어깨에 손을 얹고 말했지. '이제 마시거라. 지금이 네 생애 최고의 순간이란다, 얘야. 넌 항상 기억하게 될 거야. 하지만 이 순간은 다시 되돌아오지 않을 거야.'

나는 작은 잔을 들어 화려한 빛깔의 레모네이드를 마셨네. 그 첫 모금이 내 혀끝에 와 닿자마자 황홀의 파도가 나를 덮쳤지. 먼저 내 얼마 안 되는 삶 동안 맛보았던 모든 좋은 맛을 느꼈고, 그러고는 수없이 많은 다른 맛이 내 몸속 곳곳에서 느껴졌다네.

제빵사 한스의 말은 옳았네. 혀끝에서 시작되었지만 곧 나는 딸기와 나무딸기, 사과, 바나나 맛을 발과 팔에서도 느꼈네. 내 작은 손가락 끝에서는 꿀맛을 느꼈고, 발가락에서는 절여놓은 배 맛을, 등에서는 커스터드 맛을 느꼈네. 나는 온몸에서 어머니의 냄새를 느꼈네. 그건 내가 잊어버렸지만 어머니가 돌아가신 후 내내 그리워했던 냄새였네.

첫 번째의 감미로운 맛의 폭풍이 가라앉자 온 세계가 내 몸속에 들어 있는 듯, 아니 내가 온 세계인 듯했다네. 나는 갑자기 온갖 숲과 호수, 산과 들이 내 몸의 일부임을 느꼈네. 어머니는 돌아가셨지만 거기 어딘가에 어머니가 있는 것 같았다네.

내 시선이 녹색 석가모니상에 머무르자 그 작은 형상은 웃는 것 같았네. 벽에 걸려 있는, 교차되어 있는 두 개의 칼을 다시 한 번 바라보자 그 칼들은 마치 전투하는 것 같았어. 커다란 장식장 위에는 내가 들어오자마자 본, 배가 들어 있는 병 하나가 놓여 있었지. 그때 난 낡은 범선 위에 서 있는 것 같았으며, 먼 곳에 있는 풍요로운 어떤 섬을 향해 나아가고 있는 것 같았네.

'맛이 좋으냐?' 어떤 목소리가 들렸지. 제빵사 한스였네. 그는 내 위로 몸을 굽히더니 내 머리카락을 잡아당겼네.

나는 '음…….'이라고만 말했을 뿐이었지. 더 이상 무슨 말을 해야 할지 몰랐기 때문이었다네. 그리고 지금도 여전히 그렇다네. 나는 무지갯빛 레모네이드가 어떤 맛이었는지 말할 수가 없어. 무지갯빛 레모네이드는 온갖 맛이 다 났다고밖에는. 그게 얼마나 맛이 좋았는지를 생각하면 난 여전히 눈물이 날 뿐이라네.

스페이드 9

아버지는 내가 무지갯빛 레모네이드 이야기를 읽고 있는 동안 번번이 나와 얘기하려 했지만, 그 이야기는 손에서 놓을 수 없을 정도로 흥미진진했다. 이따금 나는 아버지가 경치가 좋다고 말하면 단지 예의상 창밖으로 시선을 돌리며, "우와!" 아니면 "근사한데요."라고 말했을 뿐이었다.

내가 여전히 제빵사 한스의 다락을 왔다 갔다 하는 동안 아버지가 가리킨 것 중에는 이탈리아어로 된 길 표지판이나 지명 표지판도 있었다. 우리는 이제 스위스 중에서도 이탈리아 구역을 통과하고 있었기 때문이었는데, 단지 이름만 이탈리아식이 아니었다. 내가 무지갯빛 레모네이드 이야기를 읽고 있을 때 우리가 통과한 계곡에는 주로 지중해 연안에서 자라는 꽃과 나무들이 있었다.

아버지는 (아버지는 전 세계를 모두 가보았다.) 식물에 대해 설명하기 시작했다. "미모사구나!" 아버지가 소리쳤다. "목련! 철쭉! 진달래! 일본벚나무!"

우리는 이탈리아 국경에서 훨씬 떨어진 곳에서 종려나무도 보았다.

"우린 루가노에 가까이 가고 있다." 아버지는 내가 막 그 꼬마 책을 덮자 이렇게 말했다.

나는 거기서 하룻밤 묵자고 제안했지만 아버지는 고개를 흔들었다. "우린 먼저 이탈리아 국경을 넘기로 약속했잖니. 이제 국경은 멀지 않아. 그리고 아직 이른 오후야."

그 대신 우리는 루가노에서 오래 쉬었다. 먼저 우리는 이 도시에 특히 많은 길과 공원과 유원지를 돌아다니며 냄새를 맡았다. 나는 아버지가 영자 신문을 사고 파이프에 불을 붙이는 동안 돋보기로 식물들을 관찰했다.

나는 몹시 차이가 나는 나무 두 그루를 발견했다. 하나는 잎이 넓고 붉은색이었으며, 다른 하나는 작고 노란색이었다. 꽃 모양은 서로 아주 달랐는데, 그런데도 이 두 나무는 같은 종류임이 틀림없었다. 왜냐면 이들의 잎사귀를 돋보기로 관찰해보니 엽맥과 섬유질이 거의 같았기 때문이다.

갑자기 밤꾀꼬리 소리가 들렸다. 밤꾀꼬리는 눈물이 날 정도로 오래도록 아름답게 울고 지저귀고 노래했다. 아버지도 똑같이 감동했지만 조금 웃었을 뿐이다.

날씨가 어찌나 더운지 나는 아버지에게 철학 이야기를 하도록 부추길 필요도 없이 아이스크림을 얻어냈다. 나는 뚱뚱한 바퀴벌레 한 마리를 돋보기로 관찰하기 위해 아이스크림 막대 위에 올려놓았는데, 이 바퀴벌레는 의사 앞에 앉은 어린아이처럼 두려움에 떨고 있었다.

"저것들은 온도가 30도만 넘으면 금방 나타나거든." 아버지가 말했다.

"그리고 아이스크림 막대를 보면 또 금방 도망가지요." 내가 말했다.

차로 돌아가기 전에 아버지는 카드 한 벌을 샀다. 아버지는 잡지를 사듯 자주 카드를 샀다. 그렇다고 카드놀이에 큰 흥미가 있는 건 아니어서 카드로 패를 떼는 놀이는 주로 나만 할 뿐이었다. 따라서 이러한 카드에 대해서는 설명이 필요하다.

아버지는 아렌달에 있는 큰 공장에서 기계공으로 일했었다. 아버지는 일하러 갔다가 다시 집에 돌아오는 시간 외에는 늘 인류의 영원한 문제들 속에 완전히 몰입해 있었다. 아버지의 서가는 여러 가지 철학적 주제에 대한, 닳아서 해어진 책들로 가득했다. 하지만 아버지는 제법 평범한 취미도 있었다. 글쎄, 그게 과연 평범한지는 논란이 있을 수 있다. 사람들은 돌이나 동전, 우표나 나비 같은 여러 가지 물건을 수집하곤 하니까. 그렇다, 아버지도 나름의 수집벽이 있었다. 아버지는 조커를 수집했던 것이다. 그것도 내가 태어나기 전부터였다. 난 그 수집벽이 아버지가 바다로 떠났을 때부터 시작되었을 거라고 생각한다. 아버지한테는 각기 다른 조커로 가득 찬 커다란 서랍이 있었다.

아버지는 카드놀이를 하고 있는 사람들에게 조커를 구걸하여 수집해나갔다. 아버지는 카페나 조그만 다리 위에 앉아 카드놀이를 하고 있는 사람에게 다가가 자기는 열성적인 조커 수집가인데 혹시 카드놀이에 조커가 필요하지 않다면 좀 달라고 부탁했다. 대부분의 사람들은 조커가 필요하지 않으면 내줬지만, 별 이상한 사람도 다 있다는 듯 쳐다보는 사람도 많았다. 어떤 사람들은 아버지의 부탁을 정중하게 거절하기도 했고, 또 어떤 사람들은 불손하게 대하기도 했다. 나는 아버지가 마치 거지 노릇을 강요당한 가련한 아이 같다고 느낀 적이 한두 번이 아니었다.

나는 왜 아버지가 이런 기상천외한 취미를 갖게 되었을까 하고 곰곰이 생각해보았는데, 그것은 세상의 여러 도시에서 온 엽서를 수집하는 것과 비슷한 것 같았다. 카드도 곳곳에서 온 것이기 때문이다. 분명한 건 조커 외에는 다른 어떤 것도 수집할 수 없었다는 점이다. 유쾌하게 브리지 게임을 하고 있는 데 가서 클럽 킹이나 스페이드 9를 달라고 할 수는 없기 때문이다.

카드 한 벌에 대개 두 장의 조커가 있다는 건 다행이었다. 가끔은 조커가 서너 장씩 들어 있는 카드도 본 적이 있었지만 보통은 두 장이었다. 게다가 조커가 필요한 게임은 많지 않았고 어쩌다 그런 게임을 하더라도 한 장이면 족하기 때문이다. 조커에 대한 아버지의 관심에는 보다 깊은 이유가 있었다. 아버지는 스스로를 조커로 여기고 있었던 것이다. 아버지가 직접 말하는 경우는 드물었지만, 나는 아버지가 자기 자신을 한 벌의 카드 속에 있는 조커로 여기고 있음을 오래전부터 알고 있었다.

조커는 다른 카드와는 달리 좀 멍청한 카드이다. 클럽도 다이아몬드도 아니고 하트도 스페이드도 아니다. 조커는 8도 9도 아니고 킹도 잭도 아니다. 조커는 이방인이다. 조커는 다른 카드와 함께 같은 한 벌 속에 들어 있지만 거기가 조커의 고향은 아니다. 그래서 조커가 없어진다 해도 아무도 그것을 깨닫지 못한다.

난 아버지가 아렌달에서 독일 병사의 아이로 성장할 때 자신이 마치 조커와 같다고 느꼈을 것이라고 생각한다. 그뿐이 아니었다. 아버지는 철학자로서도 조커였다. 아버지는 언제나 다른 사람이 보지 못하는 이상한 것들을 보고 있다고 믿었다.

아버지가 루가노에서 이 카드를 산 이유는 카드 자체에 관심이 있어서가 아니었다. 아버지는 이 한 벌에 들어 있는 조커가 어떤지 궁금했던 것이다. 아버지는 매우 흥분한 듯 즉시 포장을 뜯어 조커 한 장을 꺼냈다.

"이럴 줄 알았지. 이런 건 한 번도 본 적이 없어." 아버지가 말했다.

아버지가 조커를 가슴에 있는 주머니에 넣고 나자 이제는 내

차례였다.

"카드는 내가 가져도 되지요?"

그러자 아버지는 나머지 카드를 내게 넘겨주었다. 이것은 우리 사이의 불문율이었다. 카드를 사면 아버지는 조커가 여러 장이더라도 언제나 한 장만 가지고 나머지 카드는 내가 빨리, 그러니까 아버지가 카드들을 없애버리기 전에 요청하기만 하면 내 것이 되었다. 이렇게 해서 나는 시간이 흐르면서 약 100벌의 카드를 갖게 되었다. 나는 외동아들이고 집에는 엄마도 없다. 카드로 패를 떼는 것을 즐기곤 하지만, 진짜 수집가는 아니었다. 그래서 난 이제는 카드가 충분하다고 생각하기 시작했다. 때때로 아버지는 카드를 사면 조커를 꺼낸 후 나머지는 그냥 내버렸다. 그것은 바나나 껍질을 버리는 것처럼 쉬운 일이었다. 아버지는 마치 나쁜 것 중에서 좋은 것만 골라내기라도 하듯 "쓰레기."라고 말하며 나머지를 쓰레기통에 버렸다.

하지만 아버지는 보통 좀 더 자비롭게 쓰레기를 버렸다. 내가 카드를 원하지 않을 때는 다른 아이들을 찾아서 아무 말 없이 카드를 건네주었다. 이렇게 아버지는 카드놀이를 하고 있는 처음 보는 이들에게서 조커를 얻고, 그에 대한 대가를 인류에게 치르는 것이었다. 인류는 이런 식으로 좋은 거래를 하고 있다고 나는 생각했다.

우리는 다시 차에 올라 출발했으며, 아버지는 풍경이 너무 아름다워 조금 돌아서 갈 것이라고 말했다. 코모까지 고속도로로 가지 않고 루가노 호를 따라 차를 몰았다. 그 구간의 반을 지나면서 우리는 이탈리아 국경을 넘었다.

이내 나는 아버지가 왜 이 길을 택했는지 깨달았다. 루가노 호를 뒤로하자마자 우리는 배가 활발히 오가는 훨씬 더 큰 호수에 이르렀다. 코모 호였다. 여기서 우리는 먼저 메나지오(Menaggio)라는 이름의 작은 도시를 통과했다. "오이자넴(Oigganem)!"하고 나는 말했다. 그리고 나서 우리는 수십 킬로미터나 되는 이 커다란 호수를 따라 달렸다. 저녁 무렵이면 코모에 도착할 것이다.

운전을 하며 아버지는 계속 나무 이름을 말해주었다. "삿갓소나무, 실측백나무, 올리브나무, 무화과나무!"

나는 아버지가 어디서 이 나무들의 이름을 들었는지 알 수가 없었다. 몇 가지는 나도 이미 들은 적 있지만, 대부분은 아버지가 장난으로 꾸며낸 이름일 가능성도 아주 많았다. 그리고 우리가 이 무성한 나무 사이를 달리는 동안 나는 계속해서 꼬마책을 읽었다. 나는 제빵사 한스가 어떻게 해서 훌륭한 무지갯빛 레모네이드를 가지고 있는지 궁금했다. 그리고 그 많은 금붕어도…….

읽기에 앞서 나는, 왜 그렇게 조용한지 아버지가 물을 것에 대비해 카드를 조금 펼쳐놓았다. 나는 도르프의 제빵사 노인과 이 책에 대해 비밀을 지키기로 약속했기 때문이다.

스페이드 10

...... 마치 이 돛단배로는 닿을 수 없는 섬들처럼 멀리서 ......

♠

이날 밤 제빵사 한스네서 나와 집으로 걸어가면서 나는 계속 무지갯빛 레모네이드의 맛을 몸속에서 느끼고 있었다네. 한번은 한쪽 귀 언저리에서 갑자기 버찌 맛이 나더니, 그다음에는 팔꿈치에서 라벤더 맛이 은은하게 났지. 한쪽 무릎에서는 새콤한 대황 맛이 나는 것 같았네.

달은 넘어갔지만 산 위에는 별들이 반짝이고 있었네. 마치 마술 소금통을 흔들어 쏟아놓은 듯.

나는 내가 지구의 작은 인간이라고 생각했지. 하지만 내 몸 안에서 여전히 무지갯빛 레모네이드를 느끼고 있는 지금, 이 사실은 그저 생각에만 그치지 않았네. 난 이 지구가 나의 집임을 온몸으로 느꼈네.

나는 왜 무지갯빛 레모네이드가 위험한 음료인지 벌써 이해했다네. 무지갯빛 레모네이드는 결코 완전하게 소멸될 수 없는 어떤 갈증을 불러일으켰지. 나는 벌써 그 이상을 바라고 있었네.

발데마르길로 다시 내려가던 나는 아버지를 발견했네. 아버지는 아름다운 발데마르길을 비틀거리며 걸어왔네. 나는 아버지에게 제빵사한테 갔었다고 말했지. 그러자 아버지는 몹시 화를 내며 내 뺨을 힘껏 때렸네.

그렇게 기분 좋을 때, 아버지에게 얻어맞은 나는 너무 아파서 울기 시작했네. 그러자 아버지도 울었지. 아버지는 내게 언젠가는 자기를 용서해줄 수 있겠냐고 물었네. 하지만 난 대답하지 않았지. 다만 아버지를 따라 집으로 갔을 뿐이었네.

아버지는 잠들기 전에 어머니는 천사이고 술은 악마의 저주라고 말했네. 난 이 말이, 술이 아버지를 끝내 죽음에 빠뜨리기 전에 아버지가 내게 한 마지막 말이었다고 기억하네.

다음 날 아침 나는 다시 빵 가게로 갔지. 제빵사 한스도 나도 무지갯빛 레모네이드 얘기는 하지 않았네. 무지갯빛 레모네이드는 이 마을의 것이 아닌 것 같았어. 그건 아주 다른 세계의 것이었네. 하지만 우리는 이제 커다란 비밀 하나를 서로 나눠 갖고 있음을 알고 있었네. 그가 내게 비밀을 간직할 수 있느냐고 물었다면 난 몹시 슬펐을 것이네. 하지만 그는 물을 필요가 없다는 걸 잘 알고 있었지.

제빵사 한스는 프레첼을 만들기 위해 가게 뒤에 있는 제빵실로 갔네. 나는 등받이 없는 의자에 앉아 금붕어를 보았지. 아무리 쳐다보아도 싫증이 나지 않았어. 아름다운 빛깔을 띤 금붕어는 자기 의지대로 어항 속에서 이리저리 헤엄쳐 다니다가 떨면서 아래위로 오르내리기도 했지. 금붕어는 몸 곳곳에 살아 있는 작은 비늘들이 있었네. 금붕어의 눈은 결코 닫힐 줄 모르는 두 개의 까만 점이었고, 다만 작은 입만은 끊임없이 뻐끔거리고 있었지.

작은 동물조차도 모두 한 개체라고 나는 생각했네. 자기 어항 속에서 이리저리 헤엄치고 있는 이 금붕어는 이 순간만을 살고 있는 것이었지. 언젠가 그의 생명이 끝난다면 금붕어는 결코 돌아오지 못할 것이네.

오전에 제빵사 한스한테 잠시 들를 때면 언제나 그랬듯이, 내가 다시 돌아가려고 하자 노인은 내게로 돌아서며 물었네. '오늘 저녁에 올 수 있겠니, 알베르트야?'

내가 말없이 고개를 끄덕이자 그가 말했네. '난 아직 섬 이야기는 하지 않았단다. 그리고 살날이 얼마나 될지 모르겠구나.'

나는 돌아서서 그의 목을 부둥켜안았다네.

'돌아가시면 안 돼요. 절대로 돌아가시면 안 돼요!' 하고 나는 말했네.

'사람은 늙으면 모두 죽는단다.' 나의 여윈 어깨를 잡으며 그가 말했네. '자기가 없더라도 누군가가 그 뒤를 잇는다는 걸 알고 있는 게 좋아.'

그날 저녁 제빵사 한스의 집에 가자 그가 우물가에서 나를 기다리고 있었네.

'난 그걸 다시 갖다 놓았단다.' 그가 말했네. 그건 무지갯빛 레모네이드를 말하는 거지.

'이제는 그걸 마실 수 없는 건가요?'

노인은 '안 돼, 절대로!' 하며 가쁘게 숨을 쉬었네.

그는 아주 단호했네. 하지만 나는 그가 옳다는 걸 알았지. 이 신비한 음료를 결코 다시는 맛볼 수 없다는 걸 깨달았던 것이네.

'이제 그 병은 다락에 있단다.' 그는 말을 계속했네. '그리고 반 세기가 지난 다음에야 다시 그 병을 꺼내 오게 될 거야. 그러면 어떤 젊은 남자가 너의 문을 두드릴 것이고, 그가 이 무지갯빛 레모네이드를 맛볼 차례가 되는 거지. 이렇게 해서 병 속에 남아 있는 음료는 더 많은 세대까지 이르게 되겠지. 그리고 언젠가 이 놀라운 흐름은 미래의 세계로 흘러가겠지. 이해하겠니, 내 아들아? 내 말이 너무 어려우냐?'

나는 다 이해한다고 대답했고, 우리는 세상의 곳곳에서 온 이상한 물건들로 가득 찬 집 안으로 들어갔네. 우리는 전날 저녁처럼 벽난로 앞에 앉았지. 탁자 위에는 유리잔 두 개가 놓여 있었어. 제빵사 한스는 오래된 유리병에서 푸른 딸기 주스를 따랐네.

'나는 1811년 1월 어느 추운 겨울 밤 뤼베크에서 태어났단다.' 하고 그는 말하기 시작했네. '나폴레옹 전쟁 중이었지. 아버진 지금의 나처럼 제빵사였고, 나는 일찍부터 선원이 되기로 결심했단다. 사실은 그렇게 하도록 강요당한 거지. 우리는 8남매였는데 아버지의 조그만 빵 가게로 우리 모두가 먹고살기는 쉽지 않았단다. 열여섯 살이 채 되기도 전인 1826년 나는 함부르크에서 큰 범선의 선원 모집에 응했단다. 그 배는 아렌달이라는 노르웨이의 한 도시에서 온, 완전히 장비를 갖춘 '마리아'라는 이름의 돛을 단 배였단다.

마리아는 16년도 넘게 나의 집이었고 나의 삶이었지. 1842년 가을, 우리는 화물을 싣고 뉴욕에서 로테르담으로 항해하고 있었지. 우리는 유능한 선원이었지만 이번에는 각도기와 나침반이 우리를 놀린 게 틀림없어. 생각해보니, 우리는 도버 해협을 떠났을 때 벌써 너무 남쪽으로 항로를 잡았던 거지. 우린 멕시코 만을 향해 항해했음이 틀림없단다. 어떻게 해서 그런 일이 일어났는지는 아직도 여전히 수수께끼지.

넓디넓은 바다 위에서 7, 8주일을 보냈으니 아무리 계산해봐도 벌써 항구에 도착했어야 했지만 여전히 육지는 보이지 않았단다. 어쩌면 우리는 그때 멀리 버뮤다의 남쪽에 있었을지도 모르지. 그러던 어느 날 아침 폭풍이 몰아쳤단다. 그날 하루 동안은 바람이 거세졌고, 그러고 나서 완전히 발달한 태풍을 만났지.

그리고 정확히 무슨 일이 일어났는지 나는 모른단다. 그 커다란 배는 격렬한 태풍의 돌풍 속에서 좌초했음이 틀림없어. 난파

당시의 일은 단편적으로만 기억하고 있는데, 모든 일이 그렇듯 순식간에 일어났다. 하지만 배가 뒤집히고 배에 물이 들어왔다는 것만은 지금도 기억하고 있단다. 또 동료 하나가 갑판 위로 가더니 물살에 휩쓸려 바다로 사라졌지. 그게 전부란다. 내가 알고 있는 그다음의 일은 내가 어느 구조선 안에서 깨어났다는 것과 이제 바다가 완전히 잠잠해졌다는 것이다.

내가 얼마나 오래 의식을 잃고 있었는지 난 지금도 모른다. 몇 시간이었을 수도 있지만 여러 날이었을 수도 있지. 내 시간 계산은 내가 구조선에서 깨어났을 때야 비로소 다시 시작되었단다. 후에 우리 배가 흔적도 남기지 않고 침몰했다는 걸 알게 되었지. 나는 그 파선에서 살아남은 유일한 생존자였단다.

구조선에는 작은 돛대 하나가 있었는데, 나는 뱃머리께 널빤지 아래에서 오래된 돛을 찾아내 달고는 해와 달에 맞추어 조종하려고 시도했단다. 틀림없이 아메리카 동쪽 해안의 어딘가라고 생각하고 항로를 서쪽으로 잡았지.

이렇게 나는 일주일도 넘게 바다를 이리저리 떠돌면서 배에 있던 비스킷과 물로 연명했단다. 다른 돛단배는 단 한 척도 볼 수 없었지.

무엇보다도 나는 마지막 밤을 기억하고 있단다. 내 위에는 별들이 마치 내가 이 돛단배로는 닿을 수 없는 섬들처럼 멀리서 반짝이고 있었지. 난 내가 뤼베크에 있는 나의 양친과 같은 하늘 아래 있다는 게 이상하게 여겨졌단다. 같은 별을 바라볼 수 있을지라도 우린 서로 너무나 멀리 떨어져 있지. 별들은 말이 없으니까, 알베르트. 별들한테는 우리가 지구 위에서 어떻게 살아가든 상관없는 일이거든.

머지않아 나의 양친은 내가 마리아와 함께 침몰했다는 슬픈 소식을 받게 되겠지.

다음 날 아침 일찍 수평선에 아침놀이 나타났을 때, 갑자기 먼 곳에 있는 점 하나가 시야에 들어왔단다. 처음에는 눈에 먼지가 들어온 줄 알고 눈물이 날 때까지 비벼보았지만, 그 점은 움직이지 않고 그 자리에 머물러 있었단다. 나는 그 점이 섬일 거라고 생각했지.

내가 배를 섬 쪽으로 움직여가고 있을 때 나는 거의 보이지도 않는 그 작은 섬에서 흘러나오는 강력한 조류를 느꼈단다. 나는 돛을 내리고 튼튼한 노를 잡은 다음, 섬을 등지고 앉아 노를 노걸이 속에 놓았지.

나는 멈추지 않고 노를 젓고 또 저었지만 그 지점에서 움직인다는 느낌이 없었단다. 내 앞에는 만약 내가 그 섬에 이르지 못한다면 나의 무덤이 될 끝없는 바다가 펼쳐져 있었지. 거의 스물네시간 전에 나는 마지막 남은 물을 마셨던 것이다. 나는 몇 시간 동안 쉬지 않고 노력했고, 노를 저을 때마다 손바닥에서는 피가 솟아올랐지. 하지만 그 섬은 내 최후의 기회였단다.

내가 오랫동안 노를 저은 후 몸을 돌리자 그 점은 분명한 윤곽의 섬으로 내게 다가왔다. 나는 야자수가 있는 석호를 보았지만 아직도 목표에 이르기에는 먼 길이 놓여 있었지.

하지만 결국 나의 노력에는 보람이 있었단다. 그날 늦게 나는 석호로 노를 저어 들어갔고 내가 탄 배가 부드럽게 부딪히는 걸 느꼈지. 나는 배에서 내려 구조선을 해안으로 밀었지. 바다에서 오랜 날들을 보낸 후여서 단단한 땅을 밟았다는 게 믿어지지 않았단다.

배를 야자수 사이로 끌어당기기 전에 마지막 남은 비스킷을 먹어 치우고 나자 나는 우선 섬에 물이 있을지가 궁금했단다.

남태평양의 한 섬에서 목숨을 구했다는 확신감이 들지는 않았지. 곧 나는 이 섬에 사람이 살지 않을 거라고 확신했단다. 섬은 너무 작아 보였고, 내가 서 있는 곳에서 활 모양으로 굽은 섬의 모습을 볼 수 있었지. 난 다는 아니라도 섬을 가로로 쭉 훑어볼 수 있을 거라고 생각했단다.

나무는 별로 많지 않는데, 돌연 야자수 꼭대기에서 새 한 마리가 노래하기 시작했지. 그것은 이전에 들어본 그 어떤 것보다 아름답게 들렸단다. 아마도 그 노래가 섬에 생명이 있다는 최초의 표시였기 때문에 특별히 아름답게 들렸을 거야. 바다에서 숱한 세월을 보낸 후여서 나는 그 새가 바닷새가 아니라고 확신했지.

나는 배 주위를 떠나 작은 길을 따라서 새에게 다가갔단다. 그런데 점점 안쪽으로 들어가면 갈수록 섬이 그만큼 더 커지기 시작했지. 돌연 나는 나무가 생각보다 훨씬 더 많고, 섬 안쪽에서 다른 새들이 노래하고 있다는 걸 알았지. 또 여기 있는 많은 꽃과 나무들은 내가 지금껏 본 것과는 전혀 다른 것들이었어. 그전엔 아마 그걸 몰랐던 거지.

해안에서부터 나는 고작 일고여덟 그루의 야자수를 보았을 뿐이지만, 내가 가고 있는 작은 오솔길 양옆으로 키가 큰 장미 덤불이 나 있고, 또 그 길은 작은 야자수 숲과 연결되어 있었단다.

나는 이 섬이 얼마나 큰지 정확히 알기 위해 작은 야자수 숲을 향해 걸어갔지. 하지만 야자수 우듬지 아래 서자마자 나는 또 야자수들이 울창한 활엽수림의 시작에 불과하다는 사실도 발견했지. 돌아서 보니 배를 타고 들어왔던 석호가 아직도 보였고, 오른편과 왼편에는 강렬한 햇빛 아래 황금빛으로 빛나는 대서양이 보였단다.

나는 더 생각하지 않았지. 단지 이 숲의 끝이 어딘지 알아야 했단다. 그래서 활엽수들 사이를 계속 걸어갔지. 활엽수들을 지나가자 오른편과 왼편에 가파른 언덕이 솟아 있었고, 바다는 더 이상 보이지 않았단다.

스페이드 잭

······ 밤알처럼 반짝이는 눈 ······

나는 글씨가 두 겹으로 보일 때까지 오래 꼬마책을 읽었다. 그러고는 책을 뒷자리에 있는 도널드 만화책 밑에 숨겨놓고 코모 호를 바라보았다.

나는 돋보기와, 도르프의 제빵사가 롤빵에 넣은 꼬마책이 어떤 관련이 있는지에 대해 생각해보았다. 이렇게 작은 글씨로 쓸 수 있다는 것 역시 수수께끼가 아닐 수 없다.

코모 호가 끝나면서 코모 시에 다다랐을 때는 이미 어두웠는데, 그건 늦은 밤이었다는 말은 아니다. 이 시기에는 이탈리아가 노르웨이보다 훨씬 더 빨리 어두워지기 때문이었다. 우리가 남쪽으로 계속 차를 달려 하루가 지나갈 때마다 한 시간씩 더 빨리 어두워졌던 것이다.

활기에 찬 도시를 달리는 사이 가로등이 켜졌고, 그때 나는 갑자기 놀이동산을 발견했다. 우리 여행 중에서 처음으로 나는 내 의지를 관철하기 위해 모든 걸 걸었다.

"우리 저기 놀이동산으로 가요." 내가 말했다.

"한번 보자꾸나." 길 양쪽에서 여관을 찾던 아버지가 말했다.

"한번 보는 게 아니에요! 우린 거기 가야만 해요."

결국 아버지는 양보했다. 숙박할 곳을 먼저 찾는다는 조건으로. 게다가 아버지는 기꺼이 우리 협상에 응하기 전에 맥주 한 병을 요구했다. 그러니까 우린 놀이동산에 차를 타고 가지 않을 것이었다. 다행히도 작은 호텔 하나를 찾아냈는데, 그 호텔은 엎어지면 코 닿을 거리에 있었다. '미니 호텔 바라델로(Mini Hotel Baradello)'였다.

내가 "올레다랍 레토 이님(Olledarab Letoh Inim)!"이라고 말하자 아버지는 왜 갑자기 아라비아 말을 하느냐고 물었다. 내가 호텔 팻말을 가리키자 그제야 아버지는 웃었다.

우리는 짐을 호텔 방에 가져다 놓았다. 그리고 아버지는 프런트에서 맥주를 마셨고, 우리는 놀이동산으로 출발했다. 도중에 아버지는 한 가게에 들어가 작은 병들을 샀는데 그게 무엇인지 나는 모른다.

놀이동산은 아주 훌륭했지만 아버지를 설득해서 고작 유령의 집과 대관람차를 같이 탔다. 나는 또 그것 말고도 아주 이상한 공중 곡예를 하는 롤러코스터를 탔다. 대관람차의 거대한 바퀴 위에서 우리는 도시 전체와 저 멀리 코모 호를 바라보았다. 막 꼭대기에 이르자 갑자기 바퀴가 멈춰 서더니 새로 손님을 태우느라 이리저리 흔들거렸다. 우리가 하늘과 땅 사이에 떠 있는 동안, 나는 갑자기 작은 남자 한 사람을 발견했는데, 그는 저 아래에서 우리 쪽을 올려다보고 있었다. 나는 의자에서 뛰어내려 그를 가리키면서 말했다.

"저기 그 사람이 또 있어요!"

"누가 말이냐?"

"난쟁이요. 주유소에서 내게 돋보기를 선물로 준 그 난쟁이 말이에요."

"바보 같은 소리야."라고 말하고는 아버지도 아래쪽을 바라보았다.

"저 사람이 그 사람이에요." 하고 나는 주장했다. "저 사람은 똑같은 모자를 쓰고 있어요. 아버지도 분명히 저 사람이 난쟁이라고 생각할 거예요."

"유럽에는 난쟁이가 많단다, 한스 토마스. 모자도 많고. 자, 이제 앉거라."

그러나 나는 그 난쟁이가 돋보기를 준 난쟁이가 틀림없으며, 그가 우리를 보고 있었다는 것을 절대적으로 확신했다. 우리가 다시 땅을 향해 내려오기 시작했을 때, 나는 매표소 뒤로 쏜살같이 지나치며 사라지는 그의 모습을 보았다.

난 이제 더 이상 놀이동산에 관심이 없어져서, 범퍼카를 타겠느냐는 아버지의 물음에 정중하게 거절했다.

"난 그냥 구경만 하고 싶을 뿐이에요."

내가 말하지 않은 건 그 난쟁이를 찾고 있다는 것이었다. 어쩌면 아버지는 내가 그 난쟁이를 찾고 있지나 않은지 의심스러웠을지도 몰랐다. 왜냐면 아버지는 매우 열성적으로 내게 온갖 놀이기구를 타도록 유도했기 때문이다.

우리가 놀이동산을 둘러보는 동안 아버지는 두 번, 사람들에게 등을 돌리고 아버지가 사온 두 병 중의 하나를 들이켰다. 아버지는 차라리 내가 요술의 집이나 그 비슷한 데 가 있는 사이에 그렇게 하고 싶어 했던 것 같다.

놀이동산 한복판에는 오각형의 텐트가 세워져 있었다. 텐트 위에는 '시빌라(Sibylla)'라고 쓰여 있었지만 나는 이 낱말을 거꾸로 읽어보았다. "알리비스(Allybis)!"

"뭐, 뭐라고?"

"저기요!" 내가 그곳을 가리키며 말했다.

"시빌라!" 아버지는 말했다. "그건 여자 점쟁이라는 뜻이란다. 네 미래가 궁금하니?"

그건 의심할 여지도 없었다. 나는 바로 텐트 쪽으로 갔다.

입구에는 눈부시게 아름다운 내 나이 또래의 소녀가 앉아 있었다. 소녀는 머리가 까맣고 길었으며 눈은 검었다. 나는 소녀가 집시라고 생각했다. 소녀가 너무나 아름다워서 나는 가슴이 두근두근했다. 하지만 소녀는 아버지한테 더 관심을 보였다. 소녀는 아버지를 쳐다보더니 서투른 영어로 물었다. "미래를 알고 싶으십니까, 선생님? 고작 5,000리라예요."

아버지는 소녀에게 지폐 한 장을 주고는 나를 가리켰다. 그때 나이 든 여자가 텐트에서 머리를 내밀었다. 그 여자가 점쟁이였다. 나는 그 소녀가 나의 미래를 예언해주지 않는 데 좀 실망했다. 그다음 나는 텐트 속으로 떠밀렸는데 그곳에는 붉은 등 하나가 천장에 매달려 있었다. 점쟁이 여자는 둥근 탁자 앞에 앉아 있었다. 탁자 위에는 큰 크리스털 공과 작은 은빛 금붕어 몇 마리가 들어 있는 유리 어항이 놓여 있었다. 그 옆에 카드 한 벌이 있었다.

나는 점쟁이 여자가 권하는 등받이 없는 의자에 앉았다. 아버지가 작은 병을 들고 텐트 앞에 서 있지 않았다면 난 매우 불만스러웠을 것이다.

"영어 할 줄 아니, 얘야?" 그녀가 영어로 물었다.

"물론이지요." 나는 영어로 답했다.

그녀는 카드를 접어 스페이드 잭을 뽑았고 탁자 위에 놓았다. 그런 다음 내게 차례차례 카드 스무 장을 뽑아 섞으라고 했다. 내가 그녀의 지시대로 하고 나자 그녀는 또 내게 스페이드 잭을 그 사이에 집어넣으라고 했다. 그런 다음 내 눈을 똑바로 응시하면서 그 스물한 장의 카드를 탁자 위에 배열했다.

점쟁이 여자는 카드를 일곱 장씩 세 줄로 놓은 후 맨 위 줄은 과거를, 가운데 줄은 현재를, 그리고 맨 아래 줄은 미래를 말한다고 했다. 가운데 줄에 스페이드 잭이 다시 나타났다. 이제 스페이드 잭은 조커 옆에 놓였다.

"놀랍군." 그녀가 속삭이듯 말했다. "배열이 아주 특이한걸."

잠시 동안 더 이상의 일은 일어나지 않았다. 나는 그녀가 혹시 카드가 너무 특별하게 놓여 있어 최면에라도 걸린 건 아닌가 하고 생각했다. 그때 그녀가 말하기 시작했다.

"자라나는 소년이 하나 보이는군. 소년은 집에서 멀리 떨어져 있구나."

이 말에 나는 별로 감동하지 않았다. 내가 코모 출신이 아니라는 건 점쟁이가 아니라도 알 수 있으니까.

"행복하지 않으냐, 얘야?" 그녀가 물었다.

나는 대답하지 않았고, 그녀는 다시 카드를 바라보았다.

이제 그녀는 과거를 말하는 줄을 가리켰다. 여기에는 스페이드 킹이 다른 스페이드들 사이에 놓여 있었다.

"과거에 슬픔이 많았고 힘들었겠구나."

그녀는 스페이드 킹을 집어 들고는 그 카드가 나의 아버지며, 아버지는 쓰라린 청소년기를 보냈다고 말했다. 그런 다음 그녀는 많은 말을 했고 나는 그중 겨우 반 정도만 이해했는데, 여러 번 '할아버지'라는 말이 나왔다.

"그런데 네 어머니는 어디 있느냐, 얘야?"

나는 어머니가 아테네에 있다고 말하고는 금방 후회했다. 결국 점쟁이 여자를 도와준 결과가 되었기 때문이다. 점쟁이 여자가 속임수를 쓸 수도 있으니까.

"어머니는 아주 오래전에 떠나버렸군." 하고 점쟁이 여자가 말하며 맨 아래 줄을 가리켰다. 거기에는 스페이드 잭과 멀리 떨어져 맨 오른쪽에 하트 에이스가 놓여 있었다.

"내 생각에 이게 네 어머니다." 그녀는 말했다. "어머니는 대단히 매력적인 여자고…… 아름다운 옷을 입고 있고…… 북쪽 나라에서 멀리 떨어진 낯선 나라에 있구나."

점쟁이 여자는 영어로 예언을 계속했고, 나는 매번 반쯤만 알아들을 수 있었다. 이윽고 미래에 대해 말하기 시작하자 그녀의 검은 눈이 밤알처럼 반짝였다.

"난 이런 카드 배열을 본 적이 없어." 그녀는 또 한 번 말했다.

그녀는 스페이드 잭 옆에 있는 조커를 가리키며 말했다. "대단히 놀라운 것들이 많아. 숨겨진 게 많구나, 얘야."

그러고 나서 그녀는 일어나더니 초조한 듯 고개를 흔들었다. 마지막으로 그녀는 말했다. "그리고 그건 아주 가까이 있구나."

그것으로 예언은 끝났다. 점쟁이 여자는 나를 텐트 밖으로 데려다주고는 서둘러 아버지에게 가서는 귀에 대고 몇 마디를 속삭였다. 그러고는 내가 천천히 그녀 뒤에서 걸어가는데, 돌연 그녀가 내 머리 위에 손을 얹으며 말했다. "이 애는 참 특별한 아입니다, 선생님. 비밀이 많아요. 신은 이 아이가 무언가를 해낼 것임을 알고 있습니다."

아버지는 그 말에 웃음을 터뜨렸다. 어쩌면 아버지는 단지 웃음을 멈추기 위해 지폐 한 장을 더 주었을지도 모른다.

우리가 텐트에서 꽤 멀어졌을 때까지도 점쟁이 여자는 여전히 우리의 뒷모습을 바라보고 있었다.

"점쟁이 여자가 카드를 놓았어요." 나는 말했다.

"그래? 조커를 달라고 부탁했겠지?"

"아버진 정신이 나갔군요." 나는 시큰둥하게 말했다. 나는 아버지의 질문이 순전히 신에 대한 모독이라고 생각했다.

하지만 아버지는 그저 볼썽사납게 웃기만 했다. 나는 그 웃음소리에서 두 개의 술병이 다 비었음을 알 수 있었다. 호텔 방에 돌아와 나는 아버지에게 일곱 바다 도적의 권총 이야기를 해달라고 졸랐다.

아버지는 오랫동안 유럽과 인도 서부를 오가는 유조선을 탔다. 그래서 멕시코 만과 로테르담, 함부르크, 뤼베크 같은 도시들을 손바닥 보듯 훤히 알았다. 아버지가 탄 배는 다른 항로로 항해하기도 했기 때문에 아버지는 세계 곳곳에 있는 항구에 가보았다. 우리는 이미 함부르크에 가보았고 항구를 반나절이나 돌아다녔으며, 내일이면 아버지가 청년 시절에 가보았던 다른 항구에 도착할 것이었다. 베네치아에 말이다. 그리고 만약 우리가 마침내 아테네에 다다른다면 아버지는 피레우스를 방문할 계획이었다.

우리가 긴 여행을 시작하기 전, 나는 아버지에게 왜 비행기를 타고 가지 않는지 물었다. 그러면 우리는 아테네에서 엄마를 찾을 시간이 더 많을 것이다. 하지만 아버지는 고개를 흔들었다. 이 여행의 목적은 엄마를 다시 집으로 데려오는 것이며, 엄마를 여행사로 끌고 가 비행기 표를 사주는 것보다 자동차 안으로 밀어 넣는 편이 더 쉽다는 것이다.

나는 게다가 아버지가 실제로는 엄마를 찾으리라는 기대를 전혀 하지 않고 있는 건 아닌지 의심스러웠다. 그렇다면 아버지는 어쨌든 엄마를 찾느라 휴가를 허비하게 될 것이다. 아버지는 어렸을 때부터 아테네에 가보고 싶어 했기 때문이다. 그리고 하필이면 아버지가 탔던 배의 선장은 아버지가 아테네에서 고작 몇 킬로미터 떨어진 옛 도시 피레우스를 방문하는 것을 허락해주지 않았다. 난 이 선장을 수습 선원으로 일하게 했어야 한다고 생각한다.

많은 사람은 옛 사원을 보러 아테네로 차를 타고 간다. 아버지가 그곳에 가고자 하는 이유는 무엇보다도 위대한 철학자들이 살던 곳이기 때문이다. 엄마는 아버지와 나에게서 떠나버린 것만도 충분히 나빴다. 하지만 엄마가 그것도 모자라 아테네로 간 건 아버지한테는 또 하나의 충격이었다. 엄마가 아버지도 꿈꾸었던 그 나라에 가고 싶었다면, 아버지와 함께 갈 수도 있었을 텐데.

아버지는 자신의 선원 생활 중 겪은 재미있는 이야기 두 가지를 하고 난 후 잠이 들었다. 나는 침대에 누워 꼬마책과 도르프의 이상한 제빵사를 생각했고, 그러자 그 책을 자동차에 숨겨두어 속상했다. 그래서 나는 이날 밤 제빵사 한스가 탄 배가 파선한 후 어떻게 되었는지는 더 이상 알 수 없었다. 하지만 잠들기 전 내내 나는 루트비히와 알베르트, 제빵사 한스를 생각하지 않을 수 없었다. 그 세 사람 모두 도르프에서 제빵사가 되기 전까지 힘든 삶을 살았다. 그들을 연결해주는 것은 무지갯빛 레모네이드의 비밀과 여러 마리의 금붕어들이었다. 그리고 제빵사 한스는 프로데라는 이름의 한 남자를 언급했다. 이상한 트럼프 카드를 가지고 있던……

내가 크게 잘못 생각하고 있지 않다면, 이건 모두 제빵사 한스의 파선과 어떤 관련이 있는 듯하다.

스페이드 퀸

...... 나비들의 소리가 마치 음악 같았다 ......

아버지는 전에 없이 다음 날 아침 일찍 나를 깨웠다. 아버지가 놀이동산으로 가는 길에 샀던 작은 병들에는 아마 술이 많이 들어 있지는 않았던 모양이다.

"오늘은 베네치아로 간다. 해가 뜰 때 출발하는 거야." 아버지가 말했다.

침대에서 튕겨지듯 일어난 나는 간밤에 꾼 난쟁이와 점쟁이 여자의 꿈이 떠올랐다. 꿈속에서 난쟁이는 한낱 유령의 집에 있는 밀랍 인형에 불과했는데, 갑자기 검은 머리의 점쟁이 여자가 그녀의 아름다운 딸과 함께 그 옆을 지나면서 난쟁이의 눈을 깊이 들여다보았더니 생명을 얻게 되었다. 난쟁이는 어둠을 틈타 몰래 도망쳤다가 지금은 겁에 질려 유럽을 떠돌아다니고 있는데, 누군가가 그를 알아보고 다시 유령의 집 안으로 되돌려 보낼 것이다. 그러면 그는 또다시 생명 없는 밀랍 인형이 될 것이다.

내가 이 이상한 꿈을 떨쳐버리고 바지를 입었을 때 아버지는 벌써 출발할 준비를 하고 있었다. 나는 베네치아에 대한 기대감에 설레기 시작했다. 거기서 우리는 긴 여행에서 처음으로 지중해를 보게 될 것이다. 나는 지중해를 한 번도 본 적이 없었고, 아버지는 선원이었을 때 마지막으로 보았다.

우리는 식당으로 가서 알프스 남쪽이면 어디서나 접하게 되는 시원찮은 아침을 먹었다. 우리가 출발하기 위해 자동차에 오른 것은 7시도 되기 전이었고, 그때 태양이 막 지평선 위로 떠오르고 있었다. 아버지가 선글라스를 끼며 말했다. "이 뜨거운 태양이 아마도 오전 내내 우리를 따라다닐 거야."

베네치아로 가는 길에 우리는 전 세계에서 가장 비옥한 지대 중 하나인 포 평야를 통과했다. 포 평야가 비옥한 이유는 물론 알프스 산맥의 깨끗한 물 때문이다.

우리는 갑자기 풍성한 오렌지나무 숲과 레몬나무 숲을 통과하는가 하면, 바로 다음 순간 실측백나무와 올리브나무, 야자수에 둘러싸이기도 했다. 습지대에는 높은 포플러나무들 사이로 넓은 논이 보였다. 그리고 도로변 곳곳에 붉은 양귀비가 자라고 있었다. 양귀비는 색깔이 너무도 강렬해서 때때로 눈을 비비지 않을 수 없었다.

오전에 우리는 어떤 언덕마루에 올라, 가련한 풍경화가가 사실에 가까운 그림을 그리기 위해 자신의 물감을 모두 사용한 듯 다채로운 색깔의 평야를 바라보았다.

아버지는 자동차를 멈춘 다음 내려 얘깃거리를 생각하며 담배를 피웠다.

"여기 이것들은 모두 해마다 땅에서 솟아난단다, 한스 토마스. 토마토와 레몬, 양엉겅퀴와 호두, 이 많은 푸른 나무들 말이야. 검은 대지에서 어떻게 이 모든 것이 위로 솟아오르는지 이해할 수 있겠니?"

아버지는 서서 창조의 기적을 바라보았다.

"날 특히 감동시키는 건 이 모든 게 오직 하나의 세포에서 비롯된다는 사실이란다. 수십억 년 전 언젠가 작은 씨앗 하나가 생겨났고, 그다음에 두 쪽으로 나뉘었단다. 그리고 시간이 지나 그 작은 씨앗은 코끼리로도, 사과나무로도, 나무딸기로도, 오랑우탄으로도 변한 거야. 이해하겠니, 한스 토마스?"

나는 고개를 저었고 아버지는 여러 가지 식물과 동물의 기원에 대한 포괄적인 얘기를 계속했다. 결론적으로 아버지는 푸른 꽃에서 날아간 나비 한 마리를 가리키며 이 나비가 여기 포 평야에서 평화롭게 살 수 있는 것은 날개의 점들이 여기 있는 야생동물의 눈과 같기 때문이라고 설명했다.

아버지가 더 드물어진 담배 휴식 동안 방어할 준비가 안 된 아들을 철학 강연으로 괴롭히는 대신 생각에 잠겨 있을 때면, 나는 바지 주머니에서 돋보기를 꺼내 흥미로운 생물학적 조사를 하곤 했다. 뒷자리에서 꼬마책을 읽는 데 사용한 그 돋보기로 나는 자연과 꼬마책은 똑같이 비밀이 많다고 생각했다.

1킬로미터씩 지날 때마다 아버지는 자동차를 세우고 핸들 앞에 앉아 생각에 잠겼다. 나는, 언제라도 우리가 살고 있는 행성에 대해서나 혹은 우리를 갑작스레 떠나버린 엄마에 대해서 어떤 중요한 진실을 아버지가 털어놓을지도 모른다는 것을 알고 있었다. 하지만 가장 중요한 것은 지금 꼬마책을 읽는 것이었다.

♠

나는 암초밖에 없는 황량한 바다보다 뭔가가 훨씬 많은 육지를 찾아내서 마음이 놓였단다. 그런데 그뿐이 아니었지. 그 섬은 불가해한 비밀을 가지고 있는 것 같았거든. 난, 섬의 안쪽으로 깊숙이 들어갈수록 섬이 점점 더 커지고 있다고 굳게 믿었단다. 마치 한 발자국씩 디딜 때마다 섬이 온갖 방향으로 퍼져나가기라도 하듯. 그것은 마치 섬이 자체의 깊은 곳으로부터 무언가 창조해내는 것 같았단다.

계속 오솔길을 걸어 들어가자 이내 두 갈래로 갈라져서, 나는 길 하나를 선택하지 않을 수 없었단다. 나는 왼쪽으로 난 길을 택했고 그 길도 또 갈라졌지. 나는 계속해서 왼쪽 길을 택했단다.

이윽고 두 산 사이의 깊고 좁은 골짜기에 이르렀어. 여기엔 거대한 거북들이 숲 사이를 이리저리 기어 다니고 있었는데, 큰 거북들은 2미터가 넘었지. 나는 큰 거북의 얘기를 들은 적은 있었지만 직접 보기는 처음이었단다. 그중 한 마리는 내가 섬에 온 걸 환영하기라도 하듯 머리를 내밀고 나를 쳐다보았지.

나는 하루 종일 걸었단다. 새로운 숲, 골짜기와 고원이 보였지만 바다는 더 이상 볼 수 없었지. 어느 마법의 땅에 들어와 결코 끝나지 않는, 길이 거꾸로 난 미로를 헤매는 느낌이었단다.

오후 늦게야 오후의 태양에 생기 있게 반짝이는 커다란 호수가 있는 넓은 지대에 이르렀지. 나는 허겁지겁 그 호수에 엎드려 갈증을 가라앉혔지. 몇 주 만에 처음으로 배에서 마셨던 것과는 다른 물을 마셨단다.

나는 또 아주 오랫동안 씻지도 못했지. 그래서 꽉 끼는 선원복을 벗어버리고 물속으로 뛰어들었어. 숨 막히는 열대의 태양 아래서 긴 오후를 보낸 다음이라 그 상쾌함은 말할 수 없을 정도였단다. 그제야 무방비 상태로 구조선에 앉아 있는 동안 태양에 머리가 얼마나 심하게 타버렸는지 알게 되었지.

난 서너 번 깊이 잠수했고, 물속에서 눈을 뜨면 온갖 무지갯빛을 띤 금붕어 떼가 보였단다. 몇몇은 호숫가의 식물처럼 녹색이었고, 또 몇몇은 보석 같은 푸른색, 그리고 또 다른 것들은 금빛이

어슴푸레하게 비치는 붉은빛, 노란빛, 오렌지빛을 띠고 있었지. 동시에 금붕어들은 상상할 수 있는 온갖 빛깔의 줄무늬가 있었지.

나는 다시 물에서 나와 몸을 말리려고 지는 해를 바라보며 누웠단다. 그러자 극심한 배고픔을 느꼈고 딸기만 한 노란색의 열매가 **빽빽**하게 넝쿨져 있는 수풀을 발견했지. 지금껏 그런 과일들을 한 번도 본 적이 없었지만 먹을 수 있으리라고 생각했지. 과일은 땅콩류와 바나나를 섞은 듯한 맛이 났단다. 배불리 먹고 난 후 옷을 입고는 커다란 호숫가에서 정신없이 잠이 들었지.

다음 날 아침 나는 해가 뜨기도 전에 깨어났고 금방 정신이 또렷해졌단다. 내가 파선에서 살아남았구나! 그제야 그 사실이 실감 나더구나. 나는 마치 새로 태어난 것 같았단다.

호수 왼쪽으로는 바위투성이의 산이 있었단다. 그 산은 노란색, **빨간색**의 잔디와 아침의 서늘한 미풍에 살며시 물결치고 있는 종 모양의 꽃들로 덮여 있었지.

곧바로 나는 산등성이에 올랐지. 그러나 거기서도 바다를 볼 수는 없었단다. 나는 멀리 넓은 육지를, 대륙을 바라보았지. 북아메리카와 남아메리카에는 가본 적이 있지만, 결코 그곳일 리는 없었고 어디에도 사람 흔적은 보이지 않았단다.

나는 해가 뜰 때까지 산꼭대기에 머물렀단다. 토마토처럼 붉었지만 신기루마냥 희미한 해가 멀리 평지 위로 솟아올랐지. 지평선

이 너무나 낮아서 태양은 내가 이제껏 보았던 어떤 태양보다도, 바다에서보다도 더 크고 더 붉었단다.

이 태양이 뤼베크에 있는 내 부모의 집을 비추는 태양과 똑같은 것이었던가?

나는 오전 내내 계속 걸어 태양이 하늘 높이 떠올랐을 때 노란 장미 덤불이 있는 골짜기에 이르렀지. 덤불 사이로는 거대한 나비들이 이리저리 날아다니고 있었단다. 큰 것들은 날개가 까마귀만큼 컸지만 몹시도 아름다웠지. 나비들은 진한 푸른색이었고 날개에는 피처럼 붉은 큰 별이 두 개 있었지. 이 나비들은 마치 갑자기 땅에서 솟아나는 재주를 가진 살아 있는 꽃처럼 보였어. 그런데 가장 이상한 점은 나비들의 소리가 마치 음악 같았다는 거란다.

나비들은 제각각 여러 음정으로 휘파람 소리를 냈고, 골짜기에는 나지막한 플루트 소리가 떠다니고 있었는데 아주 가냘펐고 각각 다른 선율을 연주했지. 마치 큰 오케스트라의 플루트 주자들이 연주 전에 악기를 조율하는 것처럼, 부드러운 플루트 선율이 계곡에 울려 퍼졌지. 이따금 나비들은 그 벨벳같이 부드러운 날개로 가볍게 나를 스쳐 날아가기도 했단다. 나는 나비들에게서 값비싼 향수처럼 진하고 달콤한 향을 느꼈지.

폭포 같은 개울이 골짜기를 따라 흐르고 있었단다. 이런 섬에서 길을 잃고 헤맬까 봐 나는 개울을 따라가기로 마음먹었지. 게다가 조만간에 바다에 도착할 수 있으리라고 생각했지만 그것은 간단한 일이 아니었단다. 오후가 지나면서 넓은 골짜기가 끝나버렸기 때문이지. 처음에는 골짜기가 깔때기 모양으로 좁아지더니 갑자기 거대한 암벽이 앞을 가로막았단다.

처음엔 깨닫지 못했는데, 개울이란 원래의 출발점을 향해 거꾸로 흐를 수는 없기 때문에 개울을 따라간 것이었지. 그 개울은 어떤 동굴 속으로 흘러들어 가고 있었지. 나는 입구에 가서 안을 들여다보았단다. 안에는 물이 흘러 지하 수로를 이루고 있었지.

암벽 입구에는 커다란 개구리 몇 마리가 물가에서 이리저리 뛰어다니고 있었는데, 토끼만큼이나 큰 개구리들이 뒤죽박죽이 되어 소란스럽게 개굴거리고 있었지. 이렇게 큰 개구리가 자연에서 살고 있다는 건 내게 새로운 사실이었단다. 축축한 풀 사이로는 살진 도마뱀과 그보다 훨씬 더 큰 파충류들이 기어 다니고 있었지. 비록 이렇게 큰 동물들을 본 적은 없지만 세상의 숱한 항구 도시를 다녀본 나는 이런 창조물들을 보는 것이 어느 정도 익숙했단다. 하지만 이렇게 다양한 색깔은 결코 본 적이 없었지. 이 섬의 파충류들은 붉은색, 노란색, 푸른색을 띠고 있었단다.

나는 개울의 가장자리를 따라 동굴 속으로 들어갈 수 있다는 걸 알았지. 내가 할 수 있는 일은 안으로 기어들어 가 얼마나 멀리까지 갈 수 있는지 보는 것뿐이었단다.

그 안에는 부드러운 청록색의 어스름이 퍼져 있었고, 물은 거의 움직이지 않았단다. 여기서도 나는 수정같이 맑은 물속에서 활기차게 헤엄치는 금붕어 떼를 발견했지.

얼마 후 나는 동굴 저 멀리서 희미하게 울리는 소리를 들었단다. 가까이 가면 갈수록 그 소리는 점점 더 커졌고, 이내 쿵쾅거리는 천둥소리 같아졌지. 지하의 폭포에 다가가고 있음이 분명했어. 그래서 나는 되돌아갈까 하고 잠시 생각해보았단다. 하지만 폭포에 이르기도 전에 동굴은 밝은 빛으로 가득 찼지. 위쪽의 암벽엔 작은 구멍이 보였는데 이 구멍을 통해 동굴 속으로 빛이 들어오고 있었지. 망설이지 않고 입구를 향해 기어 올라가자 바로 아름다운 풍경이 펼쳐졌단다. 어찌나 아름다운지 눈물이 날 정도였지.

암벽의 구멍이 너무 작아 간신히 비집고 통과하여 밖으로 나오자 내 앞에는 울창하고 푸른 골짜기가 펼쳐져 있었단다. 나는 더 이상 바다를 그리워하지 않게 되었지.

산에서 내려와서 골짜기로 가면 갈수록 난 점점 더 많은 종류의 과일나무를 발견했지. 어떤 나무에는 사과와 오렌지가, 그리고 이미 알고 있던 다른 과일들도 달려 있었단다. 하지만 여기엔 또 네가 여태껏 본 적이 없는 과일과 딸기 종류들도 자라고 있었지. 큰 나무엔 자두와 비슷한 길쭉한 과일이, 작은 나무들엔 토마토만 한 초록색 과일들이 달려 있었지.

땅에는 온갖 종류의 꽃들이 만발해 있었고, 저마다 더 환상적이려고 다투는 듯했단다. 초롱꽃, 앵초, 아네모네가 있었고, 곳곳에 자홍색의 키 작은 장미가 빽빽한 넝쿨을 이루며 자라고 있었지. 덤불 위로는 고향의 참새만큼이나 큰 벌들이 윙윙거리고 있었단다. 그 날개는 오후의 강렬한 햇빛에 반사되어 유리처럼 반짝였지. 나는 강한 벌꿀 냄새를 맡았단다.

나는 골짜기로 계속 내려갔고, 그곳에서 이상하게 생긴 몰루켄이라는 짐승을 보았지.

섬의 벌과 나비가 벌써 날 놀라게 했었지만, 아무리 독일에 있는 것들보다 더 아름답고 크다 해도 그것은 여전히 벌이고 나비였으며, 개구리나 파충류들도 마찬가지였지. 그런데 그때 나는 커다랗고 하얀 동물을 본 거야. 그 동물은 이전에 내가 본 어떤 것과도 달랐기 때문에 나는 믿기지 않아 눈을 비볐지.

그건 열둘에서 열다섯 마리쯤 되는 한 떼의 짐승들이었단다. 그 짐승들은 말이나 암소만 했고, 가죽은 두껍고 희끄무레해서 꼭 돼지가죽 같았어. 그리고 다리가 여섯이었고, 머리는 말이나 암소보다 더 작고 뾰족했지. 이따금 이 짐승들은 목을 하늘로 뻗고 소리를 질렀단다. "브라슈, 브라슈!"

나는 겁나지 않았단다. 다리가 여섯인 이 짐승들은 독일에 있는 암소들처럼 우둔하고 온화해 보였던 거야. 다만 내가 어느 지도에도 표시되어 있지 않은 어떤 나라에 미끄러져 들어왔다는 사실을 이 짐승들이 일깨워주고 있을 뿐이었지. 나는 마치 얼굴 없는 인간을 만나기라도한 듯이 이 사실이 섬뜩했단다.

꼬마책의 작디작은 글씨를 읽는 일은 보통 책을 읽는 것보다 훨씬 힘들었고 또 오래 걸렸다. 작은 글자 하나하나를 많은 글자 속에서 찾아내 다른 글자와 결합해야만 했다. 마법의 섬에 있는 다리가 여섯인 짐승 얘기까지 읽었을 때는 이미 늦은 오후였다. 아버지는 마침 넓은 고속도로로 들어서고 있었다.

"베로나(Verona)에서 밥을 먹자." 아버지가 말했다.

"아노레브(Anorev)!" 나는 말했다. 나는 벌써 표지판을 읽었던 것이다.

시내로 가는 길에 아버지는 앙숙 관계인 두 집안 때문에 끝내 결합할 수 없었던 로미오와 줄리엣의 슬픈 사랑 이야기를 해주었다. 금지된 사랑 때문에 목숨을 잃어야 했던 두 사람이 수백 년 전에 베로나에 살았다.

"할머니와 할아버지 얘기하고 비슷한데요." 하고 내가 말했더니 아버지는 고개를 끄덕이며 웃었다. 아버진 그렇게까지는 생각하지 못했던 것이다.

우리는 큰 야외 레스토랑에서 오르되브르와 피자를 먹었다. 차에 오르기 전에 우리는 길거리를 돌아다녔는데, 아버지는 간이 기념품 판매점에서 52명의 벌거벗은 여자들이 그려진 카드 한 벌을 샀다. 아버지는 재빨리 조커를 집었지만, 이번에는 나머지 카드도 챙기는 것이었다. 그리고 나서 아버지는 좀 당황하는 것 같았는데, 카드 속의 여자들이 아버지가 생각했던 것보다 옷을 덜 입고 있었기 때문이다. 아무튼 아버지는 가슴에 달린 주머니에 번개처럼 카드를 넣었다.

"아닌 게 아니라 여자들이 이렇게 많다니 놀라운 일이군." 아버지는 나한테보다 자신에게 말하는 것 같았다. 무슨 말이든 해야 했을 테니까. 물론 그 말은 세계 인구의 반이 여자인 마당에 구제할 바 없이 어리석은 말이었다. 아버지의 요지는 그 카드에 벌거벗은 여자들이 정말로 많다는 거였는데, 그도 그럴 것이 벌거벗은 여자들을 이렇게 한꺼번에 보기는 드문 일이니까.

아버지의 요지가 이것이었다면, 나는 어쨌든 아버지의 의견에 완전히 동의했다. 벌거벗은 52명의 모델 사진이 카드 한 벌에 모두 들어간다는 건 좀 심하다고 생각했다. 이유야 어떻든 그것은 좋지 않은 생각이었다. 여자들만 있는 카드로는 카드놀이를 할 수 없으니까. 물론 위 왼편 모서리에 으레 그렇듯이 스페이드 킹, 클럽 4 같은 것들이 있기는 했다. 하지만 카드놀이를 할 때 틀림없이 놀이에 집중하는 대신 여자들만 바라보게 될 것이다.

이 한 벌의 카드에 있는 유일한 남자는 조커였다. 그는 숫염소의 뿔이 달린 그리스나 로마의 입상으로 묘사되어 있었다. 그도 마찬가지로 벌거벗고 있었는데, 하긴 벌거벗고 있기는 대부분의 옛 입상도 마찬가지니까.

다시 자동차에 탈 때까지도 여전히 나는 그 이상한 카드에 대한 생각뿐이었다.

"아버진 자기 자신을 찾는 여자를 찾아다니는 데에 인생의 반을 보내는 대신 새 여자를 찾을 생각은 한 번도 안 해봤나요?"

그러자 아버지는 소리 내어 웃음을 터뜨렸다. "맞아, 그건 좀 이해할 수가 없구나. 이 행성에는 어쨌든 50억의 인간이 살고 있는데 말이다. 하지만 사랑에 빠지는 건 특별한 한 사람하고지. 그리고 그 사람을 다른 누구와도 바꾸지 않는단다."

더 이상 이 카드 이야기는 하지 않았다. 비록 가장 아름다운 여자가 되기 위해 최선을 다하는 52명의 여자들이 이 카드 한 벌 속에 있었지만, 아버지는 중요한 카드 한 장이 빠져 있다고 생각하고 있음을 나는 알았다. 그것은 다름 아니라 우리가 아테네에서 찾으려는 그 카드였다.

스페이드 킹

······ 제4방식의 만남 ······

오후 늦게야 마침내 베네치아에 도착한 우리는 자동차를 큰 주차 빌딩에 세워두고 나서야 시내로 들어갈 수 있었다. 베네치아에는 정돈된 도로가 하나도 없었기 때문이다. 도로 사정과는 달리 이 도시엔 수로 180개, 다리 450개, 수천 개의 모터보트와 곤돌라가 있었다.

우리는 주차 빌딩 앞에서 모터보트 택시를 타고 베네치아에서 제일 큰 수로인 대운하 옆에 있는 호텔로 갔다. 아버지는 거기서 코모의 한 호텔 방을 예약했다. 우리는 여행 중 묵었던 호텔 가운데 가장 작고 초라한 호텔 방에 짐을 던져놓고는 시내로 나가 수로를 따라 산책했으며, 무수히 많은 다리 가운데 몇 개를 건넜다. 우린 여행을 계속하기 전에 이 수로의 도시 베네치아에서 이틀 밤을 보낼 예정이었다. 그리고 나는 아버지가 이 도시의 술을 마음껏 마실 수 있는 좋은 기회임을 알았다.

산마르코 광장에서 밥을 먹고 난 나는 잠시 관광을 하게 해달라고 아버지에게 졸랐다. 아버지가 지도 위에서 목적지를 가리키자 곤돌라 사공이 출발했는데, 그는 내 기대와는 달리 노래를 단한 소절도 부르지 않았다. 하지만 상관없었다. 곤돌라 노래를 들으면 언제나 나는 고양이의 야옹 소리가 생각나기 때문이었다.

곤돌라 여행 도중에 일어난 일에 대해 아버지와 난 결코 의견의 일치를 볼 수 없었다. 어떤 다리 아래를 통과하던 중 낯익은 얼굴 하나가 다리 난간 사이로 우리를 엿보고 있었던 것이다. 나는이 사람이 주유소의 그 난쟁이임을 확신했고, 이렇게 예기치 못하게 다시 만나서 기분이 몹시 언짢았다. 난 우리가 정말로 쫓기고 있음을 깨달았다.

나는 "그 난쟁이예요!" 하고 소리치며 벌떡 일어나 그쪽을 가리켰다.

지금에야 나는 아버지가 왜 그렇게 화를 냈는지 이해할 수 있다. 하마터면 나는 곤돌라를 통째로 뒤집을 뻔했으니까.

"앉아라!" 아버지가 명령했다. 그러나 다리를 지나오자 아버지도 몸을 돌려 그쪽을 바라보았다. 문제는 놀이동산에서와 똑같이 난쟁이가 그사이에 흔적도 없이 사라졌다는 것이다.

"그 사람이었어요. 내가 그를 봤어요."라고 말하고 나는 울기시작했으며, 곤돌라가 뒤집힐까 봐 겁이 났다. 아버지는 내 말을 믿지 않는 것이 분명했다.

"네가 그렇게 상상하는 것뿐이야, 한스 토마스."

"저기 정말로 난쟁이가 있었단 말이에요." 나는 고집을 부렸다.

"그랬을 수도 있지만 그 난쟁이는 아니었어." 아버지는 난쟁이를 보지도 못했으면서 부인했다.

"아버진 혹시 온 유럽이 난쟁이들로 가득하다고 생각하는 건 아니겠죠?" 이 물음은 핵심을 찌른 것 같았다. 왜냐면 아버지가 곤돌라에 앉아 어색하게 웃고 있었기 때문이다.

"그럴 수도 있지." 아버지가 말했다. "우리는 모두 이상한 난쟁이들이야. 베네치아의 다리 위에 나타나는 그런 비밀스러운 피조물들이지."

뱃사공은 내내 얼굴 한 번 찡그리지 않고 자그마한 카페가 몰려 있는 한 광장에 우리를 내려놓았다. 아버지는 내게 아이스크림과 레모네이드를 사주었고, 커피와 '베키아 로마니아'라는 것을 주문했다. 나는, 아버지의 커피에 곁들여 금붕어 어항을 연상시키는 우아한 유리잔에 다갈색 음료가 채워지는 것을 보았을 때 특별히 놀라지 않았다. 이 음료를 두세 잔 마신 다음 아버지는 내게 자신의 가장 큰 비밀을 털어놓기로 결심하기라도 한 듯이 내 눈을 깊숙이 들여다보았다.

"너, 히쇠위의 우리 집 정원을 잊어버리지 않았겠지?" 아버지는 물었다. 난 이런 바보 같은 질문에 대답해야 할 만큼 어리석지도 않았고, 아버지 역시 대답을 기대하지 않았다.

"좋아." 아버지는 말을 계속했다. "잘 들어라, 한스 토마스야. 네가 어느 날 아침 그 정원으로 갔다고 상상해보렴. 거기서 사과나무들 사이에 서 있는 작은 화성인을 발견했다고 가정해보자. 화성인은 너보다 좀 작다고 해두고, 그가 노란색인지 초록색인지는 네 상상에 맡기도록 하마."

나는 의무감으로 고개를 끄덕였다. 이 주제에 이의를 제기하는 건 아무 소용이 없었으니까.

"그 낯선 이는 너를 뚫어지게 쳐다본다. 우리는 대개 다른 행성에서 온 사람들을 신기한 듯 쳐다보게 마련이거든. 문제는 네가 어떻게 반응할 것인가 하는 점이다."

나는 그를 지구의 아침식사에 초대하겠다고 말하고 싶었지만, 아마도 너무 놀라서 비명을 지를 것이라고 말하고 말았다.

아버지는 고개를 끄덕이며 내 대답에 매우 만족해했다. 이번에는 아버지가 마음속에 더 많은 생각을 품고 있다는 것을 알 수 있었다.

"너는 그 꼬마 녀석이 대체 누구이며 어디서 왔는지 궁금할 것 같지 않니?"

"물론 궁금하지요." 내가 말했다.

아버지는 고개를 들고 광장에 있는 사람들을 모두 헤아려보기라도 하는 듯한 얼굴을 했다. 그러고는 내게 물었다. "넌 네가 그런 화성인이라고 생각해본 적 있니?"

나는 아버지의 이러한 질문에 익숙했지만, 이번에는 의자에서 떨어지지 않기 위해 탁자 모서리를 꼭 잡지 않을 수 없었다.

"아니면 지구인이라 해도 상관없다. 우리가 살고 있는 행성을 뭐라고 하든 그건 사실 문제가 되지 않아. 중요한 건 너 역시 우주 안에 있는 지구 위에서 이리저리 기어 다니는 두 다리를 가진 인간이라는 거야."

"화성인과 똑같이요."

아버지는 고개를 끄덕였다. "네가 정원에서 어떤 화성인과 우연히 맞닥뜨리지 않을지라도 너는 네 자신과 우연히 맞닥뜨리는 일이 생길 수 있지. 만약 그런 일이 일어난다면 넌 아마 비명을 지르게 될지도 몰라. 내 말이 틀림없을 거야. 우리가 우주 안의 작은 섬 위에 살아 있는 행성인이라는 사실을 날마다 깨달으며 사는 건 아니니까."

나는 아버지의 말뜻은 이해했지만, 그것에 대해 무언가를 이야기하기는 쉽지 않았다.

"우리가 전에 본 〈조우(Close Encounters)〉란 제목의 영화를 기억하니?" 아버지가 물었다.

나는 고개를 끄덕였다. 그 영화는 다른 행성에서 온 비행접시를 본 사람들에 대한 기이한 영화였다.

"잠시 영화 용어를 빌려보자. 다른 행성에서 온 우주선을 보았다면 그것을 제1방식의 만남이라고 한다. 또 만약 다리가 둘인 존재가 우주선 밖으로 떠난다면 제2방식의 만남이라고 한다. 하지만 〈조우〉를 보고 나서 1년 후에 우리는 또 다른 영화를 봤거든."

"그 영화는 〈미지와의 조우(Close Encounters of the Third Kind)〉였어요." 하고 내가 말했다.

"맞았어. 그 영화에서 인간이 다른 태양계에서 온 낯선 인조인간을 만났기 때문이지. 이와 같은 직접적인 접촉을 우린 제3방식의 만남이라고 한다. 됐니?"

"네, 됐어요."

그런 다음 아버지는 광장과 카페들을 오래 바라보았다. 그러고는 말했다. "하지만 한스 토마스야, 이제 넌 제4방식의 만남도 경험했단다."

그 순간 난 살아 있는 물음표처럼 보였음이 틀림없었다.

"왜냐하면 네가 바로 이 신비한 우주의 존재 가운데 하나거든."

아버지는 단호하게 말했다. 그러면서 아버지가 커피 잔을 너무도 세게 탁자 위에 놓는 바람에 커피 잔이 깨지지 않은 것이 놀라울 정도였다. "네가 이 신비한 존재이고 넌 그 존재에 대해 속속들이 느끼고 있는 거야."

"아버진 철학자로서 국가로부터 연구비를 받아야 될 것 같아요." 이 말은 정말 내 마음속에서 우러나온 것이었다.

이날 저녁 호텔로 돌아온 우리는 바닥에서 커다란 바퀴벌레 한 마리를 발견했다. 바퀴벌레는 얼마나 컸던지 꿈틀거릴 때 등딱지에서 소리가 날 정도였다.

아버지는 그 위로 몸을 숙이고는 말했다. "안됐다, 친구야. 하지만 넌 오늘 밤 여기서 잘 수가 없단다. 우리는 2인용 방을 예약했거든. 여긴 우리 자리밖에 없고 게다가 유료거든."

나는 아버지가 완전히 제정신이 아니라고 생각했는데, 나를 쳐다보며 말하는 것이었다. "이놈은 그냥 죽여버리기엔 살이 너무 많이 쪘어, 한스 토마스야. 이 바퀴벌레는 너무 커서 개체로 보지 않을 수 없고, 개체는 혹시 그것 때문에 편하지 않을지라도 죽이지 않는 법이란다."

"아버진 우리가 자는 동안 바퀴벌레가 바닥을 기어 다니도록 놔두자는 말인가요?"

"아니지! 이걸 밖으로 안내하는 거야."

그리고 아버지는 바로 바퀴벌레를 호텔 방 밖으로 인도했다. 우선 트렁크와 가방들을 세워 문 쪽으로 길을 만들었다. 그런 다음 아버지는 바퀴벌레가 좀 빨리 움직이도록 성냥개비로 등을 간질이기 시작했다. 30분 후에 바퀴벌레가 작은 호텔 방 앞 복도에 이르자 아버지는 자신의 의무를 다했다고 생각했다. 아버지는 이 불청객과 아래 프런트까지 동행하고 싶지는 않았던 것이다.

"그럼 이제 잠자리에 들자꾸나." 아버지는 등 뒤로 문을 잠그며 말했다. 그러고는 침대에 눕더니 금방 잠들어버렸다.

　　나는 침대 위의 등을 켜놓고 아버지가 완전히 꿈나라로 가는 경계를 지났다고 확신하기가 바쁘게 꼬마책을 읽기 시작했다.

클럽

클럽 에이스

…… 트럼프 카드에서 볼 수 있는 바로 그런 표시들 ……

♣

오후 내내 나는 **빽빽**한 정원을 돌아다녔단다. 그러다가 갑자기 멀리서 두 명의 인간 형상을 발견했지. 나는 기쁨으로 가슴이 뛰었단다.

난 구조되었다고 생각했지. 어쩌면 난 결국 아메리카 대륙에 도착했을지도 모르겠다고 생각했단다.

그 형상들을 향해 가는 동안 나는 아마도 서로 의사소통이 되지 않으리라는 생각이 들었단다. 나는 겨우 독일어와 영어를 조금, 그리고 마리아호에 타고 있던 4년 동안 귀동냥한 노르웨이어를 조금 할 수 있을 뿐이었고, 이 섬 사람들은 분명 완전히 다른 언어로 말할 것이 분명했기 때문이지.

가까이 가서 보니 그들은 조그만 들에서 바쁘게 일하고 있었단다. 그리고 그들은 나보다 작았지. 어린아이들 같았어.

더 가까이 다가가 보니 그들은 색이 연한 뿌리를 바구니에 담고 있었단다. 갑자기 그들은 돌아서더니 나를 바라보았지. 그들은 약간 포동포동한 남자들이었는데, 둘 다 키가 내 가슴에도 오지 않았지. 그들은 갈색 머리에 윤기 있고 땅콩빛 나는 갈색 피부를 하고 있었단다. 똑같이 진한 남색 제복을 입고 있었는데, 차이가 있다면 한 사람은 제복 상의에 검은 단추가 세 개 달려 있었고, 다른 사람은 두 개밖에 달려 있지 않았다는 점이란다.

"안녕하세요." 나는 우선 영어로 말했지.

그 작은 남자들은 기구를 땅에 내려놓고 나를 뚫어지게 바라보았단다.

"영어를 할 줄 아세요?" 내가 물었지.

그들은 팔을 내저으며 고개를 흔들었단다.

반사적으로 나는 모국어로 말을 걸었지. 그러자 제복에 단추가 세 개 달린 남자가 유창한 독일 말로 대답했어. "당신이 3보다 크면 우리를 때려도 좋지만, 그러지 않기를 진심으로 간청합니다."

나는 너무 당황해서 무슨 말을 해야 할지 알 수가 없었단다. 대서양의 적막한 한 섬에서 내 모국어를 듣게 될 줄이야. 그런데 그건 일부분에 불과했지. 나는 그가 말한 3이 무슨 뜻인지 이해할 수 없었단다.

"난 평화주의자입니다." 확실히 하기 위해 난 말했지.

"그게 더 나아요. 그렇지 않으면 왕이 당신을 벌할 거예요."

왕이라니! 결국 여긴 북아메리카가 아니었던 거야.

"난 왕과 얘기했으면 하는데요." 내가 말했지.

이제 단추 두 개짜리 남자가 대화에 끼어들었단다.

"어떤 왕과 이야기하고 싶은데요?"

"당신 친구가 왕이 내게 벌을 준다고 하지 않았나요?"

단추 두 개짜리가 단추 세 개짜리를 보며 속삭였단다. "이럴 줄 알았지. 저 사람은 규칙을 모르잖아."

단추 세 개짜리가 나를 쳐다보며, "왕은 한 명이 아니지요." 하고 설명했지.

"그래요? 그럼 몇 명이나 되지요?"

작은 두 남자는 히죽거리며 비웃었지. 그들은 분명 내 질문이 어리석다고 생각하는 것이었단다.

"옷 색깔마다 한 명씩 있지요." 단추 두 개짜리가 체념하듯 한숨을 쉬며 말했단다.

그제야 나는 그들이 정말 너무나 작다는 사실에 주목했어. 그들은 난쟁이보다 크지는 않았지만 신체 비율이 보통 사람 같았지. 동시에 난 이 소인국 사람들이 정신적으로 좀 미숙한 건 아닌지 의심스러워졌단다.

나는 섬에 왕이 얼마나 많은지 알아보려고 대체 얼마나 많은 '옷 색깔'이 있는지 물어보려다가 그 질문을 건너뛰기로 했지. 그 대신 나는 "제일 높은 왕의 이름은 뭐지요?" 하고 물었단다.

둘은 다시 서로 쳐다보더니 머리를 흔들었지.

"자넨 저 사람이 우리를 놀리고 있다고 생각하나?" 단추 두 개짜리가 물었지.

"모르겠네." 단추 세 개짜리가 대답했지. "하지만 대답해줘야 하지 않겠나?"

단추 두 개짜리는 자신의 살찐 볼에 앉은 파리를 쫓아버리고는 말했단다. "보통은 까만 왕이 빨간 왕을 때리지요. 하지만 빨간 왕이 까만 왕을 때리기도 하지요."

"잔인하군요." 내가 말했단다.

"하지만 그게 규칙이지요."

갑자기 우리는 멀리서 무언가 깨지는 소리를 들었지. 유리가 깨진 게 분명했단다. 두 난쟁이가 소리 나는 쪽을 돌아보았지.

"멍청이들!" 단추 두 개짜리가 말했지. "그들은 자기들이 만든 것을 반도 넘게 깨뜨려버린단 말이야."

그들이 잠시 내게서 등을 돌리고 있는 동안 나는 이상한 것을 보았단다. 단추 두 개짜리의 등에 두 개의 까만 클럽 표시가 그려져 있었던 거야. 다른 한 명의 등에는 클럽 세 개가 그려져 있었고. 트럼프 카드에서 볼 수 있는 그런 표시 말이야. 갑자기 나는 그런 대화가 좀 혼란스럽게 느껴졌지.

두 사람에 다시 내 쪽으로 돌아서자 나는 새로운 걸 시험해보기로 마음먹었지.

"이 섬에는 사람들이 많이 삽니까?" 나는 물었단다.

그러자 또다시 그들은 이상한 눈길을 주고받았지.

"이 사람은 별걸 다 묻는군." 한 사람이 말했어.

"그래, 정말 무례하군." 다른 사람이 대꾸했지.

나는 이렇게 대화해야 하는 상황이 서로 다른 언어를 써야 하는 것보다도 더 좋지 않다고 생각했단다. 왜냐하면 나는 그들이 사용하는 낱말을 모두 알고 있음에도 불구하고 그들이 뭘 말하려고 하는지는 전혀 이해하지 못했기 때문이지. 차라리 서로 말없이 몸짓으로 얘기하는 편이 더 나을 뻔했단다.

"당신들은 몇 명이나 되지요?" 한 번 더 물어보고 나자 나는 이제 서서히 초조해지기 시작했단다.

"우리가 2와 3이라는 걸 보았잖아요." 등에 클럽 표시가 셋 있는 사람이 대답했단다. "안경이 필요하면 프로데와 얘기해보는 게 좋을 거예요. 그는 유리 세공 기술을 가지고 있는 유일한 사람이거든요."

"그런데 당신은 대체 몇이지요?" 다른 사람이 물었단다.

"난 하나일 수밖에요." 나는 대답했지.

단추 두 개짜리가 세 개짜리한테로 몸을 돌리더니 크고 높은 소리로 외쳤지. "에이스!"

"그럼 우린 졌어!" 다른 한 사람이 아연실색하며 대답했단다. "이 사람은 왕도 두들겨 팰 거야."

그러면서 그는 조끼 주머니에서 반짝이는 음료가 든 작은 병을 꺼내 한 모금 꿀꺽 마시고는 다른 사람에게 건네주었지. 그 사람도 역시 한 모금 마셨지.

"그런데 에이스는 여자잖아?" 단추 세 개가 소리쳤단다.

"꼭 그런 건 아니야." 단추 두 개짜리가 대답했지. "퀸만이 언제나 여자야. 저 사람은 다른 카드 출신일 수도 있어."

"바보 같은 소리. 다른 카드는 없어. 그리고 에이스는 여자야."

"자네가 옳을 수도 있지만 저 사람이 우리를 때리려면 단추가 네 개가 필요해."

"우리를 때리려면 그렇지. 하지만 분명히 우리 왕을 때릴 수는 없어. 그러니까 저 사람은 우리를 바보로 만들 작정이군."

둘은 그 작은 병의 음료를 계속 마시더니 눈동자가 점점 둔해졌단다. 그런데 느닷없이 단추 두 개짜리의 몸에 강한 경련이 한 번 지나갔단다. 그는 내 눈을 뚫어지게 보며 말했지.

"금붕어는 섬의 비밀을 누설하지 않지만 꼬마빵은 누설한다!"

그러면서 그들은 주저앉더니 마구 중얼거렸지. "대황…… 망고…… 약딸기…… 대추야자…… 레몬…… 훈야…… 슈카…… 야자열매…… 바나나……."

그들은 과일과 딸기류의 이름을 계속 말하는데, 내가 들어본 것은 몇 가지뿐이었단다. 그들은 끝내 드러누워 잠들어버렸지.

내가 발로 쿡쿡 찔러 보았지만 그들은 꼼짝도 하지 않았단다.

다시 나는 혼자 남겨졌지. 아직도 기억하고 있는데, 난 이 섬이 불치의 정신병자를 위한 보호 구역이며 작은 남자들은 병 속에 든 안정제를 마셨음이 틀림없다고 추측했단다. 만약 이 추측이 맞는다면 금방 의사나 간호사가 나타나 내가 환자들을 흥분시켰다고 책망할 거라고 생각했지.

나는 다시 왔던 방향으로 들판을 걸어갔단다. 이내 맞은편에서 땅딸막한 세 번째 남자가 나를 향해 오고 있었단다. 그는 다른 두 사람과 똑같이 진한 남색 제복을 입고 있었지만, 그의 상의에는 두 열로 된 열 개의 단추가 달려 있었지. 그의 얼굴 역시 윤기 나는 갈색이었어.

"주인이 잠들면 난쟁이들은 그들 자신의 삶을 산다!"

그는 팔을 휘두르며 가물거리는 눈길로 나를 쳐다보고는 외쳤단다.

나는 '저 사람도 정신병자로군.' 하고 생각하며 약간 떨어져서 잠들어 있는 두 사람을 가리켰지.

"저들은 곯아떨어진 것 같군요." 나는 말했지.

이 말에 그는 길을 서둘렀지. 그는 걸음아 날 살려라 하고 도망쳤지만 빨리 가지는 못했단다. 번번이 그는 넘어졌다 일어서고 다시 넘어졌다 일어섰지. 그래서 나는 그의 등에 있는 클럽 표시를 헤아릴 시간이 충분했단다.

나는 계속 걷다가 좁은 도로에 이르렀지. 그 길을 따라 오래 걸기도 전에 나는 매우 소란스러운 소리를 들었단다. 처음에는 내 바로 뒤에서 천둥치는 소리처럼 들렸는데, 점점 더 가까워지자 말굽 소리처럼 들렸지. 나는 재빨리 돌아서서 옆으로 피했지. 가까이 오고 있는 것은 전에 이미 본 적 있는 다리가 여섯인 짐승이었단다. 그중 두 마리 위에는 작은 기사들이 앉아 있었단다. 그 뒤에 난쟁이 한 명이 긴 막대를 공중에서 이리저리 휘두르며 달려오고 있었지. 이 세 사람 역시 진한 남색 제복을 입고 있었단다. 단추 넷, 여섯, 여덟 개가 두 줄로 달린 상의를 말이야.

"멈추시오!" 나는 내 옆을 지나 질주하는 그들에게 소리쳤다.

하지만 걸어가고 있던 단추가 여덟 개 달린 난쟁이만 뒤를 돌아보고는 약간 속력을 줄였지.

"52년 후 파선한 이의 손자가 마을로 온다."

그는 흥분해서 소리쳤단다.

그리고 그것으로 난쟁이들과 다리가 여섯 달린 짐승은 사라져 버렸지. 나는 난쟁이들의 제복 상의 어깨에 두 줄로 달려 있는 단추와 똑같은 수의 클럽 표시가 있다는 점에 주목했단다.

길가에는 오렌지만 한 열매가 가득 달린 높다란 야자수가 자라고 있었고, 그중 한 나무 아래엔 노란 과일이 반쯤 담긴 손수레가 서 있었지. 그것은 아버지가 고향 뤼베크에서 빵을 운반할 때 썼던 손수레와 그다지 달라 보이지 않았단다. 차이라고는 다만 야자수 아래의 손수레 앞에 매여 있는 말이 보통 말이 아니라는 것뿐이었지. 이곳에서는 다리가 여섯인 짐승이 수레를 끄는 데 이용되고 있었단다.

마차에 이르렀을 때에야 비로소 나는 야자수 아래 앉아 있는 한 난쟁이를 발견했단다. 그가 나를 보기 전에 나는 그의 상의에 한 줄로 된 다섯 개의 단추가 채워져 있음을 또 확인할 수 있었지. 그것 말고 그의 제복은 다른 난쟁이들의 제복과 비슷했지. 게다가 내가 지금껏 본 난쟁이들은 모두 둥근 머리가 숱 많은 갈색 머리카락으로 덮여 있었단다.

"안녕하세요, 클럽 5!" 내가 말했단다.

그는 냉담하게 내 쪽을 쳐다보았지.

"안녕하……."

그는 말을 멈추더니 입을 다문 채 나를 뚫어지게 바라보았지.

"돌아보세요." 이윽고 그가 말했지.

나는 시키는 대로 했단다. 내가 다시 그를 쳐다보자 그는 통통한 손가락 두 개로 머리를 긁적거렸지.

"귀찮은 일이군!" 그는 신음 소리를 내고는 두 팔을 벌렸지.

다음 순간 높은 야자수에서 열매 두 개가 떨어졌지. 하나는 클럽 5가 잡았고, 다른 하나는 하마터면 내 머리에 맞을 뻔했단다.

몇 초 후 클럽 7과 클럽 9가 나무에서 기어 내려오는 걸 보았을 때, 나는 놀라지 않았지. '이제 2에서 10까지 모두 만났군.' 하고 나는 생각했지.

"우린 그를 슈카 열매로 때려눕히려고 했다네." 클럽 7이 말했단다.

"그런데 그가 마지막 순간에 옆으로 몸을 날렸지." 클럽 9가 말했어.

그들은 나무 아래에 있는 클럽 5옆에 앉았지.

"좋아요, 좋아. 당신들을 용서하지요. 그런데 우선 당신들은 간단한 질문에 대답해줘야 합니다. 그러지 않으면 당신들 목을 비틀어버리겠소. 알겠소?" 내가 말했지.

나는 그들이 입을 꼭 다물고 나무 아래 앉아 있을 만큼 충분히 겁을 주었단다. 나는 한 사람 한 사람 눈을 들여다보았지. 셋 모두 진한 갈색 눈이었단다.

"자, 당신들은 누구요?"

그러자 그들은 한 사람 한 사람 일어서서 차례대로 터무니없는 문장을 암송했단다.

"제빵사는 마법의 섬의 보물을 숨기고 있다."

클럽 5가 말했지.

"진실은 카드 속에 있다."

클럽 7이 말했지.

"유일하게 조커만이 마술을 꿰뚫어 본다."

클럽 9가 끝으로 말했다.

나는 고개를 흔들었지.

"그런 정보를 줘서 고맙소. 그런데 당신들은 누구요?" 나는 물었단다.

"클럽이오." 클럽 5가 즉시 대답했지. 그는 내 협박을 분명 심각하게 받아들였던 거지.

"그래요, 그건 나도 벌써 알고 있소. 하지만 당신들은 어디서 왔소? 당신들은 하늘에서 뚝 떨어졌소, 아니면 클로버 잎처럼 땅에서 솟아난 거요?"

그들은 재빨리 눈길을 주고받았단다. 그러고 나서 클럽 9가 말했지. "우리는 마을에서 왔어요."

"예? 그럼 당신들 같은…… 음…… 난쟁이들이 거기 얼마나 많이 사는 거요?"

"아무도 살지 않아요." 클럽 7이 대답했단다. "우리만 산다는 말이지요. 하지만 아무도 똑같지는 않아요."

"압니다. 그건 아마도 기대할 수도 없을 거요. 그런데 난쟁이들이 이 섬에 모두 얼마나 많이 살고 있소?"

그들은 또 재빨리 눈길을 주고받았지.

"이리들 와!" 클럽 9가 말했지. "우리 이 사람을 때리자."

"하지만 때려도 될까?" 클럽 7이 말했단다.

"우리 빨리 떠나버리자."

이렇게 말하면서 그들은 손수레 속으로 뛰어들었고, 그들 중 하나가 흰 짐승의 등을 치자 그 짐승은 다리 여섯 개를 최대한 빨리 움직여 아주 빨리 달아났단다.

나는 지금껏 그렇게 제정신을 잃어본 적이 없었지. 물론 그들을 멈추게 할 수도 있었을 거야. 분명 그들의 목을 비틀어버릴 수도 있었을 테지. 하지만 그렇게 한다고 해서 더 뾰족한 수가 생기는 것도 아니었을 거야.

클럽 2

······ 아버지는 표 두 장을 흔들어 보이고는 ······

베네치아의 작은 호텔 방에서 깨어나자 나는 맨 먼저 마법의 섬에서 난쟁이들을 만났던 제빵사 한스가 떠올랐다. 나는 돋보기와 꼬마책을 바지 속에서 꺼냈다. 그러나 막 불을 켜고 읽으려 하자 아버지가 사자 울음 같은 소리를 지르며 보통 잠들 때와 마찬가지로 갑자기 깨어났다.

"베네치아에서 하루 종일을 보내겠군." 아버지가 하품을 했다. 다음 순간 아버지는 일어나 서 있었다.

나는 이불 속에서 꼬마책을 바지 주머니에 도로 집어넣어야만 했다. 난 그 속에 들어 있는 내용에 대해 도르프의 제빵사 노인과 비밀을 지키기로 약속했으니까.

"숨바꼭질하는 거니?" 내가 꼬마책을 막 다시 쑤셔 넣고 이불 속에서 나오자 아버지가 물었다.

144

"바퀴벌레를 찾고 있어요."

"그런데 돋보기가 필요하단 말이냐?"

"어쩌면 새끼 바퀴벌레가 있을지도 몰라요."

물론 멍청한 대답이었지만 급한 나머지 더 좋은 말이 떠오르지 않았다. 확실히 하기 위해 나는 덧붙였다. "어쩌면 난쟁이 바퀴벌레가 여기 살고 있을지도 몰라요."

아버지는 "알 수 없는 일이지." 하고는 욕실로 들어갔다.

우리가 묵은 호텔은 아침식사조차 제공하지 않을 만큼 형편없었다. 그건 우리에게 오히려 더 다행이었다. 우리는 벌써 어제 저녁에 8시와 11시 사이에 아침식사를 할 수 있는 아늑한 노천카페를 발견했기 때문이다.

대운하와 수로가의 넓은 길은 매우 조용했다. 카페에서 우리는 주스와 스크램블 에그, 토스트와 오렌지 잼을 주문했다. 이 아침식사야말로 집에서 하는 아침식사가 가장 좋다는 원칙에서 벗어난 유일한 우리 여행의 예외였다.

식사 중간에 아버지는 기발한 착상을 해냈다. 우선 아버지는 허공을 멍하니 쳐다보고 있었고, 나는 그 난쟁이가 또 나타났다고 생각하고 있었다. 아버지가 말했다. "여기 앉아 있거라, 한스 토마스야. 5분 후에 돌아오마."

여전히 나는 아버지가 뭘 하려는지 전혀 짐작할 수 없었지만 이런 상황은 자주 겪는 일이었다. 아버지가 어떤 생각을 하기 시작하면 아무도 막을 수 없었다.

아버지는 광장 다른 쪽에 있는 커다란 유리문으로 사라졌다. 그러고는 돌아와 다시 자리에 앉아 말없이 남아 있던 스크램블 에 그를 먹고는 방금 다녀왔던 상점을 가리켰다.

"저기 포스터에 뭐라고 적혀 있니, 한스 토마스야?"

"사르탑-아녹나(Sartap-Anocna)." 나는 그걸 거꾸로 읽었다.

"그래, 안코나-파트라스(Ancona-Patras)."

아버지는 입에 넣기 전에 먼저 토스트 한 조각을 커피에 적셨 다. 아버지의 입은 히죽거리느라 매우 크게 벌어져 있었기 때문에 그것을 먹었다는 게 놀라울 정도였다.

"그런데요?" 나는 물었다. 두 가지 다 내게는 똑바로 읽든 거꾸 로 읽든 그리스어였다.

아버지는 내 눈을 들여다보았다. "넌 나와 함께 바다에 가본 적 이 없구나, 한스 토마스야. 넌 바다를 항해해본 적이 없어." 아버 지는 표 두 장을 흔들어 보이고는 말을 계속했다. "노련한 뱃사람 이 아드리아 해 주위만 돌 수는 없는 법이거든. 그래서 이제 우린 더 이상 풋내기 선원이 아닌 거야. 우린 피아트를 거대한 보트 위 에 싣고 가는 거다. 그리고 그 보트를 타고 펠로폰네소스 반도 서 쪽에 있는 파트라스로 가는 거다. 거기서부터 아테네까지는 고작 몇 마일밖에 되지 않거든."

"정말이에요?" 나는 물었다.

"물론이지, 제기랄." 아버지는 말했다.

아마도 아버지는 곧 바다로 돌아갈 것이었기 때문에 뱃사람이 잘 쓰는 욕설이 거침없이 나왔던 것 같다.

그래서 우리는 결국 베네치아에서 온종일을 보내지는 못했다. 그리스로 가는 배는 그날 저녁 거의 300킬로미터나 떨어진 안코나를 떠났다. 아버지가 다시 핸들 앞에 앉기 전에 유일하게 관심을 가진 것은 베네치아의 유명한 유리 공예였다.

유리 공장에는 뒤가 막히지 않은 가마가 필요하다. 그리고 이미 중세 때 베네치아의 유리 공장은 화재의 위험 때문에 베네치아 앞에 있는 섬들로 옮겨졌다. 그 섬이 지금의 무라노다. 아버지는 주차 빌딩으로 가는 길에 반드시 그곳에 들러보자고 했다. 우리는 호텔에서 빨리 짐을 가져오기만 하면 되었다.

무라노에서 우리는 맨 먼저 수백 년 된, 온갖 색과 모양의 유리가 전시되어 있는 한 박물관을 방문했다. 그러고 나서 우리는 유리 공장을 구경했는데, 많은 관광객 앞에서 유리잔과 유리그릇을 불어 만들고 있었다. 그런 다음 완성된 유리그릇을 살 수 있었지만, 아버지는 사는 문제는 돈 많은 미국인들에게 맡겨두는 편이 좋겠다고 말했다.

유리 세공 섬에서 우리는 수상버스를 타고 주차 빌딩으로 돌아왔으며, 1시쯤에 이미 베네치아에서 남쪽으로 300킬로미터 떨어진 안코나를 향해 자동차로 달리고 있었다. 길은 아드리아 해안을 따라 펼쳐져 있었고, 아버지는 휘파람을 불며 젖은 눈으로 이 순간을 만끽하고 있었다.

때때로 바다가 특히 잘 보이는 구릉지에 이르면 아버지는 차를 멈추고 바다에 떠 있는 범선이나 화물선에 대해 설명해주었다.

차 안에서 아버지는 내게 선박의 도시 아렌달의 역사에 대해 이야기해주면서 연도들과 큰 범선의 이름들을 늘어놓았다. 스쿠너 선과 쌍돛 범선, 마스터 없는 배와 장비를 갖춘 돛단배의 차이에 대해, 그리고 항해 초기에 아메리카와 멕시코 만으로 항해했던 아렌달의 선박들에 대해서도 처음 들었다. 언젠가 노르웨이에 왔던 최초의 기선이 아렌달에 정박했었다는 사실도 알게 되었다. 그 배는 사바나라고 불리는 개조된 범선으로 증기관 하나와 외륜 하나가 있었다.

아버지는 함부르크에서 제작되었고 베르겐의 선박 회사 쿤레스에 소속되어 있던 모터가 달린 유조선을 탔는데, 그 배는 8,000톤이 넘었고 40명의 선원이 타고 있었다.

"요즈음 유조선은 훨씬 더 크지. 그런데 선원은 여덟 명이나 열 명으로 줄었단다. 모든 게 기계와 기술로 움직이니까 바다에서의 생활은 이제 옛날이야기가 되고 말았구나, 한스 토마스야. 바다에서의 본래의 생활 말이다. 다음 세기에는 어떤 멍청이들이 모든 것을 육지에서 원격 조종하게 될 거야."

내가 아버지의 말을 제대로 이해했다면, 150년 전 범선의 시대가 끝난 이래로 바다에서의 제대로 된 생활이라고 말하기는 점점 더 어려워졌다.

아버지가 이야기하는 동안 나는 카드를 꺼내 클럽을 2에서 10까지 찾아서 내 옆자리에 놓았다.

왜 마법의 섬 난쟁이들의 등에는 모두 클럽 표시가 있었을까?

그들은 누구일까? 어디서 왔을까? 제빵사 한스는 자신이 미끄러져 들어간 나라에 대해 제대로 이야기할 수 있는 누군가를 찾게 될까? 내 머릿속은 풀리지 않는 의문들로 온통 가득 찼다.

클럽 2는 잊기 어려운 말을 했었다.

"금붕어는 섬의 비밀을 누설하지 않지만 꼬마빵은 누설한다."

그가 말한 것이 도르프에 있는 제빵사의 금붕어를 가리킨 것이었을까? 그리고 꼬마빵 또한 내가 도르프에서 얻은 바로 그 꼬마빵이었을까? 또 클럽 5는 이렇게 말했다.

"제빵사는 마법의 섬의 보물을 숨기고 있다."

하지만 어떻게 한 세기 전 중반에 제빵사 한스가 만난 난쟁이들이 이런 것들에 대해 알 수 있다는 거지?

그다음 약 20킬로미터를 가는 동안 아버지는 선원 시절 배웠던 뱃사공의 노래를 휘파람으로 불었다. 그리고 나는 살그머니 꼬마책을 잡고는 계속 읽어나갔다.

클럽 3

♣

나는 난쟁이 남자 셋이 마차를 타고 사라진 방향으로 걸어갔단
다. 그 길은 키가 큰 활엽수 사이로 꼬불꼬불 이어졌단다. 눈부신
오후의 태양이 나뭇잎에 생기를 불어넣고 있었지.

숲을 걷다가 나는 나무로 만든 커다란 집을 보았지. 두 개의 굴
뚝에선 검은 연기가 피어오르고 있었단다. 멀리서 분홍색 옷을 입
은 한 형상이 집 안으로 들어가는 것이 보였지.

가까이 가자 이 나무집은 한쪽 벽이 없었으며, 집 안을 들여다
본 나는 어찌나 놀랐던지 중심을 잃지 않으려고 나무에 기대야 했
단다. 칸막이벽이 없는 어마어마한 공간에는 일종의 공장이 있었
던 거야. 곧 나는 이 공장이 유리 공장임이 틀림없다고 확신했지.

지붕은 굵은 대들보가 받쳐주고 있었단다. 서너 개의 육중한
장작 가마 위에는 흰 돌로 된 커다란 통들이 놓여 있었지. 그 속에

는 벌건 액체가 부글부글 끓어오르며 짙게 수증기를 뿜어 올리고 있었지. 통들 사이로는 세 명의 작은 여자들이 이리저리 돌아다니고 있었는데, 모두 그 난쟁이 일꾼들과 키가 비슷했단다. 그들은 기다란 관을 통 속의 액체 유리에 담갔다가 불어서 여러 가지 모양의 유리를 만들어냈지. 커다란 그 공간 한쪽 끝에는 모래더미가 쌓여 있었고, 다른 한쪽에는 벽에 걸린 선반에 온갖 종류의 완성된 유리 제품이 차곡차곡 쌓여 있었단다. 또한 복판에는 깨진 병, 유리잔 그리고 유리그릇들이 1미터도 넘게 산을 이루고 있었지.

나는 대체 지금 어떤 나라에 미끄러져 들어와 있는 건지 종잡을 수가 없었단다. 이상한 제복을 제외한다면, 이 섬의 난쟁이들은 석기시대를 살고 있을지도 모르는 일이었는데 이제 이 난쟁이들은 유리를 만드는 장인임이 밝혀진 것이었지.

유리 공장에서 일하는 여자들은 분홍색 옷을 입고 있었단다. 세 명 모두 흰 피부에 길고 쭉 뻗은 은빛 머리를 하고 있었지. 그들의 옷가슴 언저리에 다이아몬드 표시가 있다는 걸 확인하기까지 그들을 그리 오래 관찰할 필요도 없었단다. 카드에 있는 것과 같은 다이아몬드였지. 한 여자는 세 개, 두 번째 여자는 일곱 개, 세 번째 여자는 아홉 개였단다. 카드 다이아몬드와 한 가지 다른 점은 이것들이 은빛이라는 것뿐이었지.

세 여자는 유리 만드는 데 너무 몰입해 있어서 내가 벽이 없는 곳 바로 앞에 서 있었는데도 나를 발견하지 못했단다. 그들은 잰

걸음으로 이리저리 왔다 갔다 하며 너무도 가볍고 조용히 팔을 움직여 마치 무중력 상태처럼 보였단다. 그들 가운데 한 사람이 천장으로 둥실 떠올랐다 해도 난 더 이상 놀라지 않았을 거야.

갑자기 그들 중 옷에 다이아몬드가 일곱 개 있는 여자가 나를 발견했지. 그 순간 나는 도망가는 게 좋을까 하고 잠시 망설였는데, 나를 발견한 그 여자가 너무 당황하여 유리그릇을 떨어뜨렸단다. 유리그릇이 깨져 그들이 나를 뚫어져라 바라보았기 때문에 도망가기엔 너무 늦어버렸지.

나는 집 안으로 들어가 정중하게 몸을 숙이며 독일어로 인사를 했단다. 그들은 눈길을 주고받더니 빨갛게 단 가마의 불빛처럼 빛나는 하얀 이를 드러내며 활짝 미소 지었지. 나는 그들을 향해 걸어갔고, 그들은 나를 둘러쌌지.

"잠깐 실례하겠습니다." 하고 나는 말했단다.

그들은 또 눈길을 주고받더니 아까보다 더 활짝 미소 지었단다. 셋 모두 짙고 푸른 눈동자를 가지고 있었고 서로 매우 닮아 보였지. 분명 그들은 한 가족임이 틀림없었어. 아마 그들은 자매였을 거야. "내 말을 이해합니까?"

"우린 보통 낱말들을 모두 이해하지요." 다이아몬드 3이 작고 인형 같은 목소리로 말했단다.

그러고 나서 그들 셋은 동시에 마구 이야기하기 시작했단다. 심지어 둘은 무릎을 굽혀 인사했고, 다이아몬드 9는 내게 다가와 내 손을 잡았지. 유리 공장 안은 결코 서늘하지 않았는데도 그녀의 여윈 손은 얼음같이 차가워 좀 놀랐지.

"당신들은 유리를 멋지게 불어내는군요." 하고 내가 말하자 그들은 깔깔거리며 웃었단다.

어쩌면 이 유리 부는 여자들은 그 성미 급한 난쟁이 일꾼들보다 상냥한 것 같았지만, 마음의 문을 열지 않기는 마찬가지였지.

"그런데 누가 당신들한테 유리 부는 기술을 가르쳐줬지요?" 나는 그들이 분명 그 기술을 스스로 발명해내지는 않았으리라고 잘난 체하고 물어보았단다.

여전히 나는 아무 대답도 듣지 못했고, 대신 다이아몬드 7이 유리그릇 하나를 가져와 내게 내밀었지.

"자, 여기요."

그러고는 또 웃어댔지.

이들에게서 친밀감을 느낀 나는 본래의 용건을 이야기하기가 쉽지 않았단다. 하지만 만약 이 기이한 난쟁이들이 뭘 원하는지 빨리 알아내지 못한다면 난 미쳐버리고 말 것 같았지.

"난 막 이 섬에 도착했지요." 나는 다시 시작해보았지. "근데 내가 이 세상 어디쯤에 있는지 도무지 모르겠어요. 나한테 말해줄 수 있습니까?"

"우리는 말할 수 없어요." 다이아몬드 7이 말했지.

"당신들에게 누군가가 그러지 말라고 명령했나요?"

셋은 모두 고개를 흔들었고 은빛 머리카락이 가마의 불빛 속에서 나풀거렸지.

"우린 유리를 잘 불어낼 수 있지요." 다이아몬드 9가 말했단다. "근데 생각은 그렇게 잘 못하지요. 그래서 우린 말도 그렇게 잘하지 못해요."

"그건 정말 무거운 십자가(클럽을 뜻하는 독일어 Kreuz에는 십자가란 뜻도 있음)로군요." 하고 내가 말하자 그들은 또 다시 웃음을 터뜨렸단다.

"우린 클럽이 아니잖아요." 다이아몬드 7이 옷을 가리키며 말을 덧붙였지. "당신은 우리가 다이아몬드라는 게 보이지 않나요?"

"멍청이들……!"이라는 말이 나한테서 터져 나오자 그들은 움찔했단다.

"화내지 말아요. 우린 아주 쉽게 슬퍼지고 불행해지거든요." 다이아몬드 3이 간청했지.

나는 그녀의 말을 믿어야 할지 확신할 수가 없었지. 그녀가 확신에 찬 미소를 지었기 때문에 나는 이 미소를 깨뜨리려면 아마도 좀 화를 내는 것 이상이 필요하다는 생각이 들었단다. 하지만 나는 그 경고를 명심했지.

"당신들이 주장하는 대로 당신들이 정말로 멍청하다는 겁니까?" 내가 물었지.

그들은 엄숙하게 고개를 끄덕였단다.

"난 정말로······." 다이아몬드 9가 말했단다. 그런 다음 그녀는 손을 입에 갖다 대더니 입을 다물어버렸지.

"예?" 나는 친절하게 물었단다.

"난 정말로 내가 생각할 수 없을 정도로 어려운 것에 대해 생각하고 싶지만 그럴 수가 없어요."

나는 그녀의 말을 깊이 생각해보고는 그것은 누구에게도 똑같이 어렵다는 것을 깨달았지.

느닷없이 다이아몬드 3이 눈물을 터뜨렸단다.

"난······." 그녀는 훌쩍거렸지.

다이아몬드 9가 팔로 그녀를 감싸 안았고, 다이아몬드 3은 다시 말했단다. "난 정말 깨어나고 싶어요. 하지만 난 이미 깨어 있는 걸요."

그녀는 내 생각을 정확하게 표현해주었지.

그리고 마침내 다이아몬드 7이 멍하니 나를 쳐다보더니 아주 진지하게 말했단다.

"진실은, 유리 세공사 아들이 자신의 상상물을 광대로 취급했다는 것이다."

그들이 가쁜 숨을 쉬며 내 앞에 서 있는 데는 얼마 걸리지 않았지. 하나는 커다란 유리 항아리를 잡고는 의도적으로 바닥에 내팽개쳤단다. 다른 하나는 은빛 머리카락을 쥐어뜯었지. 그래서 나는 내 방문 시간이 다 지났음을 알아챘단다.

나는 재빨리 말했단다. "방해해서 미안하오. 잘들 있기를!"

나는 이제 내가 정신병자 보호 구역에 들어왔다고 굳게 확신했지. 또 언제든 흰옷을 입은 간호사가 나타나, 무엇 때문에 내가 섬 여기저기를 돌아다니며 환자들에게 두려움과 공포를 심어주는지 해명하라고 요구할지도 모른다고 확신했지.

그럼에도 나는 몇 가지 이해할 수 없는 부분이 있었단다. 첫째로 섬사람들의 키였다. 뱃사람으로서 숱한 나라를 가봤지만 전 세계에 이토록 작은 사람이 사는 나라는 없었지. 게다가 난쟁이 일꾼들과 유리 세공 여자들은 피부색이 사뭇 달랐단다. 그러니까 그들은 가까운 친척일 수는 없지.

언젠가 인간을 더 작고 더 멍청하게 만드는 세계적인 전염병이 발생해서, 그 병이 전염되지 않도록 병에 걸린 사람들을 이 섬으로 추방한 것이었을까? 만약 그렇다면 나도 곧 이들처럼 작아지고 멍청해지겠지?

내가 이해하지 못한 두 번째 사실은 카드에서처럼 다이아몬드와 클럽으로 구분되어 있다는 점이었단다. 의사와 간호사들이 환자 사이의 질서를 유지하기 위해 이렇게 구분한 것일까?

나는 큰 나무들 사이로 난 길을 따라 계속 걸어갔다. 숲은 카펫과도 같은 밝은 초록빛 이끼로 덮여 있었고, 물망초를 연상시키는 작고 푸른 꽃들이 곳곳에서 자라고 있었단다. 나무 맨 꼭대기에만 햇빛이 조금 비치고 있었고, 제일 위에 있는 가지들은 황금빛 차양처럼 길 위로 드리워져 있었지.

얼마 후 나는 나무들 사이에서 밝은 형상 하나를 발견했단다. 길고 밝은 색 머리카락을 가진 사랑스러운 여자였단다. 그녀는 노란색 옷을 입고 있었으며 역시 섬의 다른 난쟁이들보다 더 크지 않았지. 이따금 그녀가 몸을 굽혀 푸른 꽃송이들을 꺾을 때, 나는 그녀의 등에 그려져 있는 피처럼 붉고 큼지막한 하트를 보았지.

가까이 가자 그녀는 슬픈 가락을 흥얼거리고 있었단다.

"여보세요!" 나는 그 앞까지 다가가 속삭이듯 말했지.

"여보세요!" 그녀는 대답하고는 몸을 바로 했지. 그녀는 마치 우리가 전에 만난 적이 있는 사이처럼 스스럼없이 말했단다.

나는 그녀가 너무도 아름다워 시선을 어디에 두어야 할지 모를 정도였단다.

"당신은 너무도 아름답게 노래하는군요." 이윽고 내가 말을 꺼냈지.

"고마워요."

나는 무의식중에 손가락으로 머리를 쓸어 올렸지. 이 섬에 온 이래 처음으로 나는 내 겉모습을 생각했단다. 난 일주일도 넘게 면도도 하지 못했지.

"난 길을 잃은 것 같아요." 그녀는 이렇게 말하며 작은 머리를 숙였단다. 그녀는 당황한 것 같았지.

"이름이 뭐지요?" 나는 물었지.

그녀는 잠시 주저하더니 억지로 미소를 지으며 말했지. "내가 하트 에이스라는 게 보이지 않나요?"

"아뇨, 물론……." 나는 잠시 멈췄다가 말을 계속했지. "그런데 바로 그게 좀 이상하거든요."

"왜요?" 그녀는 몸을 굽혀 또 꽃을 꺾으며 물었단다. "당신은 대체 누구세요?"

"난 한스라고 하지요."

그녀는 한동안 생각에 잠기더니 물었지. "한스보다 하트 에이스가 더 이상하게 여겨지나요?"

이번에는 내가 대답을 못했지.

"한스라고요?" 그녀는 한 번 더 물었단다. "그 이름을 이미 한 번 들어본 적이 있다는 생각이 들어요. 아니면 그저 그렇게 믿고 있는지도 모르죠. 너무도 오래되었어요."

그녀는 다시 몸을 굽혀 푸른 꽃을 하나 더 꺾었단다. 그러더니 느닷없이 간질 발작을 일으켰지. 입술을 떨며 그녀는 말했단다.

"안의 상자는 바깥 상자를 풀어 열고, 바깥 상자는 안의 상자를 풀어 연다."

이런 무의미한 말을 하는 동안 그녀는 전혀 그녀 자신이 아닌 듯했단다. 그녀가 스스로 무슨 말을 하는지 깨닫지 못한 채 그냥 이 말이 흘러나온 듯이 보였지. 그런 다음 그녀는 다시 정신을 차리고는 내 선원복을 가리키며 깜짝 놀라 말했단다. "그런데 당신은 완전히 아무것도 아니군요!"

"내 등에 아무런 표시가 없어서 그럽니까?"

그녀는 고개를 끄덕였지. 그러고 나서 고개를 푹 숙이더구나.

"당신이 날 때릴 수 있는 건 아니지요?"

"난 절대로 여자(카드의 퀸을 뜻하는 독일어 Dame에는 여인, 부인이라는 뜻도 있음)를 때리지 않아요."하고 나는 말했지.

"당신은 농담을 하는군요. 난 퀸이 아닌 걸요."

그녀는 뺨에 깊은 보조개가 있었단다. 그녀는 천상의 요정처럼 아름다웠지. 그녀가 미소 지으면 그 녹색 두 눈은 에메랄드처럼 반짝였고, 난 그녀한테서 눈을 뗄 수 없었지.

갑자기 그녀의 얼굴에 걱정스런 표정이 스쳐 갔단다.

"당신은 트럼프가 아니지요?" 그녀가 소리쳤지.

"그럼요, 그럼. 나는 단지 숙련된 선원일 뿐입니다."

다음 순간 그녀는 살그머니 나무 뒤로 가더니 사라져버렸단다.

나는 그녀를 뒤쫓으려 했지만, 그녀는 마치 공중으로 사라져버린 것 같았지.

클럽 4

나는 꼬마책을 내려놓고 아드리아 해를 바라보았다. 방금 읽은 부분은 의문 나는 점이 너무 많아 어디서부터 생각을 정리해야 할 지 도무지 알 수가 없었다. 마법의 섬의 난쟁이들에 대한 이야기 는 읽을수록 점점 더 수수께끼투성이였다. 지금까지 제빵사 한스 는 클럽 난쟁이와 다이아몬드 난쟁이를 만났다. 그리고 하트 에이 스를 만났지만 그녀는 금방 사라져버렸다.

이들 난쟁이는 누구였을까? 그들은 어떻게 해서 생겨났을까? 그리고 그들은 어디서 왔을까?

나는 꼬마책이 결국 내 의문점에 전부 답해주리라고 확신했다. 그런데 거기에는 또 다른 어떤 것이 있었다. 다이아몬드 난쟁이 여자들은 유리 공장에서 유리를 불어 만들어냈다. 그건 내가 마침 한 유리 공장에 갔다 왔기 때문에 특별히 눈에 띄었다. 나는 나의 유럽 여행과 꼬마책의 내용이 어떤 관련이 있다는 믿음이 점점 더 확실해지고 있었다. 꼬마책에서 읽은 것은 아주 오래전에 제빵사 한스가 한 이야기인데, 그럼에도 불구하고 내 삶과 제빵사 한스, 알베르트, 루트비히가 나눠 가진 커다란 비밀은 서로 신비한 관련이 있는 걸까?

내가 도르프에서 만난 제빵사 노인은 누구였을까? 내게 돋보기를 선물한 데다가 줄곧 우리 근처에 나타나곤 했던 난쟁이는 누구였을까? 나는 제빵사와 난쟁이 사이에 어떤 관련이 있다고 확신했다. 그들 스스로는 그런 관련성에 대해 아무 것도 모른다 해도.

나는 적어도 꼬마책을 다 읽기 전까지는 아버지한테 그것에 대해 이야기할 수 없었다. 그럼에도 철학자 한 사람이 나와 함께 자동차에 타고 있다는 건 좋은 일이었다.

막 제네바를 통과할 때 나는 아버지에게 물었다. "우연을 믿어요, 아버지?"

아버지는 백미러로 나를 한 번 쳐다보더니, "우연을 믿느냐고?" 하고 되물었다.

"네."

"그런데 우연이란 순전히 우연히 일어나는 거잖니! 내 복권이 1만 크로네에 당첨됐을 때, 그 복권은 수천 개의 복권 중에서 뽑힌 거야. 난 물론 결과에 만족했지만 내가 당첨된 건 순전히 근사한 횡재였어."

"아버진 정말 그렇게 확신하고 있어요? 우리가 그날 오전에 네 잎클로버를 찾아냈던 걸 잊어버렸나요? 그리고 아버지가 당첨되지 못했다면 우린 아마 아테네를 여행할 경제적 여유가 없었을 거예요."

아버지는 투덜거리기만 할 뿐이었고 나는 말을 계속했다. "작은할머니가 크레타에 가서 패션 잡지에 있는 엄마를 발견한 것도 그런 우연이었나요? 아니면 그건 그렇게 되도록 예정되어 있었던 건가요?"

"넌 내가 운명을 믿는지 묻고 싶은 거구나." 이윽고 아버지가 말했다. 난 아버지가 자기 아들이 그런 철학적 문제에 흥미를 가진다는 사실에 즐거워하고 있다는 생각이 들었다.

"대답은 '아니다'란다."

나는 유리 세공 여자들에 대해, 그리고 실제로 유리 공장에 갔다 오고 나서 금방 꼬마책에서 유리 공장 이야기를 읽었다는 사실에 대해 생각했다. 또한 아주 작은 글씨로 쓰인 책을 얻기 직전에 내게 돋보기를 준 난쟁이를 생각했다. 프롤란에서 할머니의 자전거 타이어가 펑크 난 후에 일어난 일, 그리고 그 이후에 생긴 일을 모두 생각했다.

"난 내가 태어난 게 우연이라고는 생각하지 않아요."

"담배 휴식!" 아버지가 말했다. 아마도 내가 아버지의 강연 서랍에서 작은 강연 하나가 튀어나오도록 어떤 말을 했던 모양이다.

아버지는 숨 막힐 듯 아름다운 아드리아 해의 전경이 바라보이는 언덕에 차를 세웠다.

"앉거라!" 자동차에서 내리자 아버지는 큰 돌 하나를 가리키며 말했다.

"1349년이었지." 아버지는 말하기 시작했다.

"페스트요." 내가 말했다. 나는 역사에 대해 몇 가지 알고 있었지만, 페스트가 우연이라는 주제와 무슨 관련이 있을 수 있는지는 깨닫지 못했다.

"좋아." 하고 말한 다음 아버지는 이야기를 시작했다. "노르웨이 사람의 절반이 페스트로 죽었다는 것을 너도 아마 알고 있을 것이다. 하지만 아직 이야기하지 않은 게 있단다."

아버지가 이렇게 말하기 시작하면 강연이 길어진다는 것을 나는 알고 있었다.

"그 당시 수천 명의 네 조상이 있었다는 건 잘 알고 있겠지?" 아버지가 물었다.

나는 절망적으로 고개를 흔들었다. 그게 대체 어떻게 가능한 일일까?

"우린 부모가 둘, 조부모가 넷, 증조부모는 여덟, 고조부모는 열여섯 등으로 계속 이어진다. 네가 1349년까지 거꾸로 계산해보면 제법 많아지지."

나는 고개를 끄덕였다.

"그러고는 페스트가 왔거든. 죽음은 마을에서 마을로 옮겨 다녔고, 아이들이 제일 끔찍이 당했단다. 어떤 가정은 모두 죽었고, 어떤 가정은 한두 사람만 살아남기도 했지. 그 당시 어린아이였던 네 조상들은 수천 명이었단다. 한스 토마스야, 그런데 그들 중 누구도 죽지 않았단다."

"아버진 어떻게 그렇게 정확히 알 수 있지요?" 나는 어리둥절해서 물었다.

아버지는 담배를 한 모금 빤 다음 말했다. "네가 여기 앉아 아드리아 해를 바라보고 있으니까."

또 이렇게 정곡을 찌르는 말에 나는 어떻게 반응해야 할지 몰랐다. 하지만 아버지가 옳다고 생각했다. 왜냐면 나의 조상 가운데 어느 한 사람이라도 어린아이 때 죽었다면, 그들은 결코 내 조상이 될 수 없었을 테니까.

"네 조상 가운데 그 누구도 절대적으로 어려서 죽지 않을 확률은 수십억 분의 일이란다." 아버지의 말은 이제 마치 폭포처럼 흘러나왔다. "왜냐면 여기서 페스트만 문제가 되는 건 아니거든, 알겠니? 너의 조상은 모두 성장해서 아이를 얻었지. 그것도 끔찍한 자연재해나 무서운 영아 사망의 시대에 말이다. 그들 가운데 많은 이가 질병으로 고통받았지만 매번 살아남았던 것이다. 이렇게 해서 넌 수십억 번이나 죽음에서 겨우 1밀리미터밖에 떨어져 있지 않았던 거야, 한스 토마스야. 이 행성에서 너는 해충과 사나운 짐승들, 운석과 벼락, 질병과 전쟁, 홍수와 큰 화재, 독살과 살인 미수의 위협을 받으며 살고 있단다. 30년 전쟁 중 너는 수백 번의 상처를 입었지. 왜냐면 넌 양쪽으로 조상을 가지고 있으니까. 그래, 사실 넌 3세기 후에 태어날 가능성에 대항하여 너 자신과 전쟁을 한 거지. 그리고 제2차 세계대전에서도 마찬가지였고. 선량한 노르웨이 사람들이 점령 당한 동안 네 할아버지를 총으로 쏴 죽였더라면 너도 나도 태어날 수 없었을 거야. 중요한 건 이것이 역사가 흐르면서 수십억 번이나 일어났다는 것이다. 화살이 공중으로 날아갈 때마다 네가 태어날 가능성은 그만큼 줄어들곤 했지. 하지만 너는 지금 여기 앉아서 나와 이야기를 하고 있구나, 한스 토마스야. 이해하겠니?"

"이해할 수 있어요." 나는 말했다. 여하튼 나는 프뢸란에서 일어났던 할머니의 자전거 타이어 펑크 사건이 얼마나 중요했는지 이해한다고 생각했다.

"난 단 하나의 긴 우연의 고리에 대해 말하고 있단다." 아버지는 말을 이었다. "그리고 이 고리는 최초의 생명이 있는 세포까지 거슬러 올라갈 수 있는데, 이 세포가 분리됨으로써 오늘날 이 행성 위에서 자라고 번성하는 모든 것의 원동력이 된 것이다. 나의 고리가 언젠가 30억 년이나 40억 년이 흐르는 동안 중단되지 않았을 확률은 상상하기 어려울 정도로 적단다. 그럼에도 불구하고 나는 살아남았어. 그래, 빌어먹을, 그게 나야. 그리고 내가 이 행성을 너와 함께 체험한다는 게 얼마나 환상적인 행운인지, 이 행성에 있는 온갖 작은 벌레조차도 저마다 얼마나 운 좋은 존재들인지 난 알고 있단다."

"그리고 운이 나빴던 이들은요?"

"그런 사람은 없어!" 아버지는 고함치듯 말했다. "그들은 결코 태어난 적이 없어. 삶이란 당첨 복권만 눈에 보이는 어마어마한 복권 뽑기야." 그러더니 아버지는 오랫동안 바다를 바라보았다.

"이제 계속 갈 건가요?" 이윽고 나는 물었다.

"아니. 그대로 앉아 있거라, 한스 토마스야. 얘기할 게 아직 남았다."

아버지는 마치 이야기하는 사람이 아버지 자신이 아니라는 듯 말했다. 마치 아버지는 자신을, 제 쪽으로 오는 걸 그저 받기만 하는 일종의 라디오 수신기처럼 생각하는 것 같았다. 아마도 사람들은 그것을 영감이라고 하겠지.

아버지가 영감을 기다리는 동안 나는 바지에서 돋보기를 꺼내 바위 위를 종종걸음으로 기어가고 있는 빨간 벌레 한 마리를 관찰했다. 돋보기를 들이대자 그 벌레는 괴물처럼 크게 변했다.

"우연이란 모두 똑같은 거야." 아버지가 다시 말하기 시작했다.

나는 돋보기로 아버지를 쳐다보았다. 아버지가 말을 시작하기 전에 자신의 생각을 잠시 정리할 때면 중요한 어떤 말이 나온다는 것을 난 알고 있었다.

"우리 간단한 예를 들어보자꾸나. 내가 어떤 친구를 생각하고 있는데 다음 순간 그가 전화를 하거나 아니면 계단에 서 있다고 가정해보자. 그럴 경우 많은 사람이 우연을 어떤 초자연적인 것으로 여기지. 그런데 나는 이 친구가 내 문 앞에서 초인종을 누르는 일이 없어도 자주 생각하거든, 알겠니?"

나는 고개를 끄덕였다.

"그런데 무엇보다도 두 가지가 동시에 일어나는 경우가 결정적이야. 우리가 마침 급히 필요했던 10크로네짜리 하나를 발견했을 경우면, 금세 그게 어떤 '초자연적'인 것에서 연유한다고들 하지. 여전히 우리가 파산한 상태라고 해도 말이야. 그리고 바로 이런 식으로 사람들의 갖가지 '초자연적'인 체험에 대한 막연한 소문들이 계속 생기는 거란다. 사람들은 이런 이야기에 너무도 관심이 많아서 소문은 점점 더 많아지는 거야. 하지만 이 경우도 당첨 복권만 눈에 보일 뿐이란다. 내가 조커를 수집하면서 서랍 가득 조커를 가지고 있는 건 놀랄 일이 아니지!"

아버지는 아주 숨차 했다.

"아버진 지원해볼 생각은 안 해봤나요?"

"무슨 소릴 하는 거냐?"

"국립 철학자 일자리 말이에요."

아버지는 허스키한 목소리로 웃고는 좀 가라앉은 어조로 덧붙였다. "사람들은 '초자연적'인 것에 열중할 때면 놀랄 정도의 무지 때문에 고통을 받는단다. 사람들은 세상에 존재하는 모든 것 중에서 가장 신비스러운 것은 보지 못하고, 우리 바로 앞에 펼쳐진 수수께끼 같은 창조 전체보다 화성인이나 비행접시에 더 관심이 많지. 난 세계가 우연이라고는 생각하지 않는단다, 한스 토마스야."

아버지는 잠시 쉬었다가는 내게로 몸을 숙이고 속삭였다. "나는 우주가 의도된 것이라고 생각한단다. 언젠가는 너도 무수한 별과 은하수 뒤에 어떤 의도가 숨어 있다는 걸 알게 될 거야."

아버지의 얘기는 이전의 교훈적인 담배 휴식과 멋지게 연결되는 것 같았다. 하지만 그런데도 나는 꼬마책과 관련된 모든 것이 우연이라는 확신이 들지 않았다. 어쩌면 내가 다이아몬드 난쟁이 여자들 이야기를 읽기 전에 아버지와 내가 무라노의 유리 공장을 방문했던 것은 정말 우연이었을 것이다. 또 내 손에 돋보기가 쥐여지고 나서 작은 글씨로 쓰인 꼬마책을 얻게 된 것도 아마 순전히 우연이었을 것이다. 그러나 다른 사람 아닌 내가 그 꼬마책을 얻게 된 것 뒤에는 어떤 의도가 숨어 있음이 틀림없었다.

클럽 5

······ 카드놀이를 하기는 더 어려워졌다 ······

그날 저녁 안코나에 도착했을 때 아버지는 겁이 날 만큼 너무도 조용했다. 자동차에 앉아 승선할 때를 기다리는 동안 아버지는 오랫동안 아무 말 없이 배를 뚫어지게 바라보았다.

그 배는 '지중해의 별'이란 이름을 가진 노란색의 큰 배였다. 그리스로 건너가는 뱃길은 두 밤과 하룻낮이 걸린다고 했다. 배는 저녁 9시에 출발했다. 첫 번째 밤이 지나면 우리는 일요일 내내 바다 위에서 보내게 될 것이고, 만일 해적이 우리를 습격하는 일이 일어나지 않는다면 월요일 아침 8시에 그리스 땅에 첫발을 내딛게 될 것이었다. 아버지는 배에 대한 작은 책자를 구해 왔다.

"이 배는 1만 8,000톤이구나, 한스 토마스야. 이건 그러니까 욕조가 아니야. 이 배는 속력이 시속 17노트이고, 1,000명 이상의 승객과 300대의 자동차를 실을 수 있단다. 또 상점, 식당, 바, 일광욕할 갑판, 디스코테크와 카지노가 있단다. 그런데 그게 전부가 아니야. 갑판에 수영장이 있다는 걸 알고 있었니? 그게 중요하다는 뜻은 아니고, 그저 네가 알고 있었는지 묻고 있는 거다. 그리고 또 한 가지 묻고 싶은 게 있다. 차로 유고슬라비아를 거쳐 가지 못하게 돼서 속상하니?"

"갑판에 수영장이 있다고요?" 하고 나는 묻기만 했다.

더 이상 할 말이 없다는 걸 우리는 알고 있었다. 그런데도 아버지는 덧붙였다. "내가 선실을 예약할 때, 배 안에 있는 선실과 큰 창이 있고 바다가 보이는 바깥 선실 중에서 골라야 했는데 내가 어떤 걸 택했을 것 같니?"

나는 아버지가 바깥 선실을 택했음을 알고 있었고, 또 내 대답이 어떨지는 아버지도 알고 있을 것이다. 그래서 단지 "그 선실이 많이 비쌌어요?" 하고 묻기만 했다.

"그래, 몇 리라 더. 하지만 난 내 아들을 창고 같은 곳에 가둬두려고 바다로 유혹하지는 않았단다."

그때 승선하라는 손짓이 있었기 때문에 아버지는 더 이상 말을 하지 못했다.

우리는 자동차를 세워두고 우리 선실로 가는 길을 찾았다. 우리 선실은 제일 위의 갑판에 있었는데 큰 침대, 커튼, 램프, 안락의자와 테이블로 아늑하게 꾸며져 있었다. 창밖 통로로 사람들이 이리저리 돌아다니고 있었다.

선실은 창문이 크고 나쁘지 않았지만, 우리는 선실에만 붙어 있지는 않기로 했다. 우리는 서로 한마디도 나누지 않고 이 의견에 동의했다. 선실을 떠나기 전에 아버지는 주머니에서 포켓 위스키 병을 꺼내 마셨다.

"건배!" 아버지는 혼자 마시면서 이렇게 말했다.

아버지는 베네치아에서부터 긴 여행을 한 다음이라 몹시 피로할 것이다. 한편 아버지는 육지에서 많은 세월을 보낸 후에 마침내 다시 큰 배의 갑판 위를 디딜 수 있게 되어 아마도 몹시 흥분했을 것이다. 나로 말할 것 같으면 오랫동안 이렇게 행복했던 적이 없었다. 그럼에도, 어쩌면 바로 이 때문에 나는 아버지의 음주에 대해 한마디 했다.

"아버진 정말 저녁마다 혼자 술을 마셔야만 하나요?"

아버지는 "예, 각하!" 하고 말하며 트림을 하고는 더 이상 말이 없었다. 아버지는 아버지 나름대로, 나는 나대로 생각했지만, 이 문제는 나중에 다시 얘기하는 편이 더 나을 것이다.

배의 종이 출발을 알렸을 때 벌써 우리는 배의 구조를 알고 있었다. 나는 수영장이 닫혀 있는 것을 보고 좀 실망했지만, 아버지는 내일 아침 일찍 수영장을 연다는 사실을 얼른 알아냈다.

우리는 일광욕하는 갑판에서 육지가 보이지 않을 만큼 오래 난간 위에 기대 서 있었다.

"자, 그래." 아버지가 말했다. "우린 지금 바다에 있단다, 한스 토마스야."

아버지가 의미심장하게 말한 후, 우리는 저녁을 먹기 위해 식당으로 내려갔다. 식사를 한 다음 우리는 자기 전에 스탠드바에 가서 카드놀이를 하기로 했다. 아버지는 주머니에 카드 한 벌을 가지고 있었는데, 다행히도 여자들이 많이 그려져 있는 카드는 아니었다.

배 곳곳은 세계 각국에서 온 사람들로 붐볐다. 나는 많은 사람이, 어른들임에도 불구하고 유난히 작다고 느꼈다. 아버지는 그들이 그리스 사람이라고 말했다.

첫 게임에서 나는 스페이드 2와 다이아몬드 10을 받았다. 다이아몬드 10을 냈을 때 내 손에는 벌써 두 장의 다른 다이아몬드가 있었다.

"유리 세공 소녀들!" 나는 소리쳤다.

아버지는 의아스럽게 나를 바라보았다.

"너 뭐라고 했니, 한스 토마스야?"

"아무것도 아니에요."

"너 '유리 세공 소녀들'이라고 하지 않았니?"

"예, 그래요. 계산대의 여자들 말이에요. 그 여자들은 마치 자신의 인생에서 그것만이 가장 중요하다는 듯 유리잔을 움켜쥐고 있거든요."

나는 아주 근사하게 이 궁지를 모면했다고 생각했다. 하지만 카드놀이를 하기는 더 어려워졌다. 마치 우리는 아버지가 베로나에서 산 카드로 놀이를 하고 있는 것 같았다. 왜냐면 클럽 5를 탁자에 놓았을 때 나는 오직 제빵사 한스가 이상한 섬에서 만난 난쟁이 일꾼들이 생각났기 때문이다. 다이아몬드 카드가 탁자에 놓이면, 분홍색 옷을 입고 은빛 머리카락을 가진 우아한 여자 형상이 눈앞에 보였다. 그리고 아버지가 하트 에이스를 탁자에 소리나게 탁 놓고 속임수를 써서 스페이드 6과 8을 가져갔을 때 나는 소리치고 말았다. "그녀가 또 나왔다!"

아버지는 머리를 흔들고는 잠자리에 들 시간이라고 말했다. 아버지는 우리가 스탠드바를 떠나기 전에 중요한 임무 한 가지를 처리했을 뿐이었다. 우리만 카드놀이를 하고 있지 않았기 때문에, 밖으로 나오는 길에 아버지는 몇몇 탁자에 멈춰 서서 조커 몇 장을 구걸했다. 아버지는 어디선가 떠날 때면 항상 그렇게 해왔다. 그리고 그것이 나는 좀 비겁하다고 느껴졌다.

우리는 카드놀이를 오래 하지 않았다. 어렸을 때는 더 자주 했었지만, 아버지가 조커에 관심을 가지게 되면서부터 점점 카드놀이에 싫증이 나고 말았다. 게다가 아버지는 또 카드 속임수의 대가였다. 아버지의 최고 장기는 언젠가 아버지가 했던 혼자 하는 카드놀이였는데, 그걸 끝내려면 적어도 여러 날이 필요하게 마련이었다. 이 카드놀이에서 기쁨을 얻으려면 인내심은 말할 것도 없고 시간도 정말 많이 걸렸다.

다시 선실로 돌아온 우리는 잠시 바다를 바라보았다. 너무 어두워서 아무것도 보이지 않았지만, 우리는 우리가 들여다보고 있는 어둠이 바다라는 것을 알고 있었다.

날카로운 소리를 내는 미국인 한 무리가 우리 창밖 통로를 지나가자 우리는 커튼을 닫았고 아버지는 침대에 누웠다. 아버지는 분명 수면제를 많이 먹은 모양이었다. 왜냐면 금방 잠들어버렸기 때문이다.

나는 자지 않고 누워서 바다 위에서 흔들거리는 배의 움직임을 느끼고 있었다. 잠시 후 나는 돋보기와 꼬마책을 꺼내, 제빵사 한스가 나쁜 병으로 어머니를 잃은 알베르트에게 들려준 놀라운 이야기를 계속 읽어 나갔다.

클럽 6

♣

나는 계속 활엽수 숲을 걸어가다가 이내 탁 트인 지대에 이르 렀단다. 숲에서 나온 지점에서 멀지 않은, 꽃으로 뒤덮인 산비탈에 마을이 있더구나. 옹기종기 모여 있는 작은 집들 사이를 가로지르며 구부러진 골목에는 이미 만났던 사람들과 똑같이 작은 사람들이 걸어 다니고 있었지. 좀 더 높은 산비탈에는 집 한 채가 홀로 서 있었단다. 여기에는 아마 경찰이 있을 리가 없겠지만, 대체 내가 이 세상 어디쯤에 와 있는지 알아내야만 했지.

마을 초입의 가게들 중 하나는 빵 가게였지. 그 옆을 지나가자 금발의 여자가 문 앞으로 나왔단다. 그녀는 가슴에 피같이 붉은 하트가 세 개 있는 빨간색 옷을 입고 있었지.

"방금 구워낸 빵이 있어요." 그녀가 말했단다. 그녀는 뺨이 장미처럼 붉었고 다정하게 미소 지었지.

향긋한 빵 냄새가 코를 간질였고, 배고픔을 참지 못한 나는 작은 빵 가게로 얼른 들어갔지. 난 일주일도 넘게 빵이라곤 먹어보지 못했거든. 벽에 붙은 널따란 선반에는 빵이 높이 쌓여 있었고 게다가 맛있는 프레첼도 있었지.

작은 뒷방의 오븐에서는 연기가 나고 있었고, 빨간 옷을 입은 한 여자가 또 가게로 들어왔지. 그녀의 가슴에는 하트가 다섯 개 있었단다.

클럽은 들에서 일하고 짐승들을 돌보는구나 하고 나는 생각했지. 다이아몬드는 유리를 불어 만들고, 하트 에이스는 예쁜 옷을 입고 꽃과 딸기를 딴다. 그리고 하트는 빵을 굽는 모양이다. 이제 스페이드가 뭘 하는지만 알아낸다면, 난 이 카드 한 벌 전체를 조망할 수 있겠지.

나는 빵 하나를 가리키며 물었단다. "먹어도 될까요?"

하트 5는 가는 나무줄기로 만든 단순하게 생긴 계산대 위로 몸을 내밀었지. 계산대 위에는 외로운 금붕어가 들어 있는 커다란 유리 어항이 있었지. 하트 5는 내 눈을 뚫어지게 보더구나.

"당신하고는 내가 요 며칠 동안 이야기한 적이 없군요." 그녀는 당황한 듯이 말했지.

"맞아요. 난 이제 막 달에서 떨어졌거든요. 그리고 난 결코 특별하게 말을 잘하지 못합니다. 내가 생각을 잘 못하기 때문이지요. 생각할 수 없으면 일하는 것도 별 의미가 없지요." 하고 내가 말했지.

내가 이 섬의 난쟁이들한테 알아듣게 설명해도 별 소용이 없다는 걸 이미 경험한 바가 있기 때문이지. 어쩌면 나도 그들과 똑같이 알아들을 수 없도록 말한다면 오히려 그들과 사이가 더 좋아질지도 모르는 일이었으니까.

"달에서 왔다고 말했나요?"

"그래요, 달에서."

"그렇다면 분명 빵 한 조각이 필요하지요." 하트 5는 짧게 대답했단다. 마치 달에서 떨어지는 것이 계산대 뒤에서 있거나 빵을 파는 것과 마찬가지로 예사로운 일인 듯.

그러니 내 생각이 맞았지. 그들이 말하는 대로 따라 하면, 이 난쟁이들의 주파수에 이르기는 그리 어렵지 않았던 거야. 하지만 그러더니 하트 5는 느닷없이 격렬한 발작을 일으키며 계산대 위로 몸을 내밀고는 흥분해서 속삭였단다.

"카드 속에 미래에 대한 예언이 들어 있다."

다음 순간 그녀는 다시 원래대로 돌아와 큰 빵을 잘라서 내게 내밀었단다. 나는 급히 입에 밀어 넣고는 골목으로 나갔지. 빵은 내가 먹어왔던 것보다 약간 신맛이 나는 것 같았지만 맛이 있었고, 다른 빵과 마찬가지로 나를 배부르게 해주었단다.

밖으로 나가보니 마을의 난쟁이들 가슴에는 모두 작은 하트, 클럽, 다이아몬드, 스페이드가 그려져 있었단다. 그들은 네 가지의 서로 다른 고유 의상이나 제복을 입고 있었지. 하트는 빨간색을, 클럽은 파란색을, 다이아몬드는 분홍색을, 스페이드는 검은색을 입고 있었단다. 몇몇은 다른 이들보다 좀 컸단다. 그들은 킹, 퀸, 잭의 복장을 하고 있었지. 킹과 퀸들은 머리에 왕관을 쓰고 있었고, 잭은 허리띠에 칼을 차고 있었지.

내가 지금까지 본 바에 의하면 각 종류마다 단 하나씩만 있었단다. 단 하나의 하트 킹, 단 하나의 다이아몬드 6, 단 하나의 스페이드 8을 보았지. 아이들이라곤 없었단다. 나이 많은 사람들도 없었고. 이 작은 사람들은 모두 성장한 장년의 난쟁이들이었지. 그들은 나를 바라보았지만 마을을 찾아온 낯선 이방인에게는 아무 관심도 없다는 듯 재빨리 돌아섰단다.

다만 클럽 6만이 (그는 아까 다리가 여섯 달린 동물 중 하나를 타고 달렸었지.) 내 길을 가로막고는, 그들이 내게 계속 말했던 그 무의미한 문구 가운데 하나를 말하더구나.

"태양 공주는 바다로 가는 길을 찾아낸다."

그런 다음 그는 집 모퉁이로 살금살금 가더니 사라졌단다.

나는 현기증이 났단다. 난 분명 체계적인 계급제도를 갖춘 한 사회에 온 것이었지. 이 섬의 작은 인간들은 카드놀이 규칙 외에는 어떤 법칙도 지키지 않는 것 같았지. 그리고 그 난쟁이 마을을 돌아다니면서 나는 실마리가 보이지 않고 계속 카드 패만 뒤집어야 하는 것 같은 유쾌하지 않은 느낌이 들었단다.

집들은 나지막했고 나무로 되어 있었단다. 집 앞에는 유리 공장에서 보았던, 유리로 된 석유램프가 매달려 있었지. 석유램프는 꺼져 있었고, 그림자가 벌써 길어지긴 했지만 마을은 황금빛 저녁놀에 물들어 있었거든.

선반이나 창 난간 위에는 금붕어가 있는 무수히 많은 유리 어항이 놓여 있었고, 곳곳에 크기가 다른 병들이 있었단다. 몇 개의 병은 집들 사이에도 널려 있었고, 어떤 난쟁이들은 손에 작은 병을 들고 다녔지.

다른 집들보다 더 큰 집이 한 채 있었는데, 그 집은 마치 창고 같았어. 그런데 안에서 제법 소란스러운 소리가 들렸고, 열린 문으로 안을 들여다보니 목공소임을 알 수 있었단다. 난쟁이 네댓 명이 열심히 커다란 탁자를 짜 맞추고 있었는데, 모두 등에 파란색 스페이드 표시가 있는 제복을 입고 있었지. 이것으로 수수께끼는 풀렸단다. 스페이드는 목수였던 거지.

스페이드 난쟁이들은 머리가 석탄같이 검었지만 피부는 클럽보다 훨씬 밝은 빛이었지.

어느 집 앞에는 다이아몬드 잭이 작은 벤치에 앉아 자기 칼을 쓰다듬으며 칼에 반사되는 저녁 해를 관찰하고 있더구나. 그는 긴 분홍빛 상의와 품이 넓은 녹색 바지를 입고 있었지.

나는 그에게로 가서 정중하게 인사를 했단다.

"안녕, 다이아몬드 잭." 나는 기분 좋은 목소리로 말했지. "어떤 킹이 권력을 잡고 있는지 말해줄 수 있겠나?"

잭은 칼을 칼집에 밀어 넣고 나를 빤히 쳐다보았지.

"스페이드 킹이지." 그는 짧게 대답했지. "왜냐면 내일은 조커가 왕이니까. 그런데 카드 이름을 부르는 건 금지되어 있어."

"그거 유감이군. 왜냐면 난 섬의 최고 권력자가 어디 있는지 말해달라고 자네에게 거의 간청해야 할 판이거든."

"어겠알, 어있 어되지금 건 느르부 을름이 드카." 그가 말했지.

"뭐라고 했나?"

"어있 어되지금 건 느르부 을름이 드카." 그는 한 번 더 말했지.

"아아. 그래서 그 말은?"

"고다한 야켜지 을칙규 녠자!"

"그래?"

"래그."

"지금 장난하는 건가?"

나는 그 작은 얼굴을 가까이서 바라보았지. 그는 유리 공장의 다이아몬드들과 똑같이 반짝이는 머리와 창백한 피부를 하고 있었단다.

"미안하네만, 자네의 말이 나한테는 그리 익숙하지 않네. 그거 혹시 네덜란드 말인가?" 내가 말했지.

작은 잭은 뻐기는 듯한 눈길로 나를 쳐다보았지.

"킹하고 퀸, 잭만이 양쪽 방향으로 말할 수 있지. 자네가 그렇게 말하지 못하는 걸 보니, 자네는 나보다 더 밑에 있어."

나는 골똘히 생각해봤단다. 거꾸로 말했다는 말인가?

"어았맞."은 "맞았어."이다. 그리고 그는 두 번 "어있 어되지금 건 는르부 을름이 드카."라고 말했었다. 거꾸로 말하면 "카드 이름을 부르는 건 금지되어 있어."이다.

"카드 이름을 부르는 건 금지되어 있어." 나는 말했단다.

이제 그는 경계하는 듯했지.

"지거 는하 게렇그 왜 럼그?" 그는 주저하며 물었단다.

"고려보 해험시." 나는 자신 있게 대답했지.

이제 그는 달에서 막 떨어진 사람처럼 보였단다.

"난 자네가 입을 다물 수 있는지 확인하려고 어떤 왕이 지금 권력을 잡고 있는지 물어본 거네. 그런데 자넨 썩 통달해 있지는 않군. 그리고 그 때문에 자넨 규칙을 위반했네." 내가 말했지.

"이런 건방진 말은 들어본 적이 없어." 그가 말했지.

"그래, 난 더 건방질 수도 있네."

"야이말 게렇어?"

"나의 아버지 이름은 오토오라네." 내가 말했지. "자네 그 이름을 거꾸로 말할 수 있겠나?"

"오토오!" 그가 나를 쳐다보며 말했단다.

"맞았어, 자네 이제 그걸 거꾸로 말해볼 수 있겠나?"

"오토오!" 그는 반복했지.

"그래, 들었어. 그런데 그걸 거꾸로 말하란 말이야!"

"오토오, 오토오!" 잭은 흥분해서 말했지.

"아무튼 한번 시험해본 거네." 나는 그를 진정시키려고 말했지.

"우리 다른 걸로 해볼까?"

"해작시." 잭이 대답했지.

"진사의 사진!" 내가 말했지.

"진사의 사진." 잭이 반복했지.

나는 손짓으로 멈추게 하고 말했단다. "그러면 이제 같은 걸 거꾸로 해보게."

"진사의 사진, 진사의 사진!" 잭이 말했지.

"고맙네, 그걸로 충분해. 자네 온전한 문장도 해낼 수 있나?"

"지이론물!"

"그럼 말해보게. 다시 이 장한 진사의 사진 한 장이시다!"

"다시 이 장한 진사의 사진 한 장이시다!"

나는 고개를 저었지.

"자넨 그냥 나를 따라 지껄여대는군. 아마 전혀 거꾸로 말할 수 없기 때문이겠지."

"다시 이 장한 진사의 사진 한 장이시다! 다시 이 장한 진사의 사진 한 장이시다!" 그는 소리쳤지.

나는 그에게 좀 미안했지만, 이 말장난을 시작한 건 내가 아니었으니까.

작은 잭은 칼집에서 칼을 꺼내 병 하나를 쳤고, 병은 벽에 부딪혀 산산조각이 났단다. 지나가던 하트 몇 명이 멈춰 서서 바라보았지만 재빨리 돌아서더구나.

다시 나는 이 섬 전체가 불치의 정신병자 보호 구역임이 틀림없다고 생각했단다. 그런데 왜 그들은 그렇게 키가 작을까? 그리고 왜 독일 말을 할까? 그리고 무엇보다도 왜 그들은 한 벌의 카드처럼 색깔과 번호가 각각 다른 것일까? 나는 이 모든 의문들을 알아낼 때까지 다이아몬드 잭을 놔주기 않기로 마음먹었지. 난 다만 너무 분명하게 말하지 않도록 주의해야 했단다. 이 난쟁이들이 이해하기 어려운 오직 한 가지는 분명한 말이었기 때문이지.

"나는 방금 여기에 도착했네." 나는 말했단다. "그리고 이 나라는 달나라와 똑같이 사람이 살지 않을 거라고 생각했지. 이제 난 자네들이 누군지, 어디서 왔는지 알고 싶네."

잭은 한 걸음 물러서서 절망적인 목소리로 물었단다. "자네는 새로운 조커인가?"

"난 대서양에 독일 식민지가 있다는 걸 전혀 몰랐네. 나는 숱한 나라를 여행했지만 이렇게 작은 사람들은 처음 본다는 걸 고백하지 않을 수 없네." 하고 내가 말했지.

"자넨 새로운 조커로군! 랄기제! 또 다른 조커가 나타나지는 않겠지. 우린 분명 색깔마다 조커가 필요하진 않거든."

"그런 말 말게! 오직 조커만이 제대로 된 대화 기술을 통달하고 있는데, 만약 모두가 조커라면 이 카드놀이는 훨씬 잘 풀릴 걸세." 내가 말했지.

그는 손짓으로 나를 쫓아내려 했단다.

"별의별 질문을 다 받네, 정말 힘들군." 그가 말했지.

나는 어렵다고 생각했지만 한 번 더 시험해보았단다.

"자네들은 대서양의 한 이상한 섬에서 종종걸음을 치며 돌아다니고 있네. 그래서 자네들이 어디서 왔는지 설명해주는 일이 온당치 않은가?"

"통과!"

"뭐라고 했지?"

"자넨 게임을 뒤엎었어, 알아? 난 통과하겠네."

그는 상의 주머니에서 작은 병을 꺼내 조금 전 다이아몬드의 것과 똑같은 반짝이는 음료를 들이켰단다. 병을 다시 막고 그는 한쪽 팔을 쭉 뻗고는 마치 한 편의 시를 낭송하듯 거만하게 소리쳤지.

"은빛 쌍돛 범선이 노한 바다에서 침몰한다!"

나는 머리를 흔들고 낙담하여 한숨을 쉬었지. 그는 아마 곧 잠들 거야. 그리고 나는 스페이드 킹한테서도 별 소득이 없으리란 것을 예감했단다.

느닷없이 나는 어떤 클럽의 말이 생각나 혼잣말을 했단다. "새로운 조커인가?" "난 프로데를 찾아가야 해."

다이아몬드 잭은 금세 제정신으로 돌아오더구나. 그는 벤치에서 벌떡 일어나더니 오른쪽 팔을 올려 부동자세로 경례를 했지.

"프로데라고 했나?"

나는 고개를 끄덕였지. "자네, 나를 그에게로 안내해주겠나?"

"지이론물."

우리는 집들 사이를 지나가다가 이내 작은 광장에 이르렀단다. 한복판에 우물이 있었고, 마침 하트 8과 하트 9가 우물에서 물을 긷고 있었지. 피같이 붉은 하트가 그려진 그들의 빨간색 옷이 광장에서 밝게 빛나고 있었지.

네 명의 킹은 모두 우물 앞에 둥글게 서서 서로 어깨동무를 하고 있었단다. 어쩌면 그들은 중요한 어떤 문제를 상의하고 있는지도 모르는 일이었지. 나는 왕이 넷이나 된다면 얼마나 불편할까 하고 생각했던 것을 지금도 기억하고 있단다. 그들은 모두 잭과 같은 색의 옷을 입고 있었지만, 좀 더 우아했으며 또 금으로 된 커다란 왕관을 쓰고 있었단다.

퀸들도 모두 광장에 있었단다. 그들은 집들 사이를 이리저리 종종걸음 치며 작은 거울로 자신들을 자꾸만 관찰하곤 했지. 그들은 자꾸만 거울을 보지 않을 수 없을 만큼 자신이 누구인지 자주 그리고 빨리 잊어버리는 것 같았단다. 퀸들도 왕관을 쓰고 있었지만 킹들의 것보다 좀 더 길고 또 좀 더 가늘었지.

그리고 광장 옆 저쪽에서 나는 밝은 머리카락과 길고 흰 수염의 노인을 발견했단다. 그는 큰 돌 위에 앉아 파이프 담배를 태우고 있었지. 이 노인이 유난히 내 흥미를 끈 것은 그의 키였단다. 그는 나와 키가 똑같았거든. 하지만 그가 다른 난쟁이들과 구분되는 점이 또 있었어. 그는 회색 셔츠와 폭이 넓은 갈색 바지를 입고 있었단다. 옷은 초라했고 직접 만든 것처럼 보였으며, 난쟁이들의 선명한 제복 색깔과는 뚜렷한 대조를 이루고 있었지.

잭이 그에게 가서 나를 소개했지. "주인님. 여기 새 조커가 왔습니다."

잭은 더 이상 말하지 못하고 그 자리에서 맥없이 쓰러지더니 잠들어버렸단다. 아까 작은 병의 음료를 마신 탓이었지.

노인은 돌에서 일어나 나를 말없이 훑어보더구나. 이윽고 그는 나를 만지기 시작했단다. 내 뺨을 쓰다듬고 내 머리카락을 조심스럽게 당겨보고 또 내 선원복을 만져보았지. 마치 내가 피와 살로 된 진짜 인간임을 확인하지 않으면 안 되기라도 하듯.

"이런 건…… 이런 건 오랫동안 결코 본 적이 없어." 그가 마침내 말했지.

"프로데 씨죠, 짐작건대." 하고 말하며 나는 그에게 손을 내밀었단다. "전 한스라고 합니다."

그는 오랫동안 내 손을 꼭 잡았단다. 그런 다음 갑자기 무슨 안 좋은 일이 떠오르기라도 한 듯 무척 서두르는 것 같았단다.

"우린 바로 마을을 떠나야 한다네." 그가 말했지.

그는 다른 사람들처럼 당황하고 있는 것 같았지. 그러나 그의 반응이 냉담하지는 않았단다. 그리고 그것은 적어도 내게 어떤 희망을 불어넣기에 충분했단다.

노인은 몇 번이나 넘어질 뻔했을 만큼 잘 걷지 못했음에도 내 앞에 서서 마을 밖으로 서둘러 달려갔단다. 나는 멀리 마을 위 언덕에 외로이 서 있는 통나무집을 보았지. 우리는 곧 집 앞에 도착했지만 안으로 들어가지 않았지. 노인은 내게 작은 벤치에 앉기를 권했단다.

내가 막 자리에 앉자, 이상한 형상 하나가 집 모서리에서 나타났단다. 보라색 옷을 입고 당나귀 귀에 빨강과 초록의 광대 모자를 쓴 우스꽝스러운 녀석이었지. 모자와 옷에는 작은 종들이 달려 있었는데, 그가 움직일 때마다 딸랑딸랑 소리가 났단다.

그가 나를 향해 뛰어들더니 먼저 내 귀를 꼬집고 그다음 내 배를 살짝 때렸단다.

"마을로 내려가거라, 조커!" 노인이 그에게 명령했지.

"아니, 아니!" 그 작은 친구는 장난스럽게 웃고 투덜거리며 말했지. "마침내 고향에서 손님이 오니까 금세 주인님은 옛 친구들을 끊으려 하는군요. 위험한 처사. 내 말을 명심하세요."

노인은 한숨을 쉬며 말했단다. "넌 반드시 대축제에 대해 충분히 생각해야 해."

그 장난꾸러기는 작은 몸으로 능숙하게 재주를 넘으며 말했지. "이건 부인할 수 없군, 사실이야. 그 무엇도 당연하게 여겨서는 안 되지."

그는 몇 발자국 뒤로 뛰었지. "그렇다면 지금은 서로 아무 말도 하지 말지요. 하지만 곧 만나게 될 거예요!" 하고 말하며 그는 언덕을 내려가 마을로 달려갔단다.

그러자 노인은 내 옆에 앉았단다. 벤치에 앉아 우리는 갈색 나무 집들 사이에서 종종걸음 치며 돌아다니고 있는 현란한 색의 뭇 난쟁이들을 내려다보았지.

클럽 7

…… 내 입속에 법랑질과 상아질이 자라고 ……

나는 밤늦게까지 꼬마책을 읽었다. 다음 날 아침 일찍 잠에서 깬 나는 깜짝 놀라 벌떡 일어났다. 내 침실 탁자 위의 스탠드가 그때까지 켜져 있었던 것이다. 돋보기와 꼬마책을 손에 들고 잠들었음이 분명했다.

아버지가 아직 자고 있어 마음이 놓였다. 돋보기는 베개 위에 있었지만 꼬마책이 안 보였다. 결국 침대 밑에서 발견했는데 얼른 바지 주머니에 집어넣어 흔적을 없앤 다음 일어났다.

잠들기 전 읽은 부분이 너무나 혼란스러워 나는 초조하고 들떠 있었다. 나는 커튼을 걷고 창가에 섰다. 밖에는 끝없는 바다만 보일 뿐이었다. 자그마한 돛단배 몇 척 외에는 오고 가는 배가 보이지 않았다. 해 뜨기 직전이었고, 아침놀이 가는 허리띠처럼 하늘과 바다 사이에 물들어 있었다.

마법의 섬 난쟁이들의 모든 비밀을 어떻게 알 수 있을까? 나는 물론 내가 읽은 얘기가 사실인지는 확신할 수 없었지만, 도르프의 루트비히와 알베르트에 대한 이야기는 사실인 것 같았다.

무지갯빛 레모네이드와 그 많은 금붕어는 제빵사 한스가 가게 된 섬에서 유래한다는 데는 의심의 여지가 없었다. 그리고 도르프의 작은 빵 가게에서 나는 내 눈으로 금붕어 한 마리가 있는 유리 어항을 보았었다. 나는 무지갯빛 레모네이드를 맛보지는 못했지만, 배 맛이 나는 레모네이드 한 병을 내게 선사한 제빵사 노인은 훨씬 좋은 레모네이드 이야기를 했었다.

물론 모든 이야기가 꾸며낸 것일 수도 있었다. 무지갯빛 레모네이드가 과연 있었는지는 전혀 확실하지 않았고, 꼬마책의 내용은 순전히 상상일 수도 있었다. 또 도르프의 제빵사가 자기 유리창 앞에 금붕어를 진열한 것은 더 이상 놀라운 일이 아니었지만, 그가 그 꼬마책을 넣어 구운 빵을 우연히 들른 한 소년에게 줬다는 건 분명히 이상한 일이었다. 여하튼 책의 글씨 전체를 이렇게 작게 쓰기란 아주 힘든 작업이다. 그리고 나는 그 바로 직전에 이상한 난쟁이한테서 돋보기를 선물 받았음을 떠올리지 않을 수 없었다.

그런데 이날 아침 꼬마책의 수수께끼가 나를 사로잡은 것은 꼭 그 사실 때문만은 아니었고 또 그것이 중요해서도 아니었다. 내 감정의 동요에는 다른 이유가 하나 더 있었다. 갑자기 나는 세상

사람들도 마법의 섬의 멍청한 난쟁이들과 똑같이 의식을 잃고 있다는 생각이 들었던 것이다.

우리는 놀라운 동화 속에서 살고 있다고 나는 생각했다. 그런데도 사람들은 대부분 이 세상을 '정상'이라고 생각하며, 끊임없이 천사나 화성인처럼 비정상적인 존재를 추적하고 있는 것이다. 하지만 그 이유는 단지 그들에게 세상이 수수께끼로 보이지 않는다는 데 있을 뿐이다. 나는 아주 다르게 느끼고 있다. 나는 세상이 놀라운 꿈으로 가득 찼다고 생각한다. 그리고 난 이 꿈이 서로 어떻게 조화를 이루고 있는지에 대한 설명을 찾고 있었다.

그렇게 서서, 점점 붉어졌다가 다시 밝아지는 하늘을 보는 동안 나는 이전에 결코 느껴본 적이 없는, 그 후로도 계속 나를 떠나지 않는 어떤 느낌을 받았다.

선실 창 앞에 서 있으려니, 나는 펄펄 살아 있지만 자신에 대해서는 아무것도 모르는 환상적인 창조물처럼 느껴졌다. 나는 내가 은하계의 한 행성에 있는 살아 있는 존재임을 깨달았다. 나는 아마도 항상 이 사실을 잘 알고 있었을 것이다. 왜냐면 내가 지금껏 받아온 교육을 무시할 수는 없기 때문이다. 하지만 처음으로 나는 이 사실을 스스로도 느꼈던 것이다. 이 느낌은 내 몸의 모든 세포에 차곡차곡 쌓여갔다.

나는 내 몸이 마치 이상하고 또 생소한 어떤 것 같다고 느꼈다. 어떻게 나는 여기 선실에 서서 이 모든 이상한 생각들을 할 수 있을까? 어떻게 내 살갗과 머리카락과 손톱, 발톱이 자랄 수 있을까? 이는 그렇다 치고도! 나는 아무튼 내 입속에 법랑질과 상아질이 자라고 있으며, 이 딱딱한 부분들이 '나'임을 이해할 수 없었다. 하지만 사람들은 이 사실을 아마도 치과 의사에게 가서야 비로소 곰곰이 생각해볼 것이다.

나는 사람들이 자신이 누구인지, 어디서 왔는지 의심하지 않고 어떻게 그냥 세상에서 종종걸음 치며 돌아다닐 수 있는지 의아했다. 어떻게 이 행성에서의 삶에 대해 그저 모른 체하거나 아니면 당연하게 생각할 수 있을까?

이 순간 나는 나에게 충만한 많은 생각과 느낌 때문에 기쁘기도 했고 또 동시에 슬프기도 했다. 이러한 생각들로 문득 고독하다고 느꼈지만 이 고독감에 나는 행복했다.

그러나 아버지가 쉰 목소리로 사자같이 고함을 지르자 나는 기뻤다. 아버지가 침대 밖으로 나오기 전에, 나는 모든 것을 열린 눈으로 보는 것도 중요하지만 사랑하는 사람과 함께 있는 것보다 더 중요한 것은 없다고 생각했다.

"벌써 일어났구나!" 아버지가 이렇게 말하며 창밖을 내다보자 마침 해가 바다 표면 위로 떠오르고 있었다.

"저기 해가 떠오르고 있어요."

우리가 온종일 바다 위에서만 보내게 될 하루가 시작되었다.

클럽 8

…… 만약 그것을 이해할 수 있을 만큼 우리 두뇌가 단순하다면 ……

아침을 먹는 동안 우리는 철학적인 잡담을 약간 했다. 아버지는 장난으로, 삶의 신비를 비춰줄 수 있는 무언가를 알고 있는 사람을 찾기 위해 배를 나포하여 승객을 모두 심문하자고 제안했다.

"지금이 유일한 기회야. 이 배는 인류 사회의 축소판이야. 세계 곳곳에서 온 승객이 천 명도 넘거든. 모두 같은 용골로 받쳐진 같은 배를 타고 있지." 아버지는 식당을 가리키며 말을 계속했다. "누군가가 우리가 모르는 어떤 것을 알고 있음이 틀림없어. 손안에 좋은 카드가 많으면 적어도 조커 한 장은 들어 있겠지!"

"두 장이 있어요." 하고 말하며 나는 아버지를 올려다보았다. 아버지가 내 말을 정확히 이해하고 있음을 아버지의 미소를 보고 알 수 있었다.

"우리는 승객을 전부 붙잡아 우리가 왜 사는지에 대해 한 사람

한 사람 물어봐야 할 거야. 대답을 못 하면 물속으로 던져버리는 거지."

"그럼 아이들은요?"

"아이들은 이 시험을 훌륭하게 통과하지."

나는 이날 아침 어떤 철학적 연구를 실행에 옮기리라고 마음먹었다. 아버지가 독일 신문을 읽는 사이 나는 수영장에서 오래 수영을 한 다음 갑판에 앉아 사람들을 바라보았다. 어떤 이는 유분이 많은 선크림을 꼼꼼하게 바르고 있었고, 어떤 이들은 프랑스어, 영어, 일본어 또는 이탈리아어로 된 문고판을 읽고 있었다. 또 맥주나 얼음을 탄 붉은 음료를 마시며 대화에 열중하는 사람도 있었는데, 아이들도 몇 명 있었다. 큰 아이들은 어른들처럼 햇볕을 쬐고 있었고, 중간 정도의 아이들은 갑판 위를 이리저리 돌아다니다 가방이나 지팡이에 걸려 넘어졌고, 작은 아이들은 무릎에 앉아 투정을 부리고 있었다. 그리고 아주 작은 한 아기는 엄마의 젖을 먹고 있었는데, 엄마와 아기는 마치 프랑스나 독일의 자기 집 부엌에 앉아 있기라도 하듯 스스럼이 없었다.

이 사람들은 모두 누구일까? 이들은 어떻게 생겨났을까? 그리고 무엇보다도 아버지와 나 외에 다른 누군가가 또 이런 의문을 갖고 있을까?

나는 누군가가 비밀을 누설하는지 알아보기 위해 사람들을 하나하나 바라보았다. 만약 모든 사람의 행동과 말을 규정하는 신이 있다면, 그들의 행동과 말에 대한 집중적인 연구는 틀림없이 성과가 있을 것이다. 이 경우가 훨씬 좋을 수 있었다. 내가 특별히 흥미로운 실험 대상을 찾게 된다면 그는 파트라스에 가서야 우리에게서 도망쳐 나올 수 있다. 따라서 아주 활동적인 진딧물이나 민첩한 바퀴벌레보다 이 배의 사람들을 연구하는 편이 더 수월하다.

사람들은 팔을 휘두르며 일광욕 의자에서 일어나 다리를 뻗었다. 어떤 노인은 1분 동안 네댓 번이나 안경을 벗었다가 다시 꼈다. 배 위의 사람들은 분명히 자기가 뭘 하는지 알지 못했다. 즉, 그들은 살아 있다고는 해도 자신의 모든 생동감을 의식하고 있지는 않았다.

나는 특히 사람들이 눈꺼풀을 움직이는 모습이 매우 흥미로웠다. 물론 누구나 눈을 깜빡거리지만 같은 속도로 깜빡거리지는 않았으며, 눈꺼풀이 어떻게 혼자서 올라가고 내려앉는지는 이상한 광경이었다. 언젠가 눈을 깜빡이는 새 한 마리를 본 적이 있었다. 마치 눈 내부에 설치된 어떤 장치에 의해 깜빡임이 조정되는 듯했다. 그런데 이제 난 배 위의 사람들이 똑같이 기계적으로 깜빡거린다고 느꼈다.

뚱뚱한 독일인 몇 명은 해마를 연상시켰다. 그들은 일광욕 의자에 누워 흰 모자를 푹 눌러 쓰고, 선크림을 바르는 것 외에는 오전 내내 햇볕 아래 누워 꾸벅꾸벅 조는 것이 전부였다. 아버지는 이들을 '구운 소시지 독일인'이라고 했다. 나는 처음에 그들이 '구운 소시지'라는 독일의 어느 도시에서 온 줄 알았다. 그런데 아버지는 그들이 내내 누워서 '구운 소시지'를 먹었기 때문이라고 설명해주었다.

나는 '구운 소시지 독일인'이 여기 햇볕 아래 누워 무엇을 생각하는지 궁금했다. 나는 아마도 그가 '구운 소시지'를 생각하리라는 결론에 이르렀다. 어쨌든 그들이 다른 생각을 했으리라는 암시는 아무것도 없었다.

나는 아침 내내 철학적 연구를 계속했다. 아버지와 나는 하루 종일 서로 붙어 있지 않기로 약속했다. 그래서 나는 배 위에서 자유롭게 돌아다녀도 괜찮았지만 단지 바다 속으로 뛰어들지만 않기로 약속해야 했다.

나는 아버지에게서 망원경을 빌려 몰래 다른 승객들을 관찰했다. 그것은 발각되어서는 안 되기 때문에 스릴 만점이었다. 내가 가장 야비했던 것은 어떤 미국 여자를 계속 관찰하는 것이었는데, 그 여자는 인간이 대체 무엇인가라는 질문에 대한 대답에 좀 더 접근할 수 있을지 모른다는 생각이 들 만큼 아주 특이했다.

한번은 그녀가 큰 선실에서 한쪽 귀퉁이로 가는 모습을 포착했다. 그녀는 심지어 누군가 자신을 보고 있지 않은지 확인하기 위해 뒤를 돌아보기까지 했다. 나는 남들이 나를 발견하지 못하도록 소파 뒤에 숨어서 빠끔히 내다보았다. 가슴이 두근두근했지만 두렵지는 않았다. 대신 그 여자가 걱정되었다. 그녀는, 거기서 대체 아무도 보아서는 안 되는 무엇을 하고 있었을까?

이윽고 그녀는 핸드백에서 녹색 화장 가방을 꺼냈다. 가방에서 작은 손거울 하나를 꺼내 얼굴을 여러 각도에서 뜯어보더니 립스틱을 칠하기 시작했다. 나는 곧 이 관찰이 철학자에게 의미 있는 일임을 알았으며, 그뿐이 아니었다. 화장을 끝내자 그녀는 살짝 미소를 지었고, 또 거울을 집어넣기 전에 한 손을 들어 거울 속의 자기 자신에게 손짓을 했다. 동시에 그녀는 윙크를 하며 활짝 미소를 지었다.

그녀가 선실에서 사라지자 나는 완전히 지쳐서 나의 은신처에 홀로 남았다. 어떻게 그녀는 자기 자신에게 손짓할 생각을 했을까? 몇 가지 철학적 추측 끝에, 그녀는 어쩌면 여성 조커처럼 희귀한 존재이리라는 결론에 이르렀다. 자기 자신에게 손짓을 했다면 그녀는 자신의 존재를 의식하고 있었음이 틀림없기 때문이다. 어떤 면에서 그녀는 두 사람이었다. 그녀는 한편으로는 선실에 서서 립스틱을 바른 여자이고, 다른 한편으로는 거울 속의 자기 자신에게 손짓을 한 여자였다.

인간에 대한 실험이 본래 허용되지 않기 때문에 나는 이것으로 관찰을 끝맺었다. 그런데 오후 늦게 한 브리지 판에서 그 여자를 발견한 나는 그리로 가서 영어로 조커를 달라고 부탁했다.

"그럼요." 그녀는 이렇게 말하고 조커를 주었다.

뒤돌아 가면서 나는 한쪽 손을 들고 그녀에게 손짓을 하며 윙크를 했다. 그녀는 어찌나 놀라는지 하마터면 의자에서 떨어질 뻔했다. 어쩌면 그녀는 내가 그녀의 작은 비밀을 아는지 의심할 것이다. 만약 그렇다면, 그녀는 지금 아마도 여전히 미국 어딘가에 앉아서 나를 생각할 때면 수치심에 괴로워할 것이다.

처음으로 나는 내 힘으로 조커 한 장을 얻었다.

아버지와 나는 저녁을 먹기 전에 선실에서 만나기로 약속했다. 나는 자세한 이야기는 하지 않고 중요한 것을 관찰했다고만 말했다. 그리고 식사를 하면서 우리는 인간이란 무엇인지에 대해 흥미로운 토론을 했다.

여러 면에서 이렇듯 총명한, 이를테면 우주와 원자의 구조를 탐구하는 우리 인간이 우리가 무엇인지에 대해서는 아무것도 모른다는 사실이 이상하다고 나는 말했다. 그리고 아버지의 말은 너무나 현명하다고 생각되어 여기 글자 그대로 인용할 수 있다. "만약 그것을 이해할 수 있을 만큼 우리 두뇌가 단순하다면, 우리는 결국 그것을 이해할 수 없을 정도로 어리석은 거야."

나는 아주 오랫동안 이 말에 대해 생각하며 앉아 있었다. 마침내 나는 이 말이 내 물음에 대한 대답을 모두 포함하고 있다는 결론에 이르렀다.

아버지는 말을 계속했다. "예를 들면 우리보다 훨씬 단순한 두뇌들이 있단다. 우리는 지렁이의 두뇌 기능을 거의 이해할 수 있지. 하지만 지렁이는 두뇌가 너무 단순해서 스스로를 이해하지 못하거든."

"그리고 아마 우리를 이해하는 신이 있겠지요."

아버지는 흠칫 몸을 움츠렸다. 내가 이렇게 현명한 말을 할 수 있다는 사실이 아버지에게 오히려 깊은 인상을 주었던 모양이다.

"그래, 가능한 얘기지. 하지만 그렇다면 신은 너무나 무시무시하게 복잡해서 아마도 자기 자신을 거의 이해할 수 없을 거야."

아버지는 종업원에게 손짓해 맥주 한 병을 시키고는 맥주가 올 때까지 철학 이야기를 계속했다. 종업원이 아버지의 잔을 치우는 사이 아버지는 말했다. "내가 무언가를 이해하지 못하는 한 가지는 아니타가 왜 우리를 떠났는가 하는 점이다."

나는 아버지가 갑자기 엄마의 이름을 불러 매우 놀랐다. 아버지는 보통 나처럼 그냥 엄마라고 했었다.

아버지가 너무 자주 엄마 얘기를 하는 것을 나는 좋아하지 않았다. 나도 엄마가 없어서 아버지와 똑같이 몹시 쓸쓸했지만, 혼자 엄마를 그리워하는 편이 함께 그리워하는 것보다 더 낫다고 생각했다.

"난 말이다, 아니타가 우리에게 제대로 설명도 해주지 않고 떠나버린 이유보다 우주의 합성에 대해 더 많이 이해하고 있다는 생각이 드는구나."

"어쩌면 엄마 스스로도 그걸 이해하지 못할 거예요."

우리는 식사하는 동안 더 이상 이야기하지 않았다. 나는 우리 둘 다 아테네에서 엄마를 정말 찾게 될는지 의심한 것 아닌가 하는 생각이 들었다.

밥을 먹은 다음 우리는 배 안을 산책했다. 아버지는 고급선원들과 승무원들을 가리키며 그들의 제복에 있는 여러 가지 선과 마크가 무엇을 뜻하는지 설명해주었다. 나는 그때 트럼프 카드들을 생각하지 않을 수 없었다.

저녁 늦게 아버지는 스탠드바에 가겠다고 했다. 나는 토론을 포기하고, 차라리 선실에서 도널드 만화책을 읽겠다고 말했다. 아버지가 혼자 있는 편이 좋겠다고 생각하는 사이, 나는 벌써 프로데가 제빵사 한스에게 대체 무슨 이야기를 할 것인지 생각하느라 애쓰고 있었다.

말할 필요도 없이 나는 도널드 만화책을 읽을 마음이 전혀 없었다. 어쩌면 난 이 여름 동안 도널드 만화책이나 그와 비슷한 것보다 더 자라버릴 것이므로. 어쨌든 그날 이후 한 가지는 분명해졌다. 아버지는 더 이상 철학적 사색을 하는 유일한 사람이 아니었다. 나도 역시 조금이나마 스스로 철학적 사색을 하기 시작했던 것이다.

클럽 9

······ 거품을 내며 반짝이는 달콤한 주스 ······

♣

"우린 해냈어!" 하고 길고 흰 수염의 노인이 말했단다. 그는 오랫동안 나를 뚫어지게 바라보았지.

"자네가 무슨 말을 했을까 봐 난 겁이 났네."

그는 말을 이었지. 그제야 그는 눈을 돌려 마을을 가리켰단다. 그런 다음 그는 다시 움찔했지. "자넨 아무 말도 안 했지?"

"전 무슨 말씀을 하시는지 잘 모르겠습니다."

"그렇지, 맞았네. 내가 잘못된 끝에서 시작했나 보군."

나는 이해한다는 듯 고개를 끄덕였지. "다른 끝이 있다면 거기서부터 시작하는 것이 아마 더 현명하겠지요."

"물론이네!" 그는 소리쳤지. "그런데 우선 중요한 질문을 하겠네. 오늘이 언젠지 알고 있는가?"

"확실하지는 않습니다만 10월 초순임이 틀림없지요."

"정확한 날짜를 말하는 게 아니라 올해가 몇 년도인지 아는가?"

"1842년입니다." 내가 대답했지. 서서히 나는 무언가가 겨우 생각나기 시작했단다.

노인은 고개를 끄덕였지. "그렇다면 정확히 52년 전이군."

"그렇게 오랫동안 이 섬에서 살았습니까?"

다시 그는 고개를 끄덕였단다. "그렇게 오래되었지, 그래." 눈물 한 방울이 그의 눈에 고이더니 뺨 위로 흘러내렸지만 그는 닦으려고도 하지 않았지.

"우리는 1790년 10월에 멕시코를 떠났네." 하고 그는 얘기하기 시작했단다. "바다에서의 며칠이 지나자 내가 타고 있던 쌍돛 범선이 좌초했다네. 모든 승무원이 배와 함께 침몰했지만, 오직 나만이 배의 파편들 사이를 둥둥 떠다니던 단단한 판자를 꼭 붙잡고 있어서 결국 육지로 구조될 수 있었지."

그는 깊은 생각에 잠겼고, 나는 내가 탄 배 역시 파선하여 이 섬으로 오게 되었다고 이야기했단다.

그는 슬픈 표정으로 고개를 끄덕이며 말했지. "자네는 '섬'이라고 말하는군. 나 역시 그랬다네. 하지만 이곳이 정말 섬이라고 확신할 수 있겠나? 여보게, 나는 지금까지 52년도 넘게 여기 살고 있다네. 그리고 나는 온갖 방향으로 멀리 돌아다녀 보았다네. 하지만 바다로 돌아가는 길을 결코 찾지 못했지."

"그렇다면 섬이 큰가 보군요."

"어떤 세계지도에도 표시되어 있지 않은 섬인데도?"

"물론 우리 배는 아메리카 대륙 어딘가에 난파했을 수도 있지요. 아니면 아프리카라 해도 상관없어요. 우리가 육지로 밀려오기까지 얼마나 오랫동안 해류에 시달렸는지는 말로 표현하기도 어렵지요."

노인은 낙담하여 고개를 흔들었단다. "아메리카나 아프리카에는 사람들이 있다네, 젊은이."

"하지만 여기가 섬이 아니라면, 그리고 큰 대륙에도 속하지 않는다면 여긴 어디지요?"

"아주 다른 곳이지." 그는 중얼거렸지.

그는 다시 깊은 생각에 잠겼단다.

"난쟁이들…… 그들을 생각하고 있습니까?" 내가 물었지.

하지만 그는 이 물음에 대답하지 않았단다. 그는 말했지. "자네는 저 바깥세상에서 온 게 틀림없나? 자네도 혹시 여기 사람인 건 아닌가?"

여기 사람이라고? 그는 역시 난쟁이들을 생각했던 것이다.

"저는 함부르크에서 선원 모집에 응했었지요."

"뭐라고? 난 뤼베크 출신이네."

"저도 그런데요! 전 함부르크에서 어떤 노르웨이 배의 선원 모집에 응했지만, 원래는 뤼베크 출신이지요."

"정말인가? 그렇다면 우선 지난 50년 동안 유럽에서 무슨 일이 있었는지 얘기해주게."

나는 그에게 내가 알고 있는 것에 대해 이야기했지. 나폴레옹과 그의 온갖 전쟁 이야기, 프랑스인들이 1806년 뤼베크를 약탈한 이야기 등을 해주었단다. "그리고 1812년, 제가 태어난 다음해, 나폴레옹은 러시아로 진군해 갔지요. 하지만 나폴레옹은 큰 피해를 입고 되돌아가야만 했고, 1813년 라이프치히 근처의 큰 전투에서 참패했지요. 그런 다음 자신의 작은 왕국인 엘바라는 섬에서 지내다가 그다음 해 돌아와 자신의 프랑스 왕국을 재건했어요. 그러다가 워털루 근처에서 참패하고 자신의 마지막 몇 년을 아프리카 서쪽에 있는 세인트헬레나 섬에서 보냈지요."

노인은 내 말에 관심 있게 귀를 기울였단다.

"적어도 나폴레옹은 바다를 볼 수 있었군." 그는 중얼거리며 내 이야기를 모두 되새겨보는 것 같았단다. 그는 잠시 후 말했지. "마치 한 편의 모험담 같군. 내가 유럽을 떠난 후 역사는 그렇게 흘러갔을 수도 있지. 하지만 아주 다르게 흘러갔을 수도 있어."

난 그의 말에 동의하지 않을 수 없었단다. 역사란 마치 긴 동화와 같지. 단 한 가지 차이점은 역사란 사실이라는 점이지.

해가 막 서쪽 산 뒤로 넘어가고 있었단다. 그 작은 마을은 이미 어둑어둑해졌지만 난쟁이들은 여전히 마치 색색의 반점처럼 집들 사이를 이리저리 종종걸음 치고 있었지.

나는 그들을 가리키며 물었지. "저 난쟁이들에 대해 말씀해주시겠어요?"

"물론이지. 모두 얘기해주겠네. 하지만 내 얘기가 절대로 저들 귀에 들어가게 하지 않겠다고 약속해야 하네."

나는 기다렸다는 듯 고개를 끄덕였고, 프로데는 이야기를 시작했단다.

"나는 멕시코의 베라크루스에서 카디스로 향해하던 스페인 쌍돛 범선의 선원이었다네. 우린 커다란 은색 화물을 운반하고 있었지. 날씨가 맑고 고요했는데도 우리 배는 며칠 후에 좌초했다네. 우리는 푸에르토리코와 버뮤다 사이 어딘가에 있었고, 이미 그 근방에서 가장 이상하다는 자들에 대한 이야기를 들은 적이 있었다네. 우리는 단지 선원들이 꾸며낸 이야기로 여겼네. 그런데 어느 날 아침 우리 배는 완전히 고요한 바다 위에서 순식간에 위로 솟아올랐다네. 어떤 거인의 손이 쌍돛 범선을, 그래, 마치 코르크 마개를 돌려 따는 것 같았네. 그건 불과 몇 초 동안이었고 그런 다음 우리는 다시 아래로 떨어졌네. 우리는 비스듬하게 기울어지더니 화물실이 밀리기 시작했고 배에 물이 들어왔다네.

난 내가 구조된 작은 해안을 희미하게 기억하고 있을 뿐, 곧바로 섬 안쪽으로 걸어가 몇 주일을 이리저리 돌아다닌 후 여기 정착했고, 그때부터 이곳이 내 집이 되었다네.

나는 잘 지냈다네. 이곳에는 감자와 옥수수, 사과와 바나나가

자랐고, 또 내가 이전에 전혀 본 적도 들은 적도 없는 다른 과일과 작물들도 있었다네. 약딸기와 줄당근, 석류는 중요한 내 양식이었지. 난 이 섬의 숱한 낯선 작물의 이름을 직접 붙여야만 했지.

몇 년이 지난 후 나는 몰루켄이라 이름 붙인 다리가 여섯 달린 짐승을 길들일 수 있었다네. 이 짐승들은 비단 달콤하고 영양 많은 우유를 주는 데 그치지 않고, 수레 끄는 데에도 이용되었다네. 이따금 나는 한 마리를 도살해 연한 빛깔의 부드러운 고기를 먹는다네. 고기는 우리가 고향 뤼베크에서 성탄절 때마다 먹던 멧돼지 맛과 비슷하다네.

세월이 흐르면서 나는 병이 나면 섬의 식물들을 이용하여 여러 가지 약들도 만들어냈다네. 그리고 기분을 돋우어주는 여러 가지 음료도 양조해냈다네. 자네도 곧 보게 되겠지만, 난 종종 투프라고 하는 음료를 마신다네. 약간 쓴맛의 이 음료는 투파 야자수 뿌리로 끓이지. 투프는 피로할 때는 정신을 맑게 해주고, 정신은 또렷한데 자고 싶을 때는 피로하게 해준다네. 맛도 좋고 전혀 위험하지 않다네.

그런데 나는 또 무지갯빛 레모네이드도 만들어냈다네. 그건 몸에 황홀하게 좋은 작용을 하는 음료지만, 동시에 우리 고향에서 돈 주고도 살 수 없다는 사실이 다행스러울 만큼 미덥지 못하고 위험하다네. 이 음료는 보랏빛 장미의 꽃잎 즙과 곳곳에 자라고 있는 아주 작은 보랏빛 장미꽃이 피는 작은 관목에서 추출했다네. 장미를 꺾거나 즙을 직접 짤 필요는 없다네. 그런 일은 벌들이 해결해주는데, 여기 벌들은 우리 고향의 작은 새들보다도 더 크다네. 이 벌들은 구멍 난 나무 속에다 벌집을 짓고 거기에다 제 보랏빛 즙을 모아 저장하는데, 난 가져오기만 하면 되지. 이 꽃즙을 무지개 개울의 물과 섞지.

나는 그 개울에서 금붕어도 가져온다네. 꽃즙과 물을 섞으면 거품을 내며 반짝이는 부드럽고 달콤한 주스가 된다네. 그래서 나는 이 주스를 '레모네이드'라고 이름 붙였다네.

무지갯빛 레모네이드가 매혹적인 이유는 단순히 한 가지 맛만 나는 음료가 아니라는 거네. 아니, 그 붉은 음료는 인간이 경험할 수 있는 모든 맛으로 온 감각기관에 작용한다네. 그리고 그뿐이 아니라네. 무지갯빛 레모네이드는 입과 목에서만이 아니라 몸의 모든 세포마다 맛을 느낄 수 있지. 하지만 여보게, 온 세계를 단 한 모금에 섭취하는 것은 건강에 좋지 않다네. 세계를 적은 분량으로 나눠 마시는 것이 더 낫다네.

무지갯빛 레모네이드를 한번 만들어내자 난 매일 마시기 시작했다네. 그것으로 내 기분이 나아졌지만, 유감스럽게도 맨 처음뿐이었다네. 점차로 나는 무지갯빛 레모네이드를 마시면서 시간과 공간에 대한 감각을 잃게 되었다네. 느닷없이 섬의 어디에선가 깨어나기도 했는데, 난 내가 왜 거기에 있는지 기억할 수 없었다네. 그리고 몇 날, 몇 주일이고 집을 찾지 못한 채 이리저리 헤매기도 했다네. 나는 내가 누군지 어디서 왔는지 잊어버릴 수도 있었다네. 나를 둘러싸고 있는 모든 것이 내 자신의 일부로 보였지. 팔과 다리에서 찌르는 듯한 느낌으로 시작되더니 그다음에는 머릿속으로 들어갔고, 마지막으로 내 영혼을 갉아대기 시작했다네. 아무튼 난 더 늦기 전에 그만 마시기를 잘했다고 생각한다네. 요즘은 다른 이들만이 무지갯빛 레모네이드를 마시지. 그리고 어떻게 해서 그렇게 될 수 있었는지는 또 이야기하겠네."

우리는 이야기하는 동안 마을에서 눈을 떼지 않았단다. 이제 어두워졌고, 난쟁이들은 집들 사이에서 석유램프에 불을 붙였지.

"이제 서늘해지는군." 하고 프로데가 말했지.

그는 일어나서 집 문을 열고 작은 방에 들어섰는데, 그 방의 가구들은 프로데가 모든 것을 이 섬에서 구할 수 있는 재료로 만들어내지 않으면 안 되었음을 분명히 보여주었단다. 금속은 하나도 없고 전부 다 흙이나 나무, 돌로 되어 있었지. 단 한 가지 재료만은 문명의 영향을 증명해주었단다. 거기에는 유리로 된 찻잔과 컵, 램프, 그릇 등이 있었거든. 작은 방 곳곳에는 금붕어가 든 큰 유리 어항이 놓여 있었고, 작은 창들도 유리였단다.

"나의 아버지는 유리 세공의 대가였다네." 노인은 내 생각을 읽기라도 한 듯 이야기했지. "나도 바다로 떠나기 전에 유리 세공을 배웠는데, 이 섬에서 매우 쓸모가 있었지. 얼마 후 여러 종류의 모래를 섞기 시작했고, 이내 내화성 있는 돌로 만든 가마 속에서 일급 유리를 녹여낼 수 있었다네. 나는 이 돌을 '도르피트'라고 불렀는데, 그 돌을 마을에서 멀지 않은 산에서 구했기 때문이라네."

"유리 공장에는 이미 가봤습니다." 내가 말했지.

노인은 뒤를 돌아보고는 심각한 표정으로 나를 바라보았지.

"아무 말도 하지 않았겠지?"

나는 그가 난쟁이들에게 '무언가 말하지' 않았는지 거듭 물을 때마다, 그가 무슨 말을 하려는 건지 이해할 수 없었단다.

"전 그저 마을로 가는 길을 물었을 뿐인데요."

"좋네! 이제는 우리 둘이 투프를 한 잔씩 마시도록 하세."

우리는 짙은 색 나무로 만든 탁자 옆에 있는, 등받이 없는 두 개의 의자에 앉았는데, 그런 나무는 그때까지 결코 본 적이 없었단다. 프로데는 배가 불룩한 유리잔을 큰 유리 항아리에 들어 있는 갈색 음료로 채우고는 천장에 매달려 있는 램프에 불을 붙였단다.

조심스럽게 나는 그 갈색 음료를 맛보았지. 야자와 레몬이 혼합된 듯한 맛이 났단다. 삼키고 나서도 오랫동안 내 입속에는 시큼한 맛이 남아 있었지.

"그래, 맛이 어떤가?" 노인은 기대에 찬 듯 물었지. "자넨 내가 투프를 대접하는 최초의 진짜 유럽 사람일세."

나는 이 음료가 맛이 좋으며 상쾌하게 느껴진다고 사실대로 대답했지.

"좋네! 이제는 자네에게 날 도와주는 작은 사람들에 대해 이야기하지 않을 수 없겠군. 자넨 아마도 내내 그 사람들을 생각하고 있을 테니."

나는 고개를 끄덕였단다. 그리고 노인은 이야기를 계속했지.

클럽 10

..... 나는 어떻게 무(無)에서 유(有)가 생길 수 있는지 이해할 수가 없었다 .....

나는 돋보기와 꼬마책을 침대 옆 탁자 위에 놓고 선실 안을 왔다 갔다 하면서 내가 읽은 것에 대해 곰곰이 생각해보았다.

프로데는 52년 동안 그 이상한 섬에서 살았고, 어느 날 멍청한 난쟁이들을 만났다. 아니면 난쟁이들은 프로데가 오고 나서 한참 후에 섬으로 왔을까? 아무튼 프로데는 다이아몬드들에게 유리 부는 기술을 가르쳐주었음이 틀림없다. 클럽들에게는 농업을, 하트들에게는 빵 굽는 법을, 스페이드들에게는 목수 일을 가르쳐주었을 것이다. 그런데 이 이상한 난쟁이들은 누구일까?

아마도 계속 읽어나간다면 이 질문에 대한 대답이 나올 것이다. 다만 혼자 선실에 있으면서 계속 책을 읽을 용기가 있는지 확신할 수 없을 뿐이었다.

창문의 커튼을 옆으로 밀어내자 갑자기 작은 얼굴이 보였다.

그 난쟁이였다! 그는 창밖 통로에 서서 내 쪽을 뚫어지게 들여다 보고 있었다. 그러나 몇 초 동안이었을 뿐, 내가 자기를 발견했다 는 걸 깨닫자마자 도망쳐버렸다.

나는 한동안 막대기처럼 뻣뻣하게 서 있을 만큼 두려움에 떨었 다. 겨우 커튼만 다시 칠 수 있었고, 침대 위에 쓰러져 울기 시작 했다. 선실에서 나와 스탠드바에 있는 아버지한테 갈 생각은 아예 하지도 못했다. 겨우 머리를 베개에 깊이 묻었을 뿐이다.

얼마나 오래 내가 그렇게 엎드려 울었는지 모른다. 아버지는 분명히 복도에서 이미 격렬한 울음소리를 들었을 것이다. 왜냐면 아버지는 놀라서 선실 문의 경첩이 거의 떨어져 나갈 정도로 급하 게 들어왔기 때문이다.

"무슨 일이냐, 한스 토마스야?"

아버지는 침대에 엎드려 있는 나를 돌려 세우더니 손으로 내 눈을 열려고 했다.

"그 난쟁이요." 하며 나는 훌쩍거렸다. "난 창문에 있는 난쟁이 를 보았어요……. 그 사람이 저기 서 있었어요……. 그리고 날 뚫 어지게 보았어요."

아버지는 아마 더 나쁜 일이 일어났으리라고 생각했던 것 같 다. 왜냐면 갑자기 나를 놓더니 선실을 왔다 갔다 했기 때문이다.

"말도 안 되는구나, 한스 토마스. 이 배에는 난쟁이가 없단다."

"난 그 사람을 봤어요." 하고 나는 주장했다.

"넌 작은 남자를 보았을 뿐이야. 그 사람은 분명 어떤 그리스인이었을 거야." 결국 아버지는 내가 잘못 본 것이라고 거의 확신하게 만들었다. 어쨌든 아버지는 나를 진정시킬 수 있었다. 하지만 나는 한 가지 조건을 제시한 다음 이 일에 대해서는 더 이상 이야기하지 않기로 했다. 아버지는 파트라스에 도착할 때까지 승무원들에게 배에 난쟁이가 있는지 없는지 물어본다는 약속을 나와 해야만 했다.

"넌 우리가 철학에 대해 너무 많이 얘기한다고 생각하는 거냐?" 아버지는, 내가 여전히 코를 쿵쿵거리며 규칙적인 간격으로 훌쩍이는 동안 내게 물었다.

나는 고개를 흔들었다.

"우선 우리 아테네에서 엄마를 찾자. 인생의 신비를 푸는 건 조금 미루자꾸나. 서두를 필요는 없다. 아무도 우리의 목적에 대해 문제 삼지 않거든."

아버지는 다시 나를 내려다보며 말했다. "인간이 누구이고 세계는 어디서 왔는지 관심을 갖는 것은 아주 드문 취미여서 우리는 꽤나 외롭게 그 일을 하고 있단다. 그것에 몰두하는 우리는 서로 너무 멀리 떨어져 있어서 우리 사회를 조직하려는 노력조차도 하지 않았지."

내가 울음을 그치자 아버지는 위스키를 유리잔에 조금 따랐는데 반 센티미터도 채 되지 않았다. 아버지는 그걸 물과 섞어 내게 주었다.

"마셔라, 한스 토마스야. 푹 잘 수 있을 거야."

아버지가 잘 준비를 하자 나는 그 미국 여자한테서 얻은 조커를 주머니에서 꺼냈다.

"이걸 선물할게요." 하고 나는 말했다.

아버지는 조카를 손에 들고 이리저리 살펴보았다. 나는 그 조커가 아주 드문 카드라고는 생각하지 않았지만, 어쨌든 그 카드는 내가 아버지에게 준 최초의 조커였다.

이에 대한 감사의 표시로 아버지는 카드 속임수를 보여주었다.

아버지는 그 조커를 자신의 트렁크에서 꺼낸 카드 한 벌에 섞은 다음 침대 옆 탁자 위에 놓았다. 그런데 그다음 순간 아버지의 손에 바로 그 조커가 들려 있었다.

나는 주의 깊게 관찰했고 아버지는 분명히 조커를 다른 카드 사이에 끼워 넣었다. 어쩌면 아버지는 조커를 소매 속에서 꺼냈을지도 모른다. 그런데 어떻게 조커가 거기로 들어갔을까?

나는 어떻게 무(無)에서 유(有)가 생길 수 있는지 이해할 수가 없었다.

아버지는 승무원들에게 난쟁이에 대해 물어보겠다는 약속을 지켰는데, 그들은 난쟁이는 승선한 적이 없다고 아버지에게 확신시켜주었을 뿐이다. 내가 두려워했던 가능성만이 남았다. 난쟁이는 몰래 승선했던 것이다.

클럽 잭

…… 세상이 하나의 마술 작품이라면,
거기에는 분명히 위대한 마술사가 있을 것이다 ……

우리는 파트라스에 도착할 때까지 배에서는 더 이상 아침을 먹지 않기로 했다. 우린 자명종을 육지에 닿기 한 시간 전인 7시에 맞춰 놓았지만 나는 6시에 잠에서 깼다.

맨 먼저 내 시선은 침대 옆 탁자 위의 돋보기와 꼬마책에 이르렀다. 난쟁이 때문에 너무 놀라서 숨기는 걸 잊어버렸던 것이다. 이것들이 아버지 눈에 띄지 않은 건 순전히 행운이었다.

아버지는 여전히 자고 있었고, 프로데가 섬의 난쟁이들에 대해 무슨 이야기를 할까 하는 궁금증은 나를 놓아주지 않았다. 나는 아버지가 일어나기 전이면 늘 그렇게 하듯 침대에서 몸을 뒤척일 때까지 읽기로 했다.

♣

"배 위에서 우리는 끊임없이 카드놀이를 했지. 난 언제나 카드를 가슴 주머니에 넣고 다녔지. 그리고 프랑스 카드 한 벌이 우리 배가 파선한 후 건진 유일한 카드이기도 했다네.

외로움 속에서 나는 처음 몇 년 동안 종종 카드놀이를 했다네. 카드는 섬에서 내 유일한 형상들이었네. 나는 고향에서나 바다에서 배운 카드놀이만 해본 게 아니었다네. 쉰두 장의 서로 다른 카드를 가지고, 그리고 시간의 바다와 더불어 카드놀이와 다른 기술들을 끝없이 발견해냈고 이 사실을 곧 확인할 수 있었지.

시간이 흐르면서 나는 카드마다 서로 다른 특성을 부여하기 시작했다네. 나는 카드를 서로 다른 네 가문 출신인 쉰두 명의 개체로 보았지. 클럽은 갈색 피부에 체격은 작달막하고 굵은 곱슬머리였다네. 다이아몬드는 더 날씬하고 더 경쾌하고 피부는 거의 흰색에 가까웠으며 머리카락은 매끈하고 은빛으로 반짝였다네. 그다음엔 하트인데, 하트는 다른 것들보다 마음이 더 따뜻했지. 하트는 몸이 둥그스름하고 뺨은 발그레하며 머리는 덥수룩하고 밝은 금발이었다네. 그리고 스페이드가 있지. 오, 맙소사! 몸은 잘 단련되었고, 피부는 창백하고, 근엄하면서도 굳은 표정과 찌르는 듯한 깊은 눈, 그리고 땋아 내린 머리는 까맸다네.

이렇게 나는 카드놀이를 할 때면 이 형상들을 눈앞에 그려보았다네. 카드를 한 장씩 놓을 때마다 정령을 마술 호리병에서 해방

시키는 듯했다네. 그래, 정령 하나를 말일세. 왜냐면 가족마다 형상들의 모습이 같은 건 아니었거든. 모두 저마다 특성이 있었지. 클럽은 거의 붕 떠 있는 듯하고 예민한 다이아몬드보다 좀 더 굼뜨고 경직된 성품을 가지고 있었다네. 하트는 퉁명스럽고 성마른 스페이드보다 더 유쾌하고 활기찬 성격이었다네. 그런데 각각 가족 안에서도 차이가 많았지. 다이아몬드는 모두 쉽게 상처를 받았는데 그중에서 뭐니 뭐니 해도 다이아몬드 3은 자주 눈물을 터뜨렸다네. 스페이드는 모두 꽤 조급했지만 그중에서도 스페이드 2가 가장 조급했지.

이렇게 해서 나는 세월이 흐름에 따라 쉰두 명의 눈에 보이지 않는 개체들을 창조해냈고, 이들은 어떤 의미에서 나와 함께 살았다네. 이 개체들은 다 합해서 쉰셋이었는데, 조커도 중요한 역할을 담당하도록 했기 때문이라네."

"하지만 어떻게……."

"내가 얼마나 외로웠는지 상상할 수 없을 것이네. 여기는 그토록 한없이 적막했다네. 만날 수 있는 것이라고는 짐승들뿐이었지. 밤에는 부엉이와 몰루켄이 나를 깨우곤 했지만 이야기할 사람은 아무도 없었다네. 해안에 도착한 지 며칠 만에 나는 독백을 하기 시작했고, 두 달이 지나자 카드들과 이야기하게 되었다네. 때때로 나는 카드들을 나를 중심으로 둥글게 놓고, 카드들이 나처럼 살과 피로 된 진짜 인간인 듯 놀이를 했다네. 때때로 카드 한 장과 오래도록 대화를 나누기도 했지.

　서서히 카드들은 너무나 훼손되어 해체되기 시작했다네. 그 색깔은 햇빛에 바래서 더 이상 카드들을 구별할 수 없게 되었다네. 그래서 나는 나머지를 나무 상자에 넣어 지금까지 보관하고 있다네. 하지만 그 형상들은 나의 의식 속에 계속 살아 있었다네. 나는 머릿속으로 카드놀이를 할 수 있었네. 더 이상 카드가 필요치 않았지. 그건 마치 우리가 어느 날 갑자기 주판 없이도 계산할 수 있게 되는 것과 같은 이치라네. 7 더하기 6은 작고 알록달록한 주판알을 가지고 계산하지 않더라도 13이지 않은가.

　나는 눈으로 볼 수 없는 나의 친구들과 말을 계속했고, 이내 그들이 나에게 대답을 하는 것 같았다네. 비록 내 생각 속에서이지만. 가장 분명했던 것은 잠들었을 때였는데, 꿈속에서 나는 거의 언제나 내 카드 형상들과 함께 있었지. 우린 마치 작은 공동체 같았다네. 꿈속에서 이 형상들은 완전히 독자적으로 말하고 행동할 수 있었네. 이렇게 해서 언제나 밤은 긴 낮보다도 덜 외로웠다네. 카드들은 밤이 되면 자신의 인격을 맘껏 펼쳤다네. 그들은 내 의식 속에서 진짜 왕이나 여왕, 그리고 살과 피로 된 인간처럼 이리저리 뛰어다녔다네.

　몇몇 형상들과는 다른 형상들보다 친밀한 관계를 다져 나갔지. 초기에 오래도록 긴 대화를 나눴던 것은 클럽 잭이었다네. 스페이드 10과도 몇 시간이고 농담을 나누곤 했지. 그가 자제력을 잃지 않았다는 전제하에. 그리고 한동안 남모르게 하트 에이스와 사랑에 빠지기도 했다네. 내 상상으로 빚어진 존재가 내게 소중해질 만큼 나는 외로웠다네. 하지만 나는 그녀를 정말 눈앞에서 보고 있다고 믿었지. 그녀는 노란색 원피스를 입고 있었고 머리는 길고 밝은 빛깔이었으며, 눈동자는 녹색이었다네. 그 섬에서 내게 부족했던 것은 여자였다네. 뤼베크에서 나는 스티네라는 이름의 한 소녀와 약혼했었지. 아아! 그래, 바다는 그녀에게서 사랑하는 이를 앗아갔다네."

노인은 손가락으로 수염을 훑고는 오래도록 말없이 앉아 있었 단다.

"여보게, 늦었네." 이윽고 그는 말했지. "그리고 자넨 많은 일을 겪었을 테니 틀림없이 지쳤겠지. 차라리 내일 이야기를 계속하는 게 좋지 않겠나?"

"아니에요, 아닙니다. 이야기를 모두 듣겠습니다."

"물론 그럴 걸세. 무엇보다도 자넨 조커 축제에 가기 전에 모든 걸 알아야 한다네."

"조커 축제에요?"

"그렇다네. 조커 축제에……."

그는 일어나서 방을 왔다 갔다 했단다.

"하지만 자넨 아마 배가 고플 거야."

나는 부정할 수 없었지. 노인은 작은 양식 창고로 가더니 먹을 것을 가져와서 아름다운 유리 접시에 담아 우리 사이에 있는 탁자 위에 올려놓았단다.

그때까지 이 섬의 음식이 아마도 소박하리라 믿었던 나는 그것이 잘못된 생각이었음을 알게 되었단다. 프로데는 먼저 큰 빵과 작고 동그란 빵을, 그다음에는 여러 가지 치즈와 파이를 가져왔거든. 그는 또 우유 한 항아리를 가져왔지. 하얗고 맛있어 보였는데 그것이 몰루켄 우유였지. 마지막에는 후식이 있었단다. 커다란 그릇에 열에서 열다섯 종류의 여러 과일이 놓여 있었는데, 그중에서 사과, 오렌지, 바나나를 알아볼 수 있었단다. 나머지는 그 섬의 과일이었지.

우리는 이야기를 계속하기에 앞서 한동안 먹기만 했단다. 빵과 치즈는 내가 먹던 것과는 약간 달랐단다. 우유도 그랬지. 우유는 젖소 우유보다 한층 더 달더구나. 하지만 정말 충격적이었던 건 후식을 먹을 때였는데, 몇 가지 과일은 내가 알고 있던 과일과 너무나 맛이 달랐단다. 나는 감격에 차서 여러 번 놀라움의 탄성을 내질렀단다.

"먹을 것에 있어서는 전혀 어려움을 겪지 않았다네." 노인은 말했지. 그는 둥근, 호박만 한 과일의 한 조각을 잘라냈지. 그 과일은 부드러웠고 바나나처럼 노르스름했단다.

"그러다가 어느 날 아침 무슨 일이 일어났다네." 프로데는 다시 이야기를 시작했지. "나는 전날 밤 특별히 인상 깊은 꿈을 꾸었다네. 이슬이 아직 풀 위에 맺혀 있을 만큼 아침 일찍 집에서 나가자 산 위에는 마침 해가 떠오르고 있었다네. 그러자 느닷없이 동쪽 산등성이에서부터 두 형상이 나를 향해 오고 있었지. 나는 드디어, 드디어 손님이 왔구나 하고 생각하며 그들에게 다가갔다네. 하트는, 내가 가까이 가서 자신을 알아보자 깡충 뛰어 내 가슴에 안겼다네. 그들은 클럽 잭과 하트 킹이었네.

처음에는 너무 이상해서 내가 아마도 아직 집에 누워 자고 있으며, 이건 다시 꾸기 시작하는 꿈이 아닐까 하고 생각했다네. 동시에 나는 내 정신이 또렷하다는 것을 분명히 알고 있었지. 하지만 이런 일은 이미 꿈에서도 종종 일어났었다네. 난 완전히 확신할 수는 없었지.

두 사람은 마치 오래전부터 알던 사람처럼 내게 인사했다네. 그리고 그것은 아닌 게 아니라 사실이었다네.

'아름다운 아침이군요, 프로데 씨.' 하고 하트 킹이 말했다네.

그것은 이 섬에서 내가 아닌 다른 누군가의 최초의 말이었네.

'우리 오늘 쓸모 있는 일을 좀 합시다.' 잭이 말했다네.

'우리는 새 집을 하나 지었으면 합니다.' 킹이 말했네.

그리고 우리는 바로 실행에 옮겼지. 처음 이틀간 둘은 이곳에서 나와 함께 잤다네. 이틀이 지나자 그들은 내 집 아래 자그마하고 산뜻한 새 집에서 살게 되었다네. 그들은 내 동무가 되었네. 다만 한 가지 중요한 차이가 있었지. 그들은 자신들이 나처럼 많은 세월 동안 이 섬에서 살지 않았음을 결코 이해하지 못했네. 그들 안에서 자신들이 내 상상의 피조물이라고 인식하는 것을 저지하고 있었다네. 물론 상상의 피조물은 모두 그러게 마련이라네. 우리가 우리 자신 속에서 만들어내는 그 어느 것도 자신을 의식하지 못한다네. 그런데 바로 이 상상의 산물들은 다른 모든 상상과는 같지 않았지. 이들은 내 자신의 두뇌에 있는 창조적인 공간으로부터 하늘 아래 실제 공간으로 믿을 수 없는 길을 온 것이네."

"그건…… 그건 불가능합니다." 나는 숨을 헐떡이며 말했지.

하지만 프로데는 그냥 이야기를 계속했단다.

"서서히 다른 형상들도 나타났다네. 이상한 일은 오래된 형상들이 절대로 별난 반응을 보이지 않았다는 것이네. 그들은 모두 우연히 정원에서 만난 사람들처럼 행동했다네. 이 난쟁이들은 이미 잘 알고 있었다는 듯 서로 이야기했다네. 어쩌면 맞는 말이기도 하지. 그들은 어떤 면에서 이미 오랜 세월 동안 섬에 함께 있었던 셈이지. 왜냐면 나는 밤낮으로 그들이 서로 이야기 나누는 모습을 꿈꾸지 않았던가.

어느 날 오후 바로 여기 숲 모퉁이에서 나무를 하고 있다가 처음으로 하트 에이스와 마주쳤다네. 그녀는 가운데쯤 서 있었던 것 같네. 내 말은, 그녀가 흩어져 있는 형상들의 맨 앞이나 끝에 서 있지 않았다는 말이네.

그녀는 처음에 나를 보지 못했다네. 그녀는 매우 아름다운 가락을 흥얼거리고 있었지. 나는 멈춰 섰고 그러자 눈물이 났다네. 나는 스티네를 생각했지.

나는 용기를 내 그녀의 이름을 속삭이듯 불렀네. '하트 에이스!'

그러자 그녀는 나를 쳐다보더니 내 쪽을 향해 왔다네. 그녀는 내 목을 끌어안으며 말했지. '고마워요, 나를 찾아줘서, 프로데 씨. 당신 없이 내가 뭘 할 수 있겠어요.'

그건 맞는 말이었네. 그녀는 나 없이 아무것도 할 수 없었을 것이네. 하지만 그녀는 그 사실을 알지 못했다네. 그리고 결코 알아서도 안 된다네. 그녀의 입은 매우 붉고 부드러웠지. 난 그녀에게 입을 맞추고 싶었네만, 무언가가 나로 하여금 그렇게 하지 못하게 했네.

점차 새로 온 이들이 섬에 점점 많이 거주하게 되자, 그들은 새 집이 필요하게 되었다네. 이렇게 해서 나를 중심으로 온전한 한 마을이 생겨났다네. 나는 더 이상 외롭지 않았고, 이내 우리는 저마다 일정한 과제가 있는 한 공동체를 이루게 되었다네.

35년이나 40년 전에 이미 카드 패는 쉰둘의 형상으로 완전해졌다네. 예외가 단 하나 있었지. 조커는 나중에 왔는데, 16년이나 17년 전에야 비로소 섬에 모습을 드러냈다네. 조커는, 우리가 막 우리의 새로운 존재 양식에 익숙해져 평화로울 때 우리를 침범하고 불안감을 만들어냈다네. 이 섬에서의 삶이 내게 한 가지 가르쳐준 게 있다면 늘 새날이 온다는 것이네."

프로데의 이야기는 너무도 믿기지 않아서 나는 지금도 한 마디 한 마디 기억할 수 있단다. 어떻게 쉰셋의 꿈속 형상들이 살과 피로 된 살아 있는 인간이 되어 현실로 뛰어들어 올 수 있었을까?

"그건…… 그건 가능한 일이 아닙니다." 나는 했던 말을 한 번 더 했단다.

프로데는 고개를 끄덕이며 말했지. "몇 해 지나지 않아 트럼프 카드들은 전부 내 의식 속에서 기어 나와 섬을 점령하는 데 성공했다네. 아니면 그들이 아니라 내가 거꾸로 그 길을 갔었던가? 그것도 가능한 일이었으며 그것에 대해 나는 끊임없이 생각해봐야 했다네. 내가 이미 오랫동안 새 친구들과 더불어 살고 있다고 해도, 비록 우리가 함께 마을을 만들고 땅을 일궈 음식을 만들어 먹었다고 해도, 나를 둘러싸고 있는 이 형상들이 정말 살아 있는 것인지 난 자꾸만 내 자신에게 물어봐야 했다네.

혹시 나는 영원한 꿈의 세계로 건너가 버린 것은 아닌가? 길을 잃어버린 건 아닌가? 비단 이 큰 섬에서뿐 아니라 내 상상 속에서도? 만약 그렇다면 나는 언젠가 현실로 돌아가는 길을 찾게 될 것인가?

다이아몬드 잭이 자네를 우물로 데려왔을 때야 비로소 나는 내 삶이 현실임을 완전히 확신할 수 있었다네. 자네는 한 벌의 카드에 있는 새 조커는 아니겠지, 한스? 자네도 내가 꿈꾸고 있는 사람은 아니겠지?"

노인은 애원하는 듯한 눈으로 나를 바라보았단다.

"아니오, 분명 그렇지 않습니다." 나는 재빨리 대답했단다. "저를 꿈에서 보고 있지 않습니다. 한 가지 제가 이 질문을 뒤집어 말하는 것을 용서해주십시오. 즉, 잠자는 이가 당신이 아니라면, 제가 잠자고 있음이 틀림없습니다. 그렇다면 제가 당신이 이야기하는 비현실적인 모든 것을 꿈꾸고 있는 것입니다."

갑자기 아버지가 침대에서 몸을 뒤척였다. 나는 벌떡 일어나 바지를 입고 꼬마책을 주머니에 집어넣었다.

그러자마자 아버지는 정말로 잠에서 깨어났다. 나는 창으로 가서 커튼 뒤에 섰다. 이제 육지가 보였지만 그 사실에 더는 신경 쓰지 않았다. 내 생각은 아주 다른 곳에, 그리고 아주 다른 시간에 가 있었다.

프로데가 제빵사 한스에게 한 이야기가 정말 사실이라면, 난 지금 막 세상에서 가장 위대한 카드 속임수 이야기를 읽은 것이다. 완전한 카드 한 벌을 마술로 빚어내는 것만도 벌써 대단한 예술작품이지만, 쉰세 장의 카드 한 벌을 모두 펄펄 살아 있는 생명체로 변하게 하는 것, 그것은 아주 다른 성질의 마술이었다. 이 작품을 완성하는 데 오랜 세월이 걸렸다는 사실은 놀랍지 않다.

나중에도 나는 꼬마책에 적힌 얘기를 생각하면 종종 의심쩍어

할 것이다. 동시에 나는 이날부터 세상을, 그리고 거기 살고 있는 모든 인간을 단 하나의 위대한 마술 작품으로 여기게 되었다.

그리고 세상이 하나의 마술 작품이라면, 거기에는 분명히 위대한 마술사가 있을 것이다. 언젠가는 그 마술사의 정체를 내가 밝혀내기를 바라지만, 마술사가 무대에 모습조차 드러내지 않는다면, 속임수를 꿰뚫어 보기란 그렇게 쉬운 일이 아니다.

아버지는 커튼을 올리고 가까이 다가오고 있는 긴 육지를 바라보았다. 그때 아버지는 완전히 제정신이 아니었다.

"이제 우리는 곧 철학자들의 고향에 가게 되는구나."

클럽 퀸

······ 산은 이 걸작에 하다못해 재빨리 이름이라도 적어 넣을 수 있었으련만 ······

펠로폰네소스에 도착한 후 아버지는 우선 작은할머니가 크레타에서 샀던 것과 동일한 패션 잡지를 샀다. 그런 다음 우리는 분주한 항구도시의 한 노천카페에 자리를 잡고 아침식사를 주문했다. 커피와 주스와 손톱만큼의 버찌 잼을 기다리는 동안 아버지는 잡지를 넘겨보았다.

"아니, 제기랄!" 하고 아버지는 갑자기 외쳤다.

잡지에는 엄마의 사진이 한 면 전체를 차지하고 있었다. 엄마는 베로나에서 산 카드 속의 여인들만큼 옷을 벗지는 않았지만, 큰 차이가 있는 것도 아니었다. 엄마의 경우 물론 그 가벼운 옷차림이 용서될 수도 있었다. 엄마는 수영복 광고를 하고 있었던 것이다.

"어쩌면 우리는 아테네에서 엄마를 찾게 될 거야. 하지만 엄마가 집으로 가도록 설득하기란 분명 쉽지 않을 거야."

그 면 아래 무슨 말인지 적혀 있었지만 유감스럽게도 그리스어였고, 이 언어는 아버지조차도 읽기 어려웠다.

그러는 사이 아침식사가 놓였지만 아버지는 커피에 손도 대지 않았다. 아버지는 잡지를 들고 옆 식탁에 가서 영어나 독일어를 할 수 있는 사람을 찾았다. 드디어 아버지는 몇 명의 젊은 사람들을 찾아냈다. 아버지가 엄마 사진을 펼쳐 보이며 그 아래에 있는 작은 글씨를 번역해달라고 부탁하자 젊은이들은 내 쪽을 건너다보았다. 이 광경은 꽤나 민망스러웠다. 나는 그저 아버지가 그들이 노르웨이 여자들을 도둑질해 갔다거나 하는 이유로 싸움을 시작하지나 않기를 바랄 뿐이었다.

내게 돌아오자 아버지는 아테네에 있는 한 광고대행사 이름을 적었다.

"희망이 보이는군." 하고 아버지가 말했다.

잡지에는 물론 다른 여자의 사진도 많이 있었지만, 아버지는 엄마 사진에만 관심이 있을 뿐이었다. 아버지는 사진을 조심스럽게 찢어내고는 잡지를 쓰레기통에 던져버렸다. 마치 아버지가 조커를 집어넣은 다음 금방 산 카드 한 벌을 버릴 때처럼.

아테네로 가는 가장 짧은 길은 남쪽으로 커다란 코린트 만을 거쳐 유명한 코린트 운하를 건너가는 것이었다. 하지만 아버지는 흥미로운 우회로를 찾을 수 있을 때는 절대로 지름길로 가는 법이 없는 사람이었다.

아버지는 델포이의 신탁소에 들러 물어볼 말이 있다고 했다. 이것은 우리가 코린트 만을 배로 건넌 다음 코린트 만의 북쪽에서 차로 델포이를 들렀다 가야 한다는 말이다.

배로 건너가는 데는 고작 반시간밖에 걸리지 않았다. 그런 다음 20킬로미터를 지나자 나프팍토스라는 이름의 작은 고장에 이르렀다. 여기서 우리는 휴식을 취한 후 베네치아식 성곽이 보이는 광장에서 커피와 레모네이드를 마셨다.

물론 나는 아테네에서 엄마를 만나 어떤 일이 일어날 것인지에 대해 생각하고 있었다. 그런데 나한테는 꼬마책에서 읽었던 것도 똑같이 중요했다. 비밀을 누설하지 않고 어떻게 아버지와 그 이야기를 할 수 있을지 곰곰이 생각해보았다.

아버지가 종업원에게 손짓해 계산서를 달라고 하자, 나는 아버지에게 물어보았다. "신을 믿어요, 아버지?"

아버지는 놀라서 움찔했다.

"오늘 그 얘기를 하기엔 좀 이르다고 생각하지 않니?" 하고 아버지는 되물었다.

아버지의 말이 옳기는 했지만, 아버지는 자신이 아직 꿈나라에 있는 동안 내가 꼭두새벽에 어디 가 있었는지 짐작도 하지 못할 것이다. 아버지가 내가 알고 있는 것을 알 수만 있다면! 그러자 아버지는 온갖 현명한 생각으로 재주를 부렸고 이따금 정교한 카드 속임수를 보여주기도 했다. 그러나 나는 어떻게 온전한 카드 한 벌이 살아나게 되었는지 보았던 것이다.

"정말 신이 있다면 신은 자신의 창조물과 숨바꼭질을 즐기곤 하겠지요."

아버지는 웃었지만, 나는 아버지가 내 말에 동의하고 있음을 알 수 있었다.

"어쩌면 신은 자신의 창조물을 보고는 충격을 받았을 것이다." 아버지가 말했다. "그래서 신은 모든 것으로부터 도망쳐버렸지. 너 알고 있잖아, 누가 더 놀랐는지. 아담이었는지 하느님이었는지. 나는 사실 그런 창조 행위는 양쪽을 다 똑같이 놀라게 한다고 생각한다. 하지만 내가 보기에 신은 이 걸작에 하다못해 재빨리 이름이라도 적어 넣을 수 있었으련만."

"이름을 적어 넣는다고요?"

"신은 자기 이름을 어떤 산에다라도 새겨 넣을 수 있었을 텐데 말이다."

"아버진 그러니까 신을 믿는군요?"

"그렇게는 말하지 않았다. 신이 하늘에 앉아서 우리가 자기를 믿지 않는다며 우리를 보고 웃을 수도 있다는 것뿐이지."

그렇다. 아버지는 이 이야기를 함부르크에서 이미 한 적이 있었다.

아버지는 말을 계속했다. "왜냐하면 아무리 신이 이름을 남겨두지 않았다고 해도, 세상은 남겨뒀거든. 내가 보기엔 그것으로 충분해."

아버지는 잠시 침묵하더니 말했다. "언젠가 한 러시아 우주비행사와 외과 의사가 기독교에 관해 토론했지. 외과 의사는 기독교 신자였고 우주비행사는 아니었단다. 우주비행사가 자랑하듯 말했지. '난 이미 저 밖 우주에 가본 적이 있지요. 하지만 난 아직 천사를 본 적이 없습니다.' 그러자 외과 의사는 우주비행사를 뚫어지게 바라보고는 이렇게 말했단다. '나는 현명한 두뇌를 제법 많이 수술해봤지만, 아직 단 하나의 생각도 본 적이 없습니다.'"

나는 아버지를 아주 어리둥절하게 쳐다보았다.

"지금 막 생각해냈어요?"

아버지는 고개를 흔들었다.

"아렌달에 있는 내 철학 선생의 바보 같은 우스갯소리야."

아버지는 자신의 철학 생활을 글로 증명받기 위해 언젠가 한번 시민 대학의 강좌에 참여했었다. 아버지는 이미 그 전에 온갖 책들을 다 읽었었지만 지난 가을에야 이 강좌에 등록했던 것이다.

그리고 물론 아버지는 '교수'의 말을 그저 경청하는 것으로는 충분치 않았다. 아버지는 그 교수를 히쇠위의 우리 집으로 끌고 오다시피 하여 함께 왔던 것이다. "난 그 가엾은 녀석을 호텔에 혼자 내버려둘 수가 없었거든." 아버지가 말했다. 그리고 이렇게 해서 나도 역시 그를 알게 되었다. 그는 내내 폭포처럼 이야기를 쏟아냈다. 그는 거의 아버지만큼이나 심하게 영원한 진리에 몰두해 있었다. 차이가 있다면 그 '교수'는 얼치기 교양 있는 사기꾼이고, 아버지는 그냥 사기꾼이라는 것뿐이었다.

아버지는 베네치아식 성곽을 뚫어지게 바라보았다. 그런 다음 말했다. "아니야, 신은 죽었어, 한스 토마스야. 그리고 우리가 신을 죽였어."

나는 이 말이 이해가 안 되기도 하고 또 끔찍하게 느껴져서 아무런 대답도 할 수가 없었다.

코린트 만을 뒤로하고 델포이를 향해 산속으로 힘들게 올라간 우리는 올리브나무 숲을 지나게 되었다. 그날 안에 아테네까지 갈 수 있었지만, 아버지는 우리가 옛 성지에도 들르지 않은 채 델포이를 빠른 속도로 그냥 지나칠 수는 없다고 주장했다.

우리는 점심때쯤 델포이에 도착해 코린트 만이 아름답게 펼쳐져 보이는 산등성이에 있는 호텔을 구했다. 다른 호텔도 많았지만 아버지는 바다가 가장 잘 보이는 호텔로 결정했다.

우리는 호텔에서 나와 시내를 거쳐 유명한 사원 지대를 향해 동쪽으로 2킬로미터쯤 갔다. 발굴 현장에 가까이 가자 아버지는 이야기를 시작했다. "고대 사람들은 줄곧 아폴론에게 신탁을 하기 위해 여기에 왔단다. 사람들은 온갖 잡다한 질문을 했지. 누구와 결혼하고 어디로 여행할 것인지, 언제 다른 나라와 전쟁을 할 것인지, 어떤 달력을 따를 것인지 등을 말이다."

"근데 신탁이 뭔데요?" 나는 알고 싶었다.

아버지는 제우스 신이 지구를 중심으로 서로 반대 방향으로 날아갈 독수리 두 마리를 파견했다고 이야기했다. 그래서 이 독수리들이 델포이에서 만나자, 그리스 사람들은 델포이가 지구의 중심이라고 믿었다. 그러자 아폴론이 왔다. 아폴론은 델포이에 정착하기 전에 위험한 용 피톤을 때려 죽여야만 했고, 그 때문에 그의 여사제는 피티아라 불렸단다. 용은 맞아 죽자 뱀으로 변했는데 그때부터 그 뱀은 아폴론과 언제나 동행했다는 것이다.

나는 이 이야기를 완전히 이해하지 못했음을 고백할 수밖에 없었고, 아버지는 신탁이 무엇인지 아직 설명하지 않았다. 우리는 곧 사원 입구에 가까이 가게 되었다. 사원은 파르나스 산자락의 좁은 골짜기에 자리 잡고 있었다. 인간에게 예술적 능력을 부여해 주는 뮤즈들이 이 산에 살았다고 한다.

사원 지역에 들어서기 전에 아버지는 내게 입구 조금 아래 있는 성스러운 샘물을 마시라고 했다. 옛날부터 사람들은 모두 성지에 발을 들여놓기 전에 이곳에서 깨끗이 씻어야 했다고 아버지가 말했다. 게다가 샘물을 마시면 지혜와 시적인 재능을 얻게 된다고 한다.

입구에서 아버지는 카드를 한 장 샀는데 2,000년 전 이곳의 모습을 보여주는 카드였다. 우리에게 이 카드는 쓸모 있을 것이다. 여기엔 알아보기 힘든 폐허만이 있을 뿐이었기 때문이다.

먼저 우리는 옛 도시국가의 보물 창고에 있는 유물 옆을 지나 갔다. 사람들은 신관에게 묻기 위해 아폴론에게 아름다운 선물을 해야 했고, 도시국가들마다 그 선물을 넣어두기 위해 지어진 몇몇 집에 보관되었다.

커다란 아폴론 신전에 이르자 아버지는 드디어 신탁이 무엇인 지 설명할 적절한 말이 떠올랐다.

"네가 보고 있는 이 유적들은 커다란 아폴론 신전의 일부란다. 신전에는 속을 파낸 돌이 하나 있고, 그것을 '배꼽'이라 불렀는데, 그리스 사람들은 이 신전을 세계의 중심으로 여겼기 때문이지. 그 들은 또 아폴론이 이 신전에 산다고 믿었단다. 적어도 1년 중 어 느 시기에는 말이다. 그리고 사람들은 그에게 조언을 청했지. 아 폴론은 갈라진 땅 위로 다리가 셋인 의자에 앉아 있는 그의 여사 제 피티아를 통해 말했지. 그 틈새에서 피티아를 완전히 안개로 둘러싸고 사람을 마비시키는 가스가 솟아올랐단다. 피티아가 아 폴론의 대변자가 되기 위해서는 그래야만 했지. 델포이에 오는 사 람은 우선 사제들에게 자신의 질문을 알려줬지. 그러면 사제들은 그 물음을 피티아에게 다시 전했단다. 그러면 피티아는 대답을 줬 는데, 그건 너무도 안개에 싸인 듯하고 모호해서 사제들은 질문한 사람을 위해 충분히 해석해줘야만 했단다. 이런 식으로 그리스 사람들은 아폴론의 지혜를 유용하게 이용했는데, 아폴론은 모든 것을, 과거에 대해서나 미래에 대해서나 알고 있었기 때문이지."

"그러면 우리는 뭘 물어볼 거죠?"

"우리가 아테네에서 아니타를 찾게 될 것인지 물어보겠지. 넌 대답을 해석하는 사제고, 난 신의 대답을 전해주는 피티아란다."

그러더니 아버지는 잘 알려진 아폴론 신전 유적지에 앉아 미친 사람처럼 머리와 팔을 흔들기 시작했다. 프랑스 관광객과 독일 관광객 몇 명이 깜짝 놀라 뒤로 물러났고, 나는 진지하게 물었다. "우리는 아테네에서 아니타를 찾게 될까요?"

아버지는 분명히 아폴론의 힘이 작용하기를 기다리고 있었다. 이윽고 아버지는 말했다. "먼 나라에서 온 젊은 남자가…… 옛 신전 근처에서…… 아름다운 여자를 만난다."

그런 다음 아버지는 다시 제정신으로 돌아왔다. 아버지는 만족스럽게 고개를 끄덕였다. "이것으로 충분할 거야. 피티아는 결코 이것보다 명백한 답을 준 적이 없단다."

나는 만족스러운 대답이라는 아버지의 의견과는 달랐다. 누가 젊은 남자며, 누가 아름다운 여자고 또 어디 커다란 신전이 있다는 말일까?

"우리가 엄마를 찾게 되는지 동전을 던져보기로 해요. 아폴론이 아버지의 입을 움직일 수 있다면, 아폴론은 분명 동전으로도 그렇게 할 수 있을 거예요."

아버지는 내 제안에 동의했고, 주머니에서 20드라크마짜리 동전을 꺼냈다. 우리는 숫자가 나타나면 아테네에서 엄마를 찾게 될 것이라고 결정했다. 나는 긴장한 채 동전을 공중으로 던졌다.

숫자였다! 명명백백하게 숫자가 나타났다! 숫자는 마치 수천 년 전부터 이미 땅바닥에서 우리가 지나가다 발견하기만을 기다리고 있었다는 듯이 놓여 있었다.

클럽 킹

...... 자신이 인생과 세계에 대해 더는 알지 못한다는 사실이
그를 아주 끔찍이 괴롭혔단다 ......

신탁을 통해 아테네에서 엄마를 찾게 될 것임을 확인한 우리는 사원 지대에서 계속 위로 올라가다가 관객이 5,000명쯤 들어갈 수 있는 오래된 원형극장을 보았다. 극장에서 우리는 사원 지대 전체를 그 아래 골짜기까지 조망할 수 있었다. 그런 다음 다시 내려오는 길에 아버지는 말했다. "네게 델포이의 신탁 이야기를 좀 더 해야겠구나, 한스 토마스야. 알겠니? 이곳은 우리 같은 철학자들에게는 각별한 관심거리지."

우리는 사원의 몇몇 잔해 위에 앉았다. 이 잔해들이 2,000년이나 된 것이라니. 이상하다는 생각이 들었다.

"너 소크라테스를 알고 있니?"

"아주 잘 알고 있지는 않지만...... 그는 그리스 철학자잖아요?"

"맞았다. 난 네게 철학자란 말이 뭘 뜻하는지 이야기하려고 하거든……."

또 하나의 강연이 시작될 모양인데 솔직히 말해서 그건 너무 무리한 요구였다. 햇빛이 강렬하게 내리쬐어 얼굴에서 땀이 마구 흘러내리고 있었기 때문이다.

"우리는 지혜를 추구하는 사람을 철학자라고 부른다. 그렇다고 철학자가 특별히 지혜롭다는 말은 아니야. 그 차이를 이해할 수 있겠니?"

나는 고개를 끄덕였다.

"이것을 인식하고 그렇게 살았던 최초의 사람은 소크라테스였단다. 소크라테스는 아테네 광장을 돌아다니며 사람들과 이야기를 나누었지만 사람들을 결코 가르치려고 한 적이 없었다. 정반대였지. 그는 자신이 무언가를 배우기 위해 사람들과 만나 이야기를 나누었단다. 그는 땅 위의 들판과 나무들이 그에게 가르쳐줄 수 있는 것은 아무것도 없다고 말했거든. 하지만 대단한 지식을 그토록 뽐내던 사람들이 실제로는 전혀 아는 게 없다는 걸 알게 되자 몹시 실망했지. 어쩌면 그들은 그에게 그날그날의 포도주와 올리브유 값을 말해줄 수는 있었겠지만, 인생에 대한 본질적인 것은 아무것도 이야기해줄 수 없었지. 소크라테스는 자신이 아는 것은 단 한 가지뿐, 즉 그는 아무것도 알지 못한다는 것을 안다고 즐겨 말하곤 했단다."

"그렇다면 그는 별로 현명하지 않았군요."라고 나는 이의를 제기했다.

"그렇게 서두르지 말아라." 아버지는 단호하게 말했다. "만일 어느 두 사람이 어떤 일에 대해 눈곱만큼도 아는 게 없는데, 그런데도 둘 중 한 사람은 아주 많이 알고 있다는 인상을 준다면, 두 사람 가운데 누가 더 현명한 거지?"

나는 더 현명한 사람은 실제로 아는 것보다 더 많이 아는 척하지 않는 사람이란 걸 시인해야만 했다.

"그럼 넌 이 문제를 이해한 거다. 그리고 소크라테스를 철학자로 만든 건 바로 그가 정말 괴로워했다는 점이란다. 즉, 자신이 인생과 세계에 대해 더는 알지 못한다는 사실이 그를 아주 끔찍이 괴롭혔단다. 그는 자신이 완전히 제외된 듯한 느낌이었지."

나는 다시 고개를 끄덕였다.

"그러고 나서 아테네에서 온 어떤 남자가 델포이에 있는 아폴론의 신관에게 가서 아테네에서 가장 현명한 남자가 누구인지 물었단다. 그러자 신관은 소크라테스라고 대답했지. 소크라테스는 이 얘기를 듣고 아주 어리둥절할 수밖에 없었지. 왜냐면 자신이 별로 현명하지 않다고 여겼으니 말이야. 하지만 자기보다 더 현명하다고 생각했던 사람들을 모두 찾아가 그들에게 질문을 해본 소크라테스는 결국 신관의 말이 옳았다는 것을 알게 되었지. 소크라테스와 다른 사람들과의 차이는, 다른 사람들은 소크라테스보다 아는 게 많지 않은데도 자신의 얼마 안 되는 지식에 아주 만족했다는 것이었단다. 자신의 지식에 만족하는 사람은 결코 철학자가 될 수 없는 법이지."

나는 이 이야기가 매우 설득력이 있다고 생각했지만 아버지의 이야기는 아직 끝나지 않았다. 이제 아버지는 저 아래서 관광버스에서 쏟아져 나와 사원 지대를 거쳐 개미처럼 위로 기어 올라오고 있는 많은 관광객을 가리켰다.

"저 많은 사람 중에서 단 한 사람만이라도 이 세계를 언제나 동화나 수수께끼같이 새롭게 체험한다면⋯⋯." 아버지는 숨을 들이쉬더니 말을 계속했다. "저 아래 수없이 많은 사람이 보이지, 한스 토마스야? 내 말은, 저 사람들 가운데 단 한 사람만이라도 인생을 열광적인 모험으로 체험한다면⋯⋯. 남자든 여자든 날마다 그렇게 체험한다면⋯⋯."

"그러면 어떻게 되는데요?" 아버지가 또 말을 중간에서 멈춰버렸기 때문에 내가 물었다.

"그렇다면 그 사람은 카드 한 벌 속의 조커인 셈이지."

"아버지 생각엔 여기에 그런 조커가 있다는 건가요?"

아버지는 어깨를 움츠려 보였다.

"아니지! 물론 확신할 수는 없지. 조커가 매번 몇 장 있기는 하지만 그게 나올 확률은 아주 낮으니까."

"그럼 아버지는 어떤데요? 아버지는 인생을 날마다 동화처럼 체험하는 거예요?"

"물론이지!"

아버지의 대답이 하도 확고해서 나는 항변할 마음조차 들지 않았다.

하지만 아버지 이야기는 아직도 끝나지 않았다. "아침마다 나는 쾅 하는 소리와 함께 깨어난단다. 그건 내가 동화 속에서 펄펄 살아 있는 인물이라는 사실을 날마다 새롭게 주입시켜주는 것 같단다. 한스 토마스야, 우리는 누구일까? 대답해줄 수 있겠니? 우리는 별에서 떨어져 나온 한 사람분의 우주 먼지로 조립되었거든. 하지만 이건 무엇일까? 어디서, 제기랄, 이 세계는 온 것일까?"

"모르겠어요." 순간 나는 소크라테스가 그랬듯이 완전히 제외된 듯한 느낌이 들었다.

"저녁이면 때때로 이런 생각이 떠오르지. '나는 이 순간에 살아 있는 인간이구나. 그리고 나는 결코 다시 돌아오지 않는다.'라고 생각하곤 한단다."

"그렇다면 아버지는 힘든 삶을 살고 있는 거예요."

"힘든 삶이라……. 그래, 하지만 엄청나게 흥미진진하지. 난 유령을 쫓아가기 위해 서늘한 성곽에 갈 필요가 없단다. 내가 바로 유령인걸."

"그런데 아버지는 자기 아들이 선실 창밖에서 유령을 봤다고 걱정하는군요."

내가 왜 그 말을 했는지 모르지만, 어쩐지 전에 아버지가 배 위에서 한 말을 아버지에게 상기시켜줘야 한다고 생각했다.

아버지는 그냥 웃었을 뿐이다.

"넌 견뎌낼 수 있을 거야." 아버지가 말했다.

아버지가 마지막으로 얘기한 델포이 신탁 이야기는 옛 그리스인들이 이 사원에 다음과 같은 글을 새겨 넣었다는 사실이었다.

"너 자신을 알라."

"하지만 그건 말하긴 쉬워도 행하긴 어려운 법이지." 아버지는 혼잣말하듯 덧붙였다.

그런 다음 우리는 느릿느릿 입구로 되돌아갔다. 아버지는 거기서 또 아폴론 신전에 있는 유명한 '세계의 배꼽'을 보기 위해 박물관에 들르려 했지만 나는 가고 싶지 않다고 말했다. 결국 나는 밖의 나무 그늘에서 아버지를 기다리기로 했다. 그러니까 그 박물관은 내 교양을 위해 필수적으로 들어가 보아야 하는 곳은 아니었던 것이다.

"그동안 저 딸기나무 아래 앉아 있거라." 아버지는 이렇게 말하며 한 번도 본 적이 없는 어떤 나무로 나를 데려갔다. 나는, 딸기나무라니 말도 안 된다고 생각했지만, 나무는 정말 붉은 딸기로 가득했다.

내가 박물관에 함께 들어가지 않겠다고 한 데는 물론 다른 속셈이 있었다. 돋보기와 꼬마책이 벌써 오전 내내 주머니 속에서 나를 쿡쿡 쑤셔댔던 것이다. 지금이 계속 읽을 수 있는 좋은 기회였다. 마음 같아선 꼬마책을 다 읽은 다음에야 손에서 놓고 싶었지만 아버지 때문에 그러지 못했다.

꼬마책을 펼치기에 앞서 나는 이 책이 나의 모든 의문에 대답해주는 신탁 같은 것은 아닐까 하고 스스로 물어보았다. 방금 조커 얘기를 많이 하고 나서 이제 마법의 섬의 조커 이야기를 읽기 시작하자 등이 오싹해졌다.

조커

조커

...... 그는 독사처럼 마을로 숨어들어 왔다네 ......

✖

노인은 몸을 일으켰단다. 그러고는 방을 가로질러 가 문을 열고 칠흑 같은 어둠을 바라보았지. 나도 뒤따라갔단다.

"내 위에는 별들로 가득한 하늘이 있고, 또 내 밑에도 별들로 가득한 하늘이 있다네." 그는 부드럽게 말했지.

나는 무슨 뜻인지 알 수 있었단다. 우리 위에는 내가 지금껏 보았던 어떤 하늘보다 별들로 가득한 맑은 하늘이 펼쳐져 있었단다. 그런데 그건 별들로 가득한 단 하나의 하늘에 불과했지. 저 아래 비탈진 마을의 집에서는 희미한 빛이 새어 나오고 있었단다. 한 무리의 별이 하늘에서 떨어져 나와 땅 위에 뿌려진 듯했지.

"이 별들로 가득한 두 하늘 모두 불가사의로군." 하고 그는 말을 덧붙였단다.

그는 마을을 가리키며 말했지. "저들은 누구일까? 어디에서 왔을까?"

"틀림없이 그들 자신도 스스로 같은 질문을 할 겁니다."

노인은 깜짝 놀라 나를 돌아보며 "아니라네!" 하고 소리쳤지. "그들은 결코 스스로 그런 질문을 해서는 안 된다네."

"하지만……."

"그들은 자신들을 창조해낸 사람과 나란히 살 수는 없을 걸세. 자넨 그걸 이해하지 못하겠는가?"

우리는 집으로 돌아가 문을 잠그고는 다시 탁자에 앉았단다.

"쉰두 개의 형상은 모두 달랐다네." 노인은 이야기를 계속했지. "하지만 그들에겐 한 가지 공통점이 있었어. 그 누구도 그들 자신이 누구인지 그리고 어디서 왔는지 묻는 일이 결코 없었다네. 그래서 이 점에서 그들은 그들을 둘러싸고 있는 자연과 하나였다네. 그들은 그냥 이 풍요로운 정원에 있었던 것이네. 짐승들처럼 무례하고 아무 걱정 없이……. 그러다가 조커가 왔지. 그는 독사처럼 마을로 숨어들어 왔다네."

나는 큰 소리로 휘파람을 불었지.

"카드는 이미 오래전에 완전히 한 벌이 되어 있었기 때문에, 조커가 이 섬에 오리라고는 생각지 못했다네. 그런데 하루는 느닷없이 이 작은 광대가 마을로 슬슬 걸어 들어왔다네. 다이아몬드 잭이 그를 맨 처음 보았는데, 새로운 그의 출현으로 인해 섬 역사상 처음으로 한바탕 야단법석을 치렀다네. 그는 딸랑거리는 작은 방울이 달린 우스꽝스러운 옷을 입고 있었을 뿐 아니라 네 개의 가문 어디에도 속하지 않았다네. 그리고 무엇보다도 그는 난쟁이들이 대답할 수 없는 질문을 해서 그들을 화나게 했는데, 그래서 점점 더 외톨이가 되었다네. 그는 마을에서 좀 떨어진 곳에 따로 집을 얻었지."

"조커는 다른 이들보다 더 많은 것을 이해할 수 있었나요?"

노인은 숨을 들이키고는 한숨을 쉬었지.

"어느 날 아침, 내가 여기 문턱에 앉아 있자니 조커가 집 모퉁이에서 깡충거리며 뛰어왔다네. 그는 기분이 들떠 재주를 한 번 넘고, 작은 방울을 딸랑거리며 내 앞에서 이리저리 뛰고는 작은 머리를 삐딱하게 젖히며 말했다네. '주인님! 제가 이해할 수 없는 게 하나 있는데요.'

나는 조커가 나를 '주인님'이라고 불러서 놀랐어. 다른 난쟁이들은 날 언제나 '프로데'라고만 불렀으니까. 또 난쟁이들은 무언가를 이해하지 못한다는 말로 대화를 시작한 적도 아예 없었다네. 그도 그럴 것이, 무언가를 이해하지 못한다는 사실을 일단 이해하게 되면 사실 벌써 모든 것을 다 이해하기 바로 직전에 이른 셈이니까.

그 작은 조커는 헛기침을 몇 번 하더니 말했다네. '이 마을에는 네 가족이 있지요. 킹도 있고 퀸, 잭, 에이스 모두 넷씩이고, 또 2에서 10까지 모두 넷씩 있지요.'

'맞아.'

'그러니까 종류마다 넷씩 있지요.' 그는 이렇게 한 번 더 반복했다네. '그런데 또 각 종류마다 열셋씩인데, 모두 다이아몬드이거나 하트, 클럽, 스페이드니까 말이죠.'

나는 고개를 끄덕였다네. 한 난쟁이가, 그들의 질서를 이렇듯 정확하게 서술한 것은 처음이었다네.

조커는 말을 계속했다네. '그런데 누가 이 모든 것을 이렇게 지혜롭게 만들어놓은 거지요?'

'그건 아마 순전히 우연이었겠지.' 나는 거짓말을 했다네. '나무 막대기 몇 개를 공중으로 던지면, 언제나 그 모양을 설명할 수 있도록 떨어지게 마련이지.'

'저는 그렇게 생각하지 않아요.' 작은 광대가 말했다네.

그야말로 섬사람 중 최초로 내게 맞서 반대 의견을 말했다네. 나는 이제 종이로 된 형상을 대하고 있는 게 아니라 한 사람을 대하고 있었던 것이네. 난 기뻤지. 조커는 동등한 대화 상대가 될 수 있었다네. 하지만 걱정이 되기도 했네. 만약 난쟁이들이 자신이 누구고 어디서 왔는지 알게 된다면 어떤 일이 일어나게 될 것인지가 말이네.

'너는 어떻게 생각하고 있지?' 하고 나는 물었다네.

그는 내 눈을 뚫어지게 바라보았다네. 그의 몸은 마치 동상처럼 움직일 줄을 몰랐지만, 그의 한 손은 가볍게 떨려서 작은 방울들이 딸랑거렸다네.

'전 모든 게 너무도 계획된 것 같아요.' 하고 그가 말했는데 자신의 걱정스런 표정을 숨기느라 애쓰는 게 역력했다네. 나는 웃지 않을 수 없었지. '너무도 철저하게 생각했고 철저하게 조직적이에요. 전 우리를 그림 쪽으로 뒤집어 놓으려 하거나 그대로 두려고 결정하는 어떤 것에 우리 운명이 걸려 있다는 생각이 드는군요.'

난쟁이들은 자주 카드놀이에서 쓰는 낱말이나 표현을 사용하곤 했다네. 그들은 이런 식으로 생각한 것을 표현할 수 있었다네. 그럴 때면 나도 같은 식으로 대답했다네.

그 작은 광대의 몸이 너무도 격렬하게 요동치는 바람에 작은 방울들이 미친 듯이 딸랑거렸다네.

'저는 조커지요!' 하고 그는 소리쳤다네. '잊지 마세요, 친애하는 주인님. 아시다시피 저는 여기 있는 다른 모든 이들과는 달라요. 저는 킹도 잭도 아니고, 다이아몬드도, 클럽도, 또 하트도, 스페이드도 아니지요.'

나는 불쾌한 기분이 들었지만, 그렇다고 탁자 위에다 카드들을 펼쳐 보일 수는 없었지.

'저는 누구지요?' 그는 말을 계속했다네. '왜 저는 조커지요? 저는 어디서 왔고 또 어디로 가고 있지요?'

나는 위험을 감수하기로 마음먹었다네.

'너는 내가 이 섬에 심어놓은 식물들을 모두 보았겠지.' 하고 나는 말하기 시작했지. '너와 또 마을의 다른 난쟁이들을 만들어낸 사람이 나라고 말한다면, 너는 뭐라고 하겠느냐?'

그는 내 눈을 뚫어지게 바라보았고, 그의 보잘것없는 몸은 떨리기 시작했다네. 작은 방울들은 신경질적으로 딸랑거렸지.

떨리는 입술로 그는 말했다네. '그렇다면 다른 방법이 없지요, 친애하는 주인님. 저는 제 존엄성을 되찾기 위해 주인님을 죽일 수밖에 없겠지요.'

나는 웃지 않을 수 없었다네.

'물론이지. 그런데 다행히도 그렇지는 않거든.'

그는 잠깐 나를 몹시 못 미덥게 훑어본 다음 집 모퉁이 뒤로 사라졌지. 그런데 몇 초 후 그가 다시 무지갯빛 레모네이드가 든 작은 병을 손에 들고 내 앞에 나타났다네. 그 병은 오랫동안 내 장식장의 제일 안쪽에 있던 것이었네.

'건배! 냠냠이라고 조커는 말하지요.'

나는 마치 몸이 마비되는 것 같았지만 놀라지는 않았다네. 다만 내가 이 섬에서 창조한 것들이 생겨날 때와 마찬가지로 느닷없이 분해되어 사라질까 봐 겁이 났을 뿐이었다네."

"하지만 그렇게 되지는 않았군요?" 내가 물었단다.

"조커는 그 병의 음료를 마셨고, 그 이상한 음료는 조커를 갑자기 총명하게 만들었다네." 하고 프로데가 대답했지.

"무지갯빛 레모네이드를 마시면 머릿속이 나른해지고 방향 감각을 잃게 된다고 말하지 않았던가요?"

"그렇게 말했지만 처음부터 금방 그렇게 되는 건 아니라네. 우
선 이 음료는 우리를 아주 총명하게 만든다네. 다만 그때 모든 감
각기관이 한꺼번에 소모된다네. 그러고 나면 서서히 우둔해지기
시작하지. 그래서 이 음료가 그토록 위험하다는 것이라네."

"조커는 어떻게 되었지요?"

"그는 '우리는 더 이상 이야기를 나누지 않겠지만, 다시 만나게
될 테지요.' 하고 소리쳤다네.

그런 다음 그는 마을로 내려가 난쟁이들과 그 병에 든 음료를
돌려가며 마셨다네. 그날부터 마을의 난쟁이가 모두 무지갯빛 레
모네이드를 마신다네. 매주 일요일마다 클럽은 몇 번이고 구멍 뚫
린 나무 둥지에서 무지갯빛 즙을 가져온다네. 하트는 그 붉은 음
료를 양조하고 다이아몬드는 그것을 병에 담는다네."

"그러면 난쟁이들이 모두 조커처럼 총명해졌습니까?"

"아니, 그렇지는 않다네. 하지만 그들도 한동안, 그들이 내 정
체를 파악할 수 있게 될까 봐 겁이 날 정도로 아주 총명해졌었다
네. 그런데 그 후 그들은 그전보다 한층 더 멍청해졌지. 자네가 오
늘 여기서 본 난쟁이들은 그중에서 살아남은 이들이라네."

나는 알록달록한 옷과 제복을 생각했단다. 그러고 갑자기 내
눈앞에 노란색 옷을 입은 하트 에이스가 떠올랐단다.

"아무튼 남아 있는 것은 아름답지요." 내가 말했지.

"그래, 아름답기는 하지. 하지만 그들은 의식이 없다네. 그들은 풍요로운 자연 속에 있으면서도 그걸 알지 못한다네. 그들은 해와 달을 보고 온갖 작물들을 먹으면서도 그 사실을 알아채지 못한다네. 그들은 큰 도약을 했을 때에는 제대로 된 사람이었지만, 무지갯빛 레모네이드를 마시면서부터는 점점 더 내게서 미끄러져 나가고 있다네. 그들은 자기 자신 속으로 다시 들어가고 있는 것 같네. 그들은 대화를 나눌 수는 있지만 자신이 한 말을 금방 잊어버리고 만다네. 다만 조커에게만이 아직 옛 힘이 남아 있다네. 그리고 하트 에이스에게도. 그녀는 늘 '자기 자신을 찾으려' 한다고 말하지."

"그런데 이상한 점이 한 가지 있군요." 내가 말했단다.

"뭔가?"

"당신은 처음 나타난 난쟁이 몇 명은 당신이 이 섬에 온 지 몇 년 안 되어 나타났다고 말했습니다. 그런데 모두 똑같이 젊어 보입니다. 그들 가운데 몇 명이 쉰 살이라니 믿기지 않는군요."

수수께끼 같은 미소가 프로데의 늙은 얼굴을 스쳐 지나갔단다.

"그들은 늙지 않는다네."

"하지만……."

"섬에 나 홀로 있었을 때, 내 꿈속의 형상들은 점점 더 강력해져갔다네. 그러더니 그들은 내 생각 속에서 사뿐히 걸어 나와 여기 삶 속으로 들어왔지. 그런데도 그들은 여전히 상상물일 뿐이라네. 그리고 상상물이란 한 번 창조되면 영원히 똑같이 젊고 생동감 있게 남아 있게 된다는 이상한 특성을 가지고 있지."

"이해할 수 없군요."

"여보게, 자넨「라푼젤」이야기를 들어본 적이 있는가?"

나는 고개를 저었단다.

"그럼「빨간 모자」는 알겠지? 아니면「백설공주」나「헨젤과 그레텔」은?"

나는 고개를 끄덕였지.

"그러면 그들은 대체 나이가 몇인가? 100살인가? 아니면 1,000살인가? 그들은 아주 젊고 또 아주 늙었다네. 그건 바로 그들이 인간의 상상 속에서 튀어나왔기 때문이라네. 아니지, 난 결코 이 섬의 난쟁이들이 늙어서 흰머리가 생길 수도 있지 않을까 겁내지 않았다네. 심지어는 그들의 옷조차도 단 한 번도 찢어진 적이 없다네. 우리같이 죽어가는 사람들과는 다르게 마련이지. 우리는 늙고 우리 머리는 백발이 되고 마니까. 우린 언젠가는 늙어 세상에서 사라지게 된다네. 하지만 우리의 꿈은 다르다네. 꿈이란 우리가 이미 사라져버린 지 오래되었다 해도 다른 사람들 안에서 계속 살아 있을 수 있다네."

그는 손으로 흰머리를 쓸어 올리고는 닳아빠진 자신의 외투를 가리키며 말했단다.

"가장 큰 의문은 이 형상들이 시간이 지나면 사라져버리지 않을까 하는 점이 아니라, 그들이 정말로 정원에 있을 것인가 하는 점과 또 언젠가 섬을 방문하는 사람이 있다면 그들에게도 난쟁이들이 보일까 하는 점이라네."

"그들은 존재합니다." 나는 소리쳤지. "처음에 저는 클럽 2와 3을 만났고, 그다음은 유리 공장에서 다이아몬드들과……."

"음……."

노인은 자기 생각에 빠져 내 말을 듣고 있지 않는 것 같았단다.

"다른 큰 의문은, 내가 어느 날 떠나고 없더라도 여전히 그들이 여기 존재하게 될까 하는 점이라네." 이윽고 그가 말했지.

"당신 생각은 어떤데요?"

"그 질문에 나는 대답할 수도 없고 결코 답을 알 수도 없다네. 왜냐면 내가 더 이상 존재하지 않으면, 내 형상들이 여전히 이 섬에 있는지 알 수도 없게 될 테니까."

그는 다시 오랫동안 침묵했고 나는 이 모든 게 한바탕 꿈일 수도 있지 않을까 의심스러워졌단다. 어쩌면 내가 여기 프로데의 오두막에 앉아 있는 것이 사실이 아닐지도 모르지. 어쩌면 나는 전혀 다른 어떤 곳에 있을지도 모르고, 그 외의 것은 모두 내 안에 있는 어떤 것이었는지도.

"내일 자네에게 더 많은 얘기를 해주겠네, 여보게. 난 달력 이야기를 해야 한다네. 그리고 큰 조커 놀이 이야기도 말일세."

"조커 놀이라고요?"

"내일 하세. 이제 우리 좀 자두세."

그는 내게 짐승의 가죽을 엮어 짠 이불이 있는 침대를 가리켰고, 양모로 된 잠옷을 주었단다. 마침내 더러운 선원복을 벗어버리고 나자 날아갈 것 같았단다.

이날 저녁 아버지와 나는 오래도록 호텔 스카이라운지에 앉아서 이 도시를, 그리고 멀리 코린트 만을 바라보았다. 아버지는 너무도 감동에 젖은 나머지 거의 아무 말도 하지 않았다. 어쩌면 아버지는 우리가 신탁을 믿을 수 있을지, 그래서 정말 엄마를 곧 찾게 될지 스스로에게 물어보고 있는지도 몰랐다.

늦은 밤이 되자 동쪽에서 보름달이 지평선 위로 떠올랐다. 달이 어두운 골짜기를 밝혀주자 별들이 더 희미해졌다. 마치 우리가 프로데의 집 앞에 앉아 난쟁이 마을을 내려다보고 있는 듯했다.

다이아몬드

다이아몬드 에이스

······ 모든 진실을 알려고 하는 정직한 사람 ······

늘 그렇듯 나는 아버지보다 먼저 잠에서 깼지만 얼마 지나지 않아 아버지의 근육이 움찔거리는 것을 보았다. 나는 어제 아버지가 말한 대로 아침마다 쾅 하는 소리와 더불어 잠에서 깨는지 알아보기로 했다. 그런데 그 말이 맞는 것 같았다. 눈을 뜬 아버지는 정말 깜짝 놀라는 것 같았기 때문이다. 이런 모습으로 아버지는 여기 아닌 다른 어떤 곳에서 잠에서 깨어날 수도 있었을 것이다. 이를테면 인도나 또는 다른 은하계에 있는 작은 행성에서.

"아버진 살아 있는 인간이에요. 이 순간 아버지는 델포이에 있어요. 델포이는 지금 은하계에서 어느 별 주위를 돌고 있는 지구라는 행성 위의 한 지점이구요. 지구가 이 별을 중심으로 한 번 도는 데는 365일이 걸리지요."

아버지는 마치 꿈나라에서 밝은 현실 세계로 넘어오기 위해 눈을 조정하기라도 하듯 나를 골똘히 응시했다.

"알려줘서 고맙구나. 네가 방금 한 말을 나는 아침마다 침대에서 내려오기 전에 나 자신에게 모두 말하곤 한단다."

아버지는 일어나서 말을 계속했다. "네가 아침마다 그런 말을 내 귀에 속삭여주는 게 좋을 것 같구나, 한스 토마스야. 그러면 더 빨리 욕실로 갈 수 있을 거야."

우리는 금방 짐을 꾸리고 아침을 먹은 후 자동차에 올라탔다.

옛 사원 지대를 지나가게 되자 아버지가 말했다. "옛날 그리스인들이 얼마나 남의 말을 잘 믿었는지를 생각하면 그저 놀랍기만 하구나."

"그들이 신탁을 믿었기 때문에요?"

아버지가 바로 대답하지 않았기 때문에 나는, 아테네에서 엄마를 찾을 거라는 신탁을 아버지가 제대로 믿지 않을 수도 있지 않을까 걱정스러웠다.

"그래, 그 때문이기도 하다." 이윽고 아버지는 말했다. "하지만 그 많은 신을 생각해보렴. 아폴론과 아스클레피오스, 아테네와 제우스, 포세이돈과 디오니소스 말이야. 많고 많은 세월 동안 사람들은 이 신들에게 비싼 사원을 지어주었지. 그들은 무거운 대리석 덩어리를 끌고 엄청나게 먼 거리를 와야 했단다."

아버지의 생각을 모두 이해하지는 못했지만 나는 말했다. "아버지는 어떻게 그런 신들이 존재하지 않았다고 확신할 수 있죠?

지금은 신들이 사라졌을지도 몰라요. 아니면 신들은 자기들을 더 잘 믿는 다른 민족을 찾아냈을지도 모르고요. 하지만 옛날 언젠가 그들은 지구 위로 걸어왔던 거예요."

아버지는 백미러로 나를 힐끗 쳐다보았다.

"정말 그렇게 믿고 있니, 한스 토마스야?"

"아주 확신할 수는 없어요. 하지만 아무튼 신들은, 인간이 그들을 믿는 동안만큼은 세상에 존재했다고 생각해요. 사람들은 그들이 믿는 것만 볼 수 있거든요. 그러니까 신들은 사람들이 자기들을 의심하지 않는 한 늙지도 닳아 없어지지도 않아요."

"좋은 말이구나!" 하고 아버지가 외쳤다. "기막히게 좋은 말이구나, 한스 토마스야. 어쩌면 너도 언젠가는 철학자가 되겠구나."

아버지가 한동안 곰곰이 생각해봐야 할 만큼 내가 의미심장한 말을 했음을 나는 단박에 알아차렸다. 어쨌든 아버지는 오랫동안 아무 말도 하지 않았다.

사실 나는 사기를 좀 친 셈이다. 난 그저 꼬마책에서 읽은 내용을 말했을 뿐이었으니까. 그리고 말하면서도 옛날 그리스인들의 신을 생각하지도 않았다. 나는 프로데의 트럼프 카드를 생각했던 것이다.

아버지가 꽤 오랫동안 아무 말도 하지 않기에 나는 바지 주머니에서 조심스럽게 돋보기와 꼬마책을 꺼냈다. 하지만 막 책을 읽으려고 하자 아버지는 브레이크를 밟더니 길가에 차를 세웠다. 아버지는 차에서 내려 담배에 불을 붙이고 지도를 들여다보더니 말했다. "여기야! 그래, 여기가 틀림없어!"

나는 아무 말도 하지 않았다. 우리가 멈춘 곳의 왼쪽 아래는 계곡이었는데, 그곳에는 아버지에게 느닷없는 감동을 불러일으킬 만한 그 어떤 것도 보이지 않았다.

"앉거라."

나는 또 강연이 시작되리라는 걸 알았지만 이번에는 화내지 않았다. 나는 내가 특권을 누리고 있는 아들임을 알고 있었다.

"저기서 오이디푸스는 자기 아버지를 죽였단다." 아버지는 계곡을 가리키며 말했다.

"오이디푸스는 정말 바보 같은 짓을 했군요. 근데, 제기랄, 아버진 대체 무슨 이야기를 하시려는 거예요?"

"운명 이야기란다, 한스 토마스야. 운명 이야기를 하고 있단다. 아니면 가문의 저주에 관한 것이라 해도 되겠지. 그러니까 우리 둘 다 이 이야기에 각별한 관심이 있잖니? 떠나간 엄마와 아내를 찾으려고 이 나라에 왔으니까 말이야."

"그러면 아버지는 운명을 믿는단 말이에요?"

아버지는 내 위로 몸을 반쯤 굽힌 채 서서, 내가 앉아 있는 바위 위에 한 발을 얹었다. 아버지는 고개를 저었다.

"아니다. 하지만 그리스인들은 운명을 믿었지. 그리고 운명에 저항하면 그 사람은 그에 합당한 벌을 받았단다."

나는 혹시 내가 이미 이런 실수를 저지르지나 않았는지 곰곰이 생각해보았지만 어떤 결론에도 이르지 못했다. 그때부터 아버지는 이야기를 제대로 쏟아내기 시작했기 때문이다.

"우리가 곧 지나가게 될 테베라는 오래된 도시에서 라이오스 왕이 그의 아내 이오카스테와 함께 살았단다. 델포이의 신관은 라이오스 왕에게 절대로 아이를 낳아서는 안 된다고 했지. 만일 아들을 낳으면 그 아들이 아버지를 살해하고 어머니와 결혼하게 될 것이기 때문이었지. 그런데 그 후 이오카스테는 아들을 낳았단다. 라이오스는 결국 아이를 내다버리기로 했는데, 아이가 굶어 죽든지 아니면 들짐승에게 잡아먹히도록 하려는 것이었어."

"정말 야만적이네요."

"그래, 맞아. 하지만 잘 들어보렴. 라이오스 왕은 한 목동에게 아이를 갖다버리라고 명령했지. 왕은 아이가 산속을 돌아다니거나 테베로 돌아오지 못하도록 아이의 아킬레스건을 잘라버렸단다. 목동은 왕이 시키는 대로 했고, 양들을 데리고 산길을 가다가 코린토스에서 온 양치기 한 사람을 만나게 되었지. 코린토스 왕실의 방목장이 그 부근에 있었거든. 코린토스에서 온 양치기는 아이가 굶어 죽거나 들짐승에게 갈기갈기 찢기게 될지도 모른다는 생각에 마음이 아파서 테베에서 온 양치기에게 아이를 코린토스의 자기 왕에게 데려가게 해달라고 간청했단다. 이렇게 해서 그 사내아이는 코린토스에서 왕자로 자라나게 되었지. 코린토스의 왕과 왕비에겐 아이가 없었거든. 왕과 왕비는 이 사내아이를 오이디푸스라 불렀는데, 그 이름은 '부은 발'이란 뜻이었지. 그 아이는 테베에서 아킬레스건이 잘려 발이 몹시 부어올랐던 거지. 모두가 좋아하는 멋진 청년으로 성장한 오이디푸스는 자신이 왕의 친아들이 아니라는 걸 절대로 알 도리가 없었단다. 큰 잔치가 열리던 어느 날 어떤 손님이 오이디푸스는 왕과 왕비의 진짜 아들이 아니라는 걸 누설할 때까지는……."

"그건 맞는 말이기도 하잖아요."

"그렇지. 그런데 오이디푸스는 왕비에게 물어봤지만 제대로된 대답을 듣지 못했단다. 그러자 그는 진실을 밝히려고 델포이의 신관을 찾아가기로 마음먹었지. 그가 코린토스 왕실의 법적 상속자인가 하는 질문에 피타이는, '네 아버지를 피하거라. 네 아버지를 만난다면, 너는 그를 죽이게 될 것이기 때문이니라. 그런 다음 너는 네 어머니와 혼인하여 그녀와 아이를 낳게 될 것이니라.' 하고 대답했단다."

나는 힘껏 휘파람을 불었다. 신관은 테베의 왕에게 바로 그렇게 예언한 적이 있었던 것이다.

"여전히 코린토스의 왕 부부를 자신의 친부모로 여기고 있던 오이디푸스는 코린토스로 돌아갈 엄두가 나지 않았단다. 그 대신 그는 테베로 갔단다. 그리고 그가 우리가 있는 지금 이 자리에 이르렀을 때 화려한 사두마차를 탄 기품 있는 남자와 마주치게 되었지. 그 남자는 신하를 여러 명 거느리고 있었는데, 한 신하가 마차가 지나가도록 오이디푸스를 비켜서게 하면서 그를 쳤단다. 어찌되었든 코린토스의 황태자로 성장한 오이디푸스는 그렇게 당하고만 있지 않았고, 너무나도 불행한 이 만남은 결국 한바탕 격투 끝에 오이디푸스가 그 기품 있는 남자를 때려죽이는 것으로 끝이 났단다."

"그 남자가 바로 자신의 진짜 아버지였겠죠?"

"그렇지. 신하들은 모두 맞아 죽었고, 도망간 사람은 오직 마부뿐이었단다. 마부는 테베로 돌아가 어떤 떠돌이 도적이 라이오스왕을 살해했다고 말했단다. 왕비와 테베 백성들은 온통 슬픔에 잠겼지만, 그 나라 사람들에겐 또 다른 근심거리가 있었지."

"그게 뭔데요?"

"스핑크스였지. 사자 몸과 여자 머리를 한 엄청난 괴물 말이야. 이 괴물은 테베로 가는 길을 지키고 서서 지나가는 사람들에게 수수께끼를 던져서 대답을 못 하는 사람은 모두 갈기갈기 찢어버렸단다. 그래서 테베 사람들은 위급한 마음에, 스핑크스의 수수께끼를 푸는 사람은 왕비 이오카스테와 결혼을 하는 한편 라이오스왕의 뒤를 이어 테베의 왕이 되도록 했단다."

나는 또 한 번 휘파람을 불었다.

"낯선 부자와의 우발적인 사건을 금방 잊어버린 오이디푸스는 곧 스핑크스의 산으로 가게 되었는데, 스핑크스는 그에게 이런 수수께끼를 냈단다. '아침에는 네 발로, 점심때는 두 발로, 그리고 저녁에는 세 발로 가는 것이 무엇이냐?'"

아버지는 혹시 내가 이 어려운 수수께끼를 풀 수 있을까 하고 나를 보았지만 난 고개를 저었다.

"'인간이지.' 하고 오이디푸스는 대답했단다. '인간은 어려서는 네 발로 기어 다니고, 한창 때는 똑바로 서서 두 발로 걸어 다니고, 그리고 늙어서는 세 발로 걸어가지. 늙으면 지팡이가 필요하니까.' 오이디푸스가 정확히 대답하자 스핑크스는 견뎌내지 못하고 산 아래로 굴러 떨어져 죽고 말았단다. 오이디푸스는 테베의 영웅이 되었고 약속대로 실제로는 자기 어머니인 이오카스테와 결혼했지. 시간이 흘러 그들은 아들 둘과 딸 둘을 낳았단다."

"맙소사!" 나는 이야기를 듣는 내내 아버지에게 눈을 뗄 수 없었지만, 이제는 오이디푸스가 자기 아버지를 살해했던 곳을 보지 않을 수 없었다.

"아직도 이야기는 끝나지 않았단다. 그 도시에는 끔찍한 전염병이 발생했지. 그 당시 그리스인들은 그런 재난이 아폴론의 노여움 때문이라고 믿었어. 아폴론을 노하게 한 데에는 분명 어떤 원인이 있다는 거였지. 그래서 그들은 왜 신이 끔찍한 전염병을 내렸는지 알아내기 위해 또 한 번 델포이의 신관에게 물어보지 않을 수 없었단다. 그러자 피티아는, 이 도시는 라이오스 왕의 살해자를 찾아내야만 한다고 대답했단다. 그러지 않으면 이 도시 전체가 멸망하게 될 것이라고…….."

"세상에!"

"그래, 그런데 하필이면 오이디푸스 왕이 라이오스의 살해자를 찾으려고 갖은 애를 다 썼단다. 그 자신은 오래전에 벌어졌던 노상 격투를 라이오스 왕의 살해와 결코 관련짓지 못했기 때문에, 영문도 모르고 자기 자신의 범행을 밝혀내야 하는 살인자가 되고 말았단다. 그는 한 예언자에게 라이오스 왕을 살해한 자가 누구냐고 물어보았지만, 예언자는 이 일의 진상이 너무 끔찍했기 때문에 처음에는 대답하기를 거부했단다. 하지만 테베 백성들을 위해 최선을 다해온 오이디푸스는 예언자를 추궁해 기어이 진실을 알아내고야 말았단다. 예언자는 오이디푸스 왕이 살인자라고 털어놓았단다. 그제야 오이디푸스는 시골길에서 있었던 격투를 다시 떠올렸고, 자신이 왕을 죽였다는 사실을 깨닫게 되었지. 하지만 아직 자신이 라이오스 왕의 아들이라는 증거는 하나도 없었으며, 이 사실은 그를 편안하게 놔두지 않았단다. 그는 모든 진실을 알려고 하는 정직한 사람이었단다. 드디어 그는 테베 출신의 옛 양치기와 코린토스 출신의 옛 양치기 두 사람을 찾아냈단다. 그는 양치기 두 사람을 대면시켜 자기가 아버지를 죽이고 어머니와 결혼했다는 것을 최종적으로 확인했지. 모든 진실을 확인한 오이디푸스는 자기 두 눈을 찔러버렸단다. 사실 그는 내내 눈이 멀어 있었던 거지, 이해하겠니?"

나는 깊게 한숨을 쉬었다. 나는 이 옛날이야기가 너무나도 비극적이고 끔찍하게 불공평하다고 여겨졌다.

"그건 정말 가문의 저주였나 보군요."

"하지만 라이오스 왕과 오이디푸스는 둘 다 여러 번 이 저주, 이 운명에서 도망치려고 시도했지. 하지만 그리스인들은 그것이 불가능하다고 여겼던 거야."

테베를 지나갈 때, 우리는 아무 말도 하지 않았다. 아버지는 스스로 가문의 저주라고 했던 것에 대해 곰곰이 생각했을 것이다. 아무튼 아버지는 오랫동안 단 한마디도 하지 않았다. 나는 오이디푸스 왕의 비극적인 이야기를 오래도록 생각한 후에 돋보기와 꼬마책을 꺼냈다.

다이아몬드 2

······ 늙은 주인님은 고향에서 온 중요한 소식을 듣는다 ······

❖

다음 날 아침 나는 닭 우는 소리에 잠을 깼단다. 잠시 나는 뤼베크의 집에 있다고 생각했지. 하지만 곧 이어 우리 배가 파선했다는 사실이 다시 떠올랐단다. 아직도 기억하는데, 난 야자수로 빙둘러싸인 석호에서 구조선을 해안으로 민 다음 섬 안쪽으로 걸어들어갔어. 그러곤 금붕어 무리와 함께 헤엄쳤던 커다란 호숫가에서 곯아떨어졌지.

내가 그 호숫가에서 잠을 깬 건가? 50년도 넘게 이 섬에 살면서 생기발랄한 쉰세 명의 난쟁이를 섬에 살도록 한 늙은 뱃사람 꿈을 꾸었던가? 나는 눈을 뜨기 전에 이에 대한 답을 곰곰이 생각해보기로 했지. 모든 게 한낱 꿈에 불과할 수는 없어! 나는 작은 마을 위쪽에 있는 프로데의 집에서 잠이 들었던 거야······.

나는 눈을 떴단다. 황금빛 아침 햇살이 어두운 통나무집 안을 비춰주고 있었지. 나는 내가 겪은 일이 해와 달처럼 사실이었음을 분명히 깨달았단다.

침대에서 내려온 나는 프로데는 어디 있지? 하고 스스로 물어보았지. 그러면서 내 시선은 출입문 위 선반에 놓여 있는 작은 나무 상자에 이르렀단다. 상자를 내려보니 비어 있었지. 이 상자에 그 대변신이 있기 전에 낡은 트럼프 카드들이 들어 있었던 게 분명했단다. 나는 상자를 도로 올려놓고 밖으로 나갔단다. 집 앞에서는 프로데가 뒷짐을 진 채 마을을 내려다보고 서 있었지. 나는 그 옆으로 갔지만, 우리는 둘 다 아무 말도 하지 않았단다. 저 아래에서는 난쟁이들이 벌써 분주하게 일하고 있었어. 햇빛이 마을과 산비탈을 따사롭게 비추고 있었지.

"조커의 날……." 이윽고 프로데가 말했단다. 그의 주름진 얼굴엔 걱정스런 표정이 스쳤단다.

"조커의 날이라고요?" 나는 물었단다.

"여보게, 우리 밖에서 아침식사를 하세. 잠깐 앉아 있게, 내 금방 먹을 것을 가져오지."

그는 작은 탁자 앞에 있는 등받이 없는 의자를 가리켰단다. 앉아서도 나는 잘 볼 수 있었지. 몇몇 난쟁이가 마을 밖으로 수레를 끌고 가고 있었는데, 클럽들이 들판으로 일하러 가는 중이었단다. 큰 목공소에서는 덜거덕거리는 소리가 시끄럽게 들려왔지.

프로데는 빵과 치즈, 몰루켄 우유와 뜨거운 투프를 가져와 내 옆에 앉았단다. 얼마 후에 그는 말했지.

"처음 섬에서 지내던 때를 나는 '혼자 카드놀이를 하던 시절'이라 부른다네. 나는 말할 수 없을 만큼 외로웠다네. 그렇게 보면, 쉰세 장의 트럼프 카드에서 꼭 그 수만큼 상상의 피조물이 만들어졌다는 건 어쩌면 전혀 놀랄 일이 못 된다네. 그런데 그것만이 아니었어. 카드들은 이내 이 섬에서 따르고 있는 달력에서도 중요한 역할을 하게 되었다네."

"달력에서요?"

"그렇다네. 1년은 52주니까. 트럼프 카드 한 장은 일주일에 해당하는 셈이지."

나는 계산해보았지. "7 곱하기 52는…… 364네요."

"그렇다네. 하지만 1년은 365일이거든. 남아 있는 그 하루를 우리는 '조커의 날'이라 부른다네. 조커의 날은 어떤 달에도 어떤 주에도 속하지 않지. 그날은 모든 게 가능한 특별한 날이라네. 그리고 4년마다 조커의 날은 이틀이 있다네."

"딱 들어맞는군요."

"이 52주일은, 혹은 내가 부른 대로 '카드들'은, 또 열세 달로 나뉜다네. 한 달은 각각 28일로 이루어져 있지. 왜냐하면 13 곱하기 28도 역시 364거든. 첫 달은 에이스 달이고 마지막 달은 킹 달이라네. 그리고 조커의 날이 겹칠 때까지 4년이 지나간다네. 다이아몬드 해에서 시작하면, 그다음 클럽 해가 오고, 그다음엔 하트

해, 그리고 마지막에 스페이드 해가 온다네. 이런 식으로 카드는 저마다 자기 주일과 자기 달이 있다네."

노인은 재빨리 나를 쳐다보았단다. 이 의미심장한 시간 구분법을 발명한 것이 뿌듯하기도 하고 또 당황스럽기라도 한 듯했지.

"처음에는 좀 복잡한 듯했습니다. 그런데 맙소사, 정말 훌륭하게 고안해냈군요!"

프로데는 고개를 끄덕이고는 말했지. "난 내 머리를 무언가에 사용해야만 했으니까. 게다가 한 해는 사계절로 되어 있다네. 봄에는 다이아몬드, 여름에는 클럽, 가을에는 하트, 겨울에는 스페이드라네. 한 해의 첫 주일은 다이아몬드 에이스고, 그다음에는 나머지 다이아몬드가 뒤따른다네. 여름은 클럽 에이스로, 가을은 하트 에이스로 시작한다네. 겨울은 스페이드 에이스로 출발하고, 한 해의 마지막 주는 스페이드 킹이라네."

"그러면 지금은 어떤 주인가요?"

"어제가 스페이드 킹 주의 마지막 날이자 스페이드 킹 달의 마지막 날이기도 했다네."

"그럼 오늘은요?"

"……조커의 날이라네. 또는 조커의 날 이틀 가운데 첫날이지. 조커의 날에는 큰 축제가 시작된다네."

"이상하군요."

"그렇다네, 고향 친구. 우리가 조커 카드를 치는 바로 이때 자네가 섬으로 오다니 이상하지. 그리고 나서 새로운 한 해와 새로운 4년 주기가 시작되는 거라네. 그런데 이뿐만이 아니라네…….”

늙은 뱃사람은 깊은 생각에 잠겼단다.

“예?”

“카드들은 또 섬의 시간 계산과도 관련이 있다네.”

“이해가 잘 안 되는데요.”

“나는 카드들에게 저마다 제 주일과 제 달을 부여해서 한 해의 날들을 통제할 수 있다네. 그리고 또 한 해 한 해는 이런 식으로 저마다 한 카드의 특징을 갖게 된다네. 섬에서 나의 첫해는 다이아몬드 에이스 해였네. 그다음에는 다이아몬드 2가 뒤따랐고, 그다음에는 다른 카드들이 전부 한 해의 52주와 똑같은 순서로 이어졌지. 그런데 내가 52년 전부터 이 섬에서 살고 있다고 이야기했었지.”

“예…….”

“우리는 이제 막 스페이드 킹 해를 끝냈다네, 선원 친구. 그리고 그 이상은 결코 생각해본 적이 없네. 내가 이 섬에서 52년도 넘게 살게 되리라고는…….”

“그걸 예상하지는 못하셨군요?”

“그렇다네, 예상하지 못했다네. 그런데 오늘 조커가 조커 해의 시작을 선언할 걸세. 오늘 오후에 큰 축제가 열린다네. 스페이드와 하트는 벌써 목공소를 축제장으로 만들고 있다네. 클럽은 과일

과 딸기류를 모으고, 다이아몬드는 유리잔을 축제장으로 가져온
다네."

"저도…… 저도 같이 축제에 가는 겁니까?"

"자넨 초대 손님이라네. 그런데 마을로 가기 전에 자네에게 할
이야기가 더 있네, 선원 친구. 그리고 지금 시간이 많지 않다네."

그는 갈색 음료를 유리 공장에서 가져온 유리잔에 따랐단다.
나는 조심스럽게 한 모금 마셨고, 늙은 뱃사람은 이야기를 계속했
단다.

"조커 축제는 매년 그 해가 마감될 때 열린다네. 아니면 새로운
한 해가 시작될 때라고 할 수도 있겠지. 하지만 혼자 하는 카드놀
이는 오직 4년에 한 번 있다네."

"혼자 하는 카드놀이라고요? 좀 더 자세히 설명해주시겠어요?"

그는 헛기침을 두 번 하고는 말을 계속했다. "이미 말한 대로
섬에 혼자 있게 된 나는 어떻게든 시간을 채워야 했지. 이따금 나
는 카드를 하나하나 넘기면서 카드마다 자기 고유의 문장을 지어
주었다네. 내가 그 문장들을 전부 암기하는 것은 일종의 놀이였
지. 그리고 드디어 각 카드들이 말한 것을 암기하고 나자 두 번째
놀이가 시작되었다네. 나는 그 문장들을 결합해 의미 있는 이야기
가 되도록 뒤섞어보려고 했지. 그래서 종종 일종의 이야기가 만들
어지기도 했다네. 카드들이 서로 완전히 무관하게 생각해낸 문장
들로 이루어진 이야기지."

"그게 조커 놀이였군요?"

"글쎄, 처음에는 고독에 대항한 일종의 카드놀이에 지나지 않았다네. 그런데 그게 이제 4년에 한 번씩 조커의 날에 열리는 큰 조커 놀이의 시작이기도 했지."

"계속해주세요!"

"각각 4년 주기로 되어 있는 네 해 동안 쉰두 명의 난쟁이들은 저마다 문장을 하나씩 생각해내야 한다네. 별로 인상적으로 들리지 않을지도 모르지만, 난쟁이들은 아주 천천히 생각한다는 사실을 잊지 말게. 그들은 그 문장을 암기해야 하는데, 두뇌가 발달되지 않은 그들로서는 쉬운 일이 아니라네."

"그리고 조커 축제 때 난쟁이들이 그 문장들을 암송하는군요?"

"그렇다네. 그런데 그건 놀이의 첫 단계에 지나지 않는다네. 그 다음은 조커 차례지. 조커는 어떤 문장도 생각해내지 않지만, 다른 난쟁이들이 문장을 암송하는 동안 망대 위에 앉아 그걸 받아 적는다네. 그다음 조커 축제가 진행되는 사이, 그는 이 문장들이 하나의 의미 있는 이야기가 될 때까지 차례를 바꾸지. 조커는 난쟁이들을 순서대로 세우고 난쟁이들은 자신의 문장을 반복하는데, 문장 하나하나는 긴 동화 한 편의 아주 작은 부분이 된다네."

"무척 놀라운 생각이군요." 나는 말했단다.

"그렇긴 하네만 멋지고 놀라운 일이 생길 수도 있다네."

"그건 무슨 뜻이지요?"

"완전히 뒤죽박죽이었던 이전 것에서 의미 있는 이야기를 만들어내는 존재는 단지 조커라는 걸 명심하게. 그 형상들은 서로 무관하게 그 문장들을 생각해냈으니 말일세."

"그런데요?"

"그런데 간혹 그 완성된 동화나 이야기가 마치 이전부터 존재하고 있던 것처럼 보이기도 한다네."

"그게 가능한 일일까요?"

"그건 알 수가 없다네. 하지만 만약 그렇다면, 쉰둘의 난쟁이들은 실제로는 쉰둘의 개인과는 사뭇 다른 존재이며 그 이상의 존재라네. 그들은 눈에 보이지 않는 실로 연결되어 있다네. 그러니까 난 자네에게 아직 이야기를 다 한 게 아니라네."

"계속해주세요!"

"이 섬에 와서 처음 한동안 난 카드로 점을 쳐보려고 해보았다네. 물론 그건 놀이일 뿐이었지. 그런데 어쩌면 뱃사람들이 세상의 많은 항구에서 했던 이야기가 꾸며낸 게 아닐 수도 있다는, 어쩌면 카드는 정말로 미래에 대해 무언가를 얘기해줄지도 모른다는 생각이 들었다네. 그리고 맨 먼저 클럽 잭과 하트 킹이 여기 나타나기 전 며칠 동안, 나는 카드놀이를 하던 중 아주 중요한 자리에서 이 두 카드를 여러 번 발견했다네."

"놀랍군요."

"모든 형상이 여기 도착하고 나서 조커 놀이를 시작했을 때, 난 더 이상 그것에 대해 깊이 생각하지 않았네. 그런데 4년 전 조커 축제의 이야기 중 맨 마지막 문장이 무엇이었는지 아는가?"

"아니요. 제가 어떻게 알겠어요."

"그렇다면 들어보게. '젊은 선원이 스페이드 킹의 마지막 날 마을로 온다. 선원은 유리 세공 잭과 수수께끼를 푼다. 늙은 주인님은 고향에서 온 중요한 소식을 듣는다.'"

"그건……. 정말 놀랍군요!"

"내가 4년 동안 이 말을 깊이 생각한 건 아니라네. 그런데 어제 저녁, 자네가 마을에 나타나자 스페이드 킹 해의 스페이드 킹 달의 스페이드 킹 주의 마지막 날에 이 예언이 다시 생각났다네. 어쨌든 난 자네를 기다리고 있었던 거지, 선원 친구……."

그때 나는 갑자기 무언가가 떠올랐단다.

"늙은 주인님은 고향에서 온 중요한 소식을 듣는다." 하고 나는 반복했단다.

"그래서?" 노인은 내 눈을 뚫어져라 들여다보았지.

"그녀가 스티네라고 하셨습니까?"

노인은 고개를 끄덕였단다.

"뤼베크에서 오셨다고요?"

노인은 다시 고개를 끄덕였지.

"제 아버지의 성함은 오토였지요. 아버지는 아버지 없이 성장했고, 아버지의 어머니 성함은 스티네였고요. 할머니는 몇 년 전에 돌아가셨습니다."

"스티네는 북독일에서는 꽤 흔한 이름이지."

"물론 그렇긴 하지만…… 아버지는 사생아였고, 할머니는 결혼한 적이 없었지요. 할머니는…… 할머니는 어떤 뱃사람과 약혼했었는데 그 뱃사람은 바다로 나가 돌아오지 않았어요. 그들은 둘 다 마지막으로 만났을 때까지도 할머니가 임신했다는 사실을 몰랐지요. 쫓아다니던 어떤 뱃사람과 눈이 맞았는데, 그 뱃사람이 자기 책임을 저버리고 그녀를 버렸다고들 수군거렸지요."

"으음…… 그러면 자네 아버지는 언제 태어났는가, 젊은이?"

"저희……."

"어서 말하게! 자네 아버지가 언제 태어났는가?"

"1791년 5월 8일 뤼베크에서요. 51년도 더 전이지요."

"그리고 그 뱃사람은 유리 세공 장인의 아들이었나?"

"그건 모르겠습니다. 할머니는 그분 이야기를 별로 많이 하지 않았어요. 온갖 소문들 때문이겠지요. 할머니는 어린 우리에게 그분이 탄 배가 떠날 때 할머니에게 손짓하려고 범선의 삭구를 타고 높이 기어올라 가다가 그만 밑으로 떨어져 팔을 다쳤다는 것만 이야기해줬지요. 할머니는 이 이야기를 할 때면 언제나 미소를 짓곤 했어요. 이런 변변찮은 회상은 단지 할머니의 자존심에 지나지 않았지요."

노인은 오랫동안 아래쪽 마을을 응시했지.

"이 팔은," 하고 그는 이윽고 말했지. "자네가 생각하는 것보다 더 가까운 관계라네." 이렇게 말하면서 그는 소매를 걷어 올리고 팔 아래쪽에 나 있는 오래된 흉터를 보여주었단다.

"할아버지!" 하고 나는 소리쳤지. 그러고 나서 나는 그를 힘주어 꼭 안았단다.

그는 "얘야." 하고 나를 부르며 내 목을 끌어안고 울기 시작했단다. "얘야…… 얘야……."

다이아몬드 3

…… 엄마는 거울에 비친 자신의 영상에 이끌려 여기에 온 거예요 ……

이제 꼬마책에도 가문의 저주에 대한 이야기가 등장한 것이다. 어떤 면으로 보나 몇 가지 사건들이 불길하게 발전해가고 있다는 생각이 들었다.

우리는 한 시골 식당에서 점심을 먹었는데 큰 나뭇가지가 드리워진 곳 아래에 있는 기다란 탁자에 앉았다. 식탁을 빙 둘러 오렌지나무들이 풍성하게 자라고 있었다. 우리는 고기 꼬치와 양젖 치즈가 든 그리스식 샐러드를 먹었다. 후식을 먹을 때쯤 나는 아버지에게 마법의 섬의 달력 이야기를 했다. 물론 그걸 어떻게 알게 되었는지는 발설할 수 없으므로 몇 시간이고 혼자 뒷자리에 앉아 있으면 그런 생각이 떠오른다고 말했다.

아버지는 아주 놀라워하며 펜으로 냅킨에다 계산해보았다.

"카드 쉰두 장이면 52주가 된다. 그건 364일이 된다. 그다음 28

일인 달이 13이니까 마찬가지로 364가 된다. 그리고 두 경우 모두 하루가 남는구나."

"조커 날이에요."

"그래, 망할 것 같으니라고!"

아버지는 오렌지나무 위를 지그시 바라보다가 물었다. "그러면 넌 언제 태어났지, 한스 토마스야?"

나는 아버지가 무슨 말을 하는지 알 수 없었다.

"1972년 2월 29일에요."

"그러면 그날은 어떤 날이지?"

그러자 나는 갑작스레 깨달았다. 나는 윤일에 태어났지. 그리고 마법의 섬의 달력에 따르면 조커의 날에. 왜 책을 읽는 동안 이 생각을 못했을까?

"조커의 날이에요!" 내가 말했다.

"맞았다!"

"아버지는, 그게 내가 조커의 아들이기 때문이라는 건가요, 아니면 내가 조커이기 때문이라고 생각하는 건가요?" 하고 나는 물었다.

아버지는 나를 진지하게 쳐다보더니 말했다. "물론 둘 다지. 내가 아들이 하나 생기면 그날은 조커의 날이다. 그리고 네가 태어나는 일 역시 조커의 날에 일어나지. 이해하겠니?"

나는 아버지가 단지 내가 조커의 날에 태어났다는 사실 때문에 기뻐하는지는 잘 알 수 없었지만, 아버지의 목소리에는 내가 아버지의 상징인 조커를 훔칠지도 모른다는 염려가 내비쳤다. 아무튼 아버지는 얼른 달력 이야기로 돌아왔다.

"넌 그걸 금방 생각해냈단 말이지?" 하고 아버지는 다시 물었다. "와! 매주 각각 제 카드가 있고, 달마다 각각 에이스에서 킹까지 있고, 계절마다 각각 네 패 가운데 하나가 있는 셈이군. 이걸로 특허를 내도 되겠구나, 한스 토마스야. 내가 아는 한 지금까지 완벽한 브리지 달력은 발명된 게 없었단다."

아버지는 싱글벙글 웃으며 커피를 저었다. 그러고는 덧붙였다. "맨 먼저 율리우스력이 있었고, 그다음에는 그레고리력으로 옮아갔지. 이제 새로운 달력을 도입할 때인지도 모르지."

달력에 대해서는 나보다 아버지가 훨씬 더 관심이 많은 게 분명했다. 아버지는 여전히 냅킨에다 계산을 해보더니 갑자기 약삭빠른 조커의 번득이는 눈빛으로 나를 보며 말했다. "그리고 그게 전부가 아니야. 한 패의 숫자를 전부 합쳐보면 91이 나온다. 에이스는 1, 킹은 13, 퀸은 12……. 그래서 전부 합치면 91이야."

"어떻게 91이 되는데요?" 하고 나는 물었다. 난 아버지의 계산을 제대로 따라갈 수 없었다.

아버지는 펜을 냅킨에 내려놓고 내 눈을 깊이 들여다보았다.

"91 곱하기 4는 얼마지?"

"9 곱하기 4는 36이고……. 364로군요! 기가 막히는군요!"

"바로 그거다! 카드에는 364개의 기호가 있다. 그리고 조커가 있고 그런데 조커의 날이 이틀인 해가 있다. 아마 그 때문에 카드 한 벌에 조커가 두 장인 모양이구나, 한스 토마스야. 이건 우연일 수가 없어!"

"카드가 의도적으로 이렇게 만들어졌다는 건가요? 아버진 카드 가 한 해의 수와 똑같은 수의 기호로 되어 있다는 사실이 의도적 이라고 생각하세요?"

"아니, 그렇게 생각하지 않는단다. 난 이 사실이, 인류가 명백 하게 드러나 있는 이런 기호들조차 풀이할 능력이 없다는 또 하나 의 예시라는 생각이 드는구나. 수백만 벌의 카드가 있지만 지금까 지는 아무도 그걸 세어보려고 애쓰지 않았지."

생각에 잠긴 아버지의 얼굴에 그늘이 스치고 지나갔다.

"그런데 심각한 문제가 하나 있구나. 조커가 달력에서 한자리 를 차지하게 되면, 조커를 얻기가 더 쉽지 않겠구나."

아버지는 큰 소리로 웃었다. 그렇게 심각한 뜻으로 말한 것은 아닌 모양이었다.

아버지는 나중에 자동차 안에서도 오랫동안 혼자 싱글벙글했 다. 줄곧 달력 생각을 하는 것 같았다.

아테네에 가까워졌을 때 우리는 커다란 도로 표지판을 발견했 다. 이미 여러 차례 도로 표지판을 보았지만, 이번에는 왠지 가슴이 마구 뛰었다.

"잠깐!" 하고 나는 소리쳤다. "멈춰요!"

아버지는 깜짝 놀라 길가로 차를 몰아 급브레이크를 밟았다.

"왜 그러니?" 아버지는 내게로 몸을 돌리며 물었다.

"내려요! 차에서 내려야 해요!"

아버지는 차 문을 열고 뛰어나오며 물었다. "어디 아프냐?"

나는 고작 몇 미터 떨어진 곳에 있는 표지판을 가리켰다. "저기 표지판이 안 보이세요?"

아버지는 안타까울 정도로 어리둥절해 했지만, 난 표지판밖에 생각할 수가 없었다.

"그래, 보고 있다. 그런데 저게 어떻단 말이냐?"

"한번 읽어보세요!"

아버지는 "아티나(Atina)." 하고 읽고는 어깨를 으쓱해 보였다.

"저건 그리스어로 아테네를 뜻하지."

"그것 말고는 아무것도 안 보여요? 한번 거꾸로 읽어보세요."

"아니타(Anita)." 아버지는 이제 큰 소리로 읽었다.

나는 더 이상 아무 말도 하지 않았다. 다만 진지하게 아버지를 쳐다보며 고개를 끄덕였을 따름이다.

"그래, 정말 재밌구나." 아버지는 시인하면서 담배에 불을 붙였다. 아버지가 어찌나 냉담한지 나는 화가 나기까지 했다.

"재밌다고요? 그것밖에 할 말이 없나요? 엄마는 여기에 있다고요, 알잖아요. 그래서 엄마가 여기로 온 거에요. 거울에 비친 자신의 영상에 이끌려 여기에 온 거에요. 그건 엄마의 운명이었어요. 이런 연관성이 있다고요!"

한두 가지 이유가 아버지를 화나게 한 것 같았다.

"이제 진정해라, 한스 토마스!"

운명과 거울에 비친 영상 이야기가 아버지 마음에 들지 않은 게 분명했다.

다시 자동차를 타자 아버지가 말했다. "가끔 넌 지나치게 상상력을 발휘하는구나!"

아버지는 이렇게 말했지만 아마 표지판만이 아니라 우리를 쫓고 있는 난쟁이들과 이상한 달력도 생각했을 것이다. 그리고 실제로 그렇다면, 아버지의 말은 부당하다고 생각했다. 내가 보기에 아버지는 다른 사람들의 상상력을 나무랄 자격이 없었다. 가문의 저주에 대한 이야기를 꺼낸 사람은 내가 아니니까 말이다.

아테네로 가는 동안 나는 마법의 섬에서 조커 축제를 어떻게 준비하는지에 대해 읽었다.

다이아몬드 4

…… 그녀의 작은 손은 아침 이슬처럼 차가웠지 ……

❖

나는 마법의 섬에서 나의 할아버지를 만난 것이었단다. 나는 그가 운명적인 마지막 항해를 떠났을 때 뤼베크에 남겨진, 태어나지 않은 아이의 아들이었으니까.

이 이야기에서 제일 이상한 점은 무엇일까? 작은 정자 하나가 자라나서 마침내 살아 있는 인간이 되었다는 것일까? 아니면 살아 있는 인간이, 자신의 상상으로 만들어낸 피조물이 결국 살아서 세상을 돌아다닐 정도로 생생한 상상을 했다는 것일까? 그런데 우리 인간도 이들처럼 살아 있는 상상물이 아닐까? 누가 우리를 세상으로 보냈을까?

프로데는 반세기 전부터 이 큰 섬에 혼자 살고 있었단다. 언젠가는 우리가 함께 집으로 돌아갈 수 있을까? 뤼베크에 있는 아버지의 빵 가게로 들어가 함께 온 노인을 소개하며, "제가 왔습니다, 아버지. 넓은 세상에서 집으로 돌아왔습니다. 그리고 프로데를, 당신의 아버지를 데려왔습니다."라고 말할 수 있게 될까?

프로데를 안고 있는 동안, 이런 수없이 많은 생각이 머릿속을 스쳐 지나갔지. 하지만 빨간 옷을 입은 난쟁이 한 무리가 마을에서 뛰어올라오는 바람에 나는 이런 생각들을 계속할 수 없었단다.

"저기 봐요!" 나는 그에게 속삭였단다. "손님이 오고 있어요!"

"하트들이군." 프로데는 여전히 울먹거리며 말했지. "조커 축제 때면 언제나 저들이 나를 데리러 온단다."

"정말 기대되는군요."

"나도 마찬가지다, 얘야. 고향에서 온 중요한 소식이라는 문장을 암송한 사람이 스페이드 잭이었다고 내가 말하지 않았니?"

"아니요……. 그게 무슨 뜻입니까?"

"스페이드는 불행을 가져온단다. 나는 이 사실을 배가 파선하기 훨씬 전에 항구의 술집에서 들은 적이 있었고, 이 섬에서도 역시 통하는 말이었지. 아래 마을에서 스페이드와 우연히 마주칠 때면 언제나 불행한 일이 생겼단다."

그때 하트가 2에서 10까지 모두 집 앞에 도착했기 때문에 그는 말을 멈춰야 했지. 모두 다 긴 금발머리에 피처럼 붉은 하트가 그려진 빨간색 옷을 입고 있었단다. 프로데와 나의 초라한 옷차림과 대비되는 그들의 밝은 옷 색깔 때문에 난 눈을 비벼야 했단다.

우리가 일어서자 그들은 우리를 빙 둘러싸고 원을 만들었단다.

"좋은 조커 해가 되기를!" 그들은 웃으면서 소리쳤지. 그런 다음 그들은 우리 주위를 돌며 춤을 추었고 치마를 흔들어댔단다.

"됐어! 이 정도면 충분해!" 프로데는 마치 애완동물을 대하듯 말했단다.

그러자 소녀들은 침묵했고 우리를 언덕 아래로 밀기 시작했지. 하트 5가 내 손을 잡고 앞서 걸었는데, 그녀의 작은 손은 아침 이슬처럼 차가웠지.

아래쪽 마을의 시장과 골목길은 텅 비어 조용했지만, 몇몇 집에서 비명과 울부짖음이 들려왔지. 드디어 하트들은 어떤 오두막 안으로 사라졌단다.

해가 하늘 높이 떠 있는데도 커다란 목공소 입구에는 불이 켜진 석유램프가 걸려 있었단다.

"다 왔다." 하고 프로데가 말했지.

이 말과 동시에 우리는 축제장 안으로 들어섰단다.

아직 난쟁이는 아무도 와 있지 않았지만, 네 개의 긴 탁자 위에는 유리 접시와 과일을 가득 담은 그릇이 놓여 있고, 반짝이는 음료가 든 병과 유리항아리, 빨갛고 노랗고 파란 금붕어가 든 어항도 있었단다. 세어보니 한 탁자에 의자가 열세 개씩 놓여 있었지.

방의 벽은 연한 색의 널빤지로 되어 있었고, 천장 대들보 아래에는 알록달록한 유리 석유램프들이 달려 있었단다. 한쪽 벽에는 창이 네 개가 나 있었고, 창 난간에도 금붕어 어항이 놓여 있었지.

창을 통해 밀려들어온 부드러운 햇빛이 유리병과 금붕어 어항들과 부딪쳐 바닥과 벽에 작은 무지개를 만들었단다. 창이 없는 긴 벽 한가운데에는 높은 의자 세 개가 나란히 놓여 있었지. 그건 마치 법정에서 판사들이 앉는 의자처럼 보였단다.

의자를 이렇게 배열해놓은 이유를 곰곰이 생각하는 사이 문이 열렸고, 조커가 축제장으로 깡충 뛰어들어 왔지.

"안녕들 하세요!" 그는 나를 오싹하게 하는 미소를 지으며 말했지. 조금만 움직여도 그의 보라색 옷과 빨강과 초록의 광대 모자에 달린 작은 방울들이 딸랑거렸단다.

느닷없이 그는 나를 향해 뛰어와 공중으로 깡충 뛴 다음 내 귀를 잡아당겼단다. 그의 방울 소리는 이제 도망치는 말이 끄는 썰매에 달린 방울처럼 요란한 소리를 냈지.

"자, 큰 축제에 초대되어 기쁩니까?" 하고 그가 물었지.

"그렇소, 정말 고맙소." 나는 대꾸했지.

이제 나는 이 작은 난쟁이가 겁날 지경이었단다.

"정말입니까? 감사하는 기술을 배웠군요? 좋아요, 좋아." 하고 그는 히죽거렸단다.

"좀 진정하거라, 광대야." 프로데가 그에게 엄하게 경고했지.

그런데도 작은 조커는 늙은 뱃사람에게 힐끗 의심스러운 눈길을 보낼 뿐이었지.

"큰 행사 전이니 포기하는 수밖에 없지요. 하지만 이제 후회하기엔 너무 늦었어요." 조커가 말했단다. "오늘 카드가 전부 뒤집어질 거고 카드 안에 진실이 있지요. 우리는 더 이상 말하지 않아요! 그것으로 끝이지요!"

이 작은 광대는 다시 팔짝 뛰어 밖으로 나갔고 프로데는 고개를 저었단다.

"대체 누가 이 섬의 최고 권력자입니까? 할아버지입니까, 저 광대입니까?" 하고 나는 물어보았지.

"지금까지는 나였단다." 프로데는 당황하며 대답했단다.

얼마 안 되어 또 문이 열렸단다. 조커가 돌아왔지. 그는 기다란 벽의 높은 의자에 앉더니 프로데와 내게 그 옆에 앉으라고 명령했단다. 프로데가 가운데에 앉고, 조커는 그의 오른쪽에, 그리고 나는 그의 왼쪽에 앉았지.

"조용!" 우리가 자리에 앉자, 아무 소리도 들리지 않았는데 조커가 말했단다.

그러자 아름다운 피리 소리가 점점 가까이 들렸고, 곧 다이아몬드들이 총총걸음으로 들어왔단다. 맨 앞에 작은 킹, 그 뒤에는 퀸과 잭이, 그다음엔 다른 이들이, 마지막이 에이스였단다. 로열패밀리를 제외하고는 모두 작은 유리 피리를 불고 있었지. 그들은 왈츠를 연주했는데, 피리 소리는 교회 파이프오르간의 가장 가느다란 관이 내는 소리처럼 가늘고 고왔단다. 모두 분홍색 옷을 입고 있었는데 가는 은빛 머리카락이 반짝거렸으며 푸른 눈은 광채를 띠고 있었단다. 킹과 잭을 제외하고는 모두 여자였지.

"브라보!" 하고 조커가 외쳤지. 그는 감격하여 손뼉을 쳤고 프로데도 박수를 치기에 나도 따라 했단다.

다이아몬드들은 축제장 구석에 멈춰 서서 사분원을 만들었단다. 다음으로 파란색 제복을 입은 클럽들이 왔지. 퀸과 에이스는 같은 색 옷을 입었고, 다른 클럽들은 모두 갈색 곱슬머리에 거무스름한 피부와 갈색 눈을 하고 있었단다. 그들은 다이아몬드보다 좀 더 통통했으며, 퀸과 에이스 외에는 모두 남자였지.

클럽들은 다이아몬드 옆에 서더니 그들과 함께 반원을 만들었단다. 그다음 빨간 옷을 입은 하트들이 축제장으로 들어섰지. 이들 중 킹과 잭만이 남자였는데 빨간 제복을 입고 있었단다. 하트들은 모두 금발이었으며 피부색은 따뜻한 느낌을 주었고 눈은 녹색이었단다. 하트 에이스만이 다른 하트들과 구별되었지. 그녀는 숲 속에서 나와 만났던 날 입었던 노란 드레스를 입었단다. 그녀는 클럽 킹 옆에 섰고, 나머지 하트들은 그 옆에 이어 섰단다. 난쟁이들은 이제 원의 사분의 삼을 만들었단다.

마지막으로 땋아 내린 검은 머리에 눈이 몹시 까만 스페이드가 검은 제복을 입고 왔단다. 그들은 다른 난쟁이들보다 어깨가 더 넓었고 모두 퉁명스런 표정이었지. 퀸과 에이스만이 여자였는데 보라색 옷을 입고 있었어. 나의 예상대로 스페이드 에이스는 하트 킹 옆에 섰고 다른 스페이드들이 그 옆에 이어 섰지. 이제 쉰두 명의 난쟁이들은 하나의 원을 이루었단다.

"놀랍군요." 하고 나는 속삭이듯 말했단다.

"조커 축제는 으레 이렇게 시작된단다." 프로데가 되받아 속삭였지. "이들은 쉰두 주일로 된 한 해를 나타내고 있지."

"하트 에이스는 왜 노란 옷을 입고 있습니까?"

"그녀는 여름에 가장 높이 떠 있는 해란다."

나는 스페이드 킹과 다이아몬드 에이스 사이에 작은 틈이 있다는 걸 알아챘고, 그래서 그것도 물어보려 했단다. 그런데 조커가 의자에서 일어나 그 사이에 가 섰어. 그렇게 해서 원은 완전히 연결되었단다. 그래서 조커는 정확히 하트 에이스의 맞은편에 서 있게 되었지.

난쟁이들은 서로 손을 잡고 말했단다. "좋은 조커 해가 되기를! 그리고 행복한 새해를 기원합니다!"

그러고 나서 작은 광대는 작은 방울들이 딸랑거리도록 팔을 들고는 소리쳤단다. "단지 1년이 지나간 것만이 아닙니다! 52년으로 된 놀이를 전부 마감할 때입니다. 이제 미래는 조커에게 달려 있습니다. 생일 축하합니다, 조커 형제! 더 이상은 말하지 맙시다. 이상입니다!"

그러면서 그는 마치 자신에게 축하하려는 듯 자기 손을 잡았단다. 난쟁이들 중 누구도 조커의 말을 이해하지 못한 것 같았지만 그들은 박수를 쳤지. 그리고는 각각 자신들의 탁자에 앉았단다.

프로데가 내 어깨에 한 손을 얹고 말했단다.

"저들은 여기서 일어나는 일을 거의 이해하지 못한단다. 그저 해마다 새해가 오기 전에 내가 원 모양으로 배열한 카드대로 반복하는 것뿐이야."

"하지만……."

"얘야, 말이나 개가 서커스장에서 똑같은 원을 그리며 되풀이해 도는 모습을 보았느냐? 이 난쟁이들도 마찬가지란다. 그들은 마치 훈련받은 동물 같지. 단지 조커만이……."

"어떤데요?"

"나는 여태껏 조커가 저렇게 거만하고 확신에 차 있는 모습을 결코 본 적이 없단다."

다이아몬드 5

아버지가 금방 아테네에 도착할 거라고 말해서 나는 그만 읽기로 했다. 여행 목적지가 가까워오기 때문에 난쟁이 세계에 제대로 집중할 수 없을 것 같았다.

아버지는 지도와 특유의 참을성 덕분에 결국 여행 안내소를 찾아냈다. 아버지가 적당한 호텔을 알아보는 동안 나는 자동차에 앉아 그리스인들을 구경했다.

아버지는 함박웃음을 지으며 돌아왔다. "티타니아 호텔로 가자. 차고와 멋진 방, 그리고 아테네를 한눈에 볼 수 있는 스카이라운지가 있단다. 이왕 아테네에 왔으니 아크로폴리스를 봐야 하지 않겠니?"

아버지의 말은 전혀 과장이 아니었다. 우리는 11층에 방을 얻었는데 방에서 보는 전망도 아주 좋았다. 그렇지만 우리는 바로 엘리베이터를 타고 스카이라운지로 올라갔다. 그곳에서는 정말로 아크로폴리스가 바로 보였다.

아버지는 말없이 옛 사원들을 바라보았다.

"믿기지 않는구나, 한스 토마스." 아버지가 이윽고 말했다. "정말로 믿기지 않는구나!"

그런 다음 아버지는 한동안 이리저리 돌아다녔다. 아버지가 마음을 가라앉히자 우리는 자리에 앉았고 맥주를 주문했다. 우리는 맞은편으로 아크로폴리스가 바라다 보이는 테라스 끝 쪽 난간 옆에 앉았다. 게다가 얼마 안 있어 옛 사원 지대에 투광 조명까지 들어오자 아버지는 거의 흥분을 감추지 못했다.

"우리 내일 저곳에 가보자꾸나, 한스 토마스." 모든 것에서 시선을 거두며 아버지가 말했다. "그리고 나서 위대한 철학자들이, 오늘날의 유럽이 유감스럽게도 잊어버린 많은 중요한 문제에 대해 토론했던 옛 광장에 들르자꾸나."

이 말을 시작으로 아테네 철학에 대한 꽤 긴 강연이 시작되었는데, 나는 줄곧 다른 생각에 빠져 거의 알아듣지 못했다.

"난 우리가 엄마를 찾으려고 여기 왔다고 생각하는데요." 나는 급기야 아버지의 말을 중간에서 끊고 말았다.

그러는 사이에 아버지는 두 잔 혹은 세 잔째의 맥주를 마시고 있었다.

"물론 그렇지. 하지만 먼저 아크로폴리스를 보지 않으면 엄마와 이야기할 거리가 없을지도 몰라. 이 많은 세월 후의 만남이 그렇게 된다는 건 슬픈 일 아니니? 그렇지 않니?"

목적지에 이렇게나 가까이 와 있는 지금, 나는 아버지가 실은 엄마를 찾는 일을 겁내고 있음을 조금씩 느낄 수 있었다. 그건 내가 갑자기 어른이 된 듯 느껴질 만큼 가슴 아픈 생각이었다. 지금까지 나는 일단 아테네에 오기만 하면 당연히 엄마를 찾을 거라고 생각했다. 그리고 모든 문제가 저절로 잘 풀릴 것이라고도. 이제야 나는 내가 얼마나 순진했는지 깨달았다.

그건 아버지 잘못이 아니었다. 아버지는 어쩌면 엄마가 우리와 함께 집으로 돌아가지 않을지도 모른다고 자주 말하곤 했었다. 하지만 나마저도 그렇게 생각한다는 건 견딜 수 없었다. 엄마를 찾으려고 얼마나 노력했는데 어떻게 그럴 수 있는지 상상도 할 수 없었다.

내가 얼마나 어린애 같았는지 깨닫자 아버지에게 몹시 죄송했다. 물론 나 자신에 대한 연민도 있었다. 이것이 또 그다음에 일어난 일의 이유이기도 했다고 나는 생각한다. 엄마와 옛 그리스 사람들에 대해 몇 마디 하찮은 말을 한 다음 아버지는 이렇게 말했다. "너 포도주 한 잔 마셔보겠니, 한스 토마스야? 난 그랬으면 좋겠다만……. 혼자 마시는 건 재미없단다."

"음, 첫째로 전 포도주를 좋아하지 않고, 둘째, 전 아직 어른이 아니에요."

"그럼 네게 다른 맛있는 걸 주문해주마. 너도 곧 어른이 될 테니까."

아버지는 종업원에게 손짓해 내게 줄 붉은 마티니 한 잔과 아버지가 마실 메탁사 한 잔을 주문했다.

종업원은 놀라며 먼저 나를 보더니 그다음 아버지를 보았다.

"정말입니까?" 하고 그는 물었다.

아버지가 고개를 끄덕이자 종업원은 사라졌다.

불행히도 내가 마신 술은 아주 달콤하고 맛있었다. 게다가 얼음 조각이 많아서 상쾌하기까지 했다. 그것이 문제였다. 결국 두 잔인가 석 잔을 마시고 나서 불상사가 일어났다. 내 얼굴은 죽은 사람처럼 하얘졌고 거의 바닥에 쓰러질 정도였다.

"아니, 얘야!" 하는 아버지의 말소리가 들렸다.

아버지는 나를 방으로 데려왔고, 그러고 나서 나는 다음 날 아침 잠에서 깰 때까지 아무것도 기억하지 못한다. 잠자는 동안 몸이 꽤 좋지 않았다는 것 말고는. 아버지 역시 그랬을 것이다.

다이아몬드 6

...... 이따금 그들은 땅으로 내려와 인간들 틈에 섞이기도 했다 ......

다음 날 깨어 맨 처음 든 생각은 끝도 없는 아버지의 음주벽에 이제는 신물이 난다는 것이었다. 내가 보기에는, 아버지는 알프스 이북, 적어도 아렌달에서 가장 예리한 감각을 가진 사람인데, 그 예리함이 서서히 술에 녹아버려야 하다니! 나는 엄마를 찾기 전에 이 문제를 해결해야 한다고 마음먹었다. 하지만 아버지가 막상 침대에서 불쑥 일어나 곧바로 아크로폴리스 이야기를 시작하는 바람에 아침식사 때까지 기다리기로 했다.

나는 아침식사를 끝낼 때까지도 기다렸다. 아버지는 커피를 한 잔 더 주문하고는 커다란 아테네 시가 지도를 펼치면서 담배에 불을 붙였다.

"아버지도 이제 좀 심하다고 생각하지 않으세요?"

아버지는 나를 바라보았다.

"뭘 말하는지 알잖아요." 나는 말을 계속했다. "우린 이미 아버지의 끝도 없는 폭음에 대해 얘기해왔어요. 그런데 이제는 아들까지도 끌어들인다면……."

"미안하다, 한스 토마스야." 아버지는 바로 시인했다. "마티니가 네게 맞지 않았나 보구나."

"그 말이 아니에요. 아버지가 좀 덜 마실 수도 있잖아요. 아렌달의 하나뿐인 조커가 다른 이들처럼 끝내 술독에서 인생을 끝낸다면 정말 수치스럽지 않겠어요?"

아버지는 양심의 가책 때문에 진땀을 흘렸고, 그래서 난 또 금방 아버지가 안쓰러워졌다. 하지만 언제나 아버지에게 맞장구만칠 수는 없었다.

"생각해보마."

"너무 오래 생각하지 말아요. 엄마가 항상 손에 술병을 들고 다니는 단정치 못한 철학자를 반길지는 확신할 수가 없거든요."

아버지는 당황하여 몸을 이리저리 움직였다. 나는 아들에게 자신을 변호해야 하는 아버지의 모습이 가련하다고 생각했다. 그래서 나는 아버지가 "나도 벌써 그 생각을 했단다, 한스 토마스." 하고 말하자 적잖이 놀랐다.

아버지의 대답은 무척 단호해 그것으로 충분하다고 생각했다. 그런데 문득 또 한 가지 생각이 스쳤다. 이유는 잘 모르겠지만, 엄마가 우리를 떠난 이유를 내가 아버지만큼 잘 알고 있지는 않다는 느낌이 들었다.

"아크로폴리스에 어떻게 가지요?" 나는 지도를 보며 아버지에게 물었다. 이렇게 해서 우리는 다시 본래의 주제로 돌아왔다.

시간을 아끼려고 우리는 아크로폴리스 입구까지 택시를 탔다. 거기서부터 가로수 길을 거쳐 산비탈을 따라간 다음, 사원 지대로 올라갈 수 있었다. 마침내 최대의 신전 파르테논 앞에 서자 아버지는 흥분한 나머지 가만히 서 있질 못했다. 아버지는 이쪽저쪽으로 왔다 갔다 하며 거듭 소리쳤다. "훌륭해! 정말 훌륭해!"

우리는 파르테논 신전 안과 그 주변을 꽤 오랫동안 구경한 다음 잠시 휴식을 취하기로 했다. 우리가 서 있는 곳에서 가파른 산비탈 바로 밑에 있는 원형극장들이 보였다. 가장 오래된 원형극장에서 〈오이디푸스 왕의 비극〉이 상연되었다고 아버지가 말해주었다. 그런 다음 큰 바위를 가리키며 앉으라고 말했다.

이렇게 해서 아테네인에 대한 두 번째의 강연이 시작되었는데, 솔직히 말해 강연의 많은 부분을 한 귀로 흘려들었다. 너무 더웠기 때문이기도 했고, 또 골짜기를 보고 있자니 한층 더 흥미진진한 이야기가 떠올랐기 때문이기도 했다.

강연이 끝나고 그늘이라곤 거의 없을 만큼 해가 하늘 높이 뜨자 우리는 신전을 하나하나 구경했다. 아버지는 내게 여기저기를 가리키며 설명해주었고, 도리아식 기둥과 이오니아식 기둥의 차이를 설명했으며, 파르테논 신전에는 직선이 하나도 없다는 사실을 알려주기도 했다. 이 엄청난 건물에는 오로지 높이 12미터인 아테네의 수호 여신인 아테네 상만이 서 있을 뿐이었다. 나는 그리스 신들이 그리스 북쪽에 있는 커다란 올림포스 산에 살았으며, 이따금 땅으로 내려와 인간들 틈에 섞이기도 했다는 것을 알게 되었다. 그럴 때 그들은 인간들로 이루어진 카드 한 벌 속의 거대한 조커와 같았다고 아버지는 말했다.

아크로폴리스에는 작은 박물관이 하나 있었는데, 나는 또 아버지가 관람하는 동안 기다리겠다고 말했고, 이번에도 허락을 받았다. 우리는 밖에서 만날 곳을 정했다. 물론 나도 흥미로운 안내자인 아버지와 함께 박물관을 구경하고 싶었지만, 같이 들어가지 않은 이유는 내 바지 주머니에 있는 꼬마책 때문이었다.

나는 바위에 걸터앉았다. 마법의 섬의 축제장에는 쉰두 명의 난쟁이가 탁자에 앉아 저마다 제 문장을 암송할 것이었다.

다이아몬드 7

...... 누구나 트럼프 카드로 변장해야 하는 가장 무도회 ......

❖

난쟁이들이 뒤죽박죽 떠들어대자 조커가 손뼉을 치며 외쳤지.
"다들 조커 놀이를 위해 한 문장씩 생각해봤지요?"

"예에에에." 하는 소리가 합창으로 되울렸단다.

"그러면 이제 문장을 낭독하도록 합시다!" 조커가 선언했지.

그러자마자 난쟁이들이 한꺼번에 제 문장을 말했단다. 쉰두 명
의 목소리가 몇 초 동안 벌떼처럼 웡웡거렸지. 그러고 나자 모든
게 끝나기라도 한 듯 죽음 같은 정적이 찾아왔단다.

"매번 이렇단다." 프로데가 속삭였지. "물론 누구도 자기 목소
리 외에는 아무것도 못 듣지."

"이렇게 많은 관심을 보내줘서 정말 감사합니다." 조커가 말했
지. "그럼 이제 한 번에 한 문장씩 해봅시다. 다이아몬드 에이스
부터 시작하지요."

그러자 작은 공주가 자리에서 일어나 이마에 드리워진 반짝이는 은빛 머리카락을 쓸어 올리고는 말했지.

"운명은 어느 쪽으로나 똑같이 자라는 한 포기 꽃양배추다."

그리고 그녀는 다시 자리에 앉았고, 그녀의 창백한 뺨은 붉게 달아올랐지.

"꽃양배추라, 그러니까……." 조커는 머리를 긁적였지. "이것은…… 지혜로운 말이군요. 그러면 다음은 다이아몬드 2!"

다이아몬드 2는 벌떡 일어나서 말했단다.

"돋보기는 금붕어 어항의 떨어져 나간 틈에 들어맞는다."

"아, 그래요?" 하며 조커가 평을 했지. "당신이 어느 돋보기가 어느 금붕어 어항에 들어맞는지도 알려줄 수 있다면 훨씬 더 쓸모가 있으련만. 하지만 시간이 해결해주겠지요, 시간이! 진실을 두 개의 다이아몬드에 죄다 눌러 넣을 수는 없으니까요. 다음 사람!"

이제 다이아몬드 3이 일어섰지.

"아버지와 아들은 자기 자신을 찾지 못하는 아름다운 여인을 찾아 나선다."

그녀는 훌쩍이다가 눈물을 터뜨렸지. 나는 이전에 보았던 그녀의 우는 모습이 떠올랐단다.

다이아몬드 킹이 그녀를 달래는 동안 조커가 말했지. "그런데 왜 그녀는 자기 자신을 찾지 못하지요? 자, 그건 모든 카드가 그림면을 내보일 때 알게 되겠지요. 다음 사람!"

이렇게 다이아몬드가 차례차례 이어졌단다.

"진실은, 유리 세공사의 아들이 자신의 상상물을 광대로 취급했다는 것이다."

하고 7이 말했는데, 그녀는 이미 유리 공장에서 내게 똑같은 말을 했었다.

"형상들은 마법사의 외투 소매에서 나왔고, 펄펄 살아 있는 자신을 발견한다."

하고 9가 주장했지. 그녀는 자신이 전혀 생각할 수 없을 정도로 어려운 생각을 해내고 싶다고 말한 여자였단다. 나는 그녀의 기술이 제법 훌륭하다고 생각했지.

마침내 다이아몬드 킹이 말했단다.

"혼자 하는 카드놀이는 가문의 저주이다."

"매우 흥미롭군요!" 조커가 소리쳤다. "4분의 1이 끝났는데 벌써 중요한 부분이 많이 제자리를 잡았지요. 이제 전체의 깊이가 보입니까?"

여기저기서 속삭거리는 소리가 들렸고, 조커가 말을 계속했단다. "아직 운명의 원 사분의 삼이 남아 있습니다. 이제 클럽!"

"운명은 자기 자신을 집어삼킬 만큼 허기진 한 마리 뱀이다."

하고 클럽 에이스가 말했지.

"금붕어는 섬의 비밀을 누설하지 않지만 꼬마빵은 누설한다."

클럽 2가 계속했단다. 오랫동안 이 문장이 내 혀끝에서 맴돌고 있었으며, 왜 그가 들판에서 잠들기 직전 불쑥 그 말을 내뱉었는지를 깨달았지. 그 말을 잊어버릴까 봐 두려웠던 것이란다. 다른 난쟁이들도 차례대로 암송했단다. 먼저 남아 있는 클럽, 그다음에 하트, 마지막으로 스페이드가 이어졌지.

"안의 상자는 바깥 상자를 풀어 열고 바깥 상자는 안의 상자를 풀어 연다."

하트 에이스는 숲 속에서 만났을 때와 똑같이 말했단다.

"화창한 어느 날 아침, 킹과 잭은 의식의 감옥에서 기어 나온다."

"가슴에 달린 주머니에는 햇빛에 말릴 카드 한 벌이 숨겨져 있다."

난쟁이들은 내가 거의 따라갈 수 없을 만큼 빨리 자리에서 일어나 저마다 제 문장을 말했는데, 한 문장 한 문장이 의미 없기는 마찬가지였단다. 몇몇은 속삭이듯 말했고, 몇몇은 웃으며, 혹은 한 편의 시를 낭송하듯 말했으며, 더러는 코를 훌쩍이거나 울었단다. 하지만 전부 혼란스럽고 무질서한 연설들이었지. 의미도 없고 연관성도 없었단다. 그런데도 조커는 이 문장들과 그 차례를 적느라 애썼지.

마지막은 스페이드 킹이었단다. 그는 쏘아보는 듯한 눈길로 조커를 쳐다보고는 말했지.

"운명을 꿰뚫어 보려는 자는 운명에서 살아남아야 한다."

나는 이 마지막 문장이 가장 지혜롭다고 생각했지. 그리고 조커도 그렇게 생각하는 것 같았단다. 조커는 스페이드 킹에게 그의 작은 방울들이 딸랑거릴 정도로 힘껏 박수를 보냈으며, 마치 독주회에 온 듯했단다. 프로데는 절망적으로 고개를 저었지. 그런 다음 우리는 일어나서, 가만히 앉아 있지 못하고 탁자 사이로 이리저리 총총거리는 난쟁이들에게 다가갔단다.

잠깐 동안 나는 이 섬이 불치의 정신병자를 위한 보호 구역이라는 생각이 더욱 강하게 들었단다. 어쩌면 프로데는 갑자기 이성을 잃어버린 간호 조무사였는지도 모른다. 그가 내게 해준 파선이야기와 카드 이야기는, 혹은 갑자기 펄펄 살아난 상상의 형상이야기는 온통 병든 남자의 망상일 수도 있지. 확실한 근거는 단한 가지뿐이었단다. 나의 할머니 이름은 정말 스티네였고, 나의부모님은 삭구에서 떨어져 팔을 다친 적이 있는 나의 할아버지 이야기를 했다는 것이었지.

어쩌면 프로데는 정말 50년도 넘게 이 섬에 살고 있는지도 모르는 일이었지. 파선 후 이렇게 오랫동안 살아남은 사람의 이야기를 들은 적이 있거든. 그는 또 분명 카드 한 벌을 지니고 있었겠지. 하지만 난쟁이들이 프로데의 상상의 피조물이란 것은 믿을 수없었단다.

나는 다른 가능성이 있다는 것도 알고 있었지. 이 섬의 이상한사건은 모두 그 무엇도 아닌 내 의식 속에서 일어난 일일 수도 있다는 말이지. 내가 갑자기 미쳐버렸을 수도 있으니까. 혹시 금붕어가 많은 호수에서 먹었던 딸기 같은 과일에 무엇이 들어 있었던 건 아닐까? 글쎄, 이제 그것에 대해 깊이 생각해보기엔 너무 늦어버렸군.

배의 종소리를 연상시키는 어떤 소리가 나를 이런 생각에서 벗어나게 했단다. 그러자 누군가가 내 소매를 당기고 있음을 느꼈지. 조커였단다. 그 종소리는 광대 옷에 달린 방울 소리였지.

"카드의 상황을 어떻게 평가하고 있나요?" 그가 물었지.

그는 자신이 나보다 더 많이 알고 있다는 걸 분명하게 드러내는 표정으로 나를 뚫어지게 보았지. 나는 아무 대답도 하지 않았단다.

"말해보세요." 그 작은 광대는 말을 계속했지. "만약 누군가의 생각이 갑자기 그의 상상 밖으로 튀어나와 이리저리 뛰어다닌다면, 당신은 이상하다고 생각하지 않겠어요?"

"그럼요, 당연하지요." 하고 나는 말했지. "그건 아주 불가능한 일이지요."

"불가능한 일이지요." 그도 시인했지. "하지만 동시에 사실이기도 하지요."

"무슨 뜻이지요?"

"말 그대로예요. 왜냐하면 지금 우리 둘은 서로 마주보고 있으니까요. 말하자면 하늘 아래에 펄펄 살아 있다는 말이지요. 어떻게 하면 의식의 감옥에서 기어 나올 수 있지요? 그러려면 어떤 사다리를 써야 하지요?"

"어쩌면 우리는 내내 여기 있었을지도 모르죠." 나는 그를 쫓아 버리려고 이렇게 말했단다.

"물론이에요. 하지만 그것은 질문에 대한 답이 아니에요. 우리는 누구지요, 선원 친구? 우리는 어디서 왔지요?"

그가 나를 그의 철학적 성찰에 끌어들이는 게 나는 마음에 들지 않았단다. 하지만 내가 그의 질문에 모두 대답할 수 없다는 사실을 시인하지 않을 수 없었지.

"우리는 마법사의 외투 소매에서 나와 펄펄 살아 있는 자신을 발견하게 되지요." 그는 소리쳤지. "'이상해.' 하고 조커는 말하지요! 그런데 선원 친구는 어떻게 생각하나요?"

그제야 나는 프로데가 사라졌다는 것을 알아차렸지.

"프로데한테 무슨 일이 일어난 거요?" 나는 물었지.

"새 질문을 하기 전에 먼저 받은 질문에 대답을 해야지요." 하고 그가 말했지. 그런 다음 그는 잔잔하게 웃었단다.

"프로데는 어디 있는 거요?" 나는 한 번 더 물었지.

"프로데는 신선한 공기가 있는 데로 가야 했어요. 조커 놀이가 이 단계에 이르면 으레 그렇게 해야 하지요. 그는 여기서 나올 결과를 너무 두려워한 나머지 이따금씩 바지에 오줌을 싸기도 하는데, 그렇게 되면 그가 밖으로 나가는 편이 더 낫다고 조커는 생각하지요."

불현듯 나는 커다란 축제장의 뭇 난쟁이들 틈에서 지독한 외로움을 느꼈단다. 자기 자리에 있는 사람은 한 사람도 없었지. 알록 달록한 그 형상들은 곳곳에서 성대한 생일잔치에 와 있는 아이들처럼 이리저리 총총거리며 돌아다녔지. 마을 사람 모두를 초대할 필요는 없었다는 생각이 들었단다.

그들을 바라보면서 나는 이것이 예사로운 생일잔치가 아님을 분명히 깨달았지. 이 축제는 누구나 트럼프 카드로 변장해야 하는, 또 모두 다 자리에 앉을 수 있도록 몸이 줄어드는 음료를 받아 마시는 가장무도회였지. 오직 나 혼자만 축제장에 늦게 도착하는 바람에 그 신기한 음료를 못 마셨을 뿐인……

"반짝이는 음료를 맛보시겠어요?" 조커가 웃으며 물었지.

그는 내게 작은 병을 내밀었고, 나는 혼란스러운 가운데 입에 대고 한 모금 마셨단다. 조금 맛보는 거야 해로울 게 없다고 생각했지.

그러나 아주 조금이었는데도 그 맛은 나를 완전히 압도했단다. 내 인생에서 한 번이라도 맛보았던 맛은 모두, 그리고 그보다 훨씬 더 많은 맛이 내 몸으로 파도처럼 밀고 들어왔지. 발가락 하나에는 딸기 맛이, 머리카락 한 올에는 복숭아 맛과 바나나 맛이, 왼쪽 팔꿈치에는 배와 주스 맛이 넘쳐흘렀고, 코에서는 마비될 듯한 향내가 났지.

어찌나 맛이 좋은지 나는 몇 분 동안이나 꼼짝도 않고 서 있었단다. 이제 알록달록한 옷을 입은 난쟁이들이 뒤섞여 분주히 움직이는 모습을 보니, 그들이 마치 내 상상의 피조물인 듯 느껴졌지. 한순간 나는 내 생각의 심연에서 길을 잃은 것 같았고, 다음 순간 어쩌면 이 상상의 피조물들은 별것 아닌 의혹 때문에 자신들이 저지당하자 항의하려고 내 머리에서 행군해 나온 것 같았단다.

내 머릿속에서는 더 많은 현명하고 이상한 생각이 꼬리를 물고 이어졌단다. 그들이 내 머릿속에서 살금살금 기어 나오기라도 한 것 같았지. 나는 이 병을 절대로 내주지 않으리라고, 그리고 만약 이 병이 언젠가 비워지면 다시 채워놓으리라고 결심했단다. 이 세상에서 반짝이는 이 음료보다 더 중요한 건 없는 것 같았지.

"맛이 좋았나요? 나빴나요?" 조커가 입을 크게 벌리고 웃으며 물었지.

그제야 나는 그의 이빨을 보았지. 웃을 때에도 그의 광대 옷에 달려 있는 방울들이 나지막이 딸랑거렸단다. 마치 그의 작은 이빨 하나하나가 이 방울들 하나하나와 연결되어 있는 듯했지.

"한 모금 더 마시겠소." 하고 내가 말했지.

순간 프로데가 축제장으로 뛰어들어 왔단다. 그는 스페이드 10과 스페이드 킹에게 걸려 넘어졌지. 그런 다음에야 조커의 손에서 병을 빼앗을 수 있었단다.

"이놈!" 하고 그는 고함쳤단다.

난쟁이들은 우리 쪽을 잠깐 쳐다보았을 뿐 계속해서 축제를 즐겼단다.

나는 갑자기 꼬마책에서 연기가 나는 것을 발견했다. 그러자마자 내 손가락의 살갗도 타는 것 같았다. 책과 돋보기를 던져버리자 옆에 있던 사람들이, 내가 독사에게 물리기라도 한 줄 알고 나를 빤히 쳐다보았다.

"아무 일도 아니에요!" 하고 말하고 나는 다시 돋보기와 책을 집어 들었다.

돋보기가 집광 렌즈처럼 작용했던 것뿐이었다. 꼬마책을 다시 펴보니 읽고 있던 마지막 쪽에 불에 탄 흔적이 큼직하게 나 있었다. 하지만 또 다른 무언가가, 그러니까 긴 도화선 하나가 타고 있었다. 꼬마책에 적혀 있는 많은 내용이 내 경험을 적은 것이라는 사실이 이제 분명해졌다.

나는 섬의 난쟁이들이 암송한 문장 가운데 몇 개를 반복해서 속삭여보았다.

"아버지와 아들은 자기 자신을 찾지 못하는 아름다운 여인을 찾아 나선다……. 돋보기는 금붕어 어항의 떨어져 나간 틈에 들어맞는다……. 금붕어는 섬의 비밀을 누설하지 않지만 꼬마빵은 누설한다……. 혼자 하는 카드놀이는 가문의 저주이다……."

나의 삶과 꼬마책 사이에는 어떤 비밀스러운 관련이 있다는 사실은 의심의 여지가 없었다. 어떻게 그럴 수 있었는지는 베일에 가려 있었다. 다만 확실한 건 프로데의 섬만이 신비한 것이 아니라, 꼬마책 자체도 신비하다는 점이었다.

잠깐 동안 나는 이 책이 나의 삶과 경험도 함께 다룬 건 아닐까 하고 생각해보았다. 하지만 책장을 계속 넘겨보니 그 책은 끝이 얼마 남지 않았다.

그토록 더웠는데도 나는 갑자기 이상한 한기를 느꼈다.

이윽고 아버지가 돌아오자 나는 바위에서 벌떡 일어나 아버지에게 아크로폴리스와 옛 그리스인에 대해 한꺼번에 서너 가지의 질문을 했다. 나는 아무튼 다른 것에 대해 생각해야만 했다.

다이아몬드 8

돌아가는 길에 우리는 다시 한 번 아크로폴리스의 커다란 입구를 통과했다. 아버지는 오랫동안 서서 도시를 내려다보고는 아레오파고스라는 언덕을 가리켰다. 거기서 예전에 사도 바울이 아테네인들에게 그들이 알지 못하는, 인간이 세운 그 어떤 신전에도 살지 않는 신에 대한 위대한 연설을 한 적이 있다.

아레오파고스 아래엔 아테네의 옛 광장이 있었다. 광장은 '아고라'라 불렸는데, 거기서 위대한 철학자들이 주랑을 거닐면서 사색에 잠기곤 했다. 하지만 예전의 그 아름다운 신전과 서재와 법정이 있던 곳은 이제 폐허로 변해버렸고, 대장간 신 헤파이스토스의 옛 신전만이 작은 언덕에 서 있었다.

"우리 저기도 가보자꾸나, 한스 토마스야." 아버지가 말했다.

"얘야, 내게는 여기 있는 모든 게 회교도에게 메카가 의미하는 것과 같은 거란다. 차이라고는 다만 나의 메카는 폐허 속에 있다는 것뿐이지."

난 아버지가 아고라가 자신을 실망시킬까 봐 두려워하고 있다는 생각이 들었다. 하지만 옛 광장에 이르러 대리석 사이를 기어오르기 시작하자 아버지는 마치 옛 도시국가의 문명이 부활하기라도 한 듯 움직였다. 여기에는 돌아다니는 사람들이 그리 많지 않았다. 아크로폴리스에는 수천 명의 방문객이 몰려들었지만, 이 광장에는 가끔씩 두 명의 조커가 나타나곤 했을 뿐이었다.

인간이 여러 번의 삶을 산다는 말이 맞는다면 아버지가 2,000년 전에 이미 이 광장 위를 걸었음이 틀림없다고 나는 생각했다. 아버지는 마치 그 당시에 자신이 어떤 모습이었는지 기억나기라도 하는 듯 옛 아테네 생활에 대해 이야기했던 것이다.

그리고 갑자기 아버지가 멈춰 서서 폐허를 가리키며 이런 말을 했을 때 나의 생각은 한층 굳어졌다. "한 아이가 모래상자 안에 모래성을 만들고 있다. 아이는 늘 새로운 걸 만들어 잠시 황홀하게 바라본다. 그런 다음 다시 무너뜨린단다. 이와 마찬가지로 시간은 이 세상을 만들었다 다시 지운단다. 이렇게 이 세상의 역사가 쓰이는 거지. 사건들은 인간의 기억 속에 새겨졌다가 다시 지워졌지. 지구에는 마귀할멈의 가마솥처럼 생명력이 넘치고 있고, 그리고 어느 날 우리 자신도 선조들처럼 만들어졌다가 사라진다. 시간의 바람이 불어닥쳐 우리를 받쳐주다가 우리를 존재하게 만든

다음, 다시 그냥 놓아버리는 거지. 우리는 마법으로 불려 왔다가 다시 장난처럼 내팽개쳐지는 거야. 항상 무언가가 우리 자리를 차지하려고 넘보고 있어. 왜냐면 우리의 토대는 튼튼하지 않거든. 우리 발밑에는 모래조차도 없단다. 우리가 바로 모래인 거야."

아버지의 말에 나는 깜짝 놀라 몸을 움찔했다. 아버지의 말뿐만 아니라 말하는 모습에도.

아버지는 계속 말했다. "우리는 시간을 피해 결코 몸을 숨길 수 없단다. 왕이나 황제들, 어쩌면 신들로부터도 우리 몸을 숨길 수 있지만, 시간으로부터는 숨길 수 없지. 시간은 어딜 가나 우리를 따라다닌단다. 우리를 둘러싼 모든 것이 이 쉼 없는 시간 속에 존재하기 때문이지."

나는 진지하게 고개를 끄덕였지만 아버지는 겨우 '시간의 이빨'에 대한 자신의 강연을 시작한 데 불과했다.

"시간은 지나가는 게 아니란다, 한스 토마스. 그리고 시간은 똑딱거리지 않아. 우리가 지나가는 것이고 우리의 시계가 똑딱거리는 거지. 시간은 마치 해가 동쪽에서 떠서 서쪽으로 지듯 그렇게 조용히, 그리고 냉혹하게 역사 속으로 침식된다. 시간은 문명을 파괴하고, 옛 유물들을 부식시키고, 인간을 하나하나 집어삼켜. 그래서 우리는 '시간의 이빨'이라고 말하지. 시간은 씹고 또 씹기 때문이다. 그리고 우리는 그 이빨 사이에 끼여 있는 것이란다."

"옛 철학자들은 이런 것들에 대해 토론했나요?"

아버지는 고개를 끄덕였다.

"정해진 짧은 시간 동안 우리는 멋진 군중 속에서 산단다. 우리는 마치 아주 당연하다는 듯 지구 위를 뛰어다니지. 아크로폴리스에서 사람들이 마치 개미처럼 이리저리 총총거리는 걸 보았지. 하지만 이 모든 것은 사라진단다. 모든 것은 사라지고 새로운 군중이 나타나지. 언제나 새 인간들이 기다리고 있기 때문이야. 형상들이 왔다가는 사라지고, 새로운 생각들이 언제나 등장한단다. 되풀이되는 주제도 없고, 두 번 작곡되는 작품도 없단다. 그 무엇도 인간처럼 이렇게 복잡하고 값진 존재는 없지. 얘야, 그런데 우리는 잡동사니처럼 취급당하는구나!"

나는 아버지의 말이 하도 비관적으로 들려서 중간에 끼어들지 않을 수 없었다.

"정말로 그렇게 비관적인가요?"

"가만 있거라!" 아버지는 내 말을 잘라버렸다. "우리는 흥미진진한 동화 속의 인물들처럼 지구 위를 뛰어다니고 있지. 우리는 서로 고개 숙여 인사하고 미소를 지으며 서로 바라본다. '저기요, 우리는 함께 살아가고 있군요! 우리는 똑같은 현실에서, 아니면 똑같은 동화 속에서……'라고 말하려는 듯이 말이야. 믿을 수 없지 않니, 한스 토마스? 우리는 우주 속의 한 행성 위에 살고 있지. 하지만 이내 우리는 이 궤도에서 쓸려 나가게 될 거야. 수리수리 마수리! 주문을 외기가 무섭게 우리는 사라져버리고 마는 거야."

나는 아버지를 바라보았다. 내가 누구보다도 잘 알고 있고 누구보다도 사랑하는 사람이었다. 그런데 저렇게 아테네의 옛 광장에 있는 대리석을 보고 있는 아버지가 나는 이상하게도 낯설게 느껴졌다. 혹시 이러한 강연을 주도한 이는 나의 아버지가 아니었나? 어느새 아폴론이나 어떤 악령이 이 주도권을 가로챈 것은 아닐까? 문득 이런 생각들이 내 머리를 스쳐갔다.

"만약 우리가 다른 시대에 살게 된다면," 하고 아버지는 말을 이었다. "그럼 우리는 다른 사람들과 함께 살게 될 거야. 그러면 우리는 고개를 끄덕이고 미소 짓고 수천 명의 동시대인에게 '안녕하세요'라고 말할 수 있지. '어이, 여보게! 우리가 같은 시대에 살고 있다니, 놀랍군!' 어쩌면 나는 누군가를 툭 치면서 문을 열고 소리치겠지. '안녕, 영혼아!'"

아버지는 두 손으로 영혼으로 가는 문을 어떻게 여는지 보여주었다.

"너도 알다시피 우리는 살아 있단다. 하지만 우리는 오로지 한순간만을 살고 있지. 우리는 두 팔을 벌리고는 우리는 존재한다고 말하지. 하지만 우리는 옆으로 쓸려나가서 역사의 암흑 속으로 사라지고 만단다. 우리는 일회용 피조물이거든. 우리는 가면들이 왔다가 사라지는 영원한 가장무도회의 일부지. 하지만 우리는 더 가치 있는 존재란다, 한스 토마스야. 너와 나는 거대한 모래상자에서 씻겨 나가지 않는 영원함 속에 우리 이름을 새겨 넣을 가치가 있단다."

아버지는 대리석 위에 앉아서 깊이 숨을 들이쉬었다. 그제야 나는 아버지가 지금 여기 아테네의 옛 광장에서 강연을 하기 위해 오랫동안 준비했음을 깨달았다. 그리고 사실 아버지는 나한테만 이야기한 것이 아니었다. 아버지는 그리스의 위대한 철학자들에게 이야기한 것이었다. 아버지는 먼 과거를 향해 강연한 것이었다. 나는 비록 아직 완전한 철학자는 아니지만, 어떤 의견을 가질 수는 있다고 생각했다. 그래서 "아버진 커다란 모래상자에서 씻겨 나가지 않는 어떤 것이 존재한다고 생각하세요?" 하고 물었다.

그제야 아버지는 정말로 온전히, 그리고 오직 나한테만 말했다. 이 질문이 아버지를 일종의 최면 상태에서 구원해낸 것만 같았다.

아버지는 "여기!" 하고 말하고는 자신의 머리를 가리켰다. "여기에 씻겨 나가지 않는 어떤 것이 있지."

순간 나는 아버지가 과대망상증에 걸린 것은 아닌가 걱정했지만, 단지 자신의 머리만 가리킨 것은 아니었다.

"생각은 흐르지 않는단다, 한스 토마스야. 나는 이제 첫 대목을 말했을 뿐이란다, 이해하겠니? 아테네의 철학자들이 주장한 바에 의하면 흘러가지 않는 것도 있단다. 플라톤은 그걸 '이데아의 세계'라고 했지. 그러니까 어린아이의 모래상자에서 제일 중요한 건 모래성이 아니란다. 제일 중요한 것은 아이가 쌓기 시작하기 전에 생각하고 있던 모래성의 형상이란다. 넌 왜 아이가 모래성을 완성하자마자 금방 부숴버린다고 생각하니?"

나는 두 번째 대목을 첫 대목보다 더 잘 이해했음을 인정해야 했다. 그러고 나서 아버지는 이렇게 말했다. "네가 무언가를 그리거나 만들려고 했는데, 제대로 안 될 때가 있지? 너는 몇 번이고 시도하지만 절대로 되지 않는다. 그건 네 머릿속에 있는 상이 네가 손으로 만들려고 하는 것보다 더 완벽하기 때문이지. 주위에 보이는 모든 것이 그렇단다. 우리는 우리 머릿속에 있는 상이 실제로 보이는 것보다 더 나을 수도 있다고 생각하지. 왜 그렇게 생각하는지 아니, 한스 토마스야?"

나는 그저 고개를 저었다.

아버지는 너무 흥분한 나머지 이제 거의 속삭이기 시작했다. "우리는 우리 안의 상들을 모두 이데아의 세계에서 가져왔기 때문이야. 실은 우리 고향은 거기란다. 시간이 우리가 사랑하는 모든 것을 우리에게서 빼앗아가는 이 모래상자가 우리 고향이 아니란 말이다."

"그러니까 다른 세계가 있는 거군요?"

아버지는 비밀스럽게 고개를 끄덕였다. "우리 영혼은 육체를 거처로 삼기 전에 거기 있었지. 그리고 육체가 시간의 이빨을 이겨내지 못하면 거기로 돌아가지."

"정말이요?"

"아무튼 위대한 그리스 철학자 플라톤은 그렇게 주장했지. 우리 몸은 모래상자 속의 모래성과 똑같은 운명을 견뎌낸다는 거야. 이 사실은 무슨 일이 있어도 달라지지 않는단다. 하지만 우리 속에는 시간이 갉아먹지 못하는 게 있단다. 왜냐면 그것은 여기에 속하지 않기 때문이지. 우리는 우리를 둘러싸고 있는 것들 너머로 눈길을 줘야 한단다. 우리는 본질을 보아야 해. 사실 우리를 둘러싸고 있는 것은 온통 허상에 지나지 않거든."

나는 아버지가 한 말을 전부 다 이해하지는 못했지만, 철학이란 대단한 것이고 아버지는 진짜 철학자라는 사실만은 알 수 있었다. 그리고 나는 옛 그리스인들과 좀 더 친해졌다는 생각이 들었다. 그들이 현세의 자산으로 우리에게 남긴 것은 그다지 많지 않지만 그들의 사상은 여전히 살아 있다.

마지막으로 아버지는 소크라테스가 독배를 비우고 죽기 전까지 갇혀 있던 감옥을 보여주었다. 그는 청소년들을 망쳐놓는다고 비난을 받았었다. 하지만 실제로 그는 아테네의 유일한 조커였던 것이다.

다이아몬드 9

…… 우리는 모두 한 가족이기 때문이지요 ……

아크로폴리스와 옛 광장을 뒤로하고 우리는 큰 의회 건물 앞에 있는 신태그마 광장의 상점가를 따라 걸었다. 도중에 아버지는 재미있는 카드 한 벌을 사서는 포장을 뜯어내고 조커를 꺼낸 다음 나머지를 내게 주었다.

큰 광장에는 식당이 많았고 우리는 그중에 한 곳에서 식사를 했다. 커피를 마신 다음 아버지는 지금 엄마를 찾기 위해서 몇 가지 조사를 해야 한다고 말했다. 옛 그리스인들의 옛터를 오래 돌아다닌 다음이라 발이 너무도 피로해진 나는, 아버지가 전화를 하고 근처에 있는 모델 에이전시에 들르는 동안 카페에서 기다리기로 했다.

아버지가 가고 나자 나는 사람들로 붐비는 커다란 광장에 혼자 앉아 있었다. 나는 한 가지 실험을 해보기로 작정했다. 새 카드를 전부 탁자 위에 펴놓고 카드마다 짧은 문장 하나를 대응시켜보는 것이었다. 그런 다음 그 문장들을 차례차례 이어서 한 편의 동화를 만들어보려고 했는데, 연필과 종이 없이는 너무 혼란스러워서 몇 번 해보고는 포기했다.

대신 돋보기와 꼬마책을 잡고 다시 읽기 시작했다. 나는 사건의 결정적인 전환점이 임박했다는 걸 알고 있었다. 이제 조커는 난쟁이들이 상상해낸 무의미한 문장들을 모두 끼워 맞출 것이다. 어쩌면 그 후 나는, 제빵사 한스가 아주 오래전에 알베르트라는 사람에게 해준 이상한 이야기가 나와 어떤 관련이 있는지 알게 될지도 모를 일이었다.

❖

작은 병에 든 그 음료는 내 온몸에 퍼져, 발밑의 땅바닥이 진동하는 듯 느껴졌지. 마치 나는 다시 바다에 있는 것 같았단다.

"어떻게 이 병을 이 사람에게 건네줄 생각을 했지?" 하고 프로데가 묻는 소리가 들렸지.

그러자 조커의 대답이 들려왔지. "간단해요. 그가 나한테 간청했으니까요!"

나는 조커가 그렇게 말했는지 아주 확신할 수는 없었단다. 왜냐면 다음 순간 바로 잠들어버렸기 때문이란다. 깨어나 보니 프로데가 내 위쪽에 서 있더구나. 그는 조심스레 내 옆구리를 찔렀지.

"일어나야 한다!" 그가 말했지. "조커가 곧 커다란 수수께끼를 풀 거야!"

나는 벌떡 일어나며 물었지. "무슨 수수께끼요?"

"조커 놀이 말이야, 너도 알고 있지 않니. 이제 조커가 문장들을 모두 끼워 맞춰 이야기 하나를 만들 거다."

조커는 난쟁이들을 일정한 순서대로 세우고 있었지. 그들은 다시 커다란 원을 이루었는데, 이번에는 색깔이 마구 뒤죽박죽 섞여 있었지. 대신 같은 수를 가진 이들이 나란히 서 있다는 걸 금방 알 수 있었단다.

조커는 그의 높은 의자로 다시 기어올라 갔고, 프로데와 나도 그 옆자리에 앉았지.

"잭들!" 하고 조커가 소리쳤단다. "자네들은 킹과 10 사이에 서고, 퀸들은 킹과 에이스 사이에 선다."

그는 말을 계속하기 전에 머리를 두 번 긁적거렸지. "스페이드 9와 다이아몬드는 9는 자리를 바꾼다."

그러자 덥수룩한 스페이드 9는 앞으로 터벅터벅 걸어갔고, 귀여운 다이아몬드 9는 스페이드 9 자리로 총총 걸어가서 그 자리에 섰지.

조커는 또 대수롭지 않은 몇 가지를 고치고 나더니 만족해하는 것 같았어.

"이게 흩어 놓기라는 거야." 하고 내 옆에서 프로데가 속삭였지. "카드들이 일단 모두 한 가지씩 의미를 갖게 되면 서로 섞여 새로 배열되어야 하지."

나는 그의 말을 거의 이해하지 못했는데, 그건 내 왼쪽 종아리에서 불쑥 레몬 맛이 나는가 하면 왼쪽 귀에서는 라일락 향기가 퍼져 나왔기 때문이지.

"이제 모두 각자 자기 문장을 말할 때지요." 조커가 설명했지. "그런데 각각의 부분이 하나의 이야기로 짜 맞춰져야 비로소 카드 놀이에 의미가 생깁니다. 왜냐면 우리는 모두 한 가족이기 때문이지요."

몇 초 동안 숨소리 하나 없는 정적이 감돌았지. 그러고 나자 스페이드 킹이 물었단다. "그러면 누가 시작할까요?"

"스페이드 킹은 매번 저렇게 참을성이 없단다." 프로데가 속삭였지.

조커는 두 팔을 쭉 펼치고는 선언했단다.

"당연히 이야기의 시작이 나머지 부분을 결정하게 됩니다. 이제 다이아몬드 잭부터 이야기를 시작합니다. 자, 그럼 유리 소년, 시작하게!"

"은빛 쌍돛 범선이 노한 바다에서 침몰한다."

다이아몬드 잭이 말했지.

그의 오른쪽에는 참을성 없는 스페이드 킹이 서 있었지. 그는

"운명을 꿰뚫어 보려는 자는 운명에서 살아남아야 한다."

하고 말했지.

"아니지요, 아니야!" 조커가 소리쳤단다. "이 놀이는 해의 방향을 따르지요. 스페이드 킹은 맨 마지막이오!"

나는 프로데의 얼굴이 일그러지는 것을 보았지.

"내가 걱정했던 부분이야." 하고 그는 중얼거렸지.

"뭐 말입니까?"

"스페이드 킹이 마지막 차례라는 것 말이다."

이 말에 나는 더 이상 아무런 말도 할 수 없었는데, 압도하는 듯한 사탕 맛이 불쑥 내 머릿속으로 밀려들어 왔기 때문이지. 뤼베크에서 단것은 날마다 먹을 수 있는 게 아니었거든.

"다시 처음부터 시작하지요." 조커가 말했지.

"먼저 잭들이 모두, 그다음엔 10들이 모두, 그리고 나서는 다른 이들이 모두 해의 방향으로 말하는 겁니다. 자 그럼, 잭들!"

이제 잭들이 저마다 제 문장을 말했단다.

"은빛 쌍돛 범선이 노한 바다에서 침몰한다. 뱃사람은 점점 커지는 섬으로 쓸려간다. 가슴에 달린 주머니에는 햇빛에 말릴 카드 한 벌이 숨겨져 있다. 쉰세 명의 형상들은 많은 세월 동안 유리 세공사 아들의 친구들이다."

"훨씬 나아졌군요." 하고 조커는 말했지. "이렇게 우리 이야기는 시작되지요. 대단한 것은 아닐지 몰라도, 아무튼 하나의 시작이지요. 자 그럼, 10들!"

그러자 10들이 이어나갔단다.

"색이 바래기 전에 쉰세 명의 난쟁이가 외로운 뱃사람의 상상 속에서 주조된다. 이상한 형상들은 주인의 의식 속에서 춤춘다. 주인이 잠들면 난쟁이들은 그들 자신의 의식 속에서 춤춘다. 주인이 잠들면 난쟁이들은 그들 자신의 삶을 산다. 화창한 어느 날 아침, 킹과 잭은 의식의 감옥에서 기어 나온다."

"브라보! 더 짧게 말하기는 거의 불가능했을 테지요!" 조커가 소리쳤다. "9들!"

"상상물들은 창조하는 공간에서 창조된 공간으로 펄쩍 뛰어든다. 형상들은 마법사의 외투 소매에서 나와 펄펄 살아 있는 자신을 발견한다. 상상물들의 모습은 아름답지만, 하나만 빼고는 모두 이성을 잃었다. 유일하게 조커만이 마술을 꿰뚫어 본다."

"정말 그렇지요! 왜냐면 진실은 고독한 일이니까요. 8들!"

"반짝이는 음료는 조커의 감각을 마비시킨다. 조커는 반짝이는 음료를 뱉어낸다. 거짓 묘약 없이 그 작은 광대는 더 명료하게 생각한다. 52년 후 파선한 이의 손자가 마을로 온다."

조커는 자신도 그렇게 생각한다는 듯 나를 바라보았단다.

"7들!" 하고 그가 명령했지.

"진실은 카드 속에 있다. 진실은, 유리 세공사 아들이 자신의 상상물을 광대로 취급했다는 것이다. 주인에 대항해서 환상적인 소동을 벌인다. 주인은 곧 죽게 되는데, 난쟁이들이 그를 살해한 것이다."

"아이고! 6들!"

"태양 공주는 바다로 가는 길을 찾아낸다. 마법의 섬은 안에서부터 파괴된다. 난쟁이들은 다시 카드가 된다. 제빵사 아들은 동화가 무너지기 전에 도망친다."

"더 나아졌군요. 5들, 이제 자네들 차례야! 큰 소리로 분명하게 말하세요. 여기서는 아주 작은 발음의 실수도 극적인 결과를 가져오게 되니까."

그가 극적인 결과라며 수다를 떠는 바람에 나는 너무 혼란스러운 나머지 첫 문장을 놓치고 말았단다.

"제빵사 아들은 산속으로 도망쳐 외딴 마을에 정착한다. 제빵사는 마법의 섬의 보물을 숨기고 있다. 카드 속에 미래에 대한 예언이 들어 있다."

이제 조커는 열심히 손뼉을 쳤단다.

"여러 사람에게 기분 나쁜 진실을 이야기한 것이지요." 하고 그가 말했지. "이 놀이의 장점은 그저 일어난 일을 반영하는 데 그치지 않는다는 것이며, 게다가 이 놀이는 무슨 일이 일어날 것인지도 예고해줍니다. 그리고 우리는 아직도 카드 패를 겨우 반밖에 놓지 못했지요."

나는 프로데 쪽으로 몸을 돌렸단다. 그는 내 어깨에 한 팔을 얹고는 거의 알아듣지 못할 정도로 속삭였지. "조커 말이 옳단다,

얘야!"

"그게 무슨 뜻이지요?"

"나는 살날이 얼마 남지 않았어."

"말도 안 됩니다!" 나는 예민해져서 대답했지. "이렇게 바보 같은 놀이를 심각하게 받아들일 필요가 있습니까?"

"이건 그냥 놀이가 아니란다."

"죽으면 안 됩니다!" 내 목소리가 너무 컸던지 원을 이루고 있던 형상들 여럿이 우리 쪽을 건너다보았단다.

"사람은 늙으면 누구나 죽는단다, 얘야. 자기가 없더라도 누군가가 자기 뒤를 잇는다는 걸 아는 것은 다행스런 일이지."

"아마 저도 이 섬에서 죽게 될 겁니다." 하고 나는 말했지.

프로데는 부드러운 목소리로 말했단다. "아니다. 너도 듣지 않았니. '제빵사 아들은 산속으로 도망쳐 외딴 마을에 정착한다.'는 말을. 네가 그 제빵사 아들이 아니냐?"

조커는 또 손뼉을 쳤고, 그러자 축제장은 온통 작은 방울들이 딸랑거리는 소리로 가득 찼지.

"조용히!" 하고 그는 명령했지. "계속합니다, 4들!"

이제 내 관심은 오직 프로데가 정말 죽는 것일까 하는 것뿐이어서 스페이드 4와 다이아몬드 4가 하는 말밖에 듣지 못했단다.

"도르프는 어머니를 병으로 잃은 버림받은 소년을 받아들인다. 제빵사는 그에게 반짝이는 음료를 주고 아름다운 금붕어를 보여준다."

"그러면 이제 3들입니다. 자, 해보세요!"

3들이 하는 말도 나는 흥분해서 두 가지밖에 듣지 못했지.

"뱃사람은 아름다운 여인과 결혼하고, 그녀는 자기 자신을 찾기 위해 남쪽 나라로 가기 전에 사내아이를 낳는다. 아버지와 아들은 자기 자신을 찾지 못하는 아름다운 여인을 찾아 나선다."

3들이 각각 자기 문장을 암송하고 나자 조커는 다시 놀이를 중단시켰단다.

"이것은 확실한 승리였지요!" 하고 그는 칭찬했지. "우리 이제 미래의 세계로 항해해 갑시다!"

그때 프로데를 바라보니 눈가에 눈물이 고여 있었지.

"전 정말 이해하지 못하겠군요." 나는 절망적으로 말했단다.

"쉿!" 하고 프로데가 속삭였지. "주의 깊게 역사를 들어야 한다, 얘야!"

"역사라고요?"

"혹은 미래를 말이야. 얘야, 하지만 미래도 역사에 속하지. 이 놀이는 우리를 많은 세대에 걸쳐 미래로 안내해준단다. 조커가 말한 미래의 세계는 바로 그런 뜻이다. 카드 안에 들어 있는 것을 우리가 모두 이해할 수는 없지. 하지만 우리 다음에도 또 사람들이 오게 된단다."

"2들!" 조커가 말했지.

그들이 한 말을 모두 기억해두려고 애썼지만 네 문장 가운데

세 문장만 알아들을 수 있었지. 나는 여전히 몸 곳곳에 퍼져 있는 맛들 때문에 애를 먹고 있었단다.

"여행 도중 손이 찬 난쟁이가 외딴 마을로 가는 길을 가르쳐주고, 북쪽 나라에서 온 소년에게 돋보기를 준다. 돋보기는 금붕어 어항의 떨어져 나간 틈에 들어맞는다. 금붕어는 섬의 비밀을 누설하지 않지만, 꼬마빵은 누설한다."

"훌륭하군요!" 조커가 소리쳤단다. "나는 돋보기와 꼬마빵 문제가 이야기 전체의 열쇠라는 걸 알고 있었지요. 그러면 이제 에이스들 차례죠. 자, 공주님들!"

이번에도 나는 세 문장밖에 알아듣지 못했단다.

"운명은 자기 자신을 집어삼킬 만큼 허기진 한 마리 뱀이다. 안의 상자는 바깥 상자를 풀어 열고, 바깥 상자는 안의 상자를 풀어 연다. 운명은 어느 쪽으로나 똑같이 자라는 한 포기 꽃양배추다."

"퀸들!"

그 상태에서 내가 기억할 수 있었던 것은 두 문장이었단다.

"꼬마빵 남자는 마법의 관 속에 소리치고, 그의 목소리는 수백 마일이나 간다. 뱃사람은 독한 음료를 뱉어낸다."

"그러면 이제 킹들이 생각해낸 진실 몇 가지로 카드놀이를 마감하지요." 하고 조커가 말했지. "자 시작해요, 킹들! 주의 깊게 들읍시다."

이번에는 거의 모두 알아들을 수 있었지. 클럽 킹만 놓쳤을 뿐이란다.

"혼자 하는 카드놀이는 가문의 저주이다. 거기에는 항상 마술을 꿰뚫어 보는 조커가 한 사람 있다. 운명을 꿰뚫어 보려는 자는 운명에서 살아남아야 한다."

운명에서 살아남아야 한다는 말을 스페이드 킹은 벌써 세 번이나 말했지. 이제 조커와 난쟁이들은 모두 손뼉을 쳤단다.

"브라보!" 하고 조커는 소리쳤지. "우리는 모두 이 카드놀이에 자부심을 가져도 좋습니다. 이걸 위해 모두 저마다 한몫을 했으니까요."

난쟁이들이 또 박수를 쳤고, 조커는 제 가슴을 쳤지.

"조커의 날에 조커에게 명예가 있을지어다!" 하고 그는 소리쳤단다. "미래는 조커의 것이니까!"

다이아몬드 10

간이 신문 판매점 뒤에서 고개를 내밀고 엿보고 있는 작은 난쟁이를 ······

꼬마책에서 고개를 들자 분명한 한 가지 생각이 내 머릿속을 스쳐갔다. 신문과 트렁크를 든 그리스 사람들이 주위에서 이리저리 움직이고 있는 이 커다란 신태그마 광장에서 나는, 꼬마책이 나의 여행과 150년 전 마법의 섬에서 일어났던 사건들을 연결해주는 신탁의 책이었다는 사실을 깨달은 것이다.

나는 이미 읽은 페이지들을 넘겨보았다. 제빵사 한스가 예언을 전부 듣지는 못했다 해도, 그 많은 문장 사이에는 명백한 관계가 있었다.

"제빵사 아들은 산속으로 도망쳐 외딴 마을에 정착한다. 제빵사는 마법의 섬의 보물들을 숨기고 있다. 카드 속에 미래에 대한 예언이 들어 있다. 도르프는 어머니를 병으로 잃은 버림받은 소년을 받아들인다. 제빵사는 그에게 반짝이는 음료를 주고 아름다운 금붕어를 보여준다."

분명히 제빵사 아들은 제빵사 한스였으며, 이 사실을 프로데도 이미 알게 되었다. 어머니를 병으로 잃은 버림받은 소년은 바로 알베르트였다.

제빵사 한스는 3들을 놓쳤다, 하지만 나머지 3들의 문장을 그가 들은 다른 문장과 함께 읽어보면, 여기서도 역시 명백한 관계가 나타났다.

"뱃사람은 아름다운 여인과 결혼하고, 그녀는 자기 자신을 찾기 위해 남쪽 나라로 가기 전에 사내아이를 낳는다. 아버지와 아들은 자기 자신을 찾지 못하는 아름다운 여인을 찾아 나선다. 여행 도중 손이 찬 난쟁이가 외딴 마을로 가는 길을 가르쳐주고, 북쪽 나라에서 온 소년에게 돋보기를 준다. 돋보기는 금붕어 어항의 떨어져 나간 틈에 들어맞는다. 금붕어는 섬의 비밀을 누설하지 않지만 꼬마빵은 누설한다."

이건 모두 명백한 말들이었지만, 내가 이해하지 못한 문장들도 많았다.

"안의 상자는 바깥 상자를 풀어 열고, 바깥 상자는 안의 상자를 풀어 연다. 꼬마빵 남자는 마법의 관 속에 소리치고, 그의 목소리는 수백 마일이나 간다. 뱃사람은 독한 음료를 뱉어낸다."

마지막 문장이 아버지가 더 이상 매일 저녁 술을 마시지 않는다는 뜻이라면, 나는 이 문장과 그 옛날의 예언에 금방 깊은 인상을 받았을 텐데.

문제는 제빵사 한스가 쉰두 문장 중에서 마흔두 문장밖에 알아듣지 못했다는 것이었다. 특히 마지막에 그는 집중하지 못했다. 조커 놀이는 몰두하면 할수록 지금 시대에서 그만큼 더 멀어졌기 때문에 그건 놀랄 일은 아니었다. 프로데와 제빵사 한스에게는 이 모든 것이 아리송했을 것이며, 그러한 문장들을 기억하는 것은 명료한 말을 기억하는 것보다 한층 더 어려운 법이다.

그렇지만 오늘날이라 해도 그 옛날의 예언은 나 말고 다른 사람들에게는 신비스럽고도 아리송하게 느껴질 것이다. 오직 나만이 손이 찬 난쟁이가 누구인지 알고 있으니 말이다. 그리고 오직 나만이 돋보기를 가지고 있었던 것이다. 또 나 말고는 누구도 왜 꼬마빵이 섬의 비밀을 누설하는지 이해할 수 없었을 테니까.

난 이제 제빵사 한스가 더 주의하지 않은 것에 화가 났다. 단지 그가 제대로 집중하지 못했기 때문에, 멀고 먼 미래까지 이르는 옛 예언의 대부분이 의문으로 남게 되리라. 그것도 하필이면 바로 나의 아버지와 나에 대한 부분이 나는 난쟁이들이 우리가 엄마를 찾게 될지, 또 엄마가 우리와 함께 노르웨이로 돌아갈지에 대해서도 무슨 말인가를 했을 거라고 확신했다.

이렇게 앉아 꼬마책을 넘기고 있는데, 갑자기 간이 신문 판매점 뒤에서 고개를 내밀고 엿보고 있는 작은 난쟁이가 보였다. 처음에는 몰래 나를 관찰하며 즐거워하는 아이인 줄 알았는데, 다음 순간 나는 그가 주유소의 그 작은 난쟁이라고 확신했다. 그는 아주 짧은 순간 모습을 보였을 뿐 곧 사라져버렸다.

몇 초 동안 나는 깜짝 놀라 꼼짝도 못 하고 앉아서 곰곰이 생각해보았다. 대체 왜 나는 그 난쟁이를 무서워하는 거지? 그가 나를 뒤쫓고 있는 건 분명하지만, 그가 나쁜 마음을 먹고 있다고는 결코 생각하지 않았다. 어쩌면 그도 마법의 섬의 비밀을 알고 있을지도 모른다. 그래, 어쩌면 그는 단지 꼬마책을 읽게 하려고 내게 돋보기를 주었고 또 나를 도르프로 보냈는지도 모른다. 만약 그렇다면, 내가 앞으로 어떻게 될지 그가 알고 싶어 한다는 건 당연한 일이었다. 이런 읽을거리가 날마다 있는 건 아니니까.

나는 아버지의 농담이 다시 생각났다. 난쟁이는 아마 유태인 마법사가 수백 년도 더 전에 창조해낸 인조인간일 거라는 말이. 물론 아버지는 심각하게 말하지는 않았지만, 만약 그렇다면, 난쟁이는 알베르트도 제빵사 한스도 알고 있을 것이다.

나는 그 순간 더 생각할 수도 읽을 수도 없었다. 어느새 아버지가 광장으로 헐레벌떡 뛰어오고 있었기 때문이다. 아버지는 이곳 다른 사람들보다 키가 더 컸다. 나는 얼른 꼬마책을 주머니에 집어넣었다.

"너무 오래 걸렸니?" 하고 아버지는 숨 가빠 하며 물었다.

나는 고개를 흔들고는, 난쟁이가 또 나타났다는 이야기를 아버지에게 하지 않으리라고 마음먹었다. 사실 작은 난쟁이가 우리를 쫓고 있다는 사실은 꼬마책에서 읽은 것에 비하면 하찮은 일이었으니 말이다.

"그렇게 오랫동안 뭘 했니?"

나는 카드를 가리키며 카드놀이를 했다고 말했다. 그러자 금세 종업원이 내가 주문했던 마지막 음료 값을 받으러 왔다.

"그건 참 작던데!" 하고 종업원이 영어로 말했다.

아버지는 이해하지 못해 고개를 저었지만, 나는 종업원이 꼬마 책을 말한다는 걸 금방 알아차렸다. 나는 뭔가 해명해야 할 것 같아 주머니에서 돋보기를 꺼내 종업원 앞에 높이 들고는 영어로 말했다. "이건 참 멋지지요."

"그래, 그래!" 하고 종업원이 말했다.

나는 또 한 번 위기를 모면했다.

카페를 나서면서 나는 "우리가 눈으로 볼 수 있는 것보다 더 많은 어떤 의미가 있지 않은지 트럼프 카드를 탐구해봤어요." 하고 말했다.

"그래 어떤 결과가 나왔지?" 아버지가 물었다.

"아버지가 어떻게 아시겠어요." 하고 나는 비밀스럽게 말했다.

다이아몬드 잭

…… 아버지의 모든 허영심은 조카가 되려는 것과 관련이 있으니까 ……

다시 호텔 방에 돌아와 나는 아버지에게 엄마를 찾는 데 뭔가 소득이 있었는지 물어보았다.

"모델을 중개해주는 한 에이전시에 가봤단다. 그 중개업자는 아테네에 '아니타 퇴로'라는 이름의 모델은 없다고 단언했지. 그 사람은 아주 확신하더구나. 그는 이곳의 모델이란 모델은 다 안다고 주장했단다, 외국 모델이라면."

나는 마치 회색 겨울의 오후처럼, 그것도 비까지 오는 날의 오후처럼 보였을 것이다. 나는 속에서부터 눈물이 차오르고 있음을 느꼈다. 그래서인지 아버지는 서둘러 말을 덧붙였다.

"그래서 그 사람한테 이 패션 잡지에 나온 사진을 보여주었더니 금세 알아보더구나. 그 사람은 엄마가 여기서 '솔 스트랜드'라는 예명을 쓰고 있다고 이야기했단다. 그리고 또 엄마가 몇 년 전부터 아테네에서 제일 인기 있는 모델이 되었다고 말하더구나."

"그래서요?"

아버지는 두 팔을 쭉 펼치고는 말했다. "내일 점심 먹고 나서 다시 자기한테 전화하라는구나."

"그게 전부예요?"

"그래. 그때까지 그냥 기다리는 수밖에 없구나, 한스 토마스야. 우리 스카이라운지에 가 앉자꾸나. 내일은 피레우스로 간다. 거기에도 전화가 있지."

아버지가 스카이라운지를 언급하는 바람에 나는 또 어떤 생각이 떠올랐다. 나는 용기를 내서 말했다. "할 말이 또 있어요."

아버지는 당황한 표정으로 나를 바라보았다. 하지만 아버지는 내가 무슨 얘기를 하려는지 알고 있을지도 몰랐다.

"아버진 뭔가를 생각해보기로 했고, 빨리 생각하기로 나랑 약속했잖아요."

아버지는 긴장하지 않고 웃으려 애썼지만 성공하지 못했다.

"아, 그거! 한스 토마스야, 네가 말한 대로 곰곰 생각해보마. 그런데 오늘은 퍽 힘든 하루였단다."

그때 좋은 생각이 떠올랐다. 나는 아버지의 여행 가방에서 양말과 티셔츠 사이에 있는 위스키 한 병을 찾아내 쏜살같이 욕실로 가지고 가서 송두리째 변기 속에 부어버렸다.

뒤따라온 아버지는 내가 무슨 짓을 했는지 깨닫고는 변기를 바라보며 서 있었다. 아버지는 아마 내가 그것을 다 쏟아 붓기 전에 마지막 남은 술을 마실 수 있을지를 생각하는 것 같았다. 하지만 다행히도 아버지는 아직 그렇게까지 타락하지는 않았다. 아버지는 다시 나를 쳐다보았는데, 호랑이처럼 흥분해서 큰소리를 질러야 할지, 아니면 작은 개처럼 꼬리를 흔들어야 할지 쉽게 판단하지 못하는 것 같았다. 이윽고 아버지가 말했다. "좋아, 한스 토마스야. 네가 이겼다."

우리는 다시 방으로 가서 창문 앞에 앉았다. 나는 아버지 쪽을 보았고, 아버지는 아크로폴리스 쪽을 쳐다보았다.

"반짝이는 음료는 조커의 감각을 마비시킨다."

하고 나는 말했다.

아버지는 어안이 벙벙하여 나를 바라보았다.

"도대체 무슨 말을 하는 거냐, 한스 토마스야? 어제 마신 마티니 때문이냐?"

"물론 아니에요. 제 말은, 진정한 조커는 술을 마시지 않는다는 것뿐이에요. 조커는 술을 마시지 않았을 때 더 명료하게 생각하니까요."

"넌 좀 정신이 나갔구나." 아버지는 고개를 설레설레 흔들며 말했다. "하긴 그것도 유전이겠지."

나는 아버지의 제일 예민한 부분을 건드렸다는 걸 알았다. 아버지의 모든 허영심은 조커가 되려는 것과 관련이 있으니까. 그럼에도 나는 아버지가 여전히 화장실 하수구로 떠내려가고 있는 술을 생각하고 있는 것 같아, "그럼 이제 스카이라운지로 가요. 그리고 거기 있는 음료수란 음료수는 모두 마셔보기로 해요. 아버지는 콜라나 세븐업, 오렌지 주스, 토마토 주스, 아니면 배 맛이 나는 레모네이드를 마시면 돼요. 아니면 전부 한꺼번에 섞어 마실 수도 있어요. 차가운 얼음으로 잔을 가득 채우고 커다란 숟가락으로 저으면 되지요." 하고 말했다.

"그래, 고맙구나. 그렇게 하자." 하고 아버지는 내 말을 가로막았다.

"하지만 우린 약속했잖아요?"

"예, 선생님! 옛 뱃사람은 결코 약속을 어기지 않는 법이지."

"좋아요! 상으로 아버지한테 황당한 동화 한 편을 얘기해드릴게요."

우리는 스카이라운지로 올라가서 어제 저녁과 같은 탁자에 앉았고, 조금 있으니 어제의 그 종업원이 나타났다. 나는 레모네이드 종류를 영어로 물었다. 결국 우리는 잔 두 개와 각각 다른 네 가지 음료를 주문했다. 종업원은 고개를 흔들더니 아버지와 아들이 하루는 술만, 다른 하루는 탄산수만 주문한다고 중얼거렸다. 그러자 아버지는 그렇게 하면 균형도 맞고 공평하지 않느냐고 설명했다.

종업원이 가고 나자 아버지가 말했다. "거참, 한스 토마스야, 우리는 인구 백만의 도시에 앉아 이 어마어마한 개미탑에서 아주 특정한 개미 한 마리를 찾으려 하는 거란다."

"하지만 그건 여왕개미인데요." 나는 이렇게 말하고는 이 대답이 제법 훌륭했다고 생각했다. 아버지도 똑같이 생각한 게 틀림없었다. 아버지는 입을 벌리고 싱긋 웃어주었다. 그런 다음, "그리고 이 개미탑은 323만 8,905번째 개미를 찾아낼 수 있도록 잘 조직되어 있지." 하고 말하는 것이었다.

아버지는 얘기를 계속하기에 앞서 잠깐 철학적 사고를 해보지 않을 수 없었다. "실은 아테네는 50억도 넘는 개미가 살고 있는, 훨씬 더 큰 개미탑의 작은 부분에 지나지 않는단다. 그리고 이 50억 가운데서 어떤 특정한 개미를 찾아내는 일은 거의 가능하단다. 우리는 그저 전화기를 들고 번호를 누르기만 하면 되지. 이 행성 위에는 수십억이나 되는 전화가 있기 때문이지, 한스 토마스야. 이 전화들은 알프스 높은 곳에도 있고 아프리카 정글 깊은 곳에도 있지. 또 알래스카에도 있고 티베트에도 그리고 넌 네 거실에서 전화로 그들 모두와 연락할 수 있단다."

나는 깜짝 놀라 의자에서 벌떡 일어났다.

"꼬마빵 남자는 마법의 관 속에 소리치고, 그의 목소리는 수백 마일이나 간다."

하고 나는 흥분해서 속삭였다.

갑자기 나는 이 문장이 조커 놀이에서 뭘 뜻하는지 이해할 수 있었다.

아버지는 단념한 듯 한숨을 쉬고 "그건 또 무슨 소리냐?"라고 물었다.

나는 무슨 대답을 해야 할지 몰랐지만, 무슨 말이든 하지 않을 수 없었다. "아버지가 알프스 얘기를 하자 우리가 묵었던 작은 마을에서 내게 롤빵과 레모네이드를 준 제빵사가 떠올랐어요. 그 사람도 전화가 있었지요. 그리고 바로 지금 그가 전화로 세상 곳곳에 있는 사람들과 연락할 수 있다는 걸 깨달았어요. 그는 그냥 전화국에 전 세계 사람 모두의 번호를 물어볼 수 있죠."

아버지는, 오랫동안 아무 말 없이 아크로폴리스를 응시하는 걸로 보아 이 대답에 아주 만족한 것 같지는 않았다.

아버지는 이윽고 "아무튼 네가 철학적 사고를 안 한다고는 말할 수 없구나." 하고 말했다.

나는 고개를 흔들었다. 내 머릿속은 꼬마책에서 읽은 것들로 터질 듯이 꽉 차 있어서, 혼자만 간직하기가 점점 힘들어졌다.

어둠이 도시 위로 내려앉고 아크로폴리스 위로 투광 조명이 들어오자 나는, "아버지한테 동화를 얘기해주기로 약속했잖아요." 하고 말했다.

"시작해보렴!"

그래서 나는 이야기하기 시작했다. 나는 꼬마책에서 읽은 것을 많이 이야기했다. 알베르트와 제빵사 한스 이야기, 그리고 마법의 섬의 프로데와 트럼프 카드 이야기를. 그런데도 도르프의 제빵사 노인과 한 약속을 깨뜨렸다는 생각은 들지 않았는데, 마치 나는 지금 막 지어내기라도 한 것처럼 이야기했기 때문이다. 나는 몇 군데 바꿔서 얘기하지 않을 수 없었으며, 또 무엇보다도 꼬마책에 대해 언급하지 않으려고 주의했다.

아버지는 아주 감동했다.

"넌 엄청나게 상상력이 풍부하구나, 한스 토마스야. 어쩌면 넌 철학자가 되기보다는 오히려 글을 써보는 편이 좋을 것 같다."

다시 한 번 나는 칭찬을 받았지만, 실은 그럴 자격이 하나도 없었다.

이날 저녁 나는 아버지보다 먼저 잠들었다. 난 잠들기까지 오래 깨어 있었지만, 아버지는 더 오래 깨어 있었다. 잠들기 전 마지막으로 기억나는 건 아버지가 일어나서 창가로 갔다는 것이었다.

다음 날 아침 눈을 떠보니 아버지는 아직도 자고 있었다. 난 아버지가 마치 막 긴 겨울잠에 들어간 한 마리 곰 같다는 느낌이 들었다.

나는 돋보기와 꼬마책을 가져와 조커 놀이 한 판을 거나하게 한 후 마법의 섬에서 무슨 일이 일어났는지 읽어나갔다.

다이아몬드 퀸

…… 그러자 그 작은 광대는 울면서 주저앉았지 ……

❖

조커가 가슴을 치며 자신을 축하하는 말을 장엄하게 하고 난 다음 난쟁이들의 원은 해체되었단다. 다시 축제판이 벌어졌지. 더러는 주발에 담긴 과일을 먹었고 더러는 반짝이는 음료를 들이마시고는 그때그때 느끼는 맛을 큰 소리로 외쳤단다.

"꿀! …… 라벤더! …… 약딸기! …… 줄당근! …… 석류!"

프로데는 나를 바라보았지. 그는 비록 머리가 희고 주름이 깊었지만 그의 눈은 여전히 보석처럼 빛났단다. 나는 자주 들은 적 있는, '눈은 영혼의 거울'이라는 말을 생각하지 않을 수 없었지.

그러자 조커가 한 번 더 손뼉을 쳤지.

"조커 놀이의 깊이를 알 수 있겠어요?" 그는 축제장에 대고 소리쳤지.

대답하는 이가 없자, 그는 참을성 없이 두 팔을 휘둘렀단다.

"프로데가 카드 한 벌을 가진 뱃사람이고, 우리는 트럼프 카드라는 걸 이제 이해하겠어요? 아니면 여전히 즐겁기만 한가요?"

작은 광대가 무슨 이야기를 하는지 난쟁이들은 이해하지 못하고 있었을 뿐 아니라 관심조차 없는 것 같았단다.

"아이고, 웬 소란을 피우는 거야!" 하고 다이아몬드 퀸이 소리쳤지.

"그래요, 그는 정말 참을 수가 없어요." 또 다른 스페이드가 불평했단다.

작은 조커는 불행해 보였지.

"내 말을 아무도 이해하지 못한단 말인가요?" 하고 그는 되풀이해 말했지. 그는 조용히 앉아 있으려고 했지만 얼마나 긴장했는지 그의 작은 방울들이 딸랑거렸지.

"이해 못 해요!" 난쟁이들이 만장일치가 되어 소리쳤단다.

"프로데가 우리 모두를 광대 취급하고, 내가 그 광대라는 걸 이해하지 못한다고요?"

이제 많은 난쟁이가 귀를 막았고 더러는 눈도 막아버렸단다. 다른 이들은 재빨리 무지갯빛 레모네이드를 마셨지. 그들은 조커의 말을 이해하지 않으려고 갖은 애를 다 쓰는 것 같았지.

스페이드 킹은 반짝이는 음료가 든 병을 조커 앞에 높이 들어 보이며 소리쳤지. "우리는 수수께끼를 풀려고 온 건가요, 아니면 무지갯빛 레모네이드를 마시러 온 건가요?"

"우리는 진실을 들으려고 왔지요." 하고 조커가 말했지.

프로데는 내 팔을 잡고는 귀에 대고 속삭였지. "이 시간이 지나면 내가 이 섬에서 창조한 것 가운데 무엇이 남아 있게 될지 말하기 어렵단다."

"조커를 막아볼까요?" 내가 물었지.

프로데는 고개를 흔들었지. "아니, 아니다. 이 카드놀이에서는 그 고유의 규칙을 따라야 한단다."

다음 순간 스페이드 잭이 앞으로 뛰어나와 조커를 그의 의자에서 끌어냈지. 조커가 스페이드 잭에게 덤벼들자 다른 잭들이 그를 도와주러 왔지. 셋은 작은 광대를 꼭 붙들었고, 그중 클럽 잭은 무지갯빛 레모네이드 병을 조커의 입에 들이밀려고 했단다. 하지만 조커는 온 힘을 다해 저항하며 뱀처럼 몸을 뒤틀고는 입에 들어간 그 음료를 뱉어냈지. 마침내 조커는 그들에게서 벗어나는 데도 성공했지.

"조커는 반짝이는 음료를 뱉어낸다!"

하고 그는 소리치고 입을 훔쳤지.

"거짓 묘약 없이 그 작은 광대는 더 명료하게 생각한다!"

이렇게 말하면서 조커가 병을 클럽 잭의 손에서 빼앗아 바닥에 던지자 병은 산산조각이 났지. 그러고 나서 그는 탁자 쪽으로 달려가 마치 용맹스런 전사처럼 병들을 마구 깨부수는 바람에 유리조각들이 막 날아다녔지. 유리 파편들이 우박 떨어지듯 했지만,

이상하게 어떤 난쟁이도 다치는 것 같지 않았어. 프로데만 유리에 긁혀 손에 작은 상처가 나서 피 한 방울이 흘러나오고 있었단다.

바닥은 무지갯빛 레모네이드가 찐득거리는 커다란 웅덩이가 되었지. 2와 3 몇이 무릎을 꿇고 앉아 곳곳에 유리 조각이 있는데도 반짝이는 액체를 핥아먹으려고 했단다. 그들의 입으로는 번번이 유리 파편이 들어갔지만 그들은 다시 뱉어낼 뿐 결코 다치지 않았지. 그들은 제정신이 아니었지만, 그저 성난 채로 보고 있기만 하는 난쟁이들도 있었단다.

그때 스페이드 킹이 말했지. "잭들! 이 광대의 머리를 잘라버릴 것을 너희에게 명령한다!"

그러자마자 잭 네 명이 칼집에서 칼을 꺼내 조커를 향해 돌진해 갔지.

난 더 이상 이 난동을 방관할 수가 없어 자리에서 일어나려고 하는데 손 하나가 완강하게 나를 붙잡았단다.

조커의 작은 얼굴에는 절망감이 감돌았지.

"조커밖에 없군……." 그는 중얼거렸지. "다른 사람은…… 다른 사람은 없군……."

그러면서 그 작은 광대는 울면서 주저앉았지.

잭들은 뒤로 물러났고, 지금껏 귀와 눈을 막고 있던 난쟁이들조차 깜짝 놀라 쳐다보았지. 그들은 이미 이 작은 익살꾼의 온갖 장난에 익숙해 있었지만, 그가 우는 건 처음 보았던 거지.

나는 프로데의 눈에도 눈물이 고이는 걸 보았으며, 그 어떤 형상도 이 작은 말썽꾸러기보다 프로데에게 더 소중한 것은 없음을 깨달았단다. 그는 조커의 어깨에 팔을 얹으려 했지.

"아니, 아니……." 하고 그는 위로하듯 말했지만 조커는 언짢은 듯 프로데의 팔을 뿌리쳤지.

이제 하트 킹이 앞으로 나와서 소리쳤지. "나는 울고 있는 이의 머리를 잘라버리는 행위는 허용되지 않는다는 걸 상기시키지 않을 수 없습니다."

"랄기제!" 하고 스페미드 잭이 소리쳤지.

그리고 하트 킹이 말을 계속했지. "게다가 옛 규칙에 따르면, 할 말을 다했을 때에야 비로소 머리를 잘라버려도 된다고 했습니다. 그리고 아직 카드가 탁자 위에 전부 놓이지도 않았어요! 그래서 나는 우리가 조커 머리를 잘라버리기에 앞서 조커를 탁자 위에 놓기를 명령하는 바입니다."

"고맙군요, 친애하는 킹!" 하고 조커는 훌쩍였지. "당신은 이 카드 패에서 열셋의 선량한 마음(hearts)을 가진 단 한 사람이오."

그러자마자 잭 네 명이 조커를 높이 들어 탁자 위에 올려놓았지. 그러자 그는 등을 대고 누워 머리 밑에 손깍지를 끼고 다리를 꼰 채 자신을 둘러싸고 있는 난쟁이들에게 한바탕 연설을 했단다.

"나는 이 마을에 마지막으로 온 사람이오. 그리고 여러분 모두 내가 당신들과는 다르다는 걸 알고 있지요. 그 때문에 난 대개 혼자이기도 했지요."

그의 말에는 난쟁이들이 아무 말 않고 주의 깊게 귀 기울이게 하는 어떤 힘이 있는 것 같았지. 아무튼 그들은 왜 그가 다른지 늘 궁금하게 여긴 모양이었단다.

"난 어디에도 고향이 없지요. 나는 하트도 다이아몬드도 아니고 클럽도 스페이드도 아니지요. 나는 또 킹이나 잭도 아니고 8도 에이스도 아니지요. 나는 여기 서 있고 그냥 조커일 뿐이며 그리고 조커가 누구인지 스스로 찾아내야만 했지요. 머리를 움직일 때면 딸랑거리는 작은 방울들이, 내겐 가족이 없다는 사실을 상기시켜주곤 하지요. 나는 숫자도 없고 또 기술도 없지요. 나는 다이아몬드의 유리 세공에도, 하트의 제빵 기술에도 통달해 있지 않고, 클럽의 주의 깊은 손도, 스페이드의 근력도 없답니다. 그래서 이리저리 돌아다니며 매일 구경하기만 했지요. 하지만 이렇게 해서 나는 여러분이 보지 못하는 온갖 것을 볼 수 있었지요."

말하는 동안 조커는 발을 까닥거렸고 그의 작은 방울들이 나지막이 울렸지.

"아침마다 당신들은 일상의 일을 하러 가지요. 하지만 당신들은 결코 제대로 깨어 있은 적이 없었어요. 당신들은 아마도 하늘의 해와 달과 별을, 그리고 땅에서 움직이는 모든 것을 보았겠지요. 하지만 그 모든 걸 결코 실제로 있는 모습대로 보지는 못했지요. 하지만 조커는 다릅니다. 조커는 자신이 너무 깊이, 그리고 너무 많이 본다는 결함을 가지고 세상에 왔답니다."

"그렇다면 얼른 털어놓아라, 광대야!" 다이아몬드 퀸이 중간에 끼어들었지. "네가 우리가 보지 못한 어떤 것을 봤다면, 얼른 털어놓아라!"

"나는 나 자신을 보았지요," 조커는 소리쳤단다. "나는 내가 어떤 커다란 정원에서 덤불과 나무 사이를 이리저리 기어 다니는 모습을 보았지요."

"자넨 위에서 자신을 볼 수 있단 말인가?" 하트 2가 한 말이었지. "자네 눈은 마치 새처럼 날개가 달렸나?"

"사실 그렇지요. 왜냐면 네 명의 퀸들처럼 자신의 모습을 작은 거울로 즐겨 바라보기만 하는 것으로는 충분치 않으니까요. 그들은 어찌나 자신의 외형에 몰두하는지 자신이 살고 있다는 것도 감지하지 못하지요."

"이런 건방진 말은 지금껏 결코 들어본 적이 없어." 다이아몬드 퀸이 분개했지. "언제까지 이 광대의 헛소리를 들어야 하지?"

"근데 그냥 보고 있지만은 않지요." 조커는 말을 계속했단다. "내가 느끼는 것도 있지요. 나는 내가 펄펄…… 펄펄 살아 있는 하나의 피조물이라는…… 살갗과 머리카락과 손톱과 모든 걸 다 가진…… 놀라운 존재라는…… 생기발랄한 작은 인형이라는…… 마치 고무처럼 탄탄한…… 이 고무 남자는 어디서 온 걸까, 하고 조커는 묻지요."

"우리, 조커가 이야기를 계속하도록 놔둘 건가?" 하고 스페이드 킹이 묻자, 하트 킹은 고개를 끄덕였지.

"우리는 살아 있다!" 조커는 이렇게 소리친 후 작은 방울들이 날카롭게 울릴 만큼 격렬하게 두 팔을 펼쳤지. "우리는 하늘 아래 비밀스러운 어떤 동화 속에서 살고 있지요! 이상하군, 하고 조커는 말하지요. 조커는 그게 사실인지 늘 자기 팔을 꼬집어보지 않을 수 없답니다."

"그러면 아픈가요?" 하트 3이 물었지.

"이제 난 작은 방울들이 딸랑거릴 때마다 매번 내가 존재하고 있다는 걸 느끼지요. 그리고 알다시피, 아주 작은 움직임에도 작은 방울들이 딸랑거리지요."

그는 한 팔을 들고 너무도 힘 있게 흔든 나머지 앞줄에 있던 난쟁이들이 깜짝 놀라 뒤로 비켜섰단다.

하트 킹이 헛기침을 하고는 물었지. "자넨 고무 남자가 어디서 왔는지도 알아냈는가?"

"그건 당신들이 벌써 알아맞혔을 텐데요. 하지만 당신들은 저마다 수수께끼의 아주 작은 부분만 풀었을 뿐이지요. 그건 아주 단순한 생각을 하는 데에도 머리를 한데 모으지 않으면 안 될 정도로 이해력이 적어서 그래요. 또 무지갯빛 레모네이드를 너무 많이 마신 데서 오는 거지요. '조커는 비밀스러운 작은 인형'이라고 조커는 말하지요. 하지만 당신들도 조커와 똑같이 비밀스럽지요.

당신들은 다만 자기 자신을 보지 않을 뿐이죠. 그리고 무지갯빛 레모네이드를 너무 많이 마시면 오직 꿀과 라벤더, 약딸기, 줄당근과 석류 맛만 느끼기 때문에 더욱 못 느끼지요. 정원 속에서 산다는 걸 느끼지 못한 채 정원과 함께 녹아버리는 거지요. 왜냐하면 온 세상에 대해 생각하는 이는 결국 자신이 입이 있다는 걸 잊어버리거든요. 그리고 세상의 모든 맛을 자신의 팔과 다리에서 느끼는 사람은, 자신이 비밀스러운 작은 인형이라는 사실을 잊어버리지요. 조커는 자주 진실을 이야기하려고 해보았지만, 당신들은 들을 귀가 없었어요. 귀가 있었다 해도 사과와 배, 딸기와 바나나로 막혀버렸던 거예요. 당신들은 볼 수 있는 눈도 있지만 끊임없이 반짝이는 음료가 든 병만 찾는다면 그 눈이 무슨 소용이 있겠어요? 그렇지요, 하고 조커는 말하지요, 조커만이 진실을 알고 있으니까요."

난쟁이들은 어리둥절해서 서로 쳐다보았지.

"고무 남자는 어디서 왔지?" 하트 킹이 한 번 더 반복했단다.

"우리는 프로데의 상상물이에요." 하고 조커는 말하고는 두 팔을 펼쳤지. "하지만 하루는 이 상상물들이 너무도 생생해져서 그의 머리에서 뛰쳐나왔지요. 불가능해! 하고 조커는 말하지요. 하지만 그것은 해나 달과 마찬가지로 진실이지요, 하고 조커는 말하지요."

축제장의 난쟁이들은 의문스러운 눈길로 프로데 쪽을 바라보았고, 프로데는 내 손목을 잡았단다.

"그런데 그게 전부가 아니에요." 조커는 말을 계속했지. "왜냐면, 프로데는 누구지요? 그도 이상한 인형이야, 하고 조커는 말하지요. 하늘 아래 생기발랄해, 하고 조커는 말하지요. 그는 이 섬의 유일한 인간이었지만, 실제로는 다른 어떤 놀이에 소속되어 있어요. 그 놀이에 얼마나 많은 카드가 있는지는 모르는 일이에요. 그리고 누가 거기서 카드를 나눠주는지도 모르는 일이고요. 조커는 단 한 가지만을 알고 있지요. 프로데도 어느 날 아침 자신이 펄펄 살아 있다는 사실을 발견한 한 인형이라는 것을요. 어느 머리에서 이 인형이 뛰쳐나왔을까? 하고 조커는 묻고 또 묻지요. 언젠가 대답을 찾아낼 때까지."

난쟁이들은 마치 긴 잠에서 깨어난 듯했단다. 하트 2와 3은 빗자루를 가져와 바닥을 쓸기 시작했지. 킹 네 명은 원을 만들며 서로 어깨동무를 했단다. 그들은 작은 소리로 서로 이야기하다가 하트 킹이 조커에게 몸을 돌리며 말했지. "이 마을의 킹들은 큰 슬픔에 잠겨 작은 광대가 진실을 말하고 있다는 결론을 내렸지요."

"그런데 내가 진실을 말하는 것이 뭐가 그리 슬프지요?" 하고 조커가 물었지. 그는 여전히 탁자 위에 누워 있었지.

이번에는 다이아몬드 킹이 말했지. "조커가 우리에게 진실을 이야기한 건 매우 슬픈 일이에요. 그건 주인님이 죽어야 함을 의미하기 때문이지요."

"그러면 주인님은 왜 죽어야 하지요?" 조커가 물었지. "찌르기 전엔 언제나 규칙을 한 가지 말해야 하는 법이에요."

다이아몬드 킹이 그에게 대답했지. "프로데가 이 마을에서 왔다 갔다 하는 한, 그는 끊임없이 우리가 인조인간이라는 사실을 상기시켜주지요. 그 때문에 그는 잭의 칼에 죽어야만 하지요."

그러자 조커가 탁자에서 내려와 먼저 프로데 쪽을 보고 나서 다시 킹들을 바라보았지. "창조물과 주인님이 너무 가까이 살면 좋지 않지요. 서로 아주 신경과민이 될 위험이 크니까요. 하지만 우리는 프로데가 이렇듯 생기발랄한 상상력을 가지고 있다고 비난할 수도 없어요. 결국 프로데도 자신의 상상물들이 독립하는 데는 어쩔 도리가 없지요."

클럽 킹은 자신의 작은 왕관을 똑바로 하고 말했지. "누구나 자신이 원하는 대로 상상해도 됩니다. 하지만 그럴 경우 자신의 상상물들에게 그들이 상상물이라는 사실을 일러줄 의무가 있지요. 그렇지 않으면 그가 상상물들을 광대로 취급한다는 얘기지요."

밖에서는 해가 커다란 구름 뒤로 사라져 축제장은 돌연 어두워졌단다.

"우리 말을 들었나, 잭들?" 스페이드 킹이 물었지. "주인님의 머리를 베어버려라!"

내가 벌떡 일어나자 스페이드 잭이 프로데와 내 쪽을 가리키며 소리쳤지. "그럴 필요 없어요, 킹. 주인님은 이미 죽었으니까요!"

나는 깜짝 놀라 돌아보았지. 프로데는 의자에서 미끄러져 바닥에 죽은 듯 쓰러져 있었단다. 난 죽은 사람을 처음 보는 게 아니었기 때문에, 다시는 프로데가 반짝이는 눈으로 나를 바라볼 수 없으리란 걸 알았지.

나는 여태껏 느껴보지 못한 공허함과 외로움을 느꼈단다. 일순간 나는 이 이상한 섬에서 혼자가 되고 말았지. 내 주위에는 살아 있는 카드 한 벌이 있었지만, 그 누구도 나와 같은 인간은 아니었단다.

난쟁이들은 어느새 프로데 주위에 바짝 몰려들었지. 그들의 얼굴은 공허해 보였어. 전날 내가 이 마을에 도착했을 때보다 한층 더. 하트 에이스가 하트 킹의 귀에 대고 무언가를 속삭이는 게 눈에 띄었단다. 그런 다음 그녀는 급히 문으로 달려가더니 사라져버렸지.

"우리는 이제 우리 자신의 힘으로 서 있는 겁니다." 조커가 이윽고 말했지. "이제 프로데는 죽었습니다. 그의 피조물들이 그를 살해했지요."

나는 너무도 슬프고 분노가 치밀어 그를 잡고 마구 흔들어댔단다. 그의 작은 방울들이 요란스럽게 딸랑거렸지.

"네가 그를 죽였어!" 하고 나는 고함쳤지. "너는 무지갯빛 레모네이드를 그의 집에서 훔쳤고 카드의 비밀을 누설했다!"

내가 그를 다시 바닥에 세우자 스페이드 킹이 말했지. "우리 손님 말이 옳습니다. 그러므로 우리는 저 광대의 머리를 잘라버릴 권리가 있지요. 우리는 우리를 광대 취급한 자를, 그리고 그자의 광대까지도 해치워야 비로소 벗어나게 됩니다. 잭들! 저 무뢰한의 목을 당장 베시오!"

내가 조커를 놓아주자 그는 쏜살같이 도망쳤지. 그는 쉽게 7과 8 등 몇 명을 옆으로 밀치고, 조금 전 하트 에이스처럼 이내 문 밖으로 나가버렸지. 나 역시 사라져야 할 시간이 되었음을 알았고, 조커 뒤를 따라 밖으로 내달렸지. 작은 집들 사이에는 황금빛 저녁 햇살이 드리워져 있었지만, 조커도 하트 에이스도 보이지 않았단다.

다이아몬드 킹

······ 목에 방울을 달고 다녀야 한다고 ······

프로데의 죽음을 읽기도 전에 아버지는 깨어나기 시작했지만, 나는 조커 축제가 어떻게 계속되는지 너무 궁금해서 꼬마책을 치울 수가 없었다. 아버지가 중얼거리기 시작했을 때야 재빨리 꼬마책을 바지 속에 넣었다.

"안녕히 주무셨어요?" 나는 아버지가 침대에서 몸을 일으키자 물었다.

"아주 잘 잤다." 아버지는 하품하며 눈을 크게 뜨고 대답했다.

"근데 이상한 꿈을 꾸었단다."

"얘기해주세요!"

아버지는 마치 단단한 바닥 위에 서면 꿈꾼 것을 금방 잊어버리기라도 하는 듯 그냥 침대에 앉아 있었다.

"난 인간들이 네가 스카이라운지에서 이야기한 것처럼 작은 난쟁이가 된 꿈을 꾸었단다. 그들은 모두 살아 있었는데 너하고 나만 그걸 놀라워했지. 그리고 늙은 의사도 한 명 있었는데, 의사는 돌연 난쟁이들의 큰 발톱 밑에 있는 아주 작은 표시를 발견했단다. 그건 돋보기나 현미경으로 발견할 수 있는 것이었지. 그리고 그 표시들은 각각 트럼프 카드 그림과 1부터 수백만 사이의 번호였단다. 한 난쟁이는 하트와 728964라는 번호를 가지고 있었고, 다른 난쟁이는 클럽과 60143이란 번호를, 세 번째 난쟁이는 다이아몬드와 2659라는 번호를 가지고 있었지. 조사해보니 두 사람이 똑같은 번호를 가지고 있는 경우는 결코 없다는구나. 인류는 하나의 거대한 트럼프 카드 같았지. 그런데 그다음, 이게 중요한 점인데, 두 명의 난쟁이에게는 그림도 번호도 없다는 사실이 밝혀졌단다. 그 둘은 바로 너와 나란다. 그 때문에 다른 난쟁이들은 우리를 두려워했지. 결국 그들은 우리가 어디 있는지 언제나 알 수 있도록 목에 방울을 달고 다녀야 한다고 결정했단다."

나는 이 이야기가 정말 이상한 꿈이라고 생각했다. 아니면 아버지는 그저 전날 저녁의 이야기를 더 발전시켜 지어낸 것일까? 아버지는 고개를 흔들고는 말을 계속했다. "우리는 이런 특별한 상념이나 생각을 내부에 갖고 있는가 보다. 하지만 그 심연의 생각은 잠잘 때에만 얼핏 나타나는 것 같구나."

"적어도 너무 많이 마시지 않았을 때에는요."

웬일인지 아버지는 한층 더 지혜로운 문구로 역습하는 대신 나를 한 번 쳐다보고는 그냥 웃기만 했다. 아버지가 아침식사 하러 가기 전에 담배를 피우지 않았다는 것 또한 이상했다.

티타니아 호텔에서는 원하는 대로 아침식사를 할 수 있었다. 객실 요금에 포함되어 있는 식사는 형편없었다. 하지만 돈만 있다면 접시에 진기하고 맛있는 음식들을 담을 수 있는 훌륭한 뷔페도 있었다.

아버지는 특별히 많이 먹는 사람은 아니었는데, 이날은 주스와 요구르트, 계란과 토마토, 베이컨과 아스파라거스를 먹었고, 나도 똑같이 담았다.

"네가 내 폭음에 대해 한 말은 맞는 말이다." 아버지는 계란을 깨면서 말했다. "난 세상이 이토록 명료하다는 걸 하마터면 잊어버릴 뻔했구나."

"하지만 그렇다고 해서 철학적 사고를 그만두지는 않을 거죠?" 하고 나는 물었다. 나는 늘 아버지의 철학적 사고가 음주와 직접적인 관련이 있으며, 그걸 중단하면 아버지가 아주 보통 사람이 돼버릴까 봐 두려웠다.

아버지는 어안이 벙벙하여 나를 쳐다보더니 말했다. "아니야, 왜 그렇게 생각하니? 난 이제 위험한 철학자가 될 거야."

나는 안도의 숨을 쉬었다.

"왜 세상 사람들이 자신이 보고 있는 것에 놀라워하지 않고 이리저리 터벅터벅 걸어 다니는지 아니?" 하고 아버지는 물었다.

나는 고개를 저었다.

"세상이 그들에게 습관처럼 되기 때문이지!" 아버지는 계란에 소금을 뿌리고는 계속 말했다. "우리가 세상에 익숙해지려면 많은 세월이 필요하단다. 어린아이들을 보면 쉽게 알 수 있지. 어린아이들은 주변에서 보이는 것들에 너무나 감동해서 자신의 눈을 믿을 수 없을 정도란다. 그래서 어린아이는 온갖 방향을 가리키며 자신의 눈에 비치는 모든 것에 대해 물어본단다. 우리 어른들은 좀 다르지. 우리는 그걸 너무도 자주 봤기 때문에 결국 현실을 모두 당연한 것으로 여긴단다."

우리는 치즈와 햄을 먹으며 오랫동안 말없이 앉아 있었다. 접시가 비자 그제야 아버지가 물었다. "우리 약속 하나 할까, 한스 토마스야?"

"뭔지 들은 다음에요."

"우리가 누구며 어디서 왔는지를 더 많이 밝혀내기 전에는 이 행성을 떠나지 않기로 서로 약속하자."

나는 "좋아요."라며 탁자 위로 아버지에게 손을 내밀었다.

"하지만 우선 엄마를 찾아야 해요." 하고 나는 덧붙였다. "우린 엄마 없이는 결코 밝혀내지 못할 테니까요."

하트

하트 에이스

…… 카드를 뒤집어보니 하트 에이스였단다 ……

피레우스로 가려고 자동차에 올라탔을 때 아버지는 신경이 무척 날카로워진 것 같았다. 피레우스로 간다는 것 때문인지, 아니면 점심때쯤 엄마를 찾을 수 있는 곳을 알지도 모르는 그 에이전시에 전화를 걸어야 하기 때문인지 잘 알 수 없었다.

우리는 시내 한복판에 자동차를 세워놓은 다음, 여러 번 길을 물어 국제 항구까지 갔다.

"이곳이 바로 17년 전에 우리가 정박했던 곳이야."

아버지는 이렇게 말하면서 러시아 상선 한 척을 가리켰다. 아버지는 다시 한 번 삶이란 원이 완성되듯 끝맺음이 있는 일들로 이루어져 있다고 설명했지만, 이제 그런 이야기는 더 이상 듣고 싶지 않았다.

"언제 그 사람한테 다시 전화할 건데요?"

"3시 좀 넘어서."

우리는 둘 다 시계를 보았다. 겨우 12시 반이었다.

"운명이란 어느 쪽으로나 똑같이 자라는 한 포기 꽃양배추다."

하고 나는 말했다.

아버지는 신경질적으로 팔을 내저었다. "쓸데없는 소리 말아라, 한스 토마스야!"

아버지는 엄마와의 만남에 대해서 신경과민인 것 같았다.

"배고파요." 하고 나는 말했다.

사실은 배고프지 않았는데 꽃양배추와 관련된 말이 달리 떠오르지 않았다. 우리는 유명한 미크로리마노 항구로 점심을 먹으러 갔다.

도중에 우리는 산토리니라는 섬으로 가는 배를 지나갔다. 아버지는 이 섬이 예전엔 지금보다 훨씬 더 컸는데, 섬의 대부분이 격렬한 화산 폭발로 그만 바다 속으로 가라앉아 버렸다고 말했다.

우리는 무사카를 먹었고, 식당 바로 앞에서 그물을 깁고 있던 어부들에 대해 아버지가 몇 마디 한 것 말고는 별다른 이야기를 하지 않았다. 대신 각자가 적어도 서너 번은 시계를 보았다. 우리는 둘 다 될 수 있는 대로 눈에 띄지 않게 보려고 했지만 잘 되지 않았다. 이윽고 아버지는 시간이 다 되었다고 말했다. 3시 15분 전이었다. 아버지는 아이스크림을 주문해주고 갔는데, 나는 아이스크림이 나오기도 전에 돋보기와 꼬마책을 꺼냈다. 이번에는 누군가가 보지 못하도록 탁자 밑에 놓고 읽었다.

♥

나는 프로데의 집을 향해 언덕을 달려 올라갔단다. 땅속 깊은
데서부터 나지막한 소리가 들려오는 듯했고, 금방이라도 발밑의
땅이 무너질 것만 같았지.

프로데의 집 앞에 도착한 나는 돌아서서 마을을 내려다보았지.
그새 많은 난쟁이가 축제장에서 나와 집 주위를 떼 지어 돌아다니
고 있었단다.

"그를 죽여야 해!" 한 난쟁이가 소리쳤지.

다른 난쟁이가 소리쳤지. "둘 다 죽여야 해!"

나는 재빨리 집 안으로 들어갔지. 프로데가 다시는 이곳에 발
을 들여놓지 못하리란 것을 안 지금, 집은 끝없이 황량하게 느껴
졌단다. 나는 의자에 털썩 주저앉아 숨을 헐떡였지. 하지만 시간
이 없었단다. 일어서서 주위를 둘러보니 탁자 위에는 금붕어 한
마리가 유리 어항 속에서 헤엄치고 있었고, 창문턱에는 마개로 막
아 놓은 빈 병이 하나 세워져 있었으며, 방 한구석에는 몰루켄 가
죽으로 꿰매 만든 듯한 흰 자루가 하나 놓여 있었지. 나는 병마개
를 열어 금붕어와 물을 넣고 다시 마개로 막고는 그 병과 어항을
조심스럽게 흰 자루에 넣었단다. 프로데의 카드가 들어 있던 나무
상자와 손에 잡히는 대로 몇 가지를 더 허겁지겁 집어넣었지. 아

직도 기억나는데, 몰루켄 유리 상을 집어넣고 있을 때, 밖에서 딸랑거리는 소리가 나지막이 들리더니 몇 초 후에 조커가 뛰어 들어왔지.

"우린 빨리 바다로 가야 해요." 그가 숨을 몰아쉬며 말했단다.

"우리라고?" 나는 어리둥절해서 물었지.

"그래요, 우리 둘이요. 빨리 서둘러야 해요, 선원 친구!"

"왜요?"

"마법의 섬은 안에서부터 파괴된다."

하고 그는 말했지.

"그건 물론 조커 놀이지!"

내가 끈으로 자루를 졸라매고 있는 동안 조커는 장식장을 샅샅이 뒤졌어. 그리고 금방 무언가를 찾아냈는데, 그건 무지갯빛 레모네이드가 반쯤 들어 있는 병이었지.

우리가 밖으로 나갔을 때 나는 피가 얼어붙는 것만 같았단다. 난쟁이들이 소리를 질러대면서 떼를 지어 언덕을 올라오고 있었던 거야. 걷는 무리도 있었고 몰루켄을 타고 오는 무리도 있었는데, 잭 네 명이 칼을 뽑아 들고 선두를 달리고 있었지.

"이쪽으로!" 하고 조커가 말했지. "빨리요!"

조커가 먼저 집을 돌아 뛰어가다가 숲의 사잇길로 꺾어 들어갔지. 나무 사이로 몸을 숨기기 전에 뒤를 돌아보았더니 선두의 난쟁이들이 막 프로데의 집에 도착해 있었단다.

조커는 산염소처럼 폴짝거리며 내 앞에서 뛰어가고 있었지. 그런데 하필이면 이 염소가 작은 방울을 달고 있어, 딸랑거리는 방울 소리 때문에 나머지 염소 떼가 쉽게 쫓아올 수 있을 거라는 사실이 문제였지.

"제빵사 아들이 바다로 가는 길을 찾아내야 해요." 하고 조커는 뛰면서 소리쳤지.

나는 들에서 일하고 있던 클럽 2와 클럽 3을 발견하기 전에 왕벌들과 몰루켄 몇 마리가 있는 넓은 평지를 지나왔다고 그에게 말했지.

"저쪽으로 가면 평지가 나오지요!" 조커는 왼쪽으로 난 길을 가리키며 말했지.

잠시 후 숲에서 빠져 나와 주위를 둘러보니 그곳은 암벽 꼭대기였고, 발밑에는 정말로 내가 난쟁이들을 처음 만났던 평지가 펼쳐져 있었단다.

조커는 바위를 타고 내려가기 시작했는데, 갑자기 뾰족한 돌에 걸리는 바람에 발을 헛디뎌 비틀거리더니 팔을 마구 휘저으며 밑으로 미끄러져 떨어졌어. 그 바람에 그의 작은 방울들은 메아리쳤고 추격자들이 이 소리들 듣지 않을 수 없었지. 그런데 나는 무엇보다도 조커가 심하게 다쳤을까 봐 걱정이 되었지만, 그는 다시 벌떡 일어나 두 팔을 벌리고는 호탕하게 웃었단다. 그 작은 광대는 생채기 하나 생기지 않았지. 나는 더 조심스럽게 내려갔단다.

밑에 도착했을 때 나는 땅이 진동하는 것을 분명히 느꼈지.

우리는 평지를 가로질러 갔는데, 내가 기억하고 있는 것보다 훨씬 작게 느껴졌지. 우리는 곧 왕벌 떼를 만났는데, 벌은 여전히 고향의 벌보다 더 컸지만, 전에 처음 봤을 때처럼 그렇게 커 보이지는 않았단다.

"저 길인 것 같아요." 하고 말하며 나는 산 하나를 가리켰지.

"산을 넘어야 하나요?" 하고 조커가 절망적으로 물었단다.

나는 고개를 흔들었지. "난 산속의 좁은 통로를 따라 왔어요."

"그렇다면 얼른 그 입구를 찾아야지요, 선원 친구!"

그는 뒤쪽을 가리켰지. 난쟁이들이 우리 뒤를 바짝 쫓고 있었어. 몰루켄을 탄 이들이 이제 선두를 달리고 있었고, 다리가 여섯인 몰루켄들의 발굽 아래 흙먼지가 휘날렸지. 그리고 나는 다시 이상한 소리를 들었단다. 멀리서 들려오는 천둥소리 같았는데 질주하는 몰루켄들한테서 나는 소리는 아니었지. 동시에 평지를 가로지르는 길이 난쟁이들한테는 더 짧은 것처럼 생각되었단다.

몰루켄들이 몇 미터 앞에까지 쫓아왔을 때, 난 바위 속에서 작은 입구를 찾아냈지.

"저기 있어요!" 내가 소리쳤지.

먼저 내가 간신히 구멍 속으로 들어갔고 그다음에 조커가 따라오는데, 그는 나보다 훨씬 작았는데도 난 그의 팔을 힘껏 끌어당겨야 했지. 나는 땀에 흠뻑 젖었는데 조커의 팔은 동굴 벽 바위처럼 차가웠단다.

우리는 맨 먼저 온 몰루켄들이 동굴 앞에서 멈추는 소리를 들었지. 그다음 순간 입구에 얼굴 하나가 나타났단다. 스페이드 킹이었지. 하지만 벽이 이내 닫혀버려 우리를 잠깐밖에 보지 못했고, 우리를 잡으려고 내뻗었던 손을 가까스로 빼낼 수 있었단다.

"섬이 쪼그라들고 있는 것 같군요." 내가 속삭였지.

"아니면 안으로부터 파괴되고 있거나요. 완전히 사라지기 전에 섬을 떠나야 해요." 하고 조커가 말했지.

우리는 동굴 속을 달려 이내 깊은 골짜기로 가는 출구에 이르렀는데, 골짜기는 높은 암벽 앞에서 끝났지. 거기에서도 개구리와 도마뱀이 이리저리 폴짝거리고 있었지만 토끼만큼 크지는 않았단다.

우리는 골짜기를 따라 달렸는데, 한 걸음에 수백 미터나 나아가는 것 같았지. 어쨌든 우리는 곧 노란 장미 덤불과 휘파람 소리를 내는 나비가 있는 곳에 이르렀지. 나비가 전에처럼 셀 수 없을 정도로 많았지만, 이상하게 거대한 한두 마리를 제외하고는 훨씬 더 작았단다. 또 나는 그때 나비 소리도 듣지 못했는데 딸랑거리는 조커의 방울 소리 때문이었는지도 모르지.

우리는 곧 배가 파선했던 다음 날 아침, 해돋이를 보았던 산꼭대기에 도착했단다. 땅바닥에서 발을 들기만 해도 금방 둥둥 떠 있는 듯한 느낌이 들었지. 저 밑에는 내가 온갖 무지개 빛깔의 금붕어 떼 사이에서 헤엄쳤던 호수가 있었지. 호수는 내 기억보다 훨씬 더 작아 보였고, 하얀 거품이 부서지고 있었단다.

조커는 아이처럼 폴짝거리며 춤을 추었지.

"저게 바단가요?" 하고 그는 흥분해서 물었지. "당신도 바다가 보이지요?"

하지만 나는 땅속 깊은 곳에서 들려오는 우르릉 쾅쾅거리는 소리 때문에 대답할 수가 없었지. 또 어떤 거인이 바위를 씹기라도 하는 듯 뿌드득거리는 소리도 났단다.

"산이 자기 자신을 먹어치우고 있어요." 조커가 소리쳤지.

우리가 산 밑으로 달려가 단숨에 그 호수에 도착해보니 그것은 웅덩이보다 좀 더 클 뿐이었지. 하지만 금붕어들은 아직도 있었고 전보다 훨씬 더 많았단다. 마치 하늘에서 무지개가 내려와 작은 웅덩이에서 피어오르는 것 같았지.

조커가 주위를 둘러보는 동안 나는 등에 지고 있던 흰 자루를 열고는 조심스럽게 어항을 꺼내 금붕어들을 넣었단다. 그리고 어항을 들어 올리려고 하자 어항이 기울어졌지. 어항을 거의 건드리지 않았는데도 말이다. 마치 어항이 제 스스로, 혹은 금붕어들이 그렇게 한 것 같았단다. 유리 어항은 조금 깨져 있었지. 그때 조커가 말했단다. "빨리 서둘러요!"

조커는 유리 어항에 금붕어를 넣는 걸 도와주었지. 나는 셔츠를 찢어 유리 어항을 단단히 감싼 후 자루를 짊어지고 계속해서 달려갔지. 금붕어 어항을 품에 꼭 안고서.

　그때 갑자기 섬을 조각내기라도 할 듯 날카롭고 큰 소리가 들렸지. 우리는 키 큰 야자수 사이를 달려 내가 이틀 전에 당도했던 그 석호에 이르렀지. 야자수 두 그루 사이에는 내가 버려둔 보트가 그대로 놓여 있었단다. 그러고 나서 살펴보니 이 마법의 섬은 넓은 바다 한가운데의 아주 작은 섬에 불과했단다. 야자수들 사이에서 나는 다른 쪽 바다를 볼 수 있으리라 생각했지. 작은 석호에는 내가 도착했을 때와는 다른 점이 한 가지 있었단다. 넓은 바다는 여전히 이틀 전처럼 고요했지만, 해변에서 거품이 일어나고 있었던 거지. 나는 섬이 바다 속으로 가라앉고 있음을 깨달았단다.

　그때 야자수 아래에서 어떤 노란 물체가 깜박거리는 걸 보았지. 하트 에이스였단다. 나는 조커가 아이처럼 보트 주위를 돌며 춤추는 사이 자루와 금붕어 어항을 땅에 내려놓고 내게 등을 돌리고 있는 그녀에게 갔지.

　"하트 에이스?" 하고 나는 속삭였단다.

　그녀는 돌아서서 나를 바라봤는데 어찌나 부드럽고 그리움에 찬 눈빛인지 내 목을 껴안을 것만 같았지. 하지만 그녀는 야자수에 몸을 기대고는 시선을 떨구었단다.

　"마침내 미로에서 나오는 길을 찾아냈어요." 하고 그녀는 말했지. "이제 다른 어떤 해안이 고향이란 걸 알게 되었어요……. 당신은 이 해안에서 몇 년, 몇 마일이나 떨어진 해안에서 넘실거리고 있는 파도 소리가 들리나요?"

"무슨 말인지 모르겠어요." 하고 나는 말했지.

"나를 생각하는 작은 소년이 있어요. 나는 그 애를 여기서 찾을
수 없어요……. 하지만 그 애가 나를 찾을 수 있을지도 몰라요. 나
는 그 애한테서 너무도 멀리 떨어져 있어요. 나는 감정의 바다를
건넜고 힘든 생각의 산봉우리를 서둘러 넘어왔어요. 그런데 누군
가가 카드를 새로 섞었어요."

"그들이 오고 있어요!" 조커가 소리쳤지.

깜짝 놀라 돌아보니 난쟁이 떼가 야자수를 헤치고 우리를 향해
달려오고 있었단다. 맨 앞에는 난쟁이를 태운 네 마리의 몰루켄이
달려오고 있었지. 그들은 네 명의 킹이었어.

"저놈들을 잡아라!" 스페이드 킹이 소리쳤지. "저놈들을 다시
카드 패 속에 집어넣어라!"

그런데 그때 귀가 먹먹할 만큼 꽝 하는 소리가 났고, 나는 무언
가에 의해 내동댕이쳐져 뒤로 넘어졌단다. 그리고 다시 기운을 차
려 보니 마법에 걸렸던 듯 몰루켄과 난쟁이들이 사라지고 없었지.
하트 에이스 쪽을 돌아보았는데 그녀 역시 보이지 않았단다. 아까
그 야자수로 쏜살같이 달려가보니, 그녀가 서 있던 바로 그 자리
에 그림이 바닥을 향해 뒤집힌 트럼프 카드 한 장이 있었지. 카드
를 뒤집어보니 하트 에이스였단다.

나는 눈물이 나고 또 이상한 분노가 가슴 속에서 치밀어 오르

는 걸 느꼈지. 난 몰루켄과 난쟁이들이 야자수 사이에서 불쑥 모습을 드러냈던 자리로 달려갔다. 거기엔 트럼프 카드들이 돌풍으로 공중에 휘날리고 있었지. 하트 에이스가 이미 내 손에 있었고 나머지 쉰 한 장의 카드도 주워 모았단다. 카드는 모두 닳아서 가장자리가 너덜너덜했으며, 여러 가지 그림들은 구별하기가 불가능할 정도였지. 쉰두 장의 카드를 모두 주머니에 넣고 땅바닥을 보니 하얀색에 다리가 여섯 개인 딱정벌레 네 마리가 있었지. 손가락으로 살짝 건드리려고 하자 모두 돌 밑으로 기어들어 가 사라져버리고 말았단다.

또 한 번 꽝 하는 소리가 났고 거센 파도가 발치를 쓸고 지나가는 것을 느꼈지. 조커는 벌써 보트에 앉아 노를 저으며 섬을 떠나고 있었단다. 나는 재빨리 그 뒤를 따라 물속으로 걸어갔지. 허리까지 물에 잠겨서야 보트 위로 기어오를 수 있었단다.

"그럼 제빵사 아들은 결국 같이 가겠다는 거군요." 하고 조커는 말했지. "같이 안 가는줄 알고 혼자 떠나려고 했어요."

그는 내게 노를 주었고 우리가 노를 젓는 동안 섬이 바다 속으로 침몰하고 있었지. 야자수의 우듬지 주변에서 물이 거칠게 소용돌이치며 부글부글 끓어올랐지. 마지막 야자수가 가라앉자 나는 나무에서 작은 새 한 마리가 날아오르는 걸 보았단다.

깊은 곳으로 침몰하는 섬의 여파에 끌려가지 않으려고 우리는 필사적으로 노를 저었지. 마침내 노를 보트 안으로 당겨 안전해졌을 때 내 손은 찢겨 피가 나고 있었단다. 조커 역시 있는 힘을 다해 노를 저었는데도 그의 손은 전날 프로데의 집 앞에서 내게 내밀었던 때와 똑같이 희고 깨끗했단다.

이내 해가 바다 속으로 가라앉았지. 밤새 그리고 그다음 날 내내 우리는 바람과 폭풍우 속에 떠다녔지. 나는 몇 차례나 동행자에게 말을 붙여보았지만 그는 거의 한마디도 하지 않았단다. 그는 음험한 미소를 띤 채 아무 말 없이 앉아 있었지.

그날 저녁 늦게 아렌달에서 온 스쿠너 선에 의해 우리는 구조되었지. 우리 배는 며칠 전 마리아호와 함께 파선했으며, 우리가 유일한 생존자일 거라고 이야기했지.

스쿠너 선은 마르세유로 가는 길이었는데, 그 긴긴 여행 내내 조커는 보트에서처럼 아무 말 없이 앉아 있기만 했지. 선원들은 조커를 이상한 녀석으로 여겼는지 가만히 내버려두었단다.

마르세유에 도착해 뭍에 발을 딛기가 무섭게 그 작은 광대는 보트 창고 사이에서 번개처럼 사라졌지. 한마디 작별 인사도 없이 가버렸단다.

그 뒤 같은 해에 나는 도르프로 왔지. 너무 이상한 일들을 많이 겪은 나는 남은 생애 동안 그 일에 대해 곰곰이 생각해볼 필요를 느꼈지. 그리고 그렇게 하는 데는 도르프가 아주 적당한 곳이었단다. 어쩌다 보니 여기로 온 지 어느덧 52년이나 되었구나. 그런데 도르프에 제빵사가 없다는 걸 알고는 작은 빵 가게를 열었단다.

나는 바다로 떠나기 전에 뤼베크에서 제빵 직공이었으니까. 그리
고 그때부터 여기가 내 고향이 되었단다.

　난 내가 경험한 일을 누구한테도 이야기한 적이 없단다. 누구
도 내 말을 믿지 않았을 테니까. 물론 나 스스로도 이따금씩 마법
의 섬 이야기를 의심하곤 했지. 그런데 마르세유에 도착했을 때
내 어깨에는 흰 자루가 있었단다. 그리고 그 자루와 그 속에 들어
있던 것들을 그 동안 줄곧 소중하게 간직해왔단다.'

하트 2

...... 엄마는 어떤 드넓은 해변에 서서 바다를 바라보고 있을 거예요 ......

나는 꼬마책에서 눈을 떼고 위를 올려다보았다. 3시 반이었고 아이스크림은 다 녹아버렸다. 나는 처음으로 무시무시한 생각이 들었다. 프로데는 마법의 섬 난쟁이들은 우리 인간과는 달리 늙지 않는다고 말했다. 만약 그 말이 맞는다면 조커는 틀림없이 아직도 살아 있을 것이다.

아버지가 아테네의 옛 광장에서 시간의 이빨에 대해 한 말이 떠올랐지만, 그 섬의 난쟁이들한테는 아무 힘도 없다. 난쟁이들이 비록 인간과 동물처럼 생명을 가지고 있다고 해도 우리처럼 피와 살로 되어 있지는 않기 때문이다. 꼬마책에서 난쟁이들은 다치지 않는다는 암시가 여러 번 나왔다. 조커가 조커 축제 때 병들을 깨부쉈을 때 그들 중 아무도 다치지 않았던 것이다. 조커는 바위로 된 절벽에서 미끄러져 떨어졌을 때도 다치지 않았고, 침몰하는 섬에서 탈출할 때 사력을 다해 노를 저었지만 그의 손에는 아무 흔적이 없었다. 그런데 그뿐이 아니었다. 제빵사 한스는 난쟁이들의 손이 항상 차다고 이야기했다. 나는 등골이 오싹해지는 걸 느꼈다. 그 난쟁이! 그의 손도 차가웠다. 주유소의 그 이상한 난쟁이가 150년도 더 전에 마르세유의 보트 창고 사이에서 사라졌던 바로 그 난쟁이일 수 있을까? 조커가 내게 돋보기를 주어 그것으로 꼬마책을 읽게 했을까? 코모의 놀이동산에서, 베네치아의 다리 위에서, 파트라스로 가는 배 위에서, 그리고 아테네의 신태그마 광장에서 나타났던 이가 바로 조커였을까?

이런 생각을 하자 어찌나 무시무시했는지, 녹아버린 아이스크림을 본 나는 속이 메스꺼워졌다. 나는 사방을 둘러보았다. 그 난쟁이가 이곳에 갑자기 나타난다 해도 놀라지 않을 것 같았다. 하지만 바로 그때 아버지가 부랴부랴 길을 건너 레스토랑으로 들어왔기 때문에 그 생각에서 벗어날 수 있었다.

나는 아버지가 엄마를 찾을 수 있다는 희망을 버리지 않았음을 금방 알 수 있었다. 그리고 어떤 이유에선지 모르지만 나는, 하트 에이스가 다시 변신하기 전에 바다를 바라보며 자신이 서 있는 해안에서 몇 년, 몇 마일이나 떨어져 있는 어떤 해안 이야기를 하는 모습을 떠올리지 않을 수 없었다.

"엄마가 오늘 오후에 어디 있을지를 알았단다." 하고 아버지가 말했다.

나는 고개를 끄덕였다. 어쩐지 우리는 여행의 막바지에 이른 것 같았다. "엄마는 어떤 드넓은 해변에 서서 바다를 바라보고 있을 거예요."

아버지는 맞은편에 앉았다. "그래, 정말 그럴지도 모르지. 그런데 그걸 어떻게 아니?"

나는 어깨를 으쓱해 보였다.

그러고 나서 아버지는, 엄마가 촬영을 위해 에게 해의 좁고 길쭉한 큰 반도에 머물고 있다고 말했다. 수니온 곳이라 불리는 그 반도는 아테네에서 남쪽으로 70킬로미터 떨어진 그리스 남쪽 꼭대기에 있었다.

"맨 꼭대기에는 거대한 포세이돈 사원 유적이 있지." 하고 아버지는 덧붙여 말했다. "포세이돈은 그리스의 바다 신이었지. 그 사원 앞에서 아니타를 촬영하기로 되어 있단다."

"먼 나라에서 온 젊은 남자는 옛 사원에서 아름다운 여인을 만난다." 하고 나는 말했다.

아버지는 체념한 듯 한숨을 쉬었다. "넌 줄곧 무슨 소릴 하고 있는 거냐?"

"델포이의 신탁 이야기요. 아버지는 피티아였잖아요."

"그래, 물론이야. 하지만 난 오히려 아크로폴리스를 생각했단 말이야."

"아버지는 그렇지요. 하지만 아폴론은 안 그래요."

아버지는 이유를 알 수 없는 미소를 보내왔다.

"피티아는 멍청해서 자기가 한 말을 기억할 수 없을 거야." 하고 아버지는 결국 시인했다.

긴 여행을 하면서 경험한 많은 것을 거의 잊어버렸지만, 수니온 곳을 향한 자동차 여행은 결코 잊지 못할 것이다.

우리가 아테네 남쪽에 있는 휴양지를 지나자 오른쪽으로 담청색 지중해가 끝없이 펼쳐져 있었다.

우리는 둘 다 엄마를 다시 만나면 어떨까 하고 생각했지만, 아버지는 다른 이야기만 했다. 내가 희망을 너무 많이 가질까 봐 그런다는 생각이 들었다. 한번은 휴가가 마음에 드느냐고 묻기까지 했다.

"너와 함께 케이프 혼이나 희망봉에 갔더라면 참 좋았을걸." 하고 아버지는 말했다. "어쨌든 이제 드디어 수니온 곳으로 가게 되는구나."

그 자동차 여행은 아버지가 담배 휴식을 딱 한 번 요청할 정도의 거리였다. 우리는 메마른 달의 표면과 같은 원추형의 산꼭대기에서 멈췄다. 산 아래 바다에서는 파도가 치고 있었고, 수영복차림의 두 여자가 마치 게으른 물개처럼 바위에 누워 있었다. 물이 어찌나 푸르고 투명한지 나는 눈물이 핑 돌았다. 나는 깊이가 20~30미터는 될 거라고 생각했지만, 아버지는 기껏해야 10미터 정도일 거라고 하고는 더 이상 아무 말도 하지 않았다. 아마도 여행 중 제일 조용한 담배 휴식 시간이었을 것이다.

우리는 목적지에 도착하기 훨씬 전에 우뚝 솟아 있는 포세이돈 사원을 보았다.

"어떻게 생각하니?" 아버지가 물었다.

"엄마가 거기 있을 것 같다는 말이에요?"

"난 그럴 것 같지가 않구나."

"엄마가 거기 있다는 걸 난 알고 있어요. 그리고 엄마는 우리랑 노르웨이로 돌아갈 거예요."

아버지는 쉰 목소리로 웃었다.

"그렇게 간단하지가 않단다, 한스 토마스야. 쉽게 집으로 돌아올 사람이라면 8년 동안이나 가족을 떠나 있지도 않았을 거야."

"엄마는 다른 선택의 여지가 없어요."

15분 후 그 큰 사원 아래 자동차를 세울 때까지 우리는 아무 말도 하지 않았던 것 같다.

우리는 관광버스 두 대와 사오십 명의 이탈리아 사람들 사이를 뚫고 지나갔다. 그런 다음 다른 사람들과 똑같이 사원을 구경하는 것처럼 행동해야 했고, 그래서 입장료 200드라크마를 지불해야 했다. 고지대로 올라가자 아버지는 빗을 꺼냈으며, 델포이에서 산 바보 같은 여름 모자를 벗었다.

하트 3

…… 챙이 넓은 모자를 쓰고 요란하게 치장한 여자 ……

그다음부터는 사건들이 너무나 빨리 일어나서 내 기억을 정리하기가 어렵다. 먼저 아버지가 고지대의 한쪽 끝에서 사진 기사 둘과 보통 관광객은 분명히 아닌 한 무리의 사람들을 발견했다. 그들 가까이 갔을 때 우리는 챙이 넓은 모자와 짙은 선글라스를 쓰고 노란색 긴 원피스를 입은, 요란하게 치장한 여자를 보았다. 그녀에게 모두의 관심이 집중되어 있었다.

"저 사람이다." 하고 아버지가 말했다. 내가 그녀를 향해 가는 사이 아버지는 뻣뻣하게 서 있다가 내 뒤를 따라왔다.

나는 "촬영 휴식!" 하고 두 명의 사진 기사에게 소리쳤다. 그들은 한마디도 알아듣지 못했을 텐데도 깜짝 놀라 몸을 돌렸다.

나는 아주 화가 나 있었던 걸로 기억한다. 우리는 엄마를 8년도 넘게 못 보았는데, 이렇게 많은 사람들이 엄마를 호기심에 찬 얼굴로 쳐다보며 사진을 찍는다는 사실이 너무 심하다는 생각이 들었다.

엄마는 자신을 향해 걸어오는 나를 보더니 동상처럼 굳어졌다. 엄마는 선글라스를 벗고 15미터쯤 떨어진 거리에서 나를 바라보았다. 그러고 나서 엄마의 눈길은 아버지에게로 옮아갔고 다시 내게로 옮겨졌다.

엄마는 말문이 막힌 듯했고, 내 머릿속에서는 그동안 일어난 많은 일들이 스쳐갔다.

처음에는 도무지 모르는 여자라는 생각이 들었다. 그런데도 그녀가 나의 엄마라는 사실만은 확실했다. 어쩌면 아이들은 본능적으로 알게 되는지도 모른다. 나는 엄마가 눈부시게 아름답다고 느꼈다.

그다음은 마치 느린 화면의 영화 같았다. 엄마는 아버지를 알아보았지만 나를 향해 뛰어왔다. 그 순간 나는 아버지에게 몹시 미안했다. 엄마한테 내가 더욱 중요한 존재인 것처럼 보였을 테니까. 나에게 뛰어오면서 엄마는 아름다운 모자를 벗어 던졌고, 나를 번쩍 들어 올리려 했지만 되지 않았다. 8년 동안 그리스만 변한 게 아니었다. 결국 엄마는 나를 팔로 끌어당겨 껴안았다.

난 엄마의 향기와 그 순간 행복했던 감정을 지금도 생생히 기억한다. 그건 맛있는 걸 먹거나 마실 때 느끼는 행복이 아니었다. 이 행복은 단지 입안에서만이 아니라 내 온몸으로 올려왔기 때문이다.

"한스 토마스야, 한스 토마스야!" 엄마는 탄식하듯 내 이름을 부르고는 더 이상 말을 잇지 못하고 울기 시작했다.

엄마가 다시 고개를 들었을 때 비로소 아버지가 무대에 등장했다. 아버지는 우리를 향해 한두 걸음 다가와서는 말했다. "당신을 찾으려고 온 유럽을 달려왔소."

이제 엄마가 아버지의 목을 끌어안고 계속 우는 바람에 아버지는 더 이상 말할 필요가 없었다. 이 쓰고도 달콤한 장면의 목격자는 사진 기사만이 아니었다. 관광객 몇 명이 멈춰 서서, 이 만남을 준비하는 데 몇백 년이 걸렸다는 사실도 전혀 모른 채 놀라 멍청히 바라보았다.

울음을 그친 엄마는 갑자기 사진 모델인 자기 역할로 돌아갔다. 엄마는 사진 기사들을 돌아보며 그리스 말로 뭐라고 소리쳤다. 그들은 어깨를 으쓱하고는 엄마를 꽤 화나게 만든 게 분명한 어떤 대답을 했다. 어쨌든 엄마와 사진 기사들 사이에, 결국 그들이 물러나야 함을 깨달을 때까지 제법 말다툼이 전개되었다. 그들은 장비를 챙겨 사원 지대로 어슬렁어슬렁 걸어 내려갔다. 그들 가운데 한 사람은 엄마가 나를 향해 달려올 때 벗어 던진 모자를 가져가기도 했다. 출구 바로 앞에서 그들 중 한 사람이 제 시계를 가리키며 우리에게 그리스식의 뻔뻔스러운 말인 듯한 무언가를 또 소리쳤다.

이윽고 우리만 있을 수 있게 되자, 우리 셋은 너무 당황해서 어떻게 해야 할지, 무슨 말을 해야 할지 몰랐다. 오랜 세월 동안 보지 못한 사람을 다시 만난 순간은 그리 어렵지 않다. 오히려 첫 순간의 놀라움이 가라앉고 나서 더 어려워진다.

해는 벌써 옛 포세이돈 사원의 합각지붕 아래로 내려와 있었다. 줄지어 선 기둥들이 고지대 위로 기다란 그림자를 드리우고 있었다. 나는 엄마의 원피스 왼쪽 아래에서 빨간 하트 하나를 발견하고도 특별히 놀라지 않았다.

우리가 사원을 몇 바퀴나 돌았는지 알 수 없지만, 서로 다시 친밀해지기 위한 시간이 나에게만 필요한 건 분명 아니었다. 아렌달에서 온 옛 뱃사람은, 수년 동안 그리스에 살면서 유창하게 그리스 말을 하는 능숙한 사진 모델에게 무슨 말을 해야 할지 난감한 게 틀림없었다. 사진 모델도 마찬가지인 듯했다. 그럼에도 불구하고 엄마는 바다 신의 사원 이야기를 했고, 아버지는 바다에 대해 이야기했다. 오래전에 아버지는 폭풍 속에서 수니온 곶을 지나 이스탄불로 간 적이 있었다.

해가 지평선 아래로 사라지고 옛 사원의 윤곽이 한층 뚜렷하게 드러나자 우리는 출구로 내려갔다. 나는 마지막 몇 분 동안 뒷전에 물러나 있었다. 여기에서의 만남이 단지 짧은 만남이 되고 말지, 아니면 긴 이별의 끝이 될지는 두 어른만이 결정할 수 있기 때문이었다.

그런데 어찌되었든 엄마는 우리와 아테네로 돌아가는 수밖에 없었다. 왜냐면 사진 기사들이 주차장에서 엄마를 기다려주지 않았던 것이다. 아버지는 마치 피아트가 롤스로이스나 되고 또 엄마가 왕비라도 되는 듯 차 문을 열었다.

시동을 걸기 전에 우리 셋은 서로 뒤죽박죽 이야기하기 시작했다. 그런 다음 우리는 아테네로 향했다. 첫 번째 마을을 지난 후 나는 자연스럽게 대화의 조정자가 되었다.

아테네에서 우리는 호텔 주차장에 차를 세우고 로비 입구까지 도로를 따라 걸어갔다. 거기에서 우리는 아무 말도 하지 않고 오래도록 서 있었다. 사실 우리는 옛 포세이돈 사원을 떠난 다음 끊임없이 이야기를 나눴지만, 우리 중 누구도 정말 얘기할 것에 대해서는 단 한마디 운도 떼지 않았다.

결국 그 어색한 침묵을 깬 사람은 나였다. "이제 미래에 대한 계획을 세울 때인 것 같은데요."

이 말에 엄마는 팔로 내 어깨를 감쌌고, 아버지는 이제 모든 게 제대로 된 차례대로 진행되어야 한다는 어리석은 말을 몇 마디 덧붙였다. 하지만 이런저런 계획을 세우다가 우리는 차갑고 상쾌한 것으로 우리의 재회를 축하하기 위해 함께 스카이라운지에 올라갔다. 아버지는 종업원에게 손짓해 자기와 나에게는 레모네이드 한 병을, 엄마에게는 이 집에서 가장 훌륭한 샴페인을 갖다달라고 했다.

종업원은 머리를 긁적이고는 한숨을 쉬며 말했다. "첫 번째에는 두 신사가 자신들을 위해 파티를 하더니, 이번에는 신사들은 안 마시고 부인만을 위해 주문하는군요." 그는 대답도 듣지 않고 주문받은 걸 적더니 바 쪽으로 사라졌다. 이전에 무슨 일이 있었는지 전혀 알 리가 없는 엄마는 어리둥절해서 아버지를 보았다. 그런데 엄마가 더욱 혼란스러워한 건 아버지가 멍한 조커의 시선으로 나를 바라보았을 때였다.

우리는 한 시간 남짓 모두가 생각하고 있던 이야기만 빼고 많은 이야기를 나눴고, 엄마는 내게 이제 잘 시간이라고 말했다. 그것은 8년 동안이나 나를 보살피지 않았던 엄마의 가르침이었다.

아버지는 내게 엄마 말대로 하라는 시선을 은밀하게 보냈고, 나는 대화가 요점에 이르지 못하는 이유가 나 때문임을 깨달았다. 어른들 단둘이 이야기해야 된다는 걸 깨달은 것이다. 뭐니 뭐니 해도 서로 헤어져 있던 이들은 그들이었다. 나는 단지 일을 더 복잡하게 만드는 존재일 뿐이었다.

나는 엄마를 꼭 껴안았고, 엄마는 다음 날 시내에서 제일 좋은 빵 가게에 데려가겠다고 내 귀에 속삭였다. 우리는 벌써 작은 비밀을 갖게 된 셈이었다.

나는 호텔 방에서 옷을 벗고 즉시 꼬마책을 꺼내 읽기 시작했다. 이제 남아 있는 페이지가 얼마 되지 않았다.

하트 4

..... 우리 역시 누가 카드를 나눠주는지 알지 못하지 .....

♥

　제빵사 한스는 멍하니 앞을 응시했다네. 마법의 섬 이야기를 하는 동안 그의 깊고 푸른 눈은 기묘하게 타오르고 있었지만, 이제 그 광채는 사라진 것 같았네. 날이 저문 지 오래되어 작은 방은 거의 완전히 어두워졌다네. 다만 아까 벽난로에서 활활 타오르던 불빛만이 희미하게 남아 있을 뿐이었지. 제빵사 한스는 자리에서 일어나 부지깽이로 불을 뒤적거렸다네. 벽난로 불은 잠시 새 생명으로 깨어나 방에 있는 금붕어 어항과 다른 이상한 물건들을 비춰주었다네.

　나는 긴 저녁 내내 제빵사 노인의 말 한 마디 한 마디에 숨죽인 채 귀 기울였네. 그가 프로데의 트럼프 카드 이야기를 하는 동안 나는 놀라움에 입을 다물 수가 없었지. 감히 그의 말을 중단할 엄두가 나지 않았다네. 또 그가 프로데와 마법의 섬 이야기를 딱 한

번밖에 한 적이 없는데도, 나는 그의 말을 하나하나 다 기억한다고 확신한다네.

'이렇게 해서 프로데는 결국 유럽으로 되돌아오게 된 셈이지.' 하고 그는 여전히 불을 보면서 말을 맺었다네.

나는 그가 나한테 말하는 건지 아니면 자기 자신한테 말하는 건지, 또 그의 말이 무슨 뜻인지도 잘 알 수 없었네.

'카드에 대해 생각하고 있나요?'

'그래, 그것도 생각하지.'

'아래층 선반에 있는 거지요, 그렇지요?'

노인은 고개를 끄덕였네. 그런 다음 그의 침실로 가서 카드가 든 상자를 들고 왔다네.

'이것이 프로데의 트럼프 카드란다, 알베르트.'

그는 조심스럽게 상자를 내 앞 탁자에 놓았다네. 상자에서 카드를 꺼내는 내 가슴이 마구 뛰었지. 맨 위에는 하트 4가 있었네. 나는 쌓여 있는 카드를 집어 한 장씩 넘겨보았다네. 색이 너무 바래서 어떤 카드인지 알아볼 수 없을 지경이었는데, 그중에는 아주 선명한 것도 있었네. 다이아몬드 잭, 하트 킹과 스페이드 킹, 클럽 2와 하트 에이스였다네.

'이것들이 섬에서 돌아다니던 바로 그 카드들이지요?' 나는 가까스로 물었다네.

노인은 또 고개를 끄덕였네.

그리고 나는 손에 쥔 카드가 모두 정말로 살아 있는 사람처럼 느껴졌다네. 하트 킹을 불빛에 높이 들었을 때, 이상한 섬에서 하트 킹이 한 말이 떠올랐다네. 나는 생각했네. 언젠가 옛날에 그는 하늘 아래 생기발랄한 난쟁이였지. 옛날에 그는 커다란 정원에서 꽃과 나무들 사이를 돌아다녔지. 나는 하트 에이스를 오래도록 들고 있었네. 이 트럼프 카드가 자기 고향이 아니라고 한 그녀의 마지막 말을 생각하지 않을 수 없었네.

카드들을 모두 세어보고 쉰두 장임을 확인한 나는 '조커만 빠졌군요.' 하고 말했네.

제빵사 한스는 고개를 끄덕였네.

'그는 나와 함께 커다란 카드로 들어왔지. 얘야, 내 말을 이해하겠니? 우리 역시 그런 생기발랄한 난쟁이고, 누가 카드를 나눠주는지 알지 못하지.'

'그가 아직도 세상을 돌아다니고 있다고…… 생각하세요?'

'하늘이 두 쪽 나도 그렇단다. 세상의 그 무엇도 조커를 해칠 수 없지.'

제빵사 한스는 벽난로를 등지고 서 있었다네. 한순간 불이 활활 타오르자 갑자기 내 위로 그의 검은 그림자가 덮쳐 나는 깜짝 놀랐지. 그 당시 나는 겨우 열두 살이었네. 집에서는 아버지가, 제빵사 한스네 집에서 돌아오지 않고 있는 나를 기다리며 화내고 있을지도 모를 일이었네. 하지만 아버지는 술을 마시지 않았을 때만 나를 기다렸고, 그런 일은 드물었네. 아버지는 마을 어딘가에 누워 술이 깰 때까지 잠을 자고 있었겠지. 사실 제빵사 한스는 내가 의지할 수 있는 유일한 사람이었다네.

'그렇다면 조커는 무척 늙었겠네요.' 하고 나는 주장했다네.

제빵사 한스는 단호하게 고개를 흔들었지. '잊어버렸나? 조커는 우리와는 달리 늙지 않는다!'

'유럽으로 돌아온 뒤 조커를 만난 적이 있나요?'

제빵사 한스는 고개를 끄덕였다네.

'딱 한 번……. 그리고 이제 반년이 지났구나. 1, 2초나 될까. 나는 정말 그 난쟁이를 내 빵 가게 앞에서 보았다고 생각했단다. 그런데 밖으로 나가자 그는 마치 땅이 삼켜버린 듯 없어져버렸지. 바로 그때 네가 이 이야기 속에 들어오게 된 거란다, 알베르트. 그날 오후, 오래 전부터 너를 못살게 굴던 개구쟁이 몇 놈을 때려주는 즐거움을 나는 맛보았지. 그리고 그 일이 일어난 그날은……. 그날은 아주 특별한 날이었단다. 프로데의 섬이 바다 속으로 가라앉아버린 지 정확히 52년 되는 날이었지. 나는 몇 번씩이나 계산해보았는데, 그날이 조커의 날이라고 확신한단다.'

나는 놀라움에 차서 그를 바라보았네.

'그 옛날 달력이 여전히 유효하단 말인가요?' 내가 물었다네.

'그런 것 같구나, 얘야. 그리고 그날 나는, 네가 어머니를 병으로 잃은 외로운 아이라는 걸 깨달았지. 단지 그 때문에 나는 네게

반짝이는 음료를 주고 아름다운 금붕어들을 보여주게 되었지.'

나는 놀라움과 경탄으로 말을 하지 못했네. 처음으로 나는 조커 축제 때 난쟁이들이 한 말이 나하고도 관련이 있다는 생각이 들었네. 나는 깊이 숨을 내쉬고 나서야 그다음 질문을 할 수 있었네. '그 이야기는 어떻게 계속되었나요?'

'분명히 난 마법의 섬 얘기를 전부 다 알아듣지는 못했단다. 그런데 우리 인간들은 들은 것을 모두 기억하지는 못해도 의식 속에 간직되게 마련인가 보구나. 그래서 어느 땐가 갑자기 떠오르는 거지. 조금 전 벽난로 불을 뒤적거릴 때 그랬던 것처럼. 그때 문득 다이아몬드 4가 소년에게 반짝이는 음료와 아름다운 금붕어를 보여줄 제빵사에 대해 말한 후, 하트 4가 한 말이 떠올랐단다.'

'예?'

'소년은 늙고 백발이 되지만, 죽기 전에 북쪽 나라에서 불행한 병사가 찾아온다.'

하고 제빵사 한스가 말했다네.

그러고 나서 나는 조용히 타오르고 있는 불을 바라보았네. 삶에 대한 어떤 외경심이 나를 충만하게 했고, 그 느낌은 그 후 절대로 나를 놓아주지 않았다네. 누군가가 나의 삶을 단 한마디 말로 표현한 것이었다네. 나는 제빵사 한스가 곧 죽을 것이며, 내가 도르프의 다음 제빵사가 될 것임을 알았네. 또 내가 무지갯빛 레모네이드와 마법의 섬의 비밀을 계속 전하지 않으면 안 된다는 것도 알게 되었다네. 난 내 인생을 이 오두막에서 보내며 마법의 섬에서 온 금붕어들을 보살피는 법을 배우게 될 것임을 알았네. 어느 날 북쪽 나라에서 한 불행한 병사가 찾아와 도르프의 그다음 제빵사가 될 것이고, 그때까지 52년이란 세월이 걸리겠지만 그가 온다는 것만은 확신할 수 있었네.

'내가 섬에서 가지고 온 금붕어까지 거슬러 올라가면, 금붕어들도 긴 세대의 고리를 이룬단다.' 제빵사 한스가 말했다네. '어떤 금붕어는 몇 달밖에 못 살지만, 대부분은 오랜 세월을 산단다. 그들 가운데 한 마리가 유리 어항 속에서 헤엄치기를 멈출 때마다 나는 슬픔에 빠지는데, 그건 그들 모두가 다 다르기 때문이지. 이것이 금붕어의 비밀이란다, 알베르트. 작은 물고기 한 마리조차도 그 무엇과도 대치될 수 없는 개체라는 사실 말이다. 그래서 나는 금붕어들을 숲 속 나무들 아래 묻는단다. 그리고 그 말 없는 무덤마다 하얗고 작은 돌 하나를 올려놓지. 금붕어들은 저마다 그들보다 오래가는 작은 기념물을 얻을 자격이 있으니까.'

제빵사 한스는 내게 마법의 섬 이야기를 해준 뒤 2년 만에 세상을 떠났다네. 바로 전해에 나의 아버지가 세상을 떠나 나는 제빵사 한스의 양자가 되었다네. 그래서 그가 가지고 있던 것 모두가 내 소유가 되었지. 내가 그토록 좋아했던 그 노인의 마지막 말은 이러했다네.

'병사는 머리 깎인 여인이 아름다운 사내아이를 낳게 된다는 사실을

알지 못한다.'

　나는 이 말이 조커 놀이에서 **빠져** 있던 문장 중 하나임을 알았다네. 그가 죽는 순간 그 말이 갑자기 그의 의식 속으로 밀려들었던 거지."

　아버지가 방문을 두드렸을 때는 자정 무렵이었다.

　"엄마는 우리와 함께 아렌달로 돌아가나요?" 나는 아버지가 방에 들어오기가 무섭게 물었다.

　"두고 보자꾸나."

　하지만 나는 아버지의 얼굴에 스치는 비밀스런 미소를 보았다.

　"내일 아침에 엄마랑 **빵** 가게에 갈 거예요." 하고 나는 마치 달아나는 물고기를 보트로 끌어올리려 할 때처럼 애원하듯 말했다.

　아버지는 고개를 끄덕였다.

　"엄마는 11시에 로비에서 기다릴 거야. 다른 약속은 모두 취소했단다."

　그날 밤 아버지와 나는 오랫동안 뒤척인 후에야 잠들 수 있었다. 마지막으로 아버지는, 내게 한 말인지 아니면 자기 자신에게 한 말인지 모르겠지만, "항해 중인 배는 쉽게 방향을 돌리지 않는 법이지." 하고 말했다.

　"그럴 수도 있지요. 하지만 운명은 우리 편이에요."

하트 5

…… 지금은 얼음같이 냉정할 필요가 있다 ……

다음 날 아침 나는 꼬마책을 보지 않고 머리 깎인 여인에 대한 제빵사 한스의 표현을 정확하게 기억해내려고 해보았다. 하지만 이내 아버지가 몸을 뒤척이기 시작했고, 일어나 새 하루를 맞을 시간이었다.

아침을 먹고 난 다음 우리는 로비에서 엄마를 만났는데, 엄마는 이번에는 나하고만 빵 가게에 가겠다고 고집했다. 아버지는 두 시간 후에 우리를 데리러 오기로 약속했다. 외출하면서 나는 아버지에게 살짝 윙크를 했다. 어제에 대한 감사의 표시였으며, 길 잃은 여인이 이성을 찾도록 최선을 다하겠다는 신호였다.

커다란 빵 가게에서 주문을 하고 나자 엄마는 내 눈을 들여다보며 물었다. "한스 토마스야, 넌 내가 왜 떠났는지 이해하지 못하겠지?"

나는 엄마의 고백에 혼란스러워져 조용히 되물었다. "엄마는 이해할 수 있다는 말인가요?"

"글쎄, 완전히는 아니지만……." 엄마는 우물거렸다.

하지만 나는 이 반쪽 고백에 만족하지 않았다.

"이해할 수 있는 일이 아니에요. 고작 그리스 패션 잡지에 느끼한 사진이나 남기려고 남편과 아이를 떠난다는 것은……."

종업원이 커피와 레모네이드 그리고 훌륭한 케이크 접시를 가져왔지만 나는 그에 감격하지 않고 계속 말했다.

"그리고 엄마가 8년 동안 아들에게 엽서 한 장 보내지 않은 이유를 이해하리라고 말한다면, 엄마는 내가 지금 일어서서 가는 것도 분명 이해할 거예요."

엄마는 선글라스를 벗고 눈을 비볐다. 눈물 자국이라곤 볼 수 없었는데, 예의상 그랬는지도 모른다.

"그렇게 간단한 건 아니란다, 애야." 하고 엄마는 떨리는 목소리로 말했다.

"1년은 365일이에요. 8년이면 2,920일인데, 2월 29일은 계산에 넣지도 않은 거예요. 하지만 난 두 번의 윤일에도 엄마한테서 아무 소식도 못 들었어요. 내 생각은 이렇게 간단해요. 나는 산수를 꽤 잘하거든요."

엄마를 꼼짝 못 하게 한 건 윤일이었다는 생각이 들었다. 내 생일을 끌어들인 건 엄마에게 너무 심했다. 엄마는 내 손을 잡더니 눈을 비비지도 않고 그만 눈물을 펑펑 쏟았다.

"날 용서할 수 있겠니, 한스 토마스야?" 하고 엄마는 물었다.

"상황에 따라 달라지겠죠. 엄마는 한 소년이 8년 동안 혼자 하는 카드놀이를 얼마나 많이 할 수 있는지 생각해봤어요? 정확히는 모르지만 셀 수도 없을 거예요. 결국 끝에 가서 카드 패들은 식구에 따라 분류되어 놓이게 되죠. 그런데 문득 하트 에이스만 보면 매번 엄마가 생각나거든요. 이럴 정도면 정말 뭔가가 잘못된 거라고요."

하트 에이스 이야기는 혹시 엄마가 무언가를 알고 있지나 않은지 알아보려고 해본 소리였다. 하지만 엄마는 단지 몹시 절망스러운 눈으로 나를 바라보았을 뿐이었다.

"하트 에이스라고?"

"그래요, 하트 에이스. 어제 엄마 원피스에 빨간 하트가 하나 있지 않았나요? 문제는 엄마의 애정이 누구에게 향하느냐 하는 거죠."

"오, 애야!"

엄마는 정말 혼란스러워하는 것 같았다. 어쩌면 엄마는 아이를 너무 오랫동안 홀로 놔둬선지 좀 이상한 데가 있다고 생각할지도 몰랐다.

"중요한 점은, 하트 에이스가 자신을 찾기 위해 애쓰다가 길을 잃어, 아버지와 내가 가족 패를 맞출 수 없는 심각한 문제를 안고 있다는 거예요."

이제 엄마는 더욱 혼란스러워했다.

"히쇠위 섬의 집에는 서랍 가득 조커가 있어요. 하지만 그것들은 우리가 하트 에이스를 찾으려고 온 유럽을 돌아다니는 한 아무 소용이 없어요."

조커로 가득한 서랍 이야기가 나오자 엄마는 가벼운 미소를 지었다.

"네 아버지는 아직도 그걸 모르니?"

"아버지 자신이 조커예요. 엄마가 아버지를 잘 모른다는 생각이 들어요. 엄마도 알고 있듯이 아버지는 특별한 사람이에요. 하지만 요즘은 하트 에이스를 패션업계의 환상에서 구해내기 위해 무척 애쓰고 있죠."

엄마는 탁자 위로 몸을 굽히고는 내 빰을 어루만지려 했지만 나는 고개를 돌렸다. 지금은 얼음같이 냉정할 필요가 있다.

"네가 하트 에이스 이야기를 하는 의도를 이해할 것 같구나."

"좋아요." 나는 대꾸했다. "하지만 또 내게 엄마가 우리를 떠난 이유를 안다고는 이야기하지 마세요. 그 일은 명백하거든요. 수수께끼의 해답은 200년 전 마법의 카드들에게 일어났던 사건에 있단 말이에요."

"그게 무슨 말이지?"

"엄마가 자신을 찾기 위해 아테네로 갈 거라는 게 카드에 나와 있었다고요. 가문의 저주와 같은 그런 드문 얘기도요. 집시 여인의 점괘나 알프스에 있는 제빵사의 꼬마책 같은 데에 실마리가 남아 있어요."

"날 놀리고 있구나, 한스 토마스야."

나는 일부러 고개를 흔들었다. 그런 다음 주위를 둘러보며 탁자 위로 몸을 숙이고 속삭였다. "사실 엄마는 내 할머니, 할아버지가 프롤란에서 서로 만나기 훨씬 전에 대서양의 아주 특별한 섬에서 시작된 어떤 일에 끌려들어간 거예요. 게다가 엄마가 자신을 찾으려고 아테네로 간 것도 결코 우연이 아니에요. 거울에 비친 엄마의 영상이 엄마를 유인한 거예요."

"거울에 비친 영상이라고?"

나는 펜을 꺼내 냅킨에 '아니타(Anita)'라고 썼다.

"이걸 거꾸로 읽어보세요." 하고 나는 요청했다. 엄마는 그리스어를 알고 있었으니까.

"아티나(Atina)······." 하고 엄마는 읽었다. "아니, 이럴 수가! 난 그렇게 생각해본 적이 없단다!"

"물론 안 했겠지요." 나는 거만하게 대답했다. "엄마가 전혀 생각하지 못하는 게 몇 가지 있지요. 하지만 그것도 지금은 중요한 게 아니에요."

"그럼 대체 뭐가 제일 중요하니?"

"제일 중요한 건 엄마가 트렁크를 얼마나 빨리 꾸리느냐죠. 사실 아버지와 난 200년도 넘게 엄마를 기다려왔고, 지금은 인내심을 잃기 직전이에요."

이 말을 하자마자 아버지가 안으로 걸어 들어왔다. 엄마는 아버지를 쳐다보더니 낙담한 듯 두 팔을 벌리고는 물었다. "당신은 얘랑 뭘 했어요? 얘는 수수께끼 같은 말만 하는군요."

"그 애는 늘 상상력이 풍부했소." 아버지는 이렇게 말하며 빈 의자에 앉았다. "그렇지만 그 외는 아주 나무랄 데 없소."

나는, 내가 일부러 연출한 혼란을 하나도 모른다는 걸 고려한다면 아버지의 대답은 꽤 훌륭하다고 생각했다.

"이제 막 시작에 불과한걸요." 하고 나는 말했다. "난 아직 스위스 국경에서부터 우리를 바짝 뒤쫓고 있는 이상한 난쟁이 이야기는 하지도 않았어요."

엄마와 아버지는 의미심장한 눈길을 주고받았다. "그렇다면 그 얘기도 좀 기다렸다 하는 게 좋겠구나, 한스 토마스야." 아버지가 말했다.

그날 오후 우리는 우리가 더 이상 떨어져서 지낼 수 없는 가족임을 깨달았다. 내가 엄마의 모성 본능을 일깨웠음이 명백했다.

부모님은 갓 사랑에 빠진 젊은 연인처럼 몇 번씩이나 부둥켜안았고, 잘 자라는 인사도 하기 전에 진한 키스가 시작되었음을 나는 알아차렸다. 부모님은 8년 동안이나 헤어져 있었으므로 나는 참아야 한다고 생각했다. 나는 그쪽을 보지 않을 만큼 충분히 눈치가 있었다.

그런 다음 우리가 어떻게 엄마를 피아트에 태웠는지는 전혀 중요하지 않다. 중요한 건 그렇게 했다는 것이다. 엄마가 그렇듯 쉽게 따라준 것에 아버지는 적잖이 놀란 듯했지만 나는 그렇지 않았다. 나는 우리가 엄마를 찾기만 하면 그 고통스러운 8년은 지나갈 것임을 이미 오래전부터 확신하고 있었다. 내가 알게 된 사실은 엄마가 세상에서 가장 빨리 짐을 꾸리는 사람이라는 것이다. 게다가 엄마는 계약 한 건을 파기하기까지 했는데, 알프스 이남에서는 그것보다 더 나쁜 일은 없는 모양이었다. 아버지는 엄마가 노르웨이에서 분명 새로운 계약을 하게 될 거라고 말했다.

이리하여 우리는 이틀간의 소동 후 자동차를 타고 유고슬라비아를 거쳐 지름길로 하여 북이탈리아로 갔다. 나는 이전처럼 뒷자리에 앉았지만, 이제는 내 앞에 어른 두 사람이 앉아 있어서 꼬마책을 읽는 건 불가능했다. 엄마는 몇 번이나 돌아보았다. 만약 엄마가 그 꼬마책을 발견하고 무슨 내용이 들어 있는지 알려 한다면 무슨 일이 일어날지는 예측할 수 없었다.

그런데 밤늦게 북이탈리아에 도착해서 아버지와 엄마는 내게 1인용 방을 빌려주었다. 나는 방해받지 않고 늦게까지 꼬마책을 읽다가 그것을 품에 안은 채 잠들었다.

하트 6

······ 해와 달과 마찬가지로 진실임을 ······

♥

알베르트는 밤새도록 이야기했고, 나는 몇 번이고 그를 열 살이나 열둘, 혹은 열세 살 소년으로 상상하곤 했다. 그는 벽난로 앞에 앉아서 오래전부터 활활 타오르던 한 더미의 불덩어리와 재를 응시했다. 나는 그가 이야기하는 동안 그의 말을 끊지 않았다. 52년 전 제빵사 한스가 그에게 프로데와 이상한 섬 이야기를 했을때 아무 말 없이 있었던 것처럼. 이제 나는 일어나 도르프를 향해 나 있는 창으로 갔다.

아침이 밝아오고 있었다. 작은 마을 위로 안개가 피어오르고 있었고, 발데마르 호수 위에는 짙은 구름이 떠 있었다. 도르프 뒤쪽 멀리에서는 햇빛이 산허리로 기어오르고 있었다.

머릿속에 너무도 많은 의문이 스치고 지나가서 나는 어디서부터 시작해야 할지 알 수 없었다. 그래서 아무 말도 하지 않았다.

다시 벽난로로 되돌아가서, 그의 작은 집 앞에 지칠 대로 지쳐 쓰러져 있던 나를 따뜻하게 거두어준 알베르트 옆에 앉았다.

벽난로 속에는 아직도 남아 있던 재에서 연기가 가늘게 올라오고 있었다. 연기는 마치 아침 안개 같았다.

"그래, 자네는 도르프에 머물게 되는 거군, 루트비히." 하고 제빵사 알베르트는 말했다.

그의 말투는 명령으로도 물음으로도 볼 수 있었다. 어쩌면 둘 다여야 했을 것이다.

"물론입니다." 하고 나는 말했다. 나는 이미 내가 도르프의 다음 제빵사가 될 거라는 사실을 알았다. 그리고 또한 앞으로 마법의 섬의 비밀을 전해야 한다는 것도 깨달았다.

"전 다만 한순간도 그 생각을 못 했을 뿐이지요." 하고 나는 말했다.

"무슨 생각 말인가, 여보게?"

"조커 놀이요. 제가 북쪽 나라에서 온 불행한 병사라면……."

"그렇다면?"

"그렇다면 저는…… 그렇다면 저는 저 위쪽에 아들이 하나 있군요." 하고 말하고 더는 자제할 수 없어 얼굴을 두 손으로 감싸고 울기 시작했다.

제빵사 알베르트는 내 어깨에 팔을 얹고 말했다.

"그렇다네. 병사는 머리 깎인 여인이 아름다운 사내아이를 낳게 된다는 사실을 알지 못한다!"

그는 내가 울도록 그냥 놔두었다. 내가 다시 고개를 들자 그제
야 "한 가지 알 수 없는 일이 있는데, 그걸 자네가 설명해줄 수 있
지 않을까." 하고 말했다.

"뭐 말입니까?"

"그 가련한 여인은 왜 머리를 깎인 건가?"

"저도 그녀가 그렇게 된 줄 몰랐습니다. 그들이 그녀에게 그렇
게 잔인하게 할 줄은 몰랐습니다. 다만 해방된 후 그런 일이 일어
났다는 얘기를 들은 적은 있습니다. 적군의 병사와 함께 지낸 여
자들은 명예뿐만 아니라 머리카락도 잃었다는 얘기를요. 그 때문
에……. 그래요, 단지 이 이야기를 들었기 때문에 전 다시 그녀에
게 연락하지 않았습니다. 어쩌면 그녀는 잊어버리기를 바랄지도
모른다고 생각했지요. 어쩌면 제가 연락을 하는 게 그녀를 더 아
프게 할지도 모른다고요. 또 우리에 대한 뭔가를 아는 사람은 아
무도 없다고도 생각했지요. 그리고 아마 그랬을 겁니다. 하지만
여자가 아이를 낳게 되면 더 이상 사실을 감출 수 없었을 테지요."

"이해하겠네." 하고 말하고 알베르트는 거의 불씨가 꺼진 벽난
로를 응시했다.

나는 일어나서 불안하게 방 안을 왔다 갔다 했다. 이 모든 게 정
말 사실일까? 나는 스스로 물어보았다. 그런데 알베르트가, '아름
다운 발데마르'에서 사람들이 쑥덕거리듯이, 조금이라도 이상한

사람이라면? 갑자기 나는 알베르트의 이야기가 사실이라는 증거는 어디에도 없다는 사실을 깨달았다. 그가 말한 제빵사 한스 이야기는 전부 정신 나간 사람의 망상일 수도 있었다. 나는 무지갯빛 레모네이드는커녕 그 어떤 카드도 본 적이 없었다.

내가 근거로 삼을 수 있는 유일한 것은 북쪽 나라에서 온 병사에 대한 몇 마디 안 되는 말뿐이었다. 하지만 그것도 알베르트가 꾸며냈을 수 있었다. 결국 남는 건 그가 아무리 노력해도 알 도리가 없는 머리 깎인 여인뿐이었다. 아니면 내가 잠꼬대를 했던가? 내 꿈에 머리 깎인 어떤 여인이 나타났다고 한들 놀랄 건 없었을 것이다. 아닌 게 아니라 나는 정말 리네 때문에 겁이 나지 않았던가. 그리고 물론 나도 그녀가 임신했을지도 몰라 좀 겁이 났었다. 그러니까 이렇게 해서 알베르트는 섬 이야기와 내가 잠꼬대로 한 이야기를 자신의 이야기에 집어넣어 만들어낼 수 있었을 테다. 그는 아주 빨리 머리 깎인 여자에 대해 물었다.

내가 확신할 수 있는 건, 다만 알베르트가 밤새도록 나를 바보 취급하지는 않았다는 것뿐이었다. 그 스스로도 자기가 한 이야기를 모두 믿고 있었다. 어쩌면 그것이 바로 그의 병일 수도 있었다. 마을 사람들의 말이 맞을 수도 있었다. 어떤 면으로 보든 알베르트는 자기만의 세계에 살고 있는 병든 사람이었다.

내가 도르프에 도착한 다음부터 그는 나를 '내 아들'이라고 불렀다. 어쩌면 이 사실이 그의 환상적인 이야기 전체의 핵심일지도 몰랐다. 알베르트는 아래 마을에서 자기 일을 맡아줄 아들 하나를, 젊은 남자 하나를 구하고 있다고 했다. 그래서 그는 스스로 의식하지 못한 채 이 얽히고설킨 이야기를 전부 꾸며낸 것이다. 어떤 제한된 영역에서는 진정 천재일 수 있는 병자들에 대한 얘기는 이미 들은 적이 있었다. 알베르트의 영역은 환상적인 이야기를 만들어내는 것이었을까?

나는 여전히 방을 왔다 갔다 했다. 해는 아직도 산허리로 기어오르고 있었다.

"몹시 불안해 보이는구나, 내 아들아." 노인은 말했다.

다시 그의 옆에 앉자 이 밤이 어떻게 시작되었는지 떠올랐다. 나는 '아름다운 발데마르'에 앉아 있었는데, 프리츠 안드레가, 알베르트가 금붕어를 많이 가지고 있다는 얘기를 시작했었다. 나는 금붕어를 단 한 마리밖에 본 적이 없었고, 외로운 제빵사 노인이 금붕어 한 마리를 가지고 있다는 사실에 놀라워하지 않았다. 저녁 때가 되어 집에 돌아왔을 때 나는 알베르트가 다락에서 왔다 갔다 하는 소리를 들었다. 그리고 내가 그에게 소리를 들었다고 하자 그는 그렇다고 대답했다. 우리는 같이 앉아서 그는 이야기하고 나는 듣게 된 것이다.

"그 많은 금붕어," 하고 나는 말했다. "제빵사 한스가 이상한 섬에서 가져온 많은 금붕어 이야기를 하셨죠. 그 금붕어들이 아직도 도르프에 있습니까? 아니면 한 마리밖에 없습니까?"

알베르트는 벽난로에서 눈을 떼고 내 눈을 깊이 들여다보았다.

"자넨 너무 믿지 못하는군." 그가 이렇게 말하는 순간 그늘 한 가닥이 그의 얼굴을 스치고 지나갔다. 하지만 나는 참을성이 없어 생각보다 더 격하게 그를 다그쳤다. 아마 리네 생각 때문이었을 것이다.

"대답하세요! 금붕어들은 어떻게 되었지요?"

"따라오게."

그는 일어나서 그의 침실로 갔다. 나는 그의 뒤를 따라갔고 그는 천장에 고정시켜놓은 사다리를 내렸다. 알베르트가 소년이었을 때 제빵사 한스가 그랬던 것처럼.

"다락에 가는 걸세, 루트비히." 하고 그는 속삭이듯 말했다.

나는 앞서가는 그의 뒤를 따랐다. 그가 프로데와 이상한 섬 얘기를 꾸며냈다면 그는 정말 병이 들었다고 생각했다. 그러다가 나는 들문 속을 보고는 알베르트가 밤새 해준 이야기가 해와 달과 마찬가지로 진실임을 알게 되었다. 다락 바닥에는 수많은 금붕어 어항이 있었고, 어항마다 무지개 빛깔의 금붕어 한 마리가 헤엄치고 있었던 것이었다. 다락 안은 이상하기 짝이 없는 물건들로 가득 차 있었다. 나는 석가모니상, 다리가 여섯 개인 몰루켄 유리상, 칼과 권총, 그리고 또 알베르트가 어렸을 때 거실에 있었다고 했던 많은 것들을 보았다.

"아주 환상적이군요." 나는 다락에 첫발을 내딛자 더듬거리며 말했다. 비단 금붕어만을 뜻한 건 결코 아니었으며, 나는 마법의 섬 이야기가 진실임을 조금도 의심하지 않게 되었다.

푸른 아침 햇살이 작은 채광창으로 흘러들어왔다. 골짜기의 이 편에는 점심때라야 햇빛이 드는데, 다락 바닥에는 채광창으로는 생길 수 없는 빛이 나고 있었다.

"저기," 하고 알베르트는 속삭이며 합각지붕 아래 한 구석을 가리켰다.

거기에는 오래된 병 하나가 있었는데, 그 병에서 온갖 빛이 나와 금붕어 어항과 바닥, 선반과 장식장에 있는 다른 물건들 위를 반짝거리며 비추고 있었다.

"저것이 무지갯빛 레모네이드라네, 아들아. 52년 동안 아무도 건드린 적이 없지. 이제 우리 둘이 병을 거실로 가져가야 하네."

그는 몸을 숙여 병을 높이 들었다. 그가 병을 비스듬히 잡고 있을 때, 나는 병 속의 액체가 너무도 아름다워 눈물이 났다. 다시 들문으로 내려오려고 하는데, 카드 한 벌이 들어 있는 나무 상자가 보였다.

"봐도…… 될까요?" 나는 물었다.

노인은 엄숙하게 고개를 끄덕였고, 나는 닳아빠진 트럼프 카드를 집어 들었다. 나는 하트 6과 클럽 2, 스페이드 퀸과 다이아몬드 8을 보았다. 카드를 세어보니 한 장이 모자랐다.

"쉰한 장뿐인데요."

노인은 주위를 둘러보았다.

"저기 있네!" 하고 말하며 그는 등받이 없는 낡은 의자 밑을 가리켰다. 나는 몸을 굽혀 그 카드를 집어 다른 카드들 위에 놓았어. 하트 에이스였다.

"하트 에이스는 아직도 길을 잃곤 한다네. 하지만 난 매번 다락 어딘가에서 다시 발견한다네."

나는 카드들을 도로 상자에 넣었고, 우리는 사다리를 타고 내려왔다. 거실에 와서 알베르트는 술잔 하나를 가져와 탁자 위에 놓았다.

"자네, 이제 뭘 해야 하는지 알겠지?" 그는 말했고 나는 고개를 끄덕였다. 내가 무지갯빛 레모네이드를 마실 차례였다. 나에 앞서 정확히 52년 전에 알베르트가 여기에서 수수께끼 같은 음료를 마셨으며, 그에 앞서 또 52년 전에 제빵사 한스가 마법의 섬에서 무지갯빛 레모네이드를 마셨다.

"그런데 잊지 말게." 하고 알베르트가 진지하게 말했다. "자네는 한 모금밖에 마시지 못한다네. 그리고 나서 앞으로 자네가 병마개를 다시 열기 전에 카드 패가 온전하게 놓여야하네. 이렇게 해서 이 병은 몇 세대에 걸쳐 이어지는 것이네."

그는 아주 적은 양을 잔에 따랐다.

"자, 마시게나." 그는 내게 잔을 건네주었다.

"감히 마셔도 될지…… 모르겠군요."

"자네는 마셔야 한다는 걸 알고 있네. 왜냐면 이 레모네이드 방울들이 자신들이 한 약속을 지키지 않는다면, 늙은 알베르트 클라게스는 밤새도록 거짓 동화를 꾸며낸 정신착란자가 될 뿐이기 때문이지. 그렇게 되면 이 늙은 제빵사도 그냥 보고만 있을 수는 없다네, 이해하겠지? 자네가 지금은 내 얘기를 의심하지 않는다고 해도, 언젠가는 그 의심이 생긴다네. 그러기 때문에 내가 이야기해준 것을 온몸으로 체험하는 게 무척 중요하다네. 그렇게 해야만 자네는 도르프의 새 제빵사가 될 수 있네."

나는 벽난로 앞에 앉아 잔을 입에 갖다 대고 얼마 되지 않는 레모네이드 방울들을 마셨다. 그러자 눈 깜짝할 사이에 내 몸은 온갖 맛의 광장으로 변했다. 나는 이 세상의 모든 장터 안에 있는 것만 같았다. 나는 함부르크에서 토마토를 먹었고, 뤼베크에서 물이 많은 배를 맛보았으며, 취리히에서 포도를, 로마에서는 무화과를 먹었으며, 아테네에서는 아몬드와 호두를, 카이로에서는 대추야자를 먹었다. 그리고 또 수많은 다른 맛이 내 몸속으로 들어왔으며, 그중 적지 않은 것이 너무 낯설어 마법의 섬을 걸어 다니며 이상한 과일들을 따 먹고 있다고 생각될 정도였다. 이건 투파열매로군, 이건 줄당근임이 틀림없고, 이건 약딸기로군 하고 나는 생각했다. 하지만 그뿐이 아니었다. 그러다가 갑자기 아렌달에 되돌아간 것 같았다. 나는 틀림없이 월귤 맛을 보았으며, 리네의 머리카락 냄새를 맡았다.

얼마나 오래 벽난로 앞에 앉아 있었는지 나는 모른다. 내내 알베르트에게 한마디도 하지 않았다는 생각이 들었다. 이윽고 알베르트가 자리에서 일어나 침묵을 깨뜨렸다.

"이 늙은 제빵사는 이제 좀 자야겠네. 하지만 우선 병을 다락에 도로 갖다 놓겠네. 그리고 자넨 내가 언제나 다락 문을 잠근다는 걸 알아야 하네. 오, 그래, 자네는 다 큰 남자지. 과일과 야채는 건강에 좋고 맛있지, 옛 전사 친구. 하지만 그 때문에 야채가 되려고 해서는 안 된다네."

지금도 나는 그가 정말 이렇게 비유해 말했는지 정확히 모르겠다. 나는 단지 그가 자러 가기 전에 내게 경고한 말이었음을 알 뿐이다. 그리고 그것은 무지갯빛 레모네이드와 프로데의 카드에 대한 경고였다는 것을.

하트 7

다음 날 아침 느지막이 잠에서 깼을 때 비로소 나는 도르프에서 만난 제빵사 노인이 나의 할아버지임을 알게 되었다. 그 머리 깎인 여인은 노르웨이의 고향에 있는 나의 할머니가 아닌 다른 사람일 수 없기 때문이었다. 그 이상 확실한 건 없었다. 조커 놀이에서는 머리 깎인 여인이 나의 할머니라거나 도르프의 제빵사가 나의 할아버지라고 확실하게 말하지는 않았다. 그러나 노르웨이에 독일 병사와 사랑에 빠졌던 리네라는 이름의 여인이 많지는 않았을 것이다.

그러나 진실은 아직 완전한 모습으로는 드러나지 않았다. 조커 놀이에는 제빵사 한스가 결코 기억할 수 없는 문장이 있었고, 그 문장들은 알베르트나 그밖에 누군가에게 전해질 수 없었다. 언젠가 이 문장들을 다시 찾아 쉰두 문장의 카드 패가 전부 완전해지도록 할 수 있을까?

마법의 섬이 바다 속으로 가라앉았을 때에는 아무 흔적도 남지 않았었다. 그리고 제빵사 한스는 죽었으니 그에게서는 더 이상 아무 것도 알아낼 수 없었다. 또 난쟁이들이 150년 전에 한 말을 아직 알고 있는지 알아보기 위해 프로데의 트럼프 카드에 다시 한 번 생명을 불어넣을 수도 없는 일이었다.

나는 집으로 가는 길에 잠시 도르프에 들렀다 가자고 부모님을 조르기로 마음먹었다. 그 길은 돌아서 가는 길이었고, 아버지의 휴가도 끝나가고 있었지만 말이다. 게다가 부모님께 꼬마책을 보여주지 않고서 그렇게 해야 했다.

나는 그 작은 빵 가게로 들어가서 제빵사 노인에게 '저 다시 돌아왔어요. 남쪽에 있는 나라에서요. 그리고 아버지와 함께 왔어요. 할아버지의 아들과요.' 하고 말하는 모습을 상상해보았다.

나는 아침식사 때 우선 할아버지 이야기를 주제로 삼았다. 식사가 끝날 때까지는 극적으로 진실을 밝히는 것을 참기로 했다. 이미 꼬마책에 나오는 많은 이야기를 누설한 다음이라 내 말에 신빙성이 좀 떨어졌다는 걸 알고 있었으므로, 부모님이 아침식사라도 조용히 할 수 있도록 해야 했다.

엄마가 두 잔째 커피를 가지러 가자 나는 아버지의 눈을 깊이 들여다보고 제법 힘을 주면서 말했다. "아테네에서 엄마를 찾은 건 잘한 일이에요. 하지만 카드 패를 모두 완성하려면 카드 한 장이 모자라요. 근데 지금 그걸 찾아냈어요."

아버지는 걱정스럽게 엄마 쪽을 보다가 나를 쳐다보며 물었다. "한스 토마스야, 그게 뭔지 나한테 말해줄 수 있겠니?"

"아버지가 '아름다운 발데마르'에 앉아 도르프 사람들하고 알프스 브랜디를 마시는 동안 내게 레모네이드 한 병과 롤빵 네 개를 준 제빵사를 기억하세요?"

아버지는 간단히 끄덕였다.

"그 제빵사가 아버지의 아버지예요."

"웬 헛소리냐!"

아버지는 마치 지친 말처럼 씩씩거렸지만, 난 아버지가 이제 그렇게 간단하게 외면할 수 없다는 걸 알고 있었다.

"지금 여기서 그걸 토론할 필요는 없어요. 하지만 난 백 퍼센트 확신해요."

엄마는 다시 우리 곁에 앉아 우리가 한 이야기를 듣고는 한숨을 쉬었다. 하지만 아버지는 나를 잘 알며, 또 내가 한 말을 간단히 묵살할 수는 없다는 것도 알고 있었다. 아버지는 내 얘기를 조금 더 파고들어가지 않을 수 없었다. 아버지는 내가 이따금씩 아주 중요한 걸 발견하기도 하는 조커임을 알고 있기 때문이었다.

"그런데 왜 그 사람이 내 아버지라고 생각하니?" 하고 아버지가 물었다.

나는 꼬마책에 쓰여 있다고 밝힐 수는 없었다. 대신 어젯밤에

책을 읽으면서 생각했던 것들을 열거하기 시작했다. "첫째, 그 사람도 이름이 루트비히였어요."

"그건 스위스뿐만 아니라 독일에서도 아주 평범한 이름이다."

"그럴 수도 있어요. 하지만 그 제빵사는 전쟁 중에 그림스타드에 있었다고도 이야기했어요."

"정말이냐?"

"노르웨이 말로 정확하게 발음한 건 아니에요. 하지만 내가 아렌달에서 왔다고 이야기하자 자신도 '그림 슈타트'에 있었다고 말했어요. 그림스타드를 가리킨 거라고 생각해요."

아버지는 머리를 흔들었다.

"그림 슈타트라고? 그건 끔찍한 도시나 그 비슷한 걸 뜻한다. 아렌달을 뜻했을 수도 있지. 그렇지만 당시 남노르웨이에는 독일 병사가 많았단다, 한스 토마스야."

"그래요. 하지만 단 한 사람만이 나의 할아버지예요. 바로 도르프의 제빵사죠. 그런 건 본능적으로 알 수 있죠."

결국 아버지는 할머니에게 전화했다. 단지 나의 수다스런 말 때문에 그렇게 했는지, 아니면 아테네에서 엄마를 찾았다는 걸 갑자기 할머니에게도 이야기해야 한다고 생각해서 그랬는지는 모른다. 할머니가 전화를 받지 않자 아버지는 잉리 숙모 집에 해보았고, 숙모는 할머니가 불쑥 알프스로 여행을 떠났다는 것만 알고 있을 뿐이었다.

이 말을 들은 나는 크게 휘파람을 불었다.

"꼬마빵 남자는 마법의 관 속에 소리치고, 그의 목소리는 수백 마일이나 간다."

아버지는 마치 세상의 모든 수수께끼에 대한 해답을 한꺼번에 구할 수 있을 듯한 얼굴을 하고 물었다.

"너, 그 말을 한 적이 있지 않니?"

"예. 그 제빵사 노인도 마침내 자기 손자를 만났다는 걸 깨달았을지도 모르죠. 그것 말고도 그는 아버지도 보았지요. 피는 물보다 진하다고들 말하잖아요. 어쩌면 그는 많은 세월이 지났으니 노르웨이에 짤막한 전화라도 한 통 해볼까 하는 생각을 했을지도 몰라요. 마침 아렌달에서 온 소년이 그의 가게에 들렀으니 말이에요. 그렇게 한다면 아테네에서처럼 도르프에서도 옛 사랑이 다시 타오를 수도 있겠지요."

이리하여 우리는 도르프를 거쳐 가게 되었다. 엄마도 아버지도 그 제빵사 노인을 나의 할아버지로 여기지는 않았지만, 도르프에 들러서 더 자세히 알아보지 않으면 내가 절대로 조용히 있지 않을 것임을 잘 알고 있었다.

우리는 코모에서 다시 작은 바라델로 호텔에 묵었다. 놀이동산은 점쟁이 여자와 그밖에 모든 것과 함께 사라지고 없었다. 나는 여기서도 혼자서 방을 쓰게 된 것으로 위안을 삼았다. 긴 여행 끝이라 피곤했지만 자기 전에 꼬마책의 나머지를 더 읽기로 했다.

하트 8

♥

나는 일어나서 밖으로 나갔다. 내 몸속 곳곳에서 각기 다른 맛들이 내 주의를 끌어 똑바로 걷기가 쉽지 않았다. 왼쪽 어깨 위에 황홀한 딸기 크림이 내려앉는가 하면, 붉은 까치밥나무 열매와 레몬이 오른쪽 무릎을 찔렀다. 모든 게 너무 빨리, 또 너무 자주 내몸을 밀치고 들어오는 바람에 무엇인지 알 수 없는 것도 더러 있었다. 세상 사람들의 식사란 식사에 모두 자리를 같이하고 있는 듯했다.

나는 집 위쪽에 있는 숲으로 잠시 산책을 갔다. 내부의 폭풍이 서서히 가라앉자, 그 이후 절대로 나를 떠난 적 없는 어떤 느낌이 나를 엄습해왔다. 돌아서서 마을을 내려다보고는 처음으로 세상이 얼마나 경이로운지를 깨달은 것이다. 우리 인간은 어떻게 이 행성에 있게 되었을까? 하고 스스로 물어보았다. 나는 완전히 새로운 무엇인가를 경험하고 있었다. 그러나 동시에 이 모든 것은 아주 어린 시절부터의 경험임이 분명했다. 마치 나는 지금까지 인생을 잠자면서 산 듯했고, 그건 고작 1년간의 잠에 불과했던 것만 같았다.

존재하고 있구나! 하고 나는 생각했다. 나는 에너지로 충만해 있었다. 내 삶에서 처음으로 인간이 무엇인지 깨달았으며, 동시에 그 이상한 무지갯빛 레모네이드를 더 이상 마셔서는 안 된다는 것도 알았다. 만약 그렇게 하지 않으면 한 모금씩 마실 때마다 지금의 느낌이 점점 희미해져서 끝내는 완전히 사라질 것이다. 머지않아 나는 세상의 모든 걸 너무 자주, 너무 많이 맛보게 되어 그것과 섞여버리고 존재에 대한 아무런 느낌도 없어질 것이다. 나는 토마토나 자두처럼 되고 말 것이다.

나는 작은 나무 그루터기에 앉았다. 그러자 금방 노루 한 마리가 살금살금 다가왔다. 특별한 일은 아니었다. 도르프 주변의 숲속에는 노루가 많았다. 하지만 나는 그런 살아 있는 존재가 얼마나 경이로운지는 단 한 번도 생각해본 기억이 없었다. 물론 나는 노루를 거의 매일 보아왔다. 하지만 노루들이 저마다 헤아릴 수 없을 정도로 신비롭다는 사실은 깨닫지 못했었다. 그리고 나는 왜 그랬는지도 깨달았다. 노루의 신비함을 경험할 시간이 없었던 것이다.

나는 다른 모든 것도 이와 같다고 생각했다. 아이일 때는 우리를 둘러싸고 있는 세계를 경험할 능력이 있다. 그러다가 세상은 우리에게 온통 습관이 되고 만다. 아이라는 것과 성장한다는 것은 마치 감각의 경험에 취하는 것과 같다고 생각했다.

이제 나는 마법의 섬에서 난쟁이들에게 무슨 일이 일어났는지도 알게 되었다. 난쟁이들은 존재의 깊은 비밀을 경험하기를 거부했던 것이다. 왜냐하면 그들은 결코 아이인 적이 없었기 때문이다. 하지만 그들이 놓친 것을 날마다 기적의 음료를 섭취해서 보충하려 했을 때, 결국 그들이 주변의 모든 것과 융합되어버린 건 놀랄 일이 아니었다. 나는 문득 프로데와 조커가 무지갯빛 레모네이드를 단념한 것은 대단한 승리임을 깨달았다.

노루는 잠깐 동안 나를 보더니 펄쩍 뛰어가 버렸다. 한순간의 알 수 없는 정적이 지난 후 종달새가 절묘한 소리로 노래를 시작했다. 저렇듯 작은 몸에서 저토록 많은 소리와 호흡과 음악이 흘러나오다니, 정말 충격적이었다.

세상은 웃어야 할지 울어야 할지 모를 만큼 환상적인 기적이라는 생각이 들었다. 두 가지 다 해야 하는데, 동시에 그렇게 하기란 쉽지 않다.

나는 아랫마을의 농사꾼이 떠올랐다. 그녀는 열아홉 살밖에 되지 않았지만, 이번 주에 겨우 2, 3주 된 어린 계집아이를 데리고 빵 가게에 왔다. 나는 어린아이한테 관심을 둔 적이 한 번도 없었지만, 어린아이가 누워 있는 바구니 안을 들여다본 나는 그 아이의 눈에서 말 없는 감탄을 발견했다. 나는 더 이상 그것에 대해 생각하지는 않았지만, 숲 속의 나무 그루터기에 앉아 종달새의 노랫소리를 듣고 햇빛이 저쪽 들에 양탄자처럼 내려앉는 걸 보니, 그 어린아이가 말을 할 수 있다면 이 세상이 너무도 아름답다고 말했을 거라는 생각이 문득 들었다. 나는 젊은 엄마에게 아이를 낳은 걸 축하한다고 말했는데, 사실은 그 아이를 축하했어야 했다. 세계의 새로운 시민 하나하나 앞에서 몸을 굽히고, '이 세상에 온 걸 환영하네, 어린 친구! 여기에 온 건 대단한 행운이라네!'라고.

나는 불현듯 우리 인간이 살아 있는 생명과 같이 경이로운 것에 그저 익숙해진다는 게 끝없이 슬프게 느껴졌다. 어느 날인가 우리는 우리의 존재를 당연하게 받아들인다. 그렇게 살아가다가 세상을 다시 떠나야 할 때가 되면 그제야 다시 그것에 대해 곰곰이 생각한다.

나는 상체로 흘러드는 강렬한 딸기 맛을 느꼈다. 물론 그건 근사한 맛이었다. 그러나 메스꺼움 같은 걸 느낄 정도로 진하고 강했다. 그렇다, 이제 나는 무지갯빛 레모네이드를 더 마시지 말라는 설득을 받을 이유가 없었다. 내게는 숲 속의 월귤과 어쩌다 노루나 종달새가 잠시 방문하는 것으로 충분하다는 것을 알게 된 것이다.

나는 오래도록 그루터기에 앉아 있었다. 막 일어나려고 하는데 그리 멀지 않은 곳에서 바스락하는 소리가 들렸다. 둘러보니 나지막한 덤불에서 작은 난쟁이 하나가 내 쪽을 엿보고 있었다. 그가 조커임을 깨닫자 심장이 곤두박질쳤다.

그는 몇 걸음 다가와서 내게 물었다. "그 훌륭한 음료를 마셨군요? 냠냠이라고 조커는 말하지요."

나는 마법의 섬에 관한 긴 이야기를 이미 알고 있었으므로 두렵지 않았다. 그가 느닷없이 나타난 그 순간 느꼈던 놀라움도 이내 가라앉았다. 나는 우리가 같은 데 속한다는 느낌이 들었다. 나 자신 역시 카드 속의 조커였다.

나는 일어나서 그를 향해 걸어갔다. 그는 이제 작은 방울들이 달린 보라색 광대 옷 대신 검은 줄무늬가 있는 갈색 양복을 입고 있었다. 나는 그에게 손을 내밀며 말했다. "난 당신이 누구인지 알고 있어요."

그가 내 손을 잡았을 때 나는 희미한 방울 소리를 들었다. 그는 광대 옷 위에 양복을 덧입었던 것이다. 그의 손은 아침 이슬처럼 차가웠다.

"북쪽에서 온 병사하고 악수를 하게 되다니 무척 기쁩니다." 그는 이렇게 말하면서 묘한 미소를 지었는데 그의 작은 이빨들은 진주처럼 반짝였다.

"지금부터 이 악동은 살아야 되지요. 생일을 축하합니다, 형제여!" 하고 그는 말을 이었고,

"오늘은 내 생일이 아니에요." 나는 더듬거렸다.

"쉬! 하고 조커는 말하지요. 딱 한 번 태어난 걸로는 충분치 않습니다. 하지만 어젯밤 제빵사 도제가 새로 태어났지요. 조커는 그걸 알고 있기 때문에 그의 생일을 축하해주고 싶어요."

그는 인형처럼 가늘고 높은 목소리로 말했다. 나는 그의 찬 손을 놓고 말했다. "난…… 난 모든 얘기를 들었어요. 당신과 프로데 그리고 다른 이들 이야기를……."

"물론이지요." 그는 대꾸했다. "오늘이 조커의 날이니까요, 친구. 그리고 내일 우리는 새로 한 판을 시작하지요. 그러고 나서 다음번까지 또 52년이 흘러가야 되고, 그러면 북쪽 나라에서 온 소년은 성인 남자가 되어 있겠지요. 하지만 그는 그전에 도르프에 오지요. 소년은 다행히도 여행 중 돋보기를 얻게 되지요. 제일 좋은 다이아몬드로 만든 근사한 돋보기라고 조커는 말하지요. 왜냐면 옛 금붕어 어항이 깨지면, 주머니에 별걸 다 넣을 수 있으니까요. 조커는 유능하지요. 그런데 여기 이 악동에게 최고로 중요한 임무가 주어진답니다."

난쟁이가 도대체 무슨 말을 하는지 이해하지 못하고 있는데, 그가 바짝 다가와서 속삭였다. "프로데의 트럼프 카드에 대해 반드시 아주 작은 책을 써야 해요. 그런 다음 그 책을 작은 롤빵 속에 넣어 구워야 해요. 금붕어는 섬의 비밀을 누설하지 않지만 꼬마빵은 누설한다, 하고 조커는 말하지요. 이것으로 끝입니다."

"하지만…… 프로데의 카드 이야기를 꼬마빵 하나에 넣는 건 거의 불가능할 거요." 하고 나는 이의를 제기했다.

그는 인자하게 웃었다.

"꼬마빵이 얼마나 큰지에 달려 있지요, 친구. 아니면 책이 얼마나 작은지에."

"마법의 섬 이야기와…… 그 밖의 것들…… 너무 길어서 아주 큰 책이 될 거예요." 하고 나는 말했다. "그리고 아주 커다란 빵이 필요하고요!"

그는 음험한 눈길로 나를 보았다.

"그렇게 확신해서는 안 된다, 하고 조커는 말하지요. 나쁜 습관이라고 조커는 반복하지요. 책 속의 글씨가 전부 아주 작으면 꼬마빵은 클 필요가 없지요."

"나는 어느 누구도 그렇게 작게 쓸 수는 없다고 생각합니다. 가능하다고 해도 그 책을 읽을 수 있는 사람은 거의 없을 거요."

"책을 쓰기만 하면 된다고 조커는 말하지요. 또 당신은 그 일을 바로 시작할 수 있어요. 그다음에 때가 오면 작은 글씨로 만들 수 있지요. 그리고 돋보기를 가진 이가 읽게 되지요."

나는 골짜기 위를 바라보았다. 금빛 햇살이 카펫처럼 이미 도르프 위에 펼쳐져 있었다. 그러고 나서 다시 조커에게 시선을 돌렸는데 그는 사라지고 없었다. 사방을 둘러보았지만 그 작은 광대는 마치 노루처럼 나무들 속으로 몰래 사라진 것이었다.

집으로 내려가는 동안 나는 몹시 피로했다. 한번은 바위를 디디려 하는데 강력한 버찌 맛이 다리 속으로 쏟아져 들어오는 바람에 거의 중심을 잃을 뻔하기도 했지.

나는 마을에 있는 친구들을 생각했다. 그들이 알 수만 있다면 그들은 곧 '아름다운 발데마르'에 모여들 것이다. 무슨 이야기든 해야 하는 그들이, 다른 사람들과 멀리 떨어져 있는 작은 집에 홀로 외로이 사는 늙은 제빵사 이야기를 화젯거리로 삼는 것은 너무나 당연했다. 그들은 그를 좀 이상하다고 여겼으며, 확실한 걸 좋아하는 그들은 그가 돌았다고 단언했다. 하지만 가장 큰 수수께끼 중 일부는 바로 그들 자신이며, 그들을 둘러싸고 있는 모든 것이다. 그러나 그들은 그것을 보지 못했다. 알베르트가 큰 비밀 하나를 간직하고 있다는 말도 사실이지만, 제일 큰 비밀은 세상 그 자체였다.

나는 이제 '아름다운 발데마르'에서 다시는 포도주를 마시지 않을 것이다. 그리고 몇 년 후면 나는 마을의 유일한 조커가 되어 있으리라.

마침내 나는 침대 속으로 들어가 오후 늦게까지 잠을 잤다.

하트 9

…… 세상은 마법의 섬에서의 프로데의 트럼프 카드 이야기를
들을 만큼 성숙하지 않은 것이다 ……

나는 꼬마책의 마지막 몇 페이지가 오른쪽 검지를 간질이는 걸
느꼈고, 이 부분은 보통 크기의 글씨로 쓰여 있음을 발견했다. 나
는 돋보기를 침실 탁자 위에 올려놓고 보통 책을 읽듯 계속 읽어
나갔다.

♥

네가 도르프로 와서 프로데의 트럼프 카드와 마법의 섬의 비밀
을 지켜나갈 때가 가까워오고 있구나, 얘야. 나는 알베르트의 이
야기 중 내가 기억하고 있는 건 모두 썼다. 그날 밤 이후 겨우 두
달 만에 제빵사 알베르트는 죽었고, 나는 도르프의 그다음 제빵사

가 되었단다. 나는 바로 무지갯빛 레모네이드 이야기를 쓰기 시작했다. 그리고 모든 걸 네가 이해할 수 있도록, 또 도르프 사람들이 언젠가 그걸 발견한다 하더라도 읽을 수 없도록 노르웨이어로 쓰기로 했단다. 지금은 노르웨이어를 거의 잊어버렸지만 말이지.

난 항상 노르웨이의 너희에게 어떤 연락도 해서는 안 된다고 생각했단다. 리네가 어떻게 받아들일지 알 수 없었고, 또 옛 예언을 어길 엄두가 나지 않았단다. 더욱이 언젠가는 네가 도르프로 오리라는 걸 알고 있었으니까.

이 책은 주로 타자기로 쳤단다. 더 작은 글씨로 쓰는 건 불가능했지. 그런데 불과 몇 주 전에 실제보다 작게 복사하는 기계가 나왔단다. 그걸 여덟 번 복사했더니 아주 작은 책으로 제본할 수 있을 만큼 글씨가 작아졌지. 그리고 애야, 조커에게서 돋보기를 얻었겠지?

이야기를 써 내려가는 동안 나는 조커 놀이에서 나온 문장 가운데 제빵사 한스가 기억하고 있던 것만 알고 있었다. 그런데 어제 편지를 한 장 받았는데, 거기에 조커 놀이가 전부 적혀 있었단다. 물론 조커한테서 온 편지였지.

네가 도르프에 왔다 가자마자 나는 리네에게 전화할 것이다. 언젠가 우리 모두 만날 수 있을지도 모르겠구나.

음, 도르프의 제빵사들은 모두 환상적인 이야기를 계속 전해주는 조커란다. 그리고 이 이야기는 다른 이야기들처럼 절대로 날개를 달아서는 안 된단다. 그렇지만 크든 작든 카드놀이에서의 모든 조커가 그러하듯, 우리는 사람들에게 세상이 얼마나 불가사의한지 얘기해줘야 한다. 사람들이 세상은 넓고 불가사의하다는 사실을 볼 수 있게 그들의 눈을 열어주는 것은 쉽지 않지. 그리고 일상 생활 속에서 명백해 보이는 것이 수수께끼라는 것을 사람들이 알지 못하는 한, 세상은 마법의 섬에서의 프로데의 트럼프 카드 이야기를 들을 만큼 성숙하지 않은 것이다.

언젠가 온 세상이 나의 꼬마책에 대해 알아도 좋단다. 그때까지는 52년마다 무지갯빛 레모네이드 몇 방울을 마셔야 한단다.

그리고 네가 잊지 말아야 할 게 한 가지 더 있단다. 조커는 이 세상에 있다. 커다란 카드놀이에서 언젠가 모든 카드가 완전히 눈이 멀게 되더라도, 조커만은 무슨 일이 있어도 몇몇 사람들의 눈은 열릴 수 있다는 믿음을 잃지 않을 것이지.

그럼 잘 있거라, 얘야! 어쩌면 너는 남쪽 나라에서 벌써 네 엄마를 찾았을지도 모르겠다. 그리고 네가 어른이 되면 도르프에 올 거라고 믿는단다.

이 책의 마지막 몇 페이지는 아주 오래전 마법의 섬에서 모든 난쟁이들이 펼친 조커 놀이를 조커가 적어놓은 것이란다.

조커 놀이

은빛 쌍돛 범선이 노한 바다에서 침몰한다. 뱃사람은 점점 커지는 섬으로 쓸려간다. 가슴에 달린 주머니에는 햇빛에 말릴 카드 한 벌이 숨겨져 있다. 쉰세 명의 형상들은 많은 세월 동안 유리 세공사 아들의 친구들이다.

색이 바래기 전에 쉰세 명의 난쟁이가 외로운 뱃사람의 상상 속에서 주조된다. 이상한 형상들은 주인의 의식 속에서 춤춘다. 주인이 잠들면 난쟁이들은 그들 자신의 삶을 산다. 화창한 어느 날 아침, 킹과 잭은 의식의 감옥에서 기어 나온다.

상상물들은 창조하는 공간에서 창조된 공간으로 펄쩍 뛰어든다. 형상들은 마법사의 외투 소매에서 나와 펄펄 살아 있는 자신을 발견한다. 상상물들의 모습은 아름답지만, 하나만 빼고는 모두 이성을 잃었다. 유일하게 조커만이 마술을 꿰뚫어 본다.

반짝이는 음료는 조커의 감각을 마비시킨다. 조커는 반짝이는 음료를 뱉어낸다. 거짓 묘약 없이 그 작은 광대는 더 명료하게 생각한다. 52년 후 파선한 이의 손자가 마을로 온다.

진실은 카드 속에 있다. 진실은, 유리 세공사 아들이 자신의 상상물을 광대로 취급했다는 것이다. 상상물들은 주인에 대항해서 환상적인 소동을 벌인다. 주인은 곧 죽게 되는데, 난쟁이들이 그를 살해한 것이다.

태양 공주는 바다로 가는 길을 찾아낸다. 마법의 섬은 안에서부터 파괴된다. 난쟁이들은 다시 카드가 된다. 제빵사 아들은 동화가 무너지기 전에 도망친다.

그 광대는 더러운 창고 건물 사이에서 사라진다. 제빵사 아들은 산속으로 도망쳐 외딴 마을에 정착한다. 제빵사는 마법의 섬의 보물을 숨기고 있다. 카드 속에 미래에 대한 예언이 들어 있다.

도르프는 어머니를 병으로 잃은 버림받은 소년을 받아들인다. 제빵사는 그에게 반짝이는 음료를 주고 아름다운 금붕어를 보여준다. 소년은 늙고 백발이 되지만, 죽기 전에 북쪽 나라에서 불행한 병사가 찾아온다. 병사는 마법의 섬의 비밀을 지킨다.

병사는 머리 깎인 여인이 아름다운 사내아이를 낳게 된다는 사실을 알지 못한다. 소년은 적의 아들이어서 바다로 나가야 한다. 뱃사람은 아름다운 여인과 결혼하고, 그녀는 자기 자신을 찾기 위해 남쪽 나라로 가기 전에 사내아이를 낳는다. 아버지와 아들은 자기 자신을 찾지 못하는 아름다운 여인을 찾아 나선다.

여행 도중 손이 찬 난쟁이가 외딴 마을로 가는 길을 가르쳐주고, 북쪽 나라에서 온 소년에게 돋보기를 준다. 돋보기는 금붕어 어항의 떨어져 나간 틈에 들어맞는다. 금붕어는 섬의 비밀을 누설하지 않지만 꼬마빵은 누설한다. 꼬마빵 남자는 북쪽 나라에서 온 병사이다.

할아버지에 대한 진실은 카드 속에 있다. 운명은 자기 자신을 집어 삼킬 만큼 허기진 한 마리 뱀이다. 안의 상자는 바깥 상자를 풀어 열고, 바깥 상자는 안의 상자를 풀어 연다. 운명은 어느 쪽으로나 똑같이 자라는 한 포기 꽃양배추다.

소년은 꼬마빵 남자가 자기 할아버지임을 깨닫고, 꼬마빵 남자는 북쪽 나라에서 온 소년이 자기 손자임을 깨닫는다. 꼬마빵 남자는 마법의 관

속에 소리치고, 그의 목소리는 수백 마일이나 간다. 뱃사람은 독한 음료를 뱉어낸다. 자기 자신을 찾지 못한 아름다운 여인은 대신 사랑하는 아들을 찾는다.

혼자 하는 카드놀이는 가문의 저주이다. 거기에는 항상 마술을 꿰뚫어 보는 조커가 한 사람 있다. 한 세대는 다른 세대로 이어지지만 시간이 파괴할 수 없는 광대 하나가 세상을 돌아다닌다. 운명을 꿰뚫어 보려는 자는 운명에서 살아남아야 한다.

하트 10

꼬마책의 마지막 몇 페이지를 읽고 나자 쉽게 잠들 수가 없었다. 호텔은 더 이상 작게 느껴지지 않았다. 바라델로 호텔과 코모시는 무한히 큰 어떤 것에 연결되어 있었다.

조커에 대한 이야기는 모두 내가 상상했던 것과 똑같았다. 주유소의 난쟁이는 마르세유 항구에서 창고 사이에서 사라진 바로 그 난쟁이였다. 그는 그렇게 오래 세상에 존재하고 있다. 이따금 그는 도르프의 제빵사에게 모습을 보였고, 나머지 시간 동안은 쉼없이 세상을 돌아다녔을 것이다. 하루는 이 마을에, 또 하루는 다른 마을에 왔다 갔을 것이다. 그의 진정한 자아를 감춰주는 유일한 것은 딸랑거리는 작은 방울들이 달린 보라색 옷 위에 덧입은 얇은 양복이었다. 그 양복 때문에 그는 어느 도시에나 갈 수 있었다. 사는 곳이 일정하고 10년, 20년 또는 100년 동안 달라지지 않았다면, 그를 이상하게 생각했을 것이다.

나는 조커가 보통 사람들처럼 지치지 않고 달리거나 노를 저었다는 것을 꼬마책을 통해 알고 있었다. 그래서 그는 스위스 국경에서 우리를 처음 본 후 줄곧 아버지와 내 뒤를 쫓아올 수 있었던 것이다. 그러고 나서 아주 간단히 기차에 뛰어올랐을 것이다.

나는 조커가 마법의 섬의 작은 카드놀이에서 도망친 후 커다란 카드놀이로 뛰어들었다고 확신했다. 그리고 그에게는 두 번 다 중요한 임무가 하나씩 있었다. 즉 작은 난쟁이와 큰 난쟁이들에게, 그들 자신이 펄펄 살아 있기는 하나 자신에 대해 아는 게 너무도 적은 이상한 피조물임을 규칙적으로 상기시켜주는 것이었다.

그는 어떤 해에는 알래스카나 코카서스 산맥에, 다음 해에는 아프리카나 티베트에 가 있었다. 또 어떤 주에는 마르세유의 항구에 나타났고, 그다음 주에는 베네치아의 산마르코 광장을 뛰어다녔다.

이렇게 해서 이제 조커 놀이의 모든 부분이 제자리를 찾았다. 제빵사 한스가 잊어버렸던 모든 문장이 하나의 이야기로 아름답게 연결되었고, 그것은 정말 훌륭했다.

또 킹들의 문장 가운데 하나도 제빵사 한스를 비켜갔다.

"한 세대는 다른 세대에 이어지지만, 시간이 파괴할 수 없는 광대 하나가 세상을 돌아다닌다."

나는 이 문장을 아버지가 읽었으면 한다. 아버지가 내게 이야기했던 것처럼 '시간의 이빨'이라는 비유가 아버지가 주장한 것처럼 그렇게 절망적이지 않다는 증거로 이 문장을 아버지에게 보여주고 싶었다. 모든 것이 시간에 의해 조각나는 것은 아니다. 카드한 벌에는 몇 세기에 걸쳐 젖니 하나 잃지 않고도 이리저리 뛰어다니는 조커가 있다.

우와! 그건 바로 존재에 대한 인간의 감탄이 절대로 사라지지 않으리라는 약속이었다. 이러한 감탄은 드문 선물이기는 하지만 대신 절대로 완전히 없어지지는 않을 것이며, 여기저기 뛰어다니는 조커가 역사와 인류에 있는 한 계속 등장할 것이다. 고대 아테네에는 소크라테스가 있었고, 아렌달에는 아버지와 내가 있다. 또 우리 같은 사람으로 가득 차지는 않을지라도 다른 장소, 다른 시간에도 분명히 많은 조커가 있었다.

조커 놀이의 맨 마지막 문장을 제빵사 한스는 기억하고 있었다. 이 문장은 스페이드 킹이 조바심 때문에 세 번이나 반복했기 때문에 어렵지 않았다.

"운명을 꿰뚫어 보려는 자는 운명에서 살아남아야 한다."

이 문장은 한 세기 한 세기를 차례차례 살아남은 조커를 두고 한 말이었을 것이다. 하지만 나 또한 운명을 꿰뚫어 본다고 생각했다. 꼬마책 속의 긴 이야기 덕분에 모든 사람이 이와 비슷해지지 않을까? 땅 위의 우리 삶은 꺼질 듯 짧게 느껴질지도 모르지만 우리는 우리 모두보다도 오래 지속되는 공동의 역사의 한 부분이다. 우리는 우리 자신만의 삶을 사는 게 아니기 때문이다. 델포이나 아테네와 같은 옛 고장에서 그것을 체험할 수도 있다. 그곳을 돌아보며 우리에 앞서 이 땅에 살았던 사람들의 분위기를 느낄 수 있다.

나는 뒤뜰로 난 호텔 창문으로 밖을 내다보았다. 아래쪽은 칠흑같이 어두웠지만 내 머릿속에는 한 줄기 밝은 빛이 빛나고 있었다. 나는 인류의 역사를 희귀한 관점에서 바라보게 되었다고 생각했다. 그건 커다란 카드 패였다. 이제 작은 내 가족 패에는 단 한 장의 작은 카드만 없었다. 도르프에서 할아버지를 찾게 될까? 할머니는 제빵사 노인에게 도착했을까? 내가 옷을 입은 채 잠에 떨어질 즈음, 뒤뜰의 어둠은 푸른색으로 변해가고 있었다.

하트 잭

다음 날 아침 북쪽으로 차를 타고 가는 동안 엄마는, 도르프의 제빵사를 찾아가자는 내 생각이 소년다운 엉뚱한 착상이기 때문에 그런 대로 참고 받아들이는 거라고 말했다. 그제야 비로소 할아버지에 대한 이야기가 다시 시작되었다. 아버지는 제빵사 이야기를 엄마보다 더 신뢰하는 것 같지는 않았지만, 그래도 나를 변호해줘서 무척 고마웠다.

"이제는 똑같은 길로 집에 돌아가는 수밖에 없지." 하고 아버지는 말했다. "그리고 도르프에서 롤빵 한 봉지를 사자. 최악의 경우 그거라도 배불리 먹어야 되지 않겠니. 그리고 당신은 몇 해 동안 이런 소년다운 엉뚱한 착상과는 무관하게 살아오지 않았소."

엄마는 아버지 어깨에 팔을 얹음으로써 이 위험한 상황을 슬쩍 넘기려고 했다. "그런 뜻은 아니에요."

"조심하오. 운전하고 있으니." 아버지가 우물거렸다.

그러자 엄마는 내 쪽을 돌아보며 말했다. "미안하구나, 한스 토마스야. 하지만 그 제빵사가 할아버지에 대해 우리보다 아는 게더 적더라도 너무 실망하지는 말아라."

롤빵 잔치는 밤늦게 도르프에 도착한 다음에나 가능한 것이었다. 그러나 우리는 그렇게 오래 기다릴 수 없었다. 그래서 아버지는 오후 늦게 벨린초나로 차를 몰아 두 개의 식당 사이에 있는 골목길에 차를 세웠다. 파스타와 송아지 스테이크를 먹는 사이, 나는 여행 중 최대의 실수를 저질렀다. 두 사람에게 그 꼬마책 이야기를 하고 만 것이다. 그 후의 일은 모두 그 큰 비밀을 나 혼자 간직하지 못했기 때문에 일어난 일이었다.

그러니까 나는 아버지와 엄마에게 제빵사 노인이 준 롤빵 가운데 하나에서 깨알 같은 글씨로 쓰여 있는 꼬마책을 발견했다고 말했다. 그런 다음 주유소의 난쟁이가 내게 준 돋보기가 무척 훌륭한 역할을 했음을 얘기했고, 끝으로 꼬마책에 쓰여 있는 것에 대해 대충 이야기했다.

나는 왜 내가 제빵사 노인과의 중요한 약속을 깨뜨리는 어리석은 행동을 했는지 스스로 물어보았다. 그것도 도르프에서 고작 몇시간밖에 떨어져 있지 않은 지금 말이다. 시간이 지나면서 이제그 이유를 알 것 같다. 그 작은 알프스 마을에서 정말로 할아버지를 찾을 수 있기를 간절히 바랐으며, 또 엄마도 그걸 믿어주기를 바라고 있었던 것이다. 하지만 내가 너무 수다스럽게 얘기해서 모든 게 한층 더 어려워지기만 했다.

내가 이야기를 다 하고 나자 엄마는 아버지를 본 다음 나를 바라보았다.

"상상력이 풍부한 건 좋은 거야. 하지만 얘야, 상상력에도 한계가 있어야지."

"아테네의 테라스에서도 이미 비슷한 얘길 한 적이 있지 않니?" 하고 아버지가 말을 꺼냈다. "난 네 상상력을 부러워했단다. 하지만 꼬마책 이야기는 너무 심하구나. 그 얘기에 대해선 나도 엄마와 동감이다."

왜 그랬는지 모르지만 나는 격하게 울기 시작했다. 그 많은 비밀을 대견하게도 혼자 짊어지고 있다가 지금에야 모든 진실을 밝혔는데 나를 믿지 않는 것이었다.

"조금만 기다리세요." 나는 코를 훌쩍거렸다. "자동차에 되돌아갈 때까지 기다려주세요. 꼬마책을 보여줄게요. 할아버지한테 그렇게 하지 않겠다고 약속했지만, 그래도 보여줄 거예요."

나는 아버지라도 내 말이 진실일 수도 있다고 생각하지 않을까 하는 가느다란 희망을 가졌다. 아버지는 100프랑을 탁자 위에 놓았고, 우리는 잔돈을 기다리지 않고 그냥 나왔다.

자동차에 가까이 간 우리는 뒷자리에서 무언가를 열심히 하고 있는 작은 남자를 보았다. 그가 문이 잠긴 자동차 안으로 어떻게 들어갔는지는 지금까지도 수수께끼다.

"이봐요! 뭐하는 거요!" 아버지가 소리쳤다.

아버지는 빨간 피아트를 향해 뛰어갔지만, 그 작은 남자는 번개같이 뛰어나와 길모퉁이로 재빨리 사라졌다. 나는 작은 방울 소리를 분명히 들었다. 아버지가 그를 뒤쫓아 달려갔고, 엄마와 나는 피아트 앞에 서 있었다. 30분쯤 기다리자 작은 남자가 쏜살같이 사라졌던 그 길모퉁이로 아버지가 터벅터벅 걸어왔다.

"마치 땅속으로 꺼진 것 같구나. 망할 자식!" 그런 다음 우리는 짐을 살펴보기 시작했다.

"난 없어진 게 없어요." 조금 있다가 엄마가 말했다.

"나도 그렇군." 하고 아버지가 한 손을 운전석 오른쪽 서랍에 넣은 채 말했다. "자동차 서류, 여권, 잔돈하고 수표가 든 지갑, 조커조차도 손대지 않았어. 술만 찾고 있었나……."

두 사람은 앞에, 나는 뒷자리에 탔다. 자리에 채 앉기도 전에 나는 문득 어떤 느낌이 들었다. 나는 아침에 꼬마책을 뒷자리의 스웨터 밑에 숨겨놓았었다. 그런데 그게 사라져버린 것이다!

"꼬마책요! 그가 꼬마책을 훔쳐갔어요!"

나는 다시 울음을 터뜨렸다. "그 사람이 그 난쟁이였어요." 나는 훌쩍거리며 말했다. "내가 비밀을 누설했기 때문에 책을 훔쳐간 거예요!"

나는 엄마가 뒷자리로 와 내 옆에 앉을 때까지 울었다. 엄마는 나를 오래도록 안아주었다.

"가여운 한스 토마스." 엄마는 몇 번씩이나 말했다. "모두 내 탓이야. 함께 아렌달 집으로 가자. 먼저 한숨 푹 자는 게 좋겠구나."

나는 놀라서 벌떡 일어났다. "도르프로 가는 거 아니에요?"

차는 고속도로를 달리고 있었다.

"물론이야. 도르프로 가고 있지." 아버지가 나를 안심시켰다. "뱃사람은 약속을 지키는 법이지."

나는 잠들기 전 아버지가 엄마에게 속삭이는 소리를 들었다. "좀 이상하지 않소? 차 문은 다 잠겨 있었고, 그자는 정말로 키가 작았소."

"그 광대는 문이 잠겨 있어도 들어갈 수 있을 거예요." 하고 나는 말했다. "그는 인조인간이니까요."

그리고 나서 나는 엄마 품에 안긴 채 잠이 들었다.

하트 퀸

······ 그리고 우리는 여관에서 나오는 나이 지긋한 부인을 보았다 ······

두 시간 후 잠에서 깬 나는 우리가 알프스의 높은 곳에 와 있음을 깨달았다.

"벌써 깼니?" 아버지가 물었다. "30분만 가면 도착할 거야. 그리고 '아름다운 발데마르'에 묵을 거란다."

얼마 후 차 안의 누구보다도 내가 훨씬 더 잘 알고 있는 그 작은 마을에 다다르자, 아버지는 그 여관이 아니라 작은 빵 가게 앞에서 차를 멈췄다. 어른들이 몰래 눈길을 주고받았음을 나는 알아차렸다.

빵 가게는 비어 있었다. 작은 금붕어 한 마리가 한 귀퉁이가 떨어져 나간 어항 속에서 헤엄치고 있었다. 그것을 바라보자 나도 마치 유리 어항 속의 금붕어가 된 것 같았다.

"이것 좀 보세요!" 나는 작은 돋보기를 바지 주머니에서 꺼내며 말했다. "돋보기가 금붕어 어항에서 떨어져 나간 귀퉁이하고 크기가 똑같죠?"

이것이 내가 황당무계한 이야기를 꾸며댄 게 아니라는 유일한 증거였다.

"그렇구나." 아버지는 말했다. "그런데 제빵사를 찾는 일이 더 어려운 모양이지?"

나는 아버지가 이 토론을 부드럽게 끝내려고 이렇게 말한 건지, 아니면 나를 정말 믿었는데 이제 자신의 아버지를 바로 만나지 못하자 실망해서인지 잘 알 수 없었다.

우리는 자동차를 세워두고 '아름다운 발데마르' 쪽으로 갔다. 엄마는 내게 아렌달에서 누구랑 놀았느냐고 물었지만 나는 반응을 보이지 않았다. 제빵사와 꼬마책 얘기는 꾸며낸 게 아니었기 때문이다. 그리고 우리는 여관에서 나오는 나이 지긋한 부인을 보았다. 우리를 본 부인은 서둘러 다가왔다.

할머니였다!

"어머니!" 아버지는 깜짝 놀라 소리쳤다. 아무도 그 소리를 듣지 못했을지라도 하늘에 있는 천사는 틀림없이 들었을 것이다. 목이 메고 가슴이 미어지는 듯한 아버지의 외침을!

다음 순간 할머니는 우리를 한 사람 한 사람 부둥켜안았다. 엄마는 너무 당황해서 어떻게 해야 할지 몰라 했다. 마지막으로 할머니는 나를 꼭 껴안고는 흐느꼈다.

"오, 내 손주. 착하기도 하지."

할머니는 도무지 울음을 그칠 줄 몰랐다.

"아니, 왜요…… 어떻게……." 아버지는 더듬거리며 말했다.

"그 사람은 어젯밤에 죽었단다." 할머니는 엄숙하게 말하며 우리를 바라보았다.

"누가요?" 엄마가 물었다.

"루트비히 말이다. 그 사람이 지난주에 나한테 전화를 해서, 우리는 며칠 동안 함께 있었단다. 그 사람은 어린 소년 하나가 자기 빵 가게에 들렀다고 이야기했지. 그리고 소년이 가고 나자 문득 그 애가 자기 손자이고, 빨간 피아트를 타고 여행 중인 남자가 자기 아들일지도 모른다는 생각이 들었댄다. 너무도 멋지고, 또 너무도 슬프구나. 그 사람을 한 번 더 볼 수 있었던 건 행운이었지. 그 사람은 심근경색이었어. 그는…… 그는 마을 병원에서 내 팔에 안겨 숨을 거두었단다."

나는 더 이상 참을 수 없어 엉엉 울었다. 다른 이들보다 내가 훨씬 더 불행하다고 여겨졌다. 세 어른은 나를 달래려고 갖은 애를 썼지만 아무도 내 마음을 달래주지 못했다.

나의 할아버지만 없어진 게 아니었다. 할아버지와 함께 한 세계가 송두리째 사라진 것이었다! 이제는 그 누구도 무지갯빛 레모네이드와 마법의 섬 이야기가 진실임을 증명해줄 수 없게 되었다. 아니면 이것도 의도된 것이었을까? 할아버지는 노인이고 나는 단지 꼬마책을 그저 빌려 봤을 뿐이었다.

나중에 '아름다운 발데마르'에서 다시 정신을 차려보니 우리는 탁자가 네 개밖에 없는 그 작은 식당에 앉아 있었다. 이따금 그 뚱뚱한 부인이 와서 말하곤 했다. "한스 토마스지? 그렇지?"

"그 사람이 문득 한스 토마스가 자기 손자라고 생각했다니. 수수께끼 같지 않으냐?" 하고 할머니가 물었다. "그 사람은 자신에게 아들이 있었다는 것조차 몰랐는데."

엄마는 동의하듯 고개를 끄덕이며 말했다. "정말로 믿기지 않아요."

그러나 아버지는 그렇게 간단하게 생각하지 않았다.

"난 한스 토마스가 그 제빵사 노인이 할아버지라는 걸 어떻게 알았는지가 훨씬 더 신기한데요."

어른들은 나를 바라보았다.

"소년은 꼬마빵 남자가 자기 할아버지임을 깨닫고, 꼬마빵 남자는 북쪽 나라에서 온 소년이 자기 손자임을 깨닫는다."

하고 나는 말했다.

어른들은 나를 걱정스런 표정으로 바라보았다. 다시 나는 말을 이었다.

"꼬마빵 남자는 마법의 관 속에 소리치고, 그의 목소리는 수백 마일이나 간다."

이리하여 나는 또 내 이성에 대한 숱한 의심을 견뎌낸 후에 일종의 만족감을 맛보았다. 동시에 꼬마책이 영원히 나만의 비밀로 남아 있게 될 것임을 깨달았다.

하트 킹

…… 기억이 언젠가 그 기억을 만들어준 것에서 점점 더 멀리 나아가게 되면 ……

우리가 다시 북쪽으로 돌아갈 때에는 남쪽으로 가던 때보다 두 사람이 늘어 네 명이 되었다. 나는 이 카드 패가 제법 그럴싸하다고 여겼지만, 하트 킹이 빠져 있다는 생각도 들었다.

우리는 다시 주유기가 겨우 두 개밖에 없는 작은 주유소를 지나게 되었고, 난 아버지가 그 이상한 난쟁이를 다시 만날 수 있기를 애타게 원했다. 하지만 작은 광대는 모습을 보이지 않았다. 나는 놀라지 않았지만, 아버지는 악담을 하고 욕을 했다. 이웃 사람에게 물어보았지만, 그 주유소는 1970년대 유류 파동 이후 영업을 안 한다는 사실만 알 수 있을 뿐이었다.

철학자의 고향으로 떠났던 대여행은 끝났다. 우리는 아테네에서 엄마를 찾았고, 작은 알프스 마을에서 할아버지를 만났다. 하지만 나는 영혼에 상처를 입었고, 이 상처는 멀리 우리 역사까지 거슬러 올라간다고 믿었다.

집에 도착한 후 할머니는 루트비히 할아버지가 내게 그의 전 재산을 유산으로 물려주었다고 했다. 또 그는 내가 언젠가 도르프의 작은 빵 가게를 이어받을 거라는 우스갯소리를 했다고도 했다.

어느덧 아버지와 내가 패션업계의 환상에서 길을 잃은 엄마를 찾으러 아렌달에서 아테네로 긴 여행을 떠난 지 몇 년이 흘렀다. 나는 아직도 낡은 빨간 피아트 뒷자리에 앉아 있던 일을 마치 어제의 일처럼 기억하고 있다. 나는 스위스 국경에서 한 난쟁이가 내게 돋보기를 선물로 주었다는 사실을 그 어느 때보다 확산하고 있다. 난 아직도 돋보기를 가지고 있으며, 어떤 주유소에서 한 난쟁이가 주었음을 아버지가 증명해줄 수 있다.

나는 할아버지가 도르프의 빵 가게에 금붕어 한 마리를 키우고 있었다고 맹세할 수 있다. 우리 모두가 그 금붕어를 보았으므로. 참, 그 금붕어는 '아름다운 발데마르'의 식당으로 옮겨졌다. 그리고 그 친절한 여주인이 그 작은 집에 있는 금붕어들도 보살피고 있는지는 알 수 없는 일이다. 아버지와 난 통나무로 만든 그 집 위쪽 숲 속에 있던 흰 돌들도 기억하고 있다. 그리고 흐르는 시간도 제빵사 노인이 내게 롤빵 네 개가 든 봉지를 건네준 사실을 지워버릴 수는 없다. 나는 아직도 레모네이드 맛을 느낄 수 있으며, 할아버지가 훨씬 더 맛있는 레모네이드 이야기를 한 것도 결코 잊지 않을 것이다.

하지만 꼬마빵 속에 정말 꼬마책 한 권이 감춰져 있었을까? 나는 정말 자동차 뒤쪽에 앉아 무지갯빛 레모네이드와 마법의 섬 이야기를 읽었을까? 아니면 이 모든 게 그저 상상일 뿐이었을까? 시간이 흐르면서, 기억이 언젠가 그 기억을 만들어준 것에서 점점 더 멀리 나아가게 되면, 어쩔 수 없이 그 기억에 대한 의혹이 슬며시 일어난다.

조커가 꼬마책을 훔쳐갔기 때문에, 난 모든 것을 기억에 의존해 써 내려가는 수밖에 없었다. 내가 모든 걸 제대로 기억해 썼는지, 아니면 여기저기 약간 보태 썼는지는 델포이의 신탁만이 알 뿐이다.

도르프에서 만난 제빵사 노인이 내 할아버지임을 깨닫게 해준 것은 분명히 마법의 섬의 옛 예언이다. 아테네에서 엄마를 찾았을 때 비로소 그 사실을 깨달았으니 말이다. 그런데 할아버지는 어떻게 그 사실을 알았을까? 답은 한 가지밖에 없다. 할아버지가 그 꼬마책을 쓴 것이다. 할아버지는 옛 예언을 전쟁 때부터 알고 있었던 것이다.

가장 큰 수수께끼는 아마도 우리가 왜 하필이면 거기서, 스위스의 한 산골 마을에 있는 작은 빵 가게에서 만났을까 하는 점이다. 어떻게 해서 우리가 거기에 가게 되었을까? 손이 찬 난쟁이가 우리를 그 우회로로 안내한 것이다. 아니면 우리가 집으로 가는 길에 그 마을에서 할머니를 만난 것이 가장 큰 수수께끼일까?

어쩌면 우리가 엄마를 패션업계의 환상에서 구해낼 수 있었던 게 가장 큰 수수께끼일지도 모른다. 모든 것 가운데 가장 위대한 건 사랑이니까 사랑만큼은 결코 시간이 기억을 퇴색시키는 것만큼 빨리 퇴색시킬 수 없는 것이다.

지금 우리 넷은 히쇠위에서 행복하게 살고 있다. 넷이서! 나에게 어린 여동생 하나가 생긴 것이다. 여동생은 길가에 서 있는 밤나무 사이를 걸어 다니고 있다. 여동생의 이름은 토네 앙겔리카이고, 다섯 살이 되며, 아침부터 저녁까지 쉴 새 없이 재잘거린다. 어쩌면 여동생이 우리 식구 중 가장 위대한 철학자일 것이다.

시간은 우리를 어른으로 만든다. 시간은 또 오래된 사원을 무너뜨리고 더 오래된 섬을 바다 속에 가라앉히기도 한다.

정말 봉지에서 꺼낸 롤빵 네 개 중 가장 큰 것 속에 꼬마책이 숨어 있었던가? 그 어떤 것보다도 자주 떠오르는 의문이다. 소크라테스처럼 말할 수도 있다. 나는 내가 아무것도 알지 못한다는 것을 알고 있다고. 하지만 나는 여전히 조커가 유령처럼 세상을 돌아다니고 있다고 확신한다. 그는 세상을 결코 내버려 두지 않을 것이다. 언제 어디서고 우리 눈을 깊이 들여다보며 물을 것이다. 당신은 누구인가? 우리는 어디서 왔는가?

지은이의 말

　지난 몇 년 동안 철학에 관심이 있어 대형 서점에 가본 사람이면 눈이 휘둥그레질 것이다. '뉴 에이지'나 '얼터너티브 철학(Alternative Philosophy)'이라는 거창한 제목 아래 방대한 양의 철학책이 진열되어 있기 때문이다. 그렇게 많은 양의 철학책을 구비하고 있는 서점이 있다는 것은 분명 좋은 일이다. '진정한' 철학이라는 제목이라면 더 많은 책이 구비되어 전시될 수 있을 것이다. 그러나 이 방대한 양의 철학책이 꽂혀 있는 서가를 둘러보면, 철학의 본질을 다룬 진짜 철학책은 거의 없는 사실을 확연히 알 수 있다.

　철학은 변화하고 있다. 우리는 철학의 거센 르네상스의 한가운데에 있다. '얼터너티브'가 포화 상태에 다다라 있는 것 같다. 어떤 '얼터너티브'는 읽기에 재미있다. 그러나 그것은 밀가루에 너무 많은 왕겨가 섞여 있는 것과 같다.

　얼터너티브 철학은 일종의 포르노 철학(Philosophical Pornography) 혹은 인스턴트 철학(Instant Philosophy)으로서의 역할을 해왔다. 포르노가 인스턴트적인 성적 쾌락을 주듯 독자들은 순식간에 얼터너티브 철학에 현혹된다. 그러나 포르노가 진정한 사랑과는 별개이듯 얼터너티브 철학 역시 철학의 본질과는 거리가 멀다. 철학도 사랑과 마찬가지로 시간과 숙성이 필요한 것이다. 사랑에도, 철학적 깨달음에도 지름길이란 없기 때문이다.

철학은 그리스 도시의 상업 중심지와 유치원에서 발생했다. 지난 몇 년 동안 나는 이런 두 개의 발생지로 철학을 돌려놓으려 했다. 나는 여기서 이 책을 요약하여 철학을 유년 시절로 돌려놓는 것에 대해 언급하겠다.

이 책에서는 한스 토마스의 철학으로의 긴 여행을 다루고 있는데, 이 책에서 나는 유럽과 전통과 역사에 대해서 말하고 싶었다. 특히 실존에 관한 질문을 청소년의 흥미를 끌 수 있는 방법으로 접근하고 싶었다.

주인공 토마스는 아테네로 가는 도중, 꼬마책을 통해 1790년으로 거슬러 올라가게 된다. 거기서 52년 동안 카리브 해에 있는 무인도에서 혼자 살아온 선원 프로데에 관한 이야기를 읽는다. 52년 동안 프로데의 유일한 친구는 카드 한 벌이었는데 이 카드들은 이상하게도 53명의 살아 있는 난쟁이들이었다. 이 53명의 난쟁이들은 프로데를 빙 둘러싸고 마을을 형성하고 있다. 그중 한 명만을 제외하고는 자기들이 누구인지, 어디에서 왔는지 알지 못했다. 그 한 명이 바로 조커다.

소설에서의 조커는 다른 사람들이 보지 못하는 것을 볼 수 있고 느낄 수 있는 이방인을 상징한다. 무엇보다도 조커는 삶이란 멋진 모험이라는 것을 느낄 수 있다. 그래서 그는 새로운 질문을 계속한다.

우리는 인생이라는 카드놀이에서 모두 조커로 태어났다. 그러나 우리는 성장함에 따라 조금씩 조금씩 하트나 다이아몬드, 클럽, 스페이드가 되어간다. 조커가 영영 없어진다는 말은 아니다. 카드놀이에서 하트나 다이아몬드 카드 속 어딘가에 조커가 숨어 있는 것과 마찬가지기 때문이다.

이것은 다시 말하면 오래된 양피지 사본(Palimpsest)과 같다. 그 속에는 곡식이나 생선 값 등의 중세 시대의 장부 정리가 분명하게 쓰여 있지만, 좀 더 자세히 들여다보면 로마 시대의 희극이 그 바탕에 적혀 있는 것을 알 수 있다. 마찬가지로 우리 각자의 깊은 내면에는 세상에 대한 경이로움이 살아 있다. 요술쟁이들의 퍼레이드, 코미디언들, 요정과 난쟁이들, 거인들, 오즈의 마법사, 그리고 앨리스가 여왕과 티 파티를 여는 것 등이 우리의 의식 밑바닥에는 아직도 남아 있다.

이 책에 나오는 난쟁이가 조커라는 것을 독자들은 알아챌 수 있을 것이다. 그는 결코 어른이 되지 않는 영원한 어린이며, 삶에 대한 경이로움을 언제나 잃지 않는다. 이런 점에서 그는 고대의 위대한 철학자들과 일맥상통한다. 고대 그리스의 소크라테스도 그 시대의 조커였다. 그는 어렸을 때 아테네의 시장 바닥을 돌

아다니며 만나는 사람들에게 질문을 했다. 그는 "아테네 사람들
은 게으른 말과 같다. 나는 그들을 때려서 삶에 눈뜨게 하는 쇠파
리다."라고 말했다.

우리 모두의 내면에는 조커가 살아 있다. 이것 역시 소크라테
스적인 생각이다. 소크라테스가 되려면 특별한 자격이 필요한 것
은 아니다. 그는 단지 사람들을 옳은 깨달음으로 이끄는 산파였
다. 산파라는 표현은 진부하기는 하지만 우리는 그 속에 또 다른
비유가 들어 있음을 알 수 있다. 즉 우리는 어린이로 다시 태어나
야 한다는 것이다.

인간은 그동안 해답을 알 수 없는 수많은 위대한 의문을 품어
왔는데, 이제는 알아야 할 것은 모두 알고 있는 것처럼 행동하든
지, 아니면 아예 포기하고 모든 것에 대해 의문을 갖지 않고 무관
심하든지 두 가지 처세 방법이 있다. 인간은 이런 두 가지 유형으
로 나뉜다. 즉 자신이 알고 있는 것에 대해 확신하고 이에 만족하
거나, 아니면 자신이 모르는 것에 대해 차라리 무관심한 채로 만
족한다. 이것은 마치 우리가 카드 한 벌을 검은색과 붉은색으로
나누는 것과 같다. 그러나 때때로 하트나 다이아몬드, 클럽, 스페
이드가 아닌 조커가 나타난다.

소크라테스는 아테네의 조커였다. 그는 확신하지도 무관심하
지도 않았다. 그는 오로지 자신이 모른다는 사실만을 알고 있었
다. 그리고 그는 철학자가 되어 포기하지 않고 계속해서 깨달음을

추구하며 새로운 질문을 끊임없이 제기했다.

철학의 역할은 우리 속에 있는 조커와 우리가 가까이 만날 수 있도록 해주는 것이라고 나는 생각한다. 철학은 우리에게서 세상의 때를 벗겨내고 어린이처럼 순수하게 세상을 경험할 수 있도록 해주어야 한다. 우리가 '세속적'이 되기 전의 상태로 말이다. '실제'라고 단순하게 믿었던 동화의 세계가 깨지기 전의 그 시절로 돌아가게 해야 한다. 이것은 희망적이다. 왜냐면 우리 모두는 조커의 후손이기 때문이다. 우리 모두의 내면에는 호기심 많고, 장난스럽고, 경이로움을 느낄 줄 아는 어린이가 살아 있다. 우리는 가끔 아주 미세한 것이기는 하지만 우리의 피부 껍질 바로 밑에 작은 금 덩어리가 있다는 것을 느낀다. 아주 새로운 느낌이다.

우리는 어린 시절의 동화의 나라 못지않은 멋진 나라로 던져지기도 한다. 하지만 우리는 곧 익숙해져서 모든 것을 당연하게 여기게 된다. 이케아의 아기 침대 속에서 신비한 일이 벌어지고 있다는 것조차 발견하지 못하기도 한다. 바로 그 침대 속에서 세계가 창조되고 있는데도 말이다.

세상이 나이 먹는 것이 아니라 우리가 늙어가는 것이다. 사람들이 계속해서 세상 속으로 들어가는 한, 세상은 하느님이 휴식을 취하는 일요일처럼 새롭고 활력에 찬 곳으로 남는다. 어린이들은 방금 멋진 동화 속으로 들어갔다. 어른들도 신화와 동화가 필요하다. 신화와 동화는 우리가 잃어버릴지도 모르는 어린 시절을 간직할 수 있게 해주기 때문이다.

열아홉 살이나 스무 살에 철학책을 읽기 시작하는 것은 너무 늦다고 생각한다. 요즘에는 '유아 수영'이 유행하고 있다. 어린이들은 수영 능력을 갖고 태어나기 때문에 굳이 열 살이 될 때까지 기다렸다가 수영을 배울 필요는 없다는 논리이다. 어린이들은 존재에 대한 경이로움을 느끼는 능력도 타고난다. 그리고 이 능력은 잃지 않도록 유지되어야 한다. 존재에 대한 경이로움을 느끼는 것은 배우는 것이 아니라 망각하는 것이기 때문이다.

우리는 지금까지 삶의 위대한 신비에 대해 이야기했다. 신비를 체험하기 위해서는 세속적인 것은 벗어버리고 다시 어린이가 되어야 한다. 어린이처럼 된다는 것은 몇 발짝 뒤로 물러나 우리 앞에 세상이 있다는 것을 발견하는 것이다. 우리 눈앞에서 세상이 창조되는 것을 본다. 모든 것이 창조되는 것이 보인다. 대낮의 밝음 속에서! 한 번도 들어본 적이 없는 것! 무(無)에서 유(有)가 창조된다.

옮긴이의 말

『수상한 빵집과 52장의 카드(원제 : 카드의 비밀)』는 노르웨이 작가 요슈타인 가아더의 작품으로, 우리에게 잘 알려진 철학 소설 『소피의 세계』를 쓰기 전에 발표한 소설이다.

이 책의 주인공은 한스 토마스라는 열두 살 난 남자아이인데, 가아더는 그리스 여행에서 돌아온 한스 토마스가 읽을 만한 철학책에는 어떤 것이 좋을까 하고 고심하던 끝에 『소피의 세계』를 썼다고 한다.

이 책을 번역하기 전에 나는 『소피의 세계』를 매우 흥미롭고 감명 깊게 읽었다. 『소피의 세계』를 통해 비로소 철학사가 소설 속에서도 새롭게 태어날 수 있다는 사실을 알았으며, 우리가 정말로 생각하며 살아야 할 문제에 대해서도 진지하게 곱씹어볼 수 있는 계기가 되었다. 이 책은 이런 맥락에서 볼 때에도 『소피의 세계』와 그 흐름을 같이하고 있다. 또한 한 번 책을 잡으면 결코 손에서 놓을 수 없을 만큼 흥미진진한 이야기 구성은 번역이라는 어려운 작업에 큰 힘이 되었다.

이 작품을 읽으며 우리는 세 가지 차원의 여행길에 한스 토마스의 동반자가 된다. 한스 토마스가 아버지와 노르웨이의 아렌달에서 그리스로 가는 실제의 여행과 아버지가 아들에게 안내해주는 철학 세계로의 정신적 여행 그리고 카드의 비밀이 숨겨져 있는 마법의 섬으로의 신비스러운 여행이 그것이다. 이 세 겹의 여행이 실타래처럼 얽혀 하나의 이야기를 구성하고 있다.

이 책의 특징은 무엇보다도 '상징성'이라고 생각한다. 여기에는 52장의 트럼프 카드와 조커가 등장한다. 카드놀이는 곧 단 한 번의 인간의 삶을 말한다. 52장의 카드는 자신들이 어디서 왔는지, 어떻게 태어났는지에 대해 전혀 관심을 두지 않지만, 조커는 자신의 존재에 대해 의문을 제기할 줄 알고 삶에 대해 놀라워할 줄 아는 인물이다. 또 금붕어가 상징하는 것은, 탄생과 죽음을 계속하며 긴 역사의 고리를 이어가고 있는 인류를 뜻한다. 금붕어와도 같이 하찮은 미물도 완전히 독립적인 하나의 개체이다. 마찬가지로 인간은 무한한 우주 가운데 지구라는 작은 행성에서 흔적도 없이 왔다가 사라지는 미물이지만, 한 인간이 가지고 있는 무한한 가능성과 신비는 영원히 풀리지 않는 수수께끼다. 그 외에도 이 책에서 드러나는 모든 상징물들의 의미와 연관성은 감탄을 자아내기에 충분하다.

구체적인 구성 면에서 살펴보면, 작가는 카드의 비밀을 트럼프 카드를 한장 한장 넘기듯 풀어 보이고 있다. 소설의 큰 줄기는 트럼프 카드의 스페이드, 클럽, 다이아몬드 그리고 하트의 차례로 진행된다. 조커의 비밀은 이야기의 중간쯤인 클럽 킹과 다이아몬드 에이스 사이에 들어 있다.

독자는 카드놀이 하듯 트럼프 카드에 숨겨져 있는 비밀에 가까이 다가가면서 우리가 누리고 있는 지구 위 삶의 경이로움에도 다가가게 될 것이다. 그리고 하트 킹에 이르러 소설이 끝날 때쯤 물어보게 될 것이다. 인생이라는 거대한 카드놀이에서 내 카드는 어떤 것일까? 클럽일까, 다이아몬드일까, 3일까, 8일까, 아니면 킹일까? 그 카드는 어떤 마법에 걸린 카드일까? 또한 그 마법의 비밀은 어떤 모습으로 내 앞에 나타나 나를 당혹시킬 것인가? 내 카드가 하나의 역할을 맡고 있는 한 판의 카드놀이에서 나는 지금 어떤 위치에서 어떤 카드와 패를 이루고 있을까? 이 카드놀이의 규칙은 누가 정해놓은 것일까……?

이 책을 옮기는 동안 끊임없이 던져진 우주와 나 자신에 대한 철학적 질문들을 다시금 되새기며, 살아 있음의 경이로움을 이 가을에 새삼 느껴본다. 끝으로, 이 책은 한저(Carl Hanser) 출판사의 독어본 『Das Kartengeheimnis』(1995)으로 번역했음을 밝혀둔다.

백설자

수상한 빵집과 52장의 카드

초판	1쇄 발행	1996년 10월 31일
초판	8쇄 발행	2007년 8월 21일
전면 개정판	1쇄 발행	2016년 3월 23일
전면 개정판	4쇄 발행	2018년 1월 20일

지은이   요슈타인 가아더
옮긴이   백설자
펴낸이   조미현

펴낸곳   (주)현암사
등록   1951년 12월 24일 · 제10-126호
주소   04029 서울시 마포구 동교로12안길 35
전화   02-365-5051
팩스   02-313-2729
전자우편   editor@hyeonamsa.com
홈페이지   www.hyeonamsa.com

ISBN 978-89-323-1784-7 03850

○ 이 책은 『카드의 비밀』(1996년)의 전면 개정판입니다.
○ 이 도서의 국립중앙도서관 출판시도서목록(CIP)은 서지정보유통지원시스템 홈페이지
(http://seoji.nl.go.kr)와 국가자료종합목록시스템(http://www.nl.go.kr/kolisnet)에서 이용하실 수
있습니다. (CIP제어번호 2016007099)
○ 책값은 뒤표지에 있습니다. 잘못된 책은 바꾸어 드립니다.